第三卷

（日）辻井乔 著

陈喜儒 译

风的生涯

风の生涯

作家出版社

（京权）图字：01－2011－5853

图书在版编目（CIP）数据

风的生涯/（日）辻井乔著；陈喜儒译. －北京：作家出版社，2011.9
（辻井乔文集：3）
ISBN 978－7－5063－6069－2

Ⅰ.①风… Ⅱ.①辻…②陈… Ⅲ.①长篇小说－日本－现代 Ⅳ.①I313.45

中国版本图书馆 CIP 数据核字（2011）第 192210 号

风的生涯

作　　者：【日】辻井乔
译　　者：陈喜儒
策 划 人：铁　凝　何建明
责任编辑：李宏伟
装帧设计：任凌云
出版发行：作家出版社
社址：北京农展馆南里 10 号　　　邮编：100125
电话传真：86－10－65930756（出版发行部）
　　　　　86－10－65004079（总编室）
　　　　　86－10－65015116（邮购部）
E－mail：zuojia@zuojia.net.cn
http：//www.haozuojia.com（作家在线）
印刷：三河市北燕印装有限公司
成品尺寸：165×240
字数：370 千
印张：24
版次：2011 年 9 月第 1 版
印次：2011 年 9 月第 1 次印刷
ISBN 978－7－5063－6069－2
总定价：200.00 元（全 5 册）

目 录

序章 ◆ 喷泉

　　春天的阳光，柔柔地照进御苑。吉田茂从身穿晨礼服、男式长礼服的黑色人群中站起来，慢慢走上为今天典礼搭设的台子上，一按按钮，从新建水池的三个地方，猛然向天空喷出三个水柱。十六个小水柱，像支撑大水柱似的，在空中描绘出菊花瓣状的弧线，整个水池马上响起哗哗的水声。

　　出席庆典的二百多人，热烈鼓掌。但水声淹没了掌声，在皇宫前的广场上回荡。

　　午前的太阳好像被吸引来了，在水幕前跳跃，形成一个个小彩虹。彩虹是活的，在喷泉中闪动，马上要靠近水面时，又飞腾到水柱中。

　　矢野重也的右边是回到座位的吉田茂，挨着吉田的是现任首相池田勇人。矢野的左边是东京、中京、关西经济团体的干部，中间混坐着有名的歌舞伎演员、画家，还有像安倍能成、小泉信三、辰野隆、茅诚司等教育家、学者。

　　矢野重也生来就对参加庆典仪式，胸前戴着丝带，煞有介事地坐在阶梯式台子上毫无兴趣，但他突然想到，自己为什么现在坐在这里？

　　在矢野重也就任社长不久，万朝新闻社副社长阵内信就建议，为庆祝皇太子殿下婚礼大典，在皇宫前广场的一角建造一个大型喷泉，献给国家如何？

矢野重也是在战争期间认识阵内信的。当时他想帮助朋友，为建设用废纸当原料制造再生纸的工厂而奔波，阵内信是陆军军需品本厂担任会计的军官。日本战败后，善于抓住机会的阵内信认为"今后是商业时代"，进入了新成立的经济团体事务局，参加筹备广播会社，当了社长，成为世人瞩目的年轻经营者。

矢野重也有个毛病，就是过分爱惜人才。由于种种原因，他必须接手万朝新闻的经营时，把阵内信拉了过来。那时候，矢野重也已经接受了另一个广播会社，他想，如果竞争起来情况不好，就把两家合在一起算了。矢野重也生来粗心，没把这当回事。

"建造个喷泉如何？"

当阵内信提出这一方案时，矢野重也的头脑中浮现出四年前，与今里广记、乡司浩平等人周游世界时，在到处都是战争废墟的西柏林，看到的名为"戏水"的喷泉。按照事先编制的程序，各种各样的喷口，喷出或高或低，或圆形，或间歇性的细丝状的水柱，形成多姿多彩的景观。受盟军空袭和炮击，烧得只剩下钢筋残骸的建筑物，坍塌一半的黑色墙壁，故意放置不管的瓦砾堆……以这些为背景，升腾、跳跃、变换各种形状的喷泉，似乎表现了战败后国家分为东西两半的德国人，面对现实，讥讽、决心、希望交织在一起的复杂心情。矢野他们在广场前伫立良久，默默地看着。

矢野心里想着当时的情景，对阵内信的说明、提案的目的，没有认真听。阵内信力陈，这个计划谁也不会反对，由万朝新闻和广播会社共同创办的"樱花电视"实际主办，可以让新的媒体集团在公众面前隆重亮相。

矢野重也坐在台子上想，如果自己认真听，也许不会赞成。生于明治三十二年的矢野，对皇室怀着特别的感情，强烈反对把皇家庆典和商业混在一起。

矢野重也有不时沉浸在自己回忆和想象中游离于现实的毛病。在这次会议上，他同意阵内信提出的方案，赞成《为纪念皇太子殿下结婚建立大喷泉计划》，但他没有想过，作为这一计划的推动者，总有一天会与首相、财界首脑坐在一起参加典礼。

占据他心里的是柏林的喷泉风景、希特勒的上台和灭亡、德国的悲剧，进而是日本战败等历史的变迁，没有想到这个计划对提高樱花电视的收视率会有作用。

这是一个奇妙的错误。他本身已经被视为财界的领导人，但他却缺乏这种自觉。人必须根据自己的立场而采取行动，但他却没有这种意识。从这两点来看，无疑都是错误。

他作为从事实际业务的领导人，优秀部下们提出的种种计划，都被外界看成是他的主意，给人以不可小觑的谋略家的印象。在这一点上，阵内信的贡献最大。还有一个人，就是他朋友的儿子，过去当他的秘书、现在担任常务董事的四宫喜一郎。矢野喜欢他，但他性格温和，不愿出头露面。

人们认为矢野才华横溢，不相信他会犯这样的错误。更不会想到他是个粗心大意，经常不经过深思熟虑就贸然行动的人。

他的这种性格和毛病，以致在典礼的前一天早晨，当伊吹苑子对他说："明天早晨要穿早礼服，所以今天要去理一下发，免得掉头皮。不然人家会笑话我。"他才意识到这个典礼的性质。

伊吹苑子看着印制的庆典议程表说："坐在你旁边的，一位是吉田先生，一位是池田先生，好像还有石坂先生。"

矢野听她这样讲，给新闻社的总务部长打电话说，仪式时间很长，自己作为主要负责人必须坐在中央吗？人家又给他讲了一遍。总务部长、秘书科多次吃过苦头，比如他心血来潮，随意改变预定的日程，同一时间约定两起会面，事到临头，还不知干什么等等，所以不知从什么时候开始，他们就把集会的预定、性质、那一天必须穿什么西装等等提前通知伊吹苑子。

矢野越听越烦："既然那样，我不去了。谁有病，都可以不去。"

伊吹苑子知道，这个仪式是非去不可的，但他爱发脾气，如果应付不好，他发起火来，没法收拾，所以默默地拿着裤子，抬头看他，像自言自语似的说："你喜欢池田先生，也不讨厌石坂先生，觉得无聊时，可以和他们说说话。"

矢野重也终于死了心，穿上了裤子，坐上会社的车，今天去了樱花电视。

他常常回顾自己和伊吹苑子的这种关系，觉得不可思议。如果没有她，自己在商界就不能如鱼得水。但如果没有妻子奈保子，自己就会崩溃。这两种想法，相互抵触。

他一高兴，常常把有好感的人，不管是谁，都叫到家里来一起吃饭聊天。因此，有时晚上预定来三个人，却来了八个。有时预定来十个人，却只来两个。这时候，伊吹苑子从不抱怨，也无愠色，调整酒菜，招待客人。不知是因为她在柳桥当过艺妓有经验，还是天生聪慧，苑子对人有洞察能力，如谁真心对矢野好，可以信赖，而对谁必须小心注意，她会相机把自己的结论悄悄地告诉矢野。

苑子的机灵取得了矢野的信任，但他本来想当作家，对此又有点讨厌。当然，他自己也知道，这种讨厌多少也有一点自己任性的原因。他明白，至少在处理人际关系上他需要苑子的帮助。

他第一次见到伊吹苑子，正好是四十岁。那时他与在京都长大的野川奈保子已经结婚十六年。

在那不久以前，矢野重也正在为帮助好友南条源太郎建立工厂而奔走。在战争越来越激烈的时候，为补充造纸原料的不足，利用旧报纸等废纸，制造再生纸。

当时日本在中国大陆的战争会扩大到什么地步，是个未知数，而与美国、英国的关系也日益恶化，所以矢野重也和南条源太郎的提案受到陆军的欢迎，但大型造纸会社和海军一起反对。这样就激起了天生有反抗精神的矢野的斗志。这个提案，原本是以南条源太郎发明的技术为基础而提出的。

有一天，漫长的雨终于停了。矢野重也和南条源太郎在泥泞的路上走着。

"喂，你来看看这个。"突然，南条大声喊道，把走在前面的矢野叫回来。他用伞尖指着水坑里被雨打湿的旧报纸说。报纸上的印刷油墨正好浮起了一半，字花了。

"以前的技术员都是用化学方法除墨，但这样会损坏纸的纤维。我想，如果不与物理方法一起用，恐怕不行。这张被水泡的报纸，证明我的想法是正确的。矢野，如果用旧报纸、旧杂志制造再生纸成功，可以节约三成造纸资源。"

南条源太郎说到后来，口气变得好像说给自己听似的。

瞬间，南条源太郎对旧纸再生技术有了信心。

南条源太郎是工业专门学校毕业的工程师，他刻苦努力，又会用人，大地震前夕，他在龟户经营橡胶厂很成功。但他并不满足，一边经营工厂，一边到大学的夜校学习，获得大学学历。他出生在石川县贫民家庭，兄弟十一人，他是老大。他从故乡的兄弟中挑选一个勤奋好学的弟弟，叫到东京，想叫他走与自己相同的路。不久，发生了关东大地震，他的弟弟还没有完全适应东京的生活，只能讲方言，这给他带来了灾祸，被误认为外国人。龟户警察署的巡警，不容分说，将他杀害。南条源太郎领教了权力的专横残暴，卖掉了工厂，投身于工人运动。矢野重也爱他磊落豪放的性格和才能，与他成为至交。

矢野重也喜爱的是人，而不管他是什么主义，有什么主张，如果这个人有才能，他愿为他两肋插刀，肝脑涂地。

贫苦出身的南条源太郎常常亲切地批评说："矢野天真。静冈有钱有势，大地主家的儿子，永远是大少爷派头。"

在他们筹划成立新会社开办工厂时，幸好在陆军参谋本部有以今田新太郎为首，包括岩畔豪雄、片仓衷等受理想主义者石原莞尔将军影响的少壮派军官。

在被称为石原莞尔派参谋本部的今田、岩畔、片仓这些人，一致认为，建设国防国家，不仅靠军事力量，还要重视经济。

在官僚统治型的东条英机还没有掌握陆军实权以前，矢野和南条不依赖阿拉斯加、加拿大，确保纸资源的热情和主张，与他们的国防国家论产生了共鸣。

问题是必须取得商工省的许可，但商工省的官员态度暧昧犹豫。

一天晚上，矢野和南条直接闯到总务局椎名悦三郎家里说："我们两个是共产党的叛徒。"然后指名道姓地说当时的商工省生产扩充科长："你的部下冈松成太郎不像话，对时局一窍不通。"逼迫马上给他们要创立的大日本再生纸会社许可。

椎名悦三郎大吃一惊，向他的朋友朝日新闻经济部长丹波秀伯、检察厅的皆川治广打听这两个人，他们都说："粗暴的人优秀而有骨气，相信他们问题不大……"

椎名悦三郎内心赞赏他们的干劲和热情，用了两三天时间偷偷教给矢野申请书的写法；要加上为在中国大陆占领区宣抚工作制造纸张的理由，还要有陆军给商工省次官岸信介的推荐信。

有一天，椎名悦三郎被岸信介叫到次官办公室，他看到以军整备局局长的名义写的推荐信放在岸信介的办公桌上，文字与他教给矢野的一字不差。

根据临时资金调整法，由大藏省监督国内资金流动。矢野在一高读书时，一个晚他两年的校友任理财局金融科长。这个校友对在高中时代深受住宿生尊敬的矢野一清二楚。

在经济界，朝日新闻的经济部长丹波秀伯与时任日清纺社长、与造纸公司关系密切的宫岛清次郎商谈，宫岛积极赞成说："年轻时出于正义感信仰共产主义的人相当多。其中有优秀人才。他们脱离共产党想为国家效力是好事。"

他决定支持矢野和南条，但谈到经营，宫岛清次郎也忧虑起来。

"这两个人，必须配备一个懂经营的人。"他想了一下又说，"让瓦斯化学工业的石仓巳吉君当社长。矢野和南条在他下面学习经营。他们两个可能对石仓朴实稳重的工作方法不满。不知他们能否忍受。大家的命运，都要由自己决定。"

说完，他回头看了看年轻的丹波秀伯。

就这样，经过多方努力，其中不乏非正常的举动，建立会社的计划终于立项，只等着办完手续就可以开张了。正在这时候，昭和十三年12月某天早晨，矢野重也突然被宪兵逮捕。

矢野重也为建立造纸会社奔走，是为了帮助好友南条源太郎，在会社开始正常运转之后，他还想恢复作家生活。昨天晚上，他与出版社商谈到很晚。夜里很冷，他刚刚睡着不一会儿，就被妻子奈保子摇醒了。

奈保子小声说："你，起来吧。宪兵找到家里来了。"

"什么？怎么了？"

"不知道。不过，他们是这么说的。"

"一个人吗？"

"不，好像七个人，两辆车。两个小时前就来了，我说请等孩子上学走了再说。他们一直等着。现在蔺沙也走了。"

矢野坐在被子上，无意中抬头看了看寝室的窗户，从那里是不可能逃走的。

他下了决心，穿上了棉袍，又加了裤裙，样子怪怪的，走进了人声嘈杂的客厅。六个宪兵很高兴，正在往热气腾腾的红茶里加威士忌。虽说自己以前被捕时，奈保子也经历过，但她的冷静应对还是令人佩服。

矢野对宪兵们说："请慢慢喝，喝完再走。"

一到九段宪兵队本部，风云突变。根岸准尉刚一进屋就站着吼道："你小子受石原莞尔唆使。证据全部在我手里。"

"我根本不知道。"矢野毫不示弱，大声说。

"你小子说什么?"根岸准尉骂着扑上来打矢野。

他虽然脸涨得通红，喘着粗气，但矢野感到他发的是无名火。

发觉这一点以后，矢野重也反而冷静了。

"如果是十年前，随你怎么说都行。如果你知道我现在的思想和行动，你会感到惭愧。"矢野改变了口气，劝导似的说。

"这个混蛋还挺狂!"他"叭"地打了矢野一个耳光，命令道，"把他关起来。"

矢野由两个士兵架着，押入半地下的拘留所，后面重重的铁门关上了。

宪兵本部的拘留所，门很森严，但天窗用了许多玻璃，而且还有水洗厕所。有一个像工人出身的男人早已关在里面，年龄与矢野一样。

他们两个交换了看法。根据他的情报，矢野可能卷入了陆军内部东条派和石原派之间的对立斗争。

那时，东条派的次官将调任航空本部总监，传说由石原派的次官来接任。可能是东条派先发制人，捏造石原派利用共产主义者搞阴谋的事件。

"为此，他们需要逮捕你。"听了这番解说，矢野与其说愤怒，不如说感慨。

这很像他一直想翻译的阿纳托尔·法朗士以法国革命为舞台的小说。在《诸神渴了》这部作品中，主人公是个平凡的朴实的小市民，卷入了短命的巴黎公社。矢野读这部小说时心里想，不管任何时代，人的欲望与权力的无常都是不变的。这下可好了，自己却成了这种变化无常的权力的牺牲品。

但是天生乐观的矢野，并没有因为这一发现而沮丧。

他们两个要求家里送书的请求得到批准，结果他在被拘留的四个月中，读了三四十本自己平时想读的书。

宪兵本部对矢野重也的审讯，只有逮捕那天一次。在南条源太郎、浅野晃（在大正十二年第一次共产党事件两年后，矢野参加以野坂参三为中心而成立的产业劳动调查所工作时的同事，在共产党事件中一起被逮捕的诗人）、一高时代的密友木下半治等人的奔走下，矢野在四月被释放。

矢野出来后，南条源太郎告诉他，军务局军事科科长岩畔大佐说："这件事我不知道。但我现在完全明白了，叫他们马上放人。"就这样一句话，决定释放他。

当时的间谍事件、破坏国体活动事件，随着军队主导政治程度的加剧，多有权力内部暗中较量的背景。即便逮捕矢野重也他们的东条派，也没打算把这个捏造的事件当做真正的事件处理。在他们看来，虽然事件本身糊里糊涂，但只要能阻止反对东条派的次官上任就算达到了目的，而且对于据说同情石原莞尔的理想主义，令东条派恐惧的秩父宫①殿下起到敲山震虎的作用，就完全达到了预想的效果。

"这些家伙为了达到自己的目的，把人往死里整，把无辜的人关了近半年，这是人干的事吗？"在祝贺矢野重也安全出狱的宴会上，浅野晃批判东条派，露出了一点过去的锋芒。

矢野重也本来就厌恶权力，听了他的一席话，心想这就是我所生活的社会吗？太无聊了。他坐在欢天喜地举杯庆贺的朋友们中间，心里在考虑，事情为什会这样呢？自己只是想帮助石川县贫农的儿子，与官府、实业界没有任何关系的南条源太郎，在东京兴办实业而已。

在帮助南条的过程中，遇到了几个把人当做玩弄阴谋诡计的道具而若无其事的"大人物"。南条之所以抛弃经营的工厂，投身于工人运动，也是因为他不能饶恕杀害他弟弟的政权。虽然如此，但在官僚中，也有椎名悦三郎这样有魅力的人。太复杂了——矢野在宴会上，抱着双臂思考着。

历经曲折而成立的大日本再生造纸，在开完股东大会那天晚上举行了洋溢着喜庆气氛的庆祝宴会。在柳桥高级饭店"稻桥"集中了二十多人，其中有给予大力支持的财界领导人，有以宫岛清次郎为首即将就任董事、审计的有关人员，还有朝日新闻社经济部部长丹波秀伯。

关于这个会社的人事安排直到成立时还争论不休，所以矢野重也说："我为

---

① 秩父宫雍仁亲王，1902—1953，昭和时期皇族、军人、少将。

成立公司奔走，是为了帮助南条，不是想当什么董事。"

大家都认为在实业界不可能有这样的人。预定就任社长的石仓巳吉和他的助手疑心他这样讲，是觉得"常务"这个头衔比他预想的低了，这就更使矢野重也生气。

宫岛清次郎问道："那么，以后你想干什么呢？"

"我想写童话。"矢野重也回答说。

"童话？就是那种小孩看的书？"

"是的。"

"可是，靠那个吃不了饭啊。"

"所以我挣钱的方法是搞翻译。安东莱·莫洛亚的《英国史》马上就要出版了。"矢野重也说。

石仓巳吉在旁说："如果你不想当董事，那么当每年只来两次的非定期审计员如何？也有这个提议。"

"只是，你是发起人，不出席股东成立大会不太合适。"宫岛清次郎说。

"如果这样，那我就出席吧。"矢野重也说。

最先理解矢野重也真意的是南条源太郎，当时不在场的原共产党员、诗人浅野晃，还有最近交往的作家尾崎士郎。尤其是南条源太郎，他早就看透了爱动、热情的矢野重也，不会满足单纯的作家生活。但又知道他是个一言既出驷马难追的人，于是对宫岛清次郎使眼色说："知道了。你不能帮助经营，虽然遗憾，但也没有办法，只好这么办了。"

"对不起。"矢野重也只说了一句话，低头表示歉意。

大日本再生造纸株式会社成立大会在丸之内"常盘屋"举行，决定了新会社的所在地、资本金、章程等事项。最后关于董事人选，议长征求发起人的意见。有发起人提议，按照过去商定的方案，全权委托议长办理。事务局工作人员开始发印好的董事名单。

"那么，我想请刚才发下的名单中的诸位，出任董事。没有意见吧？"议长征求大家意见的声音，使正在想别的事的矢野回到了现实，他一看名单，自己一再谢绝任职，但上面还印着自己的名字，于是急了："议长，这个有点……"

当他举手时，南条源太郎冷不丁地大声说："没有意见，赞成，赞成。"

大家一齐鼓掌通过。宫岛清次郎像总结似的说："万事俱备，可喜可贺。"

这样，事务局工作人员按照事先的安排，开始发盒饭。

矢野重也发觉自己被巧妙欺骗，想要抗议。但他一看南条源太郎满脸惶恐，双手合十，不断地作揖。南条自称"蛤蟆"，朋友们也叫他"蛤蟆将军""蛤蟆殿下"。他嘴小、颊窄，鼻子小，脸膛黑红色。

南条这个家伙，在穷困时，就是用这双手表演滑稽故事，演唱流行歌曲挣学费吗？矢野想到这里，心里的气一下子就消了。

有这样一个过程，所以集中在柳桥高级饭店稻桥里的人，只有矢野重也心怀不满。"今天上当了。不知不觉被算计了。"

他对邻座的朝日新闻的经济部长丹波秀伯嘟哝着，抓了抓头发。他嫌麻烦，多日不洗头，头皮落在西服的两肩，白花花的，像草地上的春雪。

当艺妓不过两年的伊吹苑子一直注视着这个与众不同的矢野。他与她以前见过的所有男人都不一样。她遇到过因为自己期望的地位落空而消沉，喝闷酒，虐待女人的客人，但从没见过矢野这样的。他嘟囔说："我绝对不想当什么董事。把答应南条的事办完，我还回去写我的东西。因为今天定了这件事，我只好再忍两年。"

浓眉，有点吊眼梢，笔挺的嘴唇，相貌可以说是美男子，但却穿着领口污秽的衬衫，一挠头发，头皮屑纷飞，正应了肮脏这句话。他眼睛里没有女人吗？他的夫人不管他吗？夫妻关系不和吗？伊吹苑子看着矢野，心里想着。

所以当喝醉的南条源太郎大声嚷道："喂，姐姐们呀，你们谁能照看一下矢野的穿戴？"伊吹苑子想，矢野先生这样的人，姐妹们不会不管。她头脑中浮现出两三个漂亮的前辈的面容，但不知为什么，心中却有一种凄楚之感。

客人们越来越兴奋，场上气氛越来越热烈。铺上了红地毯，抱着三弦的艺妓落座后，后面的幕布拉起来，三个年轻的艺妓跳起"松竹梅"舞。

紧接着，发生了一件稀罕事。

舞跳完后，管事人开始给包括进入客人席年长的伴奏者等全体艺妓发红包。这时，矢野重也用与刚才南条同样大的吼叫声斥责管事人："你这样给年长的人发现金不失礼吗?"

愣住的管事人站住了,他可能想反正已经发了,索性发完,所以继续发剩下的红包。

矢野猛一下子站起来,走到他的身边。南条源太郎急了。因为他在加入共产党的时候就知道,矢野重也在静冈中学、一高时,当过柔道部的领队,如果他当真发火,会把对手甩出去。

南条担心,矢野的举动,可能认为在成立大会上,不由分说就强加给他常务董事的头衔,使他不得不就范的计谋,归根结底,是这个宴会上当干事的总务部门捣的鬼。

在筹备大日本再生造纸的过程中,南条源太郎有一段时间没有露面。他对矢野一五一十地讲了他都干了些什么。其中一件是到玉井的私娼院搞解放妓女运动。

"那次有几个妓女得到了自由。这样一来,她们都感谢我。你猜怎么着?"南条问矢野,但又不等他回答说,"她们都说要和我睡觉。她们觉得除此而外没有什么东西报答我。可悲吧?可怜吧?这种时候,你不能不与她睡觉。如果你不和她上床,就是对她的侮辱。你明白吗?知识分子的洁癖主义在这里不灵,你懂吗?"

他们是这种无所不谈的好朋友,矢野重也相信南条完全知道自己要讲什么。

而另一方面,南条知道以宫岛清次郎为首的经济界领导人,对矢野寄托了重大期望。但问题是矢野本人完全没有意识到这一点。

南条源太郎虽然心里想着矢野的性格,但却一个箭步跳到矢野和给艺妓发小费的干事中间,对干事说:"你知道,跳完舞后再发小费是花柳界体现平等主义的习惯。决不是轻蔑她们。"

他又转向愤愤不平想说什么的矢野,狠狠责备道:"矢野,你是第一次参加这样的宴会吧?入乡随俗。不这样,你就当不了我这样的组织者。"

这件怪事却感动了宫岛清次郎。他常常想,一个经营者必须具备基本的道德。但是,随着军部的得势,经营者们的卑躬屈膝实在令人讨厌。度过这种非常时期,那种总是注意周围对自己的评价,装作高雅的男人不行。需要具有堂堂正正讲出自己意见的勇气,虽不拘小节,但不卑琐的男子汉。正好这时候,矢野出现了。

在吵吵闹闹中，还没有被花柳界完全污染的伊吹苑子，虽然不知道什么共产党，但她觉得矢野先生是个好人。尽管如此，可他脏兮兮的，太可惜了——她用钦佩的目光看着矢野。

在那时，矢野重也就知道自己已被巧妙地推到了经营者的位置上。话虽然这样说，但毕竟因为自己没有坚决拒绝，责任在自己。

结果就是，今天自己和吉田茂、池田勇人以及各个领域的领导人坐在一起。想到这里，矢野重也心里轻轻响起不知从远处什么地方传来的遗憾的旋律。

一旦过了这座桥，商业事务接踵而至。

特别是战败以后，共产党开始公开活动，自己以前的经历，虽然成为好奇和揶揄的内容，但公开的非难攻击没有了。具有讽刺意味的是，左翼阵营的激烈攻击，说他是叛徒、反动分子，反而使他更安心当个经营者。

对于社会的毁誉褒贬、错综复杂形势，他毫无办法，但对经济界的领导人把他当做处理工人问题、对付共产党的专家，他感到困惑，甚至生气。他常常想对这种只把自己当成临时处理问题工具的做法提出异议。

从造纸会社、广播会社、新闻社的经营来看，矢野重也不怕工会是事实。甚至可以说，他对其他经营者为什么怕工会无法理解。在这两种思考方法中间，有一条巨大的鸿沟，但矢野的性格不是根据情况考虑解决问题的办法，而是积极行动起来，跳过鸿沟。

战败后不久，在造纸会社经受激烈的罢工洗礼时，矢野重也认为，是否参加工会，必须尊重个人的意志，这种从业人员即为工会会员的雇员限期加入工会的制度是不合理的，所以拒绝了工会的要求。他认为在工作时间参加工会会议的人员，应该扣除该时间的工资，并且最终说服了工会。

取而代之的是第二年的奖金，大幅度提高，印发了使全体从业人员了解会社真实情况的《社长的信》。

他的方针是：对于合作者，尽量多给报酬；对于不合作者，态度严厉。

经营者们说矢野是工人问题专家，但他并不喜欢，只能说是不得已而为之。

他那时想的只是怎样对会社有利，不是什么专家。

对于他，不少人认为，人都喜欢名利地位，他也不会例外，所以想让他也担任一些角色。每遇到这种事时，他一般是忍耐，但有时会突然大发雷霆。对方不明白，本来是高兴的事，他为什么会怒火冲天。

"不准用利益来诱惑人。卑鄙。把腰杆挺直了，重新做人。"

他这样怒吼，来者不由得有一种被他侮辱的感觉怏怏而去，其中有几个成为他的敌人。这些人中很多人见到万朝新闻、樱花电视台的第二号人物阵内信时，常常说："最近去找矢野先生商谈，想叫他高兴，没想到他大怒。"还诉苦说："你们的老板挺古怪，你应该好好说说他。"

阵内信说："那个人本来是个文学家，我也身受其苦，实在抱歉。"

在矢野重也反省自己小时候的坏脾气一直没改，作为经营者这样不合适时，一旦有人诚恳地来求他，他还会马上答应。他出任生产率本部的顾问是这样，当相扑协会的运营审议委员也是这样。他说："国技兴盛起来，日本人一定会更加自信。"

特别是最近，矢野重也发觉人们知道怎样才能说动他，伊吹苑子也在为她喜欢的人说情。结果，在这四五年中，他当了好几个公司的会长、顾问。他有时想，这样干可不好。

矢野重也不是没有事业心。他的事业心比一般的企业经营者还强。但他那是出于满足内心的某种渴望的冲动，不是为了挣钱。他不想当财主，如果有人说他的什么东西好，不管是什么，他都会慷慨赠送。所以在他的好朋友中间不知从何时起，有这样一条不成文的规定："到矢野家，千万别随便说什么挂轴好，装饰品好！"

矢野重也喜欢呼朋唤友，到家里来天南地北地神聊。他在参加共产党时，来的是气味相投的同志。当了经营者之后，来的只是一部分财界人士和几个作家。在他的事业心中，掺杂着一些使世人惊呼"啊"这种开玩笑和些许挑战精神，所以当有人说"这件事只有矢野先生才能干成"，他就不由得重视起来。接手万朝新闻社，就是这样。

万朝新闻的创业者策划到东京办报，看中了矢野，游说他，但在赞成他接手办报的文学家、学者之中，主要是因为他不断翻译莫泊桑、阿纳托尔·法朗士的作品。矢野本人也知道，这些人推荐他，只是随便一说而已，但他却默默接受了。

只是他非常讨厌说他是"财界送往传媒的能人"。因为利用法国文学翻译家矢野重也在读者中的影响，转达财界的意志，只是他们的一厢情愿而已。

他知道，与某些学者、艺术家比较起来，新闻记者是最天真的。但这些人一旦别扭起来，用杠子撬也撬不动，你毫无办法。对于他们，不能像财界对待自己会社的职员一样随意驱使。

想到这些，他觉得不论从哪方面看，对他的期望都是矛盾的，万朝新闻的经营者是错的，支持者的估计也是错的，自己将处于进退维谷的危险境地。

在商谈有关万朝新闻事宜的两年前，日本精工的今里广记曾与矢野一起周游世界，他非常了解矢野的性格，知道这件事后，坚决反对矢野去当万朝新闻的社长。"绝对不能干。如果你接手，会折寿。"

今里广记以讲谈社的野间清治的报知新闻、东武财阀的根津嘉一郎的国民新闻、钟渊纺织的武藤山治的时事新报为例，劝说矢野，财界人士经营报纸不合适。

与他关系密切的四宫喜一郎也反对。四宫是原来政友会议员的儿子，在大日本造纸时代当他的秘书，与他关系像亲属一样。四宫还记得，当年矢野当广播社长时，财界的领袖涩泽敬三说过的话。那是矢野周游列国回来的夏天，去轻井泽休息，四宫去上野车站接他，他把四宫叫到了银座的寿司店。

矢野重也问部下："他们非叫我当广播会社的社长，怎么拒绝好呢？"

那个广播会社三家大股东意见不合，社里内讧不断，经营业绩不好。

"这样说行不行，如果涩泽先生当会长还可以，否则我没有信心。首都圈广播的阵内信先生的看法是'有了机会一定要抓住'。"

"那个陆军的阵内，现在在首都圈广播吗？"

矢野又问四宫一遍。

"是的。"

矢野听了他的回答赞许地说："原来如此，这个人脑子很活嘛。"

过了一会儿，他说："对了，从涩泽先生以前的经历来看，他不会同意。好，那就去吧。"他表示同意，站了起来。

但是，涩泽敬三听了矢野的话后，与他们的预料正好相反，回答说："如果你同意当社长，那我也同意当会长。"

这样一来，矢野就必须当这个社长了。四宫喜一郎从两年前的失败中吸取教训，这次与今里广记一起明确表示反对。当时万朝新闻的经营者、社长要求迫切，矢野重也举棋不定，于是与读卖新闻的正力松太郎商量。

正力松太郎把矢野领进读卖新闻陈旧的社长室，忠告道："在我所经营的企业中，最难办的就是新闻社。大体可以说凡是由'者们'从事的事业都这样。这些人，如学者、医务工作者、文艺工作者、新闻记者，都自命不凡，认为没有自己，则社之不社。这是我自己创办的新闻社，还算可以。如果你想干，那就去电视台。你不是已经创立了樱花电视了吗？在经营上一样，利润却不同，这你知道吧？你跟我商量，我不赞成你去经营报纸。"

矢野重也听了正力松太郎这番话，心里却想，好，既然这样困难，那就决一雌雄吧。正力松太郎的忠告，适得其反。

这种情况用南条源太郎的话来说，那就是"所以说矢野能干"。

四宫喜一郎知道事情发生了逆转，马上与日本精工的今里广记联系，两个人晚上去了矢野常去的银座的寿司馆，交换意见。

四宫喜一郎说："矢野老板不听劝告，真叫人担心。"

今里广记沉默了一会儿说："既然如此，你也只能协助他。冠冕堂皇的理由是为财界而接手媒体。"

素有财界参谋之称的今里广记说了这句颇有男子汉气概的话。

那天晚上，他们以矢野重也为下酒菜，喝了不少。回家的时候，今里广记说："织田信长出桶狭间时，主从只有六骑。你是其中一骑。这是命中注定的。"今里这样讲，是在此以前，他们两个曾经热烈讨论矢野重也是织田信长型，还是丰臣秀吉型的人物。今里广记接着问道："那时，织田信长在出征前跳了敦盛舞，怎么说来着？"

四宫当即回答说："人生五十年，人世间是非成败，虚幻无常。"

他们没有把矢野重也比作德川家康。

喜欢把事情摆到桌面上的矢野重也，在决定接任万朝新闻社社长之后，对于对他寄托期望的财界领导人宫岛清次郎、石坂泰三、堀田庄三说："我首要考虑的是重建万朝新闻的经营。版面未必像诸位期待的那样安排。广播的情况也是这样，如果过于理想化，办不好媒体。首先是增加发行量，提高广告收入，从改善新闻社的风气开始。如果出现批评政府、财界的报道，请大家容忍并支持。"

他这番讲话，听起来很像通告，与为获得这些人的支持而奔走的今里广记的说明大相径庭。但矢野这样说，大家也似乎觉得应该是这样，既然矢野决定了，也只好如此。

矢野发表的这些见解，受已定为新闻社常务董事的阵内信的建议影响很大。阵内信担心常常陷入梦幻理想中的矢野，跑起来刹不住车，所以提出了版面多上漫画、照片，浅显易懂，削减经费，增加利润的方针。这些方案，是由阵内信在新闻社内刚刚建立的人脉——助手们搞出来的。

矢野遵守诺言，对于社论、编辑等事宜一概不问，从扩充广告和增加报纸销售店开始工作。

在此以前，矢野重也在造纸会社时，一边工作，一边写随笔，或应约写些电影评论在《电影旬报》杂志上发表。翻译也没有中断，仍在继续。他与尾崎士郎、尾崎一雄、浅野晃等人出版了同人杂志《望楼》，并使用笔名"大宫柳轩"。

这个笔名是尾崎士郎为他起的。大宫这个姓，取自矢野之妻奈保子和大女儿蕳沙、二女儿琉璃所住的杉并区大宫前这个地名，柳轩这个名，取自从大日本再生造纸会社成立以来与矢野关系亲密的伊吹苑子所在的柳桥。他为矢野取这个名字，用心良苦。他觉得矢野爱发火，这种性格容易遭到失败，在他将要发怒时，使他想起这个名字，为了自己爱的人，镇静下来。如果别人说他，他会火冒三丈，但尾崎士郎说他，他会不好意思地笑一笑，不会生气。

矢野重也第一次与尾崎士郎见面，是昭和十六年（1931）。在那以前，尾崎士郎发表了《人生剧场》、《石田三成》，是位相当于国民文学旗手的人物。他与研究社会主义的堺利彦、山川均、室伏高信等学者、活动家关系密切，帮助翻译马克思的《资本论》。在作家中，这样的人很少。在他与几个作家参加

"笔部队"去中国大陆的送别会上，一个叫富泽有为男的作家介绍矢野与他认识，很快成为"刎颈之交"。

到了第三年，尾崎士郎从战局开始迅速恶化的菲律宾回国，在《文艺日本》杂志上看到以大宫柳轩名字发表的既非随笔也非虚构的《织田信长》，马上想到了送行会上初次见面的场面。

回想起来，在那次送别会上，矢野这个小子放荡不羁。本来那次有许多著名作家参加，如久米正雄、岸田国士、白井乔二、林芙美子、浅野晃，还有年轻的丹羽文雄、石川达三等等，但在人群中，矢野重也最有文豪风度，悠然自得。不，也许说他像剑客更合适些。

在矢野重也眼里，写《人生剧场》的尾崎士郎，把笔锋对准自我，是具有社会意识作家的典范。

在送别会上第一次见面时，矢野重也听说尾崎士郎要去中国大陆的武汉，对他讲了江边上自生的柳树，开暗紫色的花，果实变成棉絮状随风飘舞，还有扬子江从春到夏的风光。矢野重也讲柳絮时，不由得想起了自己昭和二年（1927）去中国时的情景。

当时根据治安维持法，共产党为非法组织，为了与国际组织共产国际联系，矢野化名石井彦三郎，作为日共派往海外的重要工作人员驻在上海。

他一边把偷渡来的同志送往莫斯科，一边与中国共产党讨论政策。当时中国的政治形势，由于日本军队的入侵，瞬息万变。

矢野重也对协助战争而作为部队一员的尾崎士郎将由武汉南下，对他讲了自己乘船到上海时的感受：

"我怎么看，都是一片汪洋，什么也看不见。这是什么地方？我问道。这里是长江口。我抱怨说，怎么看不着对岸？船员说，这里有一百公里宽，当然看不着了。那个距离正好相当于从东京到小田原。"

"到这样辽阔无边的地方打仗！"尾崎士郎毫不掩饰自己的惊讶。

矢野重也只"嗯"了一声。他想起了那时自己就直接感觉到，与这样的国家打仗是根本不行的。那是在陆军发动满洲事变（九一八事变）的四年前，他当时认为战争是可以制止的。自己就是为此而潜入上海的，所以斗志昂扬。一到上海，他马上按照指示到了中心街永安百货公司正面入口处，正好看到先遣队的同志慢悠悠走来，一下子放了心，兴奋不已。

当时的上海，由中国共产党组织领导的罢工和接连几天的游行正如火如荼。

在此前一年，蒋介石在广东发起了统一全国的北伐战争。中国共产党也参加的国民革命军不断取得胜利，已经从军阀手中夺取了长江流域的武汉、九江、南昌，逼近上海。

矢野重也他们站在中国民众一边，支持革命。但在上海人眼里，他们是最野蛮的、必须警惕的、从相邻的帝国主义国家来的日本人。即使他们参加游行示威，如果发现他们是日本人，也许会把他们当做军阀财阀派到上海的间谍。他们不会讲中国话，但中国有一百多种语言，语法也不一样，如果说是中国南方少数民族，只要不讲日本话，就能蒙混过去。但无论遇到什么困难，都不能暴露自己共产党员的身份。在上海，到处有英国、法国、美国的密探，从事收集情报和秘密工作。当地向导介绍情况，首先讲的就是这些。

矢野重也和同志们一起去共产国际远东事务局时，局长叮嘱他们"手枪不能离身"，就是因为这里充满了危险。

"中国很大。不仅是地域辽阔，反正高深莫测。"

矢野重也对尾崎士郎说着，又想起了自己在上海时，每天穷于应付瞬息万变的周围情况。

当时由蒋介石、共产党、军阀三种势力组成的地方政府，既联合又斗争。这种情况，用日本共产党的理论观念无论如何无法理解。他们都是彻底的现实主义者，他们的理论和理想都植根于变化多端的现实之中，而不是在领导人的头脑中。

开始的时候，矢野重也认为，中国的革命，是争取国家独立的反对帝国主义的资产阶级革命，所以中国共产党帮助蒋介石。可是，武汉政府的汪兆铭是怎么回事呢？

矢野重也十分不理解汪兆铭与中国共产党采取相同的方针，他就这个问题询问中国共产党的干部。

"理解这个问题，首先应该了解武汉这个地方的历史。我要说的是，我们与蒋介石联合，并不是因为我国的革命性质，而是因为与他联合对我们有利。"

矢野重也后来考虑，他想说的可能是"革命不是从头脑的主观愿望出发的"。

但矢野重也问："可是，莫斯科共产国际的决定……"

"共产国际错误百出，所以我们要参加。"

他的回答如同参禅课题，莫名其妙。

矢野重也吃了一惊。

"这是理所当然的。他们不是中国人，也不住在中国，文化也不同，我们提出不同意见，共产国际才能改善。"

矢野重也想，这样说也有道理。我们为了证明党的代表大会的决定是正确的，想得到共产国际的认可，很多人去了莫斯科。他挂念佐野文夫、福本和夫、德田球一，不知他们的情况如何。

如今想起那紧张的日日夜夜，混杂着对自己青春的怀恋之情。

蒋介石转而清洗共产党时，矢野重也在中国共产党同志的帮助下离开了危险的上海，逃到了武汉，在那里迎来了美丽的扬子江沿岸的春天。矢野重也对将先去武汉的尾崎士郎讲着，眼前浮现出到处盛开的桃花，在阳光中像棉花一样飘动的柳絮。

蒋介石与中国共产党、武汉政府之间，还有各地军阀之间的内战，硝烟弥漫，但中国农村却一片宁静。为什么中国的老百姓与一说时局紧张，非常时期，就眼球充血的日本人大不一样呢？只能认为这是中国民众冷静地看透了权力的性质、命运。

自己在武汉的时候，是在满洲事变发生之前，自己幸好站在中国一边。但尾崎士郎是由占领军派去的。听说中国共产党发动的对日游击战越来越激烈，所以矢野重也对这个刚认识的朋友的命运担心。但同时又想起了在蒋介石突然叛变革命开始反共时，那些帮助自己逃到武汉的中国同志。出于无奈，自己站在了与他们敌对的立场上。想到这里，他心情沉重起来。但随后他又想，现在自己能做的，只有帮助这个纯朴热心亲切侠客般的作家平安归来。

几个月之后，尾崎士郎平安归来，从那以后，他们每周至少要联系见一次面。他们之间的友情，除了在太平洋战争开始的第二年，由于尾崎士郎被征入伍到菲律宾前线中断过一段时间外，可以说是终生未断。

在交往中，尾崎士郎发现，矢野重也是个无事不可对人言，具有可以称之为美德，也可以谓之缺点的品格的汉子。所以在矢野叫他帮助起笔名时，他起了大宫柳轩。这个名字告诉人们，矢野在柳桥有个情人。

矢野重也看到尾崎士郎给他起的这个笔名时，难为情地说："哎呀，这个……"他挠着头，头皮屑纷纷飘落，但他没有发火，也没有反对，接受了好朋友给他起的这个奇妙的笔名。对于这个笔名的争论，反而加深了他们之间的友情。

伊吹苑子发觉自己越来越爱慕矢野重也，就与稻桥饭店的老板娘商量怎么办。这是她第一次有了倾心的男人。

老板娘见过形形色色的男女关系，如果对买卖有利，她愿意亲自出面成全好事。"是呀，矢野先生就像个大喇叭，如果真成了，姐妹们当天就会知道。你可要下决心。"老板娘想了一下，又提醒说，"苑子，如果成了，你这里没有什么障碍吧？"

她的艺名叫苑子。那时候，还保持着过去的习惯，如果艺妓有了心爱的男人，要向姐妹报告，举行"老爷披露宴"，请姐妹们保护他们的关系。

这里还保持着江户时代的风习，可矢野却认为给年老的艺妓现金是失礼而生气，可见他对花柳界一无所知。他动不动就打架，有口无心，毫不隐晦，看样子很能干……老板娘开始考虑这件事。

幸好苑子一直没有什么轻薄的桃色传闻，所以不会引起什么麻烦。她的容貌、化妆都很朴素，而且聪明伶俐，一般的男人看不上眼，所以到现在也没有找到中意的男人。

这些艺妓接待过各种各样的男人，也许前辈们教过苑子怎样评价男人。那些骄横跋扈、不懂人情世故的军人，认为爱惜自己是理所当然的公子哥等等，在苑子的眼中是下等男人。

当然，老板娘也不是没想过苑子喜欢的是一个掉着头皮屑到处走的共产党。思想起来，也许正是这样的矢野才使苑子动心。

他确实像个天才，翻译了好几本难懂的西洋书，一边搞共产党的运动，一边靠翻译外国书来维持生活。在宴会上，他也最能讲话。

矢野重也有才能，而且年轻，即使辞掉现在会社的工作，也能养活苑子吧？

老板娘想到这里，下了决心。她说："苑子，给我点时间，由我来办。必须与对方谈妥才行。"

"请您费心。"

苑子低头施礼说。无怪乎她有歌舞伎名门的血统，这时的态度和动作都很讲究规范。

老板娘看她那样子，不由得动容，她还是第一次看到这姑娘如此可爱。

老板娘一连几天，一直考虑这件事，守口如瓶，决定去找与纤维业、造纸业都有关系、交游广泛，又熟悉花柳界情况的宫岛清次郎商谈。

宫岛清次郎听她讲完，本来就圆的眼睛瞪得更圆了："真的吗？那个矢野、苑子？"他又问了一遍，马上笑逐颜开，"好哇，我觉得让矢野君尝点女人的苦头也好。"

老板娘心想太好了，但又进一步打探宫岛清次郎的本意，引他发表意见："不要紧吗？他还年轻，年轻人容易变。"

"这个倒不会。在创建大日本再生造纸时，就考察过他。我们对他唯一的担心是，他过于叫真。如果他不改变这一点，什么事都按照常理来考虑，还有失败的危险。当然他还有马虎的毛病，但不能只看这一点。现在是非常时期，今后需要有骨气的人。他妻子是个好人，跟他一样，老老实实，但不够温柔。这一点苑子好。她虽然不是特别漂亮，但会撒娇。我呀，想把矢野培养成经营者。"

老板娘敬佩宫岛清次郎的热情。宫岛一直提倡社长六十岁退休，去年六十一岁时从会长的位置上退下来，他与矢野在年龄上相差二十岁。他对矢野怀着父亲般的感情并不奇怪。被这种人看中，是矢野的福分。说起来，还是男人伟大，像亲人一样培养后辈。老板娘不胜感慨，回到了饭店。

矢野重也开始经商，如果从昭和十五年创立大日本再生造纸算起，正好是二十年。

趁着参加兴味索然的大喷泉落成典礼的机会，矢野重也昨天晚上有空闲，又回顾了一遍自己走过的人生道路。

他首先想起的，大约是一周以前，为庆祝这个计划的完成，委员长吉田茂设晚宴招待感谢各位委员。

老一套的谢词讲完之后，吉田茂对邻座的矢野重也说："自安保条约以来，得到你一些帮助。我听池田说过那时的事，但以前一直没有机会表示感谢。"

吉田茂这样当面说，矢野重也不好意思，谦逊道："没什么，我只是讲了我想到的一些情况。"

回想起来，为了推进"纪念皇太子殿下结婚建立大喷泉计划"，成立委员会时，是在反对修改日美安全保障条约全国动乱后不久。在此稍前些时候，名声不好的岸信介引退，产生了池田内阁。

在一个女学生死亡的前一个月，即6月15日夜，数十万群众包围了首相官邸，内部一片恐慌。首相岸信介、从商工省进入政界任官房长官的椎名悦三郎当然没有参加群众运动的经验，更没有被围攻的经历。在极度恐慌中，有人喊：

"把他们全杀了。这是煽动赤化，动手吧。"

"这是革命！暴动！"

"自卫队在干什么？"

在很多议员们大喊大叫、像热锅上的蚂蚁一样不知所措时，只有椎名悦三郎比较冷静。那一天，他给偶尔到大宫前奈保子那里去的矢野重也打电话，征求他的看法。因为椎名想起来，在政界、经济界的领导人中，只有矢野参加过革命运动。

在建立大日本再生造纸会社的过程中，矢野重也与椎名悦三郎打过交道，后来成为好朋友。矢野重也一开口就忠告说："绝对不能杀人。他们手里没有枪。如果死了人，哪怕死一个，运动的性质就变了，就没法收拾了。五分钟，形势就会发生根本性变化。"

椎名悦三郎认为矢野讲得极对，他以官房长官的身份，故意用能叫进进出出的议员们都听见的声音说："很多人说这是非常事件，叫自卫队出动。"

矢野重也也用同样大的声音对着话筒喊："不行，绝对不行。有什么情况我马上过去。"

椎名悦三郎把矢野的意见告诉了岸信介，又说："不得已的话，可能被围困四五天。这样一来，也许要求艾森豪威尔延期来访些。这里只能用和平的方法解决。尽管如此，但修改的日美安全保障条约也会自动成立。这就足够了。"

岸信介一直默不作声地看着说话的椎名悦三郎。请求已经定好日期来访的美国总统延期，身为首相必须承担外交上丢丑的责任。岸信介怒气冲天，头晕目眩。在商工省时，岸信介与椎名悦三郎是搭档，是局长与科长、次长与局长的关系。岸信介在震怒中，用目光探询建议美国总统延期访日的椎名悦三郎的真意。在紧急时刻，对政治家来说只有两种人：敌人或同伙。

但是，原首相吉田茂也是这个意见，在下定决心忍下去的时候，东京已从皇宫对面透出了曙光。接到警视厅的报告，说死了一个女学生，那是在游行队伍最混乱拥挤的时候发生的，肯定不是警察开枪打死的。岸信介的头脑恢复了正常，指示道："马上发表哀悼声明。"

吉田茂对形势的发展了如指掌，认为矢野重也的忠告产生了效果。

在发生骚乱的那天夜里，矢野重也住在大宫前的家里，奈保子听到了矢野在电话中讲的一切。过了深夜，群众运动渐趋平静，奈保子慰劳准备睡觉的矢野说："你辛苦了。今天晚上，你像过去一样，我觉得亲切。"矢野只"嗯"了一声，回头看了她一眼，脸上露出点不好意思的表情。

在新安保条约交换批准书生效的6月23日，岸信介宣布下台。

在席卷全国的反对日美安全保障条约的运动之后，当讨论采取什么策略把国民对政治的关心转移到别的方面时，于岸信介之后担任首相的吉田勇人参考了矢野重也的意见。池田勇人在大藏省主税局国税科时就与矢野重也关系密切。

矢野主张："战败以后，国民认可的政治从原则上讲是困难的。理想主义是办不到的，所以只能一心发展经济。"

他在讲这番话时，心里依据的是战败前共产主义运动崩溃的事实。

在池田勇人出任大藏大臣时，经济界有人提议成立"向池田进言会"，由矢野重也、小林中任干事。小林中由培养矢野重也的宫岛清次郎推荐，担任了日本战败后新成立的开发银行总裁，但因为他的密友当了大藏大臣，担心自己被戴着有色眼镜的人视为政府系统的银行总裁，所以主动辞职，当时已经没有职务。

进言会的场地，自然选在柳桥。因为成员大多生于明治三十二年（1899），用天干地支来算，为二黑（九星之一、方位西南，属土星）己亥年，故命名为二黑会。这时有人提出增加些合得来又会喝酒的会员，于是与池田勇人齐名的吉田茂的智囊白洲次郎、东大教授东畑精一、住友银行的堀田庄三、山一证券的小池厚之助等人也参加进来。矢野喜欢和知心朋友聚在一起喝酒热闹的性格，依然如旧。

二黑会活动时，找那些艺妓来陪酒助兴合适，由与他同居的伊吹苑子来办。选择的标准是：嘴严，没有唯利是图的可怕的丈夫。

伊吹苑子对这方面的情况了如指掌。她知道做好这件事很重要，一是发挥矢野的作用；二是预防他的失败，因为直到如今，他那不适于当企业家的性格仍无改变；三是把他留在自己身边。只是她的苦口婆心，还是改不了矢野的懒惰，不修边幅，对人喜欢或厌恶态度强烈，突然发怒，随心所欲烈马般的性格。

伊吹苑子喜欢矢野重也奔放不羁的性格，觉得改变他这种不适合做企业家的性格不正是自己唯一的工作吗？她与矢野重也要好的消息很快在花柳界传开了。有一天，与她有血缘关系的歌舞伎名门山村六左卫门把她叫了去。

"听说你最近与共产党来往？这不是往家门上抹黑吗？"

山村六左卫门愤怒地说。

"不，我来往的都是杰出人物。我不知这种有一半醋意的传言是怎么来的。请您见他一次吧。"

一直温顺的苑子一反常态，目光锐利地瞪着山村六左卫门。山村想，这样当面斥责不行，于是半哭着哀求说：

"你在我家待了很常时间，我对你比对我女儿还好。为了叫你在出嫁前见见世面，才同意你去学习艺妓。我不愿意看到你的眼泪。共产党是可怕的。"

伊吹苑子不服地说："您说什么呀。过去也许这样，可现在完全不同。"

山村六左卫门越这样说，伊吹苑子反而越坚定，她想管他什么共产党不共产党，反正我是不离开他了。

矢野重也看着在喷泉的水幕中，时而下降，时而飞腾入云的跳跃的彩虹，回想着往事。这时，他的回忆被声响打断，天皇家的车驾过来了。在大学时代，为欢迎到皇宫访问的英国皇太子，他也曾到皇宫前面的广场来过。但他关心的不是英国贵宾，而是在欢迎英国皇太子的人群中，一个在御茶水东京女子高等师范学校附校读书的女学生。介绍他们认识的一高时代的朋友告诉他，这天她也会来，应该在附近的队伍中。矢野在一高的宿舍节时，经介绍认识了与朋友一起来参观的她，一下子着了迷。他的眼睛不断在女学生中扫来扫去。

矢野重也眺望着升上春天天空的水柱，身体好像也消溶在青春的回忆中。心里想着今后的路怎么走呢。

他已经接手万朝新闻三年，再过三四年，就可以放心了。电视台运营顺利，广播电台也没有问题。社会上，人们把自己当成媒体的领袖，但我努力改变的只是广告和销售，而不是版面的编辑和节目的制作。新闻以外的电视节目也用心看，觉得故意吵吵嚷嚷像过节一样的节目太多，但收视者喜欢，没有办法，只好如此。新闻媒体就是这样，所以他不认为报纸、电视是自己的作品。本来把经营管理当做自己的作品就是荒唐的。不过，自己希望有几个自己得意的领域，即使很小也没关系。什么都可以，不是文学也行。与几个对脾气的伙伴办的同人杂志《望楼》，由于编辑同人尾崎士郎、尾崎一雄这两个人越来越忙，杂志有点衰败。幸好阿川弘之、丹地文子、吉行淳之介等年轻作家开始投稿。自己在休息时写的《信长醉记》完成后写什么呢？写一写人生经历如何？在《望楼》以《柳轩亭醉录》为题，用写身边题材的《信长醉记》同一格调，但这次写要比《醉记》随意些。皇太子结婚纪念大喷泉落成纪念庆典在乐队演奏的吹奏乐中临近结束时，矢野重也边听边想。

矢野重也生于明治三十二年，两年前已经过了花甲六十岁，写写人生杂记正是时候。矢野重也想起童年时代的理想。那时想当管弦乐队的指挥，联合舰队司令官，棒球队的教练。自己是音盲，当不了乐队指挥，联合舰队已经没有了，但搞个棒球队还有可能。矢野想到这里时，周围的人纷纷站起来。他看到今天庆典的幕后操纵者、万朝新闻的副社长阵内信飞快地走到吉田茂身边，引领吉田茂向马路对面饭店的宴会厅走去。

第一章 ◆ 诞生

　　明治三十二年年末，十九世纪即将过去的时候，矢野重也生于御前崎灯塔海角附近的静冈县小笠郡佐仓村。他是家中的第三个男孩，上有后来继承第七代彦次郎的大哥春雄和二十三岁时患肺结核早逝的二哥敏雄。他出生不久，就被送到矢野常太郎、多笋家当养子。养父家虽然与他家同姓，但佐仓村半数以上都姓矢野，只是他家的远亲而已。他出生的家庭世袭彦太郎之名，是有权有势的地主，被村里人尊称为三泽的矢野家。这个称呼的由来是因为在他家没有耕种的宅地里有三眼喷涌清水的泉。他的养父母家，是村子里最穷的一对年轻夫妇。

　　矢野重也的父亲、第六代彦次郎，把三儿子送到常太郎家当养子，是出于行政上的考虑，表示对于一个一贫如洗的佃农的重视。矢野重也的母亲聪子，是静冈市英和女子学院的第一届毕业生。在教师大半都是英国人的学院里学习的聪子认为，在一大堆孩子中，挑选一个，送到贫苦人家，叫他在幼年时体验一下贫苦生活有好处。她下这个决心的考虑是，今后的日本将发生怎样天翻地覆的变化难以预料。聪子本姓为丸尾，在她的家谱中，出了一位在日本开设国会时的国会议员、静冈县兴办造茶叶的丸尾文六。丸尾文六是聪子的祖父，是个有正义感的汉子，热衷于制定宪法，支持在足尾铜矿矿毒事件中站在矿工一边战斗的国会议员田中正造。祖父很喜爱聪子，聪子也从心眼里尊敬祖父。

矢野重也的父母动机虽然不同，但他们却一致同意把他送去当养子。如果将来矢野重也问起这事，他们就说，幼年时吃别人家的饭的锻炼，是名门望族的风俗。

在矢野重也懂事以后，聪子曾这样向他解释，但他不能理解。两个哥哥没有去当养子。全村本家中也没有把孩子送出当养子的先例。就是退一万步说，即便真有这样的风俗，那么为什么要选一个没有养孩子的经验、最穷的矢野常太郎、多笥家？年幼的矢野重也偏执地认为自己被当做累赘。

矢野重也在上小学前回到了自己的家。但他已经习惯与养母多笥生活，回到讲排场的地主家很不适应。在只有两间房的养母家，每天晚上都是养母抱着他睡。自己的家里孩子们有自己的房间，长子特殊待遇，独自一间，矢野重也和次子住一个房间。他想念多笥。吃饭的时候，早饭、晚饭，只有家族的人才坐在高出一截的有坐垫的席子上。男女用人约四十人排成行，坐在低一些铺地板的房间。吃的东西也完全不同，用人们只有一菜一汤。

在矢野重也幼稚的心灵中，觉得多笥家温暖，心心相通。年轻的夫妇和自己，而且养父母认为他是名门望族寄养的矢野重也少爷，所以养母的心思全放在他一个人身上。

然而他回到自己的家一看，不知什么时候又添了两个妹妹，自己只是一大群孩子中的一个。不仅如此，还动不动就说他："因为你是三泽家的孩子。"

常常因为说话啦，吃饭时的座次啦，喝酱汤时不要出声音啦等事情管教他。在他终于打算按照他们说的去做时，过新年啦，或佃农们聚在一起过节时，又对他说，你是老三，要坐在哥哥们的下面。还是孩子的他就担心，这可怎么办呢？他在更加怀念多笥的同时，也怀疑自己是不是聪子亲生的孩子。

有一次他纠缠不休地问为什么把他送去当养子，聪子说："听说狮子把生下的孩子扔到山谷里。"

那时，聪子想起了她生下次子敏雄后不久，去从前的国会大厦找祖父丸尾文六时，遇到了控诉足尾矿毒事件而游行的队伍。矿工们举着黑色草帘旗，挥舞着长条旗向国会走来。大约有三百多人。他们不断发出野兽般的吼叫，敲着钟，高高举起的标语牌上写着：反对杀死我们的足尾铜矿，保卫生命！

当她到了国会议员会馆坐在祖父丸尾文六对面时，马上讲了遇见游行队伍的事，坦率而兴奋地说："太可怕了。"

身体高大但脸小、留着连鬓胡子的丸尾文六用力点了点头说："这事很严重。这个问题在议会已经讲了十年。如果防止矿毒流出，公司就要破产。禁止矿毒毒死百姓，国家必须保证关闭矿山。很多人只想保护私营企业的利益，这也反对，那也反对，现在成了政治问题。"

"如何是好呢？制造电线，没有铜怎么行？"

丸尾文六爱怜地看着孙女说："是这样。首先是研究预防矿毒的技术，需要的物资从国外进口，大量出口日本特有的东西。我下工夫制造茶叶，就是为了这个。"

接着，他稍稍向前探了探身，教诲说："关系到生命，人就什么都不怕了。刚有渡船时失业的大井川的轿夫们也是这样。尽管如此，也不能逆潮流不进步。人遇到困难时要忍耐，要有解决困难的勇气。尤其是男孩子。听说狮子把生下的幼崽扔到山谷里。娇生惯养出不了好样的。"

在这次谈话中，聪子第一次听到了田中正造这个名字。她好学，回到佐仓村后，就读有关足尾铜矿矿毒事件的书，知道祖父用自己的资金支援同属立宪改进党的田中正造。

丸尾文六没说自己资助田中，只是说："他比我小九岁，了不起。"

聪子对祖父更加尊敬。但在游行示威的矿工和农民中，她没看到美和希望，只在心里说，必须把孩子们培养成坚强的人。矢野重也出生时，聪子头脑中有祖父这句话，还有打着洋伞、穿着鲸鱼骨做裙撑的白色长裙，或上学时，穿着和式绛紫色裤裙的少女时代的自己。

聪子本来应该穿着当时最流行的洋服，站在去欧洲客船的甲板上，但因婚姻，当了大地主的妻子，住在佐仓村，生了第三个男孩。这是她自己同意的婚事，没有什么抱怨，但她的目光一直注视着大海、远方、未来。矢野重也是老三，不用继承家业。长子面容端庄沉静，次子一看就是个善良人。老三长相与他的两个哥哥相比，往好了说有毅力，往坏了说是凶相，也许应该说是倔强，但总觉得令人担心。当然他刚生下不久，还不能下断言。

可能因为难产，他的身体看起来羸弱。俗语说羸弱的孩子送去当养子身体就能健壮，所以在他小的时候，不能当做小少爷娇生惯养，送到贫困的环境中生活，他会健康成长，将来也许会带自己去欧洲。

在这种有点矛盾的想法中，聪子赞成丈夫的主意。

矢野一族的总本家，原是神官，历代五郎右卫门和五郎作隔代承袭。当时矢野彦太郎是分家的户主，但势力比总本家还大。养父母家、远亲常太郎为人耿直，房子建在烧津至浜松的国道边。房子很小，只有厨房、寝室和仓房。矢野重也从早到晚与养母多笛在这里生活。

这对年轻的夫妇没有孩子，喜欢矢野重也。每天吃饭只有咸菜和酱汤，偶然买块豆腐就是改善。生活虽然清贫，但并不缺乏关爱，与聪子想象中的"贫苦家庭的严峻"，相去甚远。

对于后来经历过惊涛骇浪的矢野重也来说，在养父母家这六年，是他不时怀念的原始体验。在他的记忆中，藏着一副养父母在红色篝火映照的兵营操场的角落里，抱在一起的景象。那是养父应征入伍的时候。

在众人面前肆无忌惮地抱在一起，幼年的矢野觉得可耻，想方设法掩护，不愿叫人们看到他们。在矢野重也记忆的屏幕上，映现出在静冈县步兵连队军营的操场上，在送亲人入伍的乱哄哄的人群中，幼年的自己为掩护养父母而焦躁不安的样子。

那是举国上下全力以赴的日俄战争刚刚开始的时候。

前不久，连矢野家族居住的佐仓村也响起了叫卖紧急号外的铃声。

有一天，养父家里收到了叫做"红纸"的应征令。

多笛一看到应征令就说："父亲要到很远的地方去，就剩咱们两个了。这可怎么办？父亲要到很远的地方去。"她说着抱紧了矢野，突然又把他放下，在屋子里走来走去，之后又坐下来抱住矢野哭起来，一副失魂落魄的狼狈相。矢野被抱着、颤动着。他抬眼看了一下养父。平时就没话的矢野常太郎紧闭着嘴，目光在狭猛的家中游移不定。

过了两天，矢野常太郎、多笛、矢野重也三人在村民的欢呼声中出发去静冈市。本来走着去也不太远的堀内车站，村公所还特意派了马车去送，他们是有生以来第一次坐火车，矢野重也也跟着到了静冈市。到了那里，按照所住的地域，为送行的人分配了宿舍。

他们住的宿舍，笼罩着悲怆的气氛，像过节一样嘈杂，乱得一塌糊涂，没有下脚的地方。多笥把允许携带的物品——几件内衣、火车上吃的东西，装进去又拿出来，折腾来折腾去，行李膨胀起来。

"那些东西不要，我是去打仗。"

矢野常太郎吼道。第二天，他们到附近的浅间神社祈祷"武运长久"。水池边有一棵望不到树梢的高大楠树，鲤鱼幡随风跳跃。

"喂，连鲤鱼也激动了。"

矢野重也记得当时养父说的话和那阴郁的调子。养父矢野常太郎也知道，俄国是非同小可的大国，与俄国打仗，虽说是天皇陛下的军队，但也胜负难测。明治三十七年，日本笼罩着悲怆的气氛。联合舰队司令官东乡平八郎向全国海军官兵发电报说："天晴浪高。""皇国兴废在此一战，每个人要更加奋勇战斗。"这也是当时大多数国民的心情。

矢野常太郎当然也不例外，离开家时写了遗书，放在家里唯一的信匣里。他写道：如果我死在战场，恳请三泽的矢野家，把与妻子关系亲密的矢野重也少爷立为继承人。矢野常太郎后来在村公所管理户口，背下了全村人的名字和亲戚关系，但这并不是因为他有农民、商人的才能，也不是出于关爱别人的性格，而是因为记忆力好。他不爱说话，也不与年幼的矢野重也玩，但他经过长期观察，认为矢野重也会成为一个有出息的人。

在欢呼、悲哀、心酸中过了几天，矢野重也和多笥回了家，开始了两个人的生活。在非常时期，每天晚上，在点着一盏煤油灯的屋子里，多笥抱着矢野重也睡觉。矢野重也明年就应该上小学了，但他嘴里含着多笥的奶头，两手摸来摸去才能睡着。只要在多笥的怀里，脏兮兮的被子，凸凹不平的褥子，都算不了什么。

从矢野重也出生的家，小孩子步行三十分钟就能看到海。在矢野家与海中间，有一个低矮的山冈。从远州吹来的干燥的季风从初春刮到初冬，所以富裕的人家都在院子周围种七八米宽能抗击强烈海风的扁柏树墙来防风。在绿色的树墙里面，栽树种花，有橘子、桃、梨等果树。朝海那一侧，多数人家有两三个白色墙壁的库房。三泽的矢野家，在玄关的左侧建了一个大花坛，右侧栽了几十棵果树。在前院的水池与更开阔后院之间，是一排十五六间正房。

矢野重也回到了自己的家，但并没有忘记与多笥在一起的温暖生活。

家里有两个兄弟，他也不习惯很多用人叫他矢野重也少爷。

他还是孩子，不开心时就央求负责照看他的女佣户代带他去散步。路越走越远，有一次到了海边。从那以后，天气好时，就去看海。向新野川相反的方向走到海边，御前灯塔就在眼前。

海边是开阔的沙滩，嶙峋的礁石伸向海角。从远方涌来的波浪，有时像怒吼，有时像轻轻咀嚼的雪白的牙齿，有时又像磨人的孩子在岩石周围喋喋不休。

看到海，幼年的矢野重也感到心情舒畅。

女佣户代小学毕业后到东京去打过工，讲标准话，比别的女佣知道的事多。矢野重也问她，为什么小孩不能去自己想去的地方？她说："因为矢野重也少爷，是三泽矢野家的少爷。"

她的回答与母亲一样。他不满意，以孩子的执拗，提出他以前的疑问："那么，为什么把我送到多笥家？"

"夫人是想叫少爷成长为棒小伙子。"

"可是，哥哥他们为什么不去？"矢野重也又提出了这个总问的问题。户代渐渐陷入困境："这个我也不知道。好了，少爷，你看，好大的船。"户代把他的注意力引向海面。

他抬头看着海面，可能是外国船吧，在远处的水平线上，一条巨轮闪着光行驶着。船的出现，使水平线与海岸之间的海，有了现实的距离感。矢野重也凝视着在海中自由航行的轮船。

"少爷长大了，就要乘那样的船到外国去了。"户代感叹道。

还是小学生的矢野重也，虽然无法猜测户代感慨中可能包含着年轻时的梦想受挫的感慨，但朦胧中或许能觉察到她在矢野家当用人的无奈。

这时，不知什么东西从脚边爬过。矢野重也看到一只仅有着一个大钳子、形状像弧边招潮蟹似的大螃蟹，一边警惕地看着他们，一边向海浪爬去。

"嘿，逮住它。"矢野重也说着转身挡住了它向大海的退路，赶着螃蟹向陆地爬。

矢野重也回到出生的家庭以后，觉得拘束，他最讨厌的就是吃早饭和洗澡。

这里吃饭，与在养父家与多笥相对而坐不同，在高出一段的中央，并排坐着父亲彦太郎和长子春雄，侧面首席是母亲聪子、其次是次子敏雄，之后是矢野重也。另一侧是亲戚、管家、管理佃农的头头。在低一些铺地板的地方，是厨师、佃农中的打头的。他们的对面是女佣的头和女佣们。户代排在最后面，似乎好不容易才有一个末席的位置，恭恭敬敬地坐着。

他们在动筷前先要向天皇陛下所在的东方拍手，之后转向当地守护神佐仓池神官方向拍手，再向正面的家长第六代彦次郎请安。家长不动筷，谁也不许动筷。

与养父家不同，桌子上除有咸菜、酱汤外，还有蔬菜、炖菜，有时还有干菜。吃的东西，也分三等。上两个菜的只有家属。用人的头，上一个菜，佃农的头人和女用人，吃的与养父母家一样，只有咸菜和酱汤。

对于这些，矢野重也觉得特别奇怪，而且讨厌。他不理解为什么把人分成三六九等。他发觉坐在下面的男女们翻着眼珠观察打量他：这个从贫困的常太郎家回来的三少爷是怎样一个孩子？举止如何？

矢野重也低下眼睛，心想我不应该坐在歧视者的一边，所以故意在吃腌萝卜时咔吱咔吱地嚼，喝酱汤时弄出很大响动。

在他出生的家庭对人身份的歧视，使他感到别扭，而自己与歧视者们坐在一起，年幼的他又不如何是好。尤其是洗澡，家属们用上澡室，与用人们分开，他更讨厌。在养父家，他一直和养母一起洗澡，但现在是一个人洗，而且浴池比养父家的大一倍，小学生矢野重也觉得自己的身体好像要漂起来了，感到害怕。住在这个家里，他心里没底，而且也不习惯这被煤烟熏得黑黢黢的老房子，情绪低落。

一天晚上，他刚蹬上脚踏，想下浴盆时，发现一个大壁虎，黑黑的，趴在脚踏上一动不动。太危险了，差点踩上，他叫了起来。户代急忙赶来，赶走了壁虎。他想以这件事为借口，不再去上澡堂。实际上他想去用人们用的、在里院大槐树下的露天浴池。

他坚持说，除非去户外的浴池，否则就不洗澡，叫户代很为难。

"这样吧，你去可以，但别叫夫人发现。"

户代说。矢野重也终于如愿以偿，去用人的浴池洗澡。

还是这个澡池舒服。风一吹，槐树的叶子轻轻絮语。太阳迟迟不落时，光亮中，仓库的白墙格外显眼。芭蕉的叶子相互摩擦，发出沙沙的响声。初夏时的各种花香，飘飘而来。抬头望天，在柏树围墙上的夜空，繁星闪烁。

矢野重也想，这才是澡堂。可惜好景不长，第七天，他这个"违法行为"就被母亲发现了。矢野重也被带到母亲房间，听聪子训斥："你是矢野彦次郎的儿子。要知道自己的身份。你到用人们的澡堂去洗澡，要是染上什么疾病，可对不起祖先。"

"讨厌。我不去家里的浴室。讨厌、讨厌。"

矢野重也不断说着，可能因为神经亢奋，鼻血哗哗地流了出来。他好像挨打似的，张牙舞爪地反抗。趁着聪子不注意，他向外面跑去。他趿拉着木屐，在幽暗的田中小路上，向着大约需要十分钟才能到达的养父家拼命奔跑。

前不久，在吃早饭的争吵中，矢野重也发现，逃到养父母家，是反抗母亲的有效手段。

那天早晨，本来就觉得家里吃早饭时的程序无聊的矢野重也，在家长彦次郎动筷之前，拿了一片腌萝卜放到嘴里。坐在他旁边的敏雄责怪他说："在父亲动筷前，不准吃东西。"

矢野重也转过头对二哥说："这个规矩，我不知道。"

"我说的话，你不听吗？"

"可是，我不知道。没人告诉我。"

矢野重也强硬地说。他们两个的小声争论，聪子都听到了。

"敏雄，别管他。这个孩子没有教养，得慢慢教育。"

这话激怒了矢野重也，他的血往头上涌，扔下了手里的饭碗，吼叫着跑了出去："我没教养，我不在这里待了。"

　　他明显感觉到，母亲歧视自己，看不起养母多筜的家。而这一点，与住在这里心情不舒畅是两回事。她看不起我，那么我就有回多筜家的权利。

　　聪子知道自己伤了孩子的心。她已经明白，把矢野重也寄养在贫困的常太郎家是失败的，所以无意中说出了不应该说的话。她在童年时代，祖父丸尾文六就教导她，不能用歧视的目光观察社会。

　　她马上意识到自己的失策，因而心情沮丧。

　　她原来打算让矢野重也见见世面，但常太郎和多筜夫妇没有自知之明，过分溺爱，使他养成了邋里邋遢的习惯。她心里想，这不能允许的。当然，这也与她对穷人不能姑息的意识有关。但聪子自我控制力很强，她忍耐着，承认自己说错了，苦口婆心地对矢野重也说，身为母亲，她多么希望自己的子女成长为好孩子。她说着说着，眼里饱含泪水。

　　在那次吃早饭的争吵中，矢野重也不顾一切地逃出家门，但这一次，他有他的打算。他拼命在暮色笼罩的田野上跑着，喊着"妈妈"跑进了矢野常太郎的家。

　　"怎么了，看这鼻血流的。"多筜解下头巾，一把紧紧抱住跑进来的矢野重也，不断地问，"天都这么晚了，到底怎么了？"

　　矢野重也哭着，把事情讲了一遍。从田里回来的常太郎也听到了。

　　不知为什么，他们听完之后相互看了看，什么也没说。矢野重也感到意外，想把自己的苦处再说一遍时，常太郎说："三泽的矢野老爷有自己家的规矩。"

　　连多筜也难过地说："妈妈送你回去请罪。孩子，回去吧。"

　　上一次因为吃早饭发生争吵后，常太郎夫妇被叫到三泽的矢野家，狠狠地教训了一顿。矢野重也虽然闹着不回去，但矢野常太郎和多筜走在前头，他一个人不能留在漆黑的养父家里。

　　"讨厌，我不回三泽的家。"

　　他一边喊着，一边跟在养父母的身后。不知什么时候，矢野常太郎不见了。多筜看丈夫不在，走过来紧紧抱住矢野重也说："我知道你难过，忍着吧。"

　　多筜在田间的小路上哭起来。养母的眼泪使他消了气。母亲聪子看到多筜拉着矢野重也的手走进来，没跟他说话，对多筜表示感谢说："真对不起，又麻烦你。"

多笥走了以后，聪子对矢野重也说，你那么喜欢户外的澡堂，可以在用人们洗澡之前洗，同意了他的要求。聪子意识到不能用教育一般孩子的方法教育他，所以改变了方法。尽管如此，但她不能不盘算怎样叫他懂得人的身份是不同的。

聪子想叫三儿子尽早学习武道。与矢野重也发生几次冲突后，聪子想，武道不仅可以锻炼精神，也可以让他好好学习，在这中间，也期望他树立身份不同的意识。

聪子生了五个孩子，在日俄战争后的不景气中，她开始管家。在三泽的矢野家，自己必须非常坚强才行。丈夫虽然有人望，但性格温柔。

矢野重也虽然与家里常有些摩擦，但学习好，已经由二年级升入三年级。

每年快到年底时，总有一个打着剑术指导招牌，表演坐着拔刀术的人，嘴里说："有了纠纷，请叫鄙人。会一点剑术，愿为您效力。"

他叫山田，原来是武士，每次来都要在村长或大地主家里住上两三天，这次到了矢野家。

已经是日俄战争之后了，他还留着武士的发髻，出入各种人家，人品不坏。他到了谁家，谁家都要叫他指导用人学习剑术，或者把人集中在一起，听他讲古。那天彦次郎到县政府去办事，去了静冈，由聪子当主人，与长子春雄一起招待他。

山田目光停留在坐在次子下面的小学生矢野重也身上，问道："聪子夫人，今天坐在那里的是三少爷矢野重也吧？听说……"

聪子的眉头微微皱了一下。

从养父母家回来的三儿子还是小学三年级的学生，但他性情刚烈，有正义感，在用人中间有种种传说。山田剑客听到了这些。聪子觉得对矢野重也的评价也包含着对自己的批评。

山田剑客抱着肩膀凝视着矢野重也说："原来如此。毛病不少的漂亮后生。我看着怎么有点像丸尾文六呢。"

他提到了丸尾文六的名字时，聪子惊叫一声。

"山田先生，"她严肃地叫了一声剑客的名字，"您这话说得过分了。怎么能直呼文六呢？这样会遭报应的。”

场上顿时鸦雀无声。

山田剑客马上从坐垫上下来，跪在饭桌前道歉："失礼了。承蒙厚谊，我忘乎所以，敬请宽恕。"

矢野重也亲眼目睹了大人们因为自己而争吵。他没见过丸尾文六这个人，但他隐约感到，这是个很了不起的人物。不可思议的是，他记住了这个场面，在后来的岁月里，每当进行紧张的交涉时，就会突然想起来。

那天夜里，矢野重也钻进了二哥旁边的被子里，迷迷糊糊中，想起了住在家长彦次郎寝室里面、类似配房的隐居屋里的祖母箕和讲的故事。

"现在呀，已经没有这种事了。"祖母讲故事时，开头总是这样说，"我有一次，站在御前崎坡上。那时候还没有建灯塔。从海里传来轻轻叫我的声音。我仔细一看，在岩石背阴的地方开着的一朵像紫花地丁似的花在跟我说话。"

矢野重也本来对花草与人说话、鱼聚集在一起听尊贵的高僧讲道等故事从来没怀疑过，所以祖母箕和讲的故事他就更加深信不疑。

"花儿对我说：'我开错了地方，如果方便，请把我移到能看到大海的山冈上。我会谢恩的。'那是我出嫁不久，十八岁的时候。我马上用树枝在岩石的低洼处挖了个土坑，把花栽了下去。过后不久，我就生了个漂亮女儿。怀孩子时，肯定会有人这样告诉你。有你的时候，好像也是这样。聪子是个西洋派，当面问她，她说没有。可是，人还有许多不知道的世界，会从那里来告诉的。只要你静下心来，就能听到。"

祖母箕和在一天夜里带着劝诫的口气说："如今，已经没有这种事了。很早以前，这里有很多狐狸，常常骗人。其中也有令人钦佩的狐狸。一个武士救了它的命，它就变成一个美丽的姑娘来报恩。它嫁给了武士，为武士生了儿女。一年秋天，菊花盛开，它看得着迷，一不留神，露出了尾巴。这样它就不能再呆在人间了，哭着回到了森林。也有这样叫人佩服的狐狸。要照顾那些弱者，受伤害的人，佛主肯定会看见。矢野重也快点长大，当一个佛主夸奖的人。"

有时祖母也讲德川家的家臣、矢野家的祖先，守卫高天神城，与武田信玄大军战斗的故事。她没有用训诫的口气，就像她当年在现场一样，讲得活灵活现。

矢野重也在三年级的秋天去旅行，到了高天神城遗址。在那里，老师讲，武田方用水攻，打下了城池，矢野三兄弟抄近道逃到远方，不知去向。听说一个去了千叶的房总，一个到了佐仓郡，一个下落不明。

矢野重也跟祖母说旅行的事时，无意中说了一句："我们家的祖先是胆小鬼。"

他被祖母狠狠骂了一顿。这是祖母第一次也是最后一次骂他。

"德川家神在久能山供着呢。你却说继承这一流派的祖先是什么胆小鬼。你这孩子是要遭报应的。"祖母箕和说着，真生气了。这次矢野重也很少见地老老实实地认了错。可能因为这件事，没过多久，祖母给他讲了高天神城陷落时的情况。

"那天没有月亮，漆黑一团。武田的军队挖了横洞，截断了高天神城的水源，武士们从石墙向山谷放下绳子，一个一个出城。先祖三兄弟面面相觑，说现在这样悄悄地溜出城，身为武士再也不能回来了，他们发誓当个农民，重整旗鼓，东山再起。下到谷底，他们商量，一个去陆中盛冈，一个去下总，一个潜伏到佐仓。"

祖母箕和继续说："那时连年战争，百姓家都没有隔夜粮。没有百姓，哪里有武士，你的祖先都是这样想的。你要好好记住，给他们带路的是狐狸。那时候人和狐狸的话是相通的。祖先从鸟的叫声就可以预测天气。现在一切都太方便了，这种本事也没了。"

可能祖母觉得前不久对孙子斥责得过分了，心里过意不去，这天夜里郑重地有秩序地对矢野重也讲了这番话。

矢野重也一边听着，一边进入梦乡，在他的视野中，出现了披着蓑衣、戴着菅草斗笠的祖先们，交换一下百感交集的目光，相互点头，在黑暗中分手的情景。

他们的形象在梦中一会儿变成了黑色的谦仓蝶，一会儿又变成了新野川边上从冥界来的使者——不停飞翔的黑蜻蜓。

矢野重也回到自己的家以后，虽然怀念养母多箸身体的温暖，但在祖母讲述的历史、人与动物花草树木昆虫交流的故事中，逐渐意识到自己生活在漫长的历史长河中。

随着学级的升高，在本家里生活时间的增加，在祖母、母亲，还有户代的提携下，矢野重也与用人们无话不说，但与父亲、哥哥、妹妹们不行，还需要时日。之所以如此，是因为父亲沉默寡言，而哥哥妹妹们认为自己被当做三泽家的少爷小姐侍候是理所当然的，与矢野重也总是话不投机。他在兄弟姊妹中学习出类拔萃，学校的课程用不着预习、复习，每天的时间安排与大家都不一样，总是与众不同，待遇特殊。矢野重也没有什么佃农的儿子、地主的儿子的概念，个子渐渐长高，身体强壮有力，一下子成为指挥同学、率领孩子们玩耍的孩子头。虽然如此，但他从来不逞威风，所以人气越来越大。只是在兄妹之间，情况稍有不同。

在兄妹中间，二妹喜美长得很像母亲聪子，招人喜爱，性情刚烈，虽然比矢野重也小五岁，但两个人经常吵架。

有一次，他们和附近的孩子们一起玩打仗，一个佃农的女儿违反规则惹怒了喜美。矢野重也发觉她违反了规则，开始时没有说话，只是默默地看着。

喜美非叫她认错不可："你要道歉，否则就不玩了。"

逼得那个女孩子快要哭了。矢野重也说："我知道，是她不好。可她知道错就行了。喜美，原谅她吧。"

"不！不原谅。"还没等矢野重也说完，喜美大声喊，"狡猾的东西就是狡猾。她不跪地正式道歉，就不玩了。"

"讨厌！"矢野重也说完这句话时，血往头上冲。他回到自己屋子里拿来了气枪，把吓唬鸽子用的大粒仁丹压到枪膛里怒吼道："你不听我的，我就打你。"

到底是喜美，她吃了一惊，但马上镇定下来说："好，你打吧。"

仁丹打在喜美的太阳穴上，血流了出来。和他们一起玩的孩子去给聪子报信，聪子急忙跑过来，打了矢野重也，不由分说，把他关进了米仓，锁上了门。但矢野重也知道这次是自己不对，虽然哭了，但没有发疯。而且他惊讶地发现，妹妹与自己极为相似。他想，那时她还没上小学，也许还不知道被气枪打中是怎么回事，但想起她说"好，你打吧"时的表情，又使矢野重也觉得这种解释站不住脚。

最震惊的是母亲聪子。她想，幸好子弹是仁丹，还可以用淘气来解释，但这个孩子的前程令人担忧。这种心情，从此笼罩在她的心头。

气枪事件过去不到两个月的11月中旬，矢野重也放学回家，户代叫他马上到正房父亲的房间去。不知为什么，正房的气氛与平时不一样。他心惊肉跳地走了进去。父亲彦太郎发高烧，目光呆滞，躺在床上望着天井。父亲用眼睛示意护士离开，护士轻轻地走了出去。父亲急剧地喘了一会儿，招手叫矢野重也到他身边来。

"矢野重也，我对不起你。"父亲说，"我看到你流着鼻血，拼命往多笥家跑，心如刀割。"说到这里，彦太郎的话断了，不知他是在调整呼吸，还是在清理思想。过了一会儿又说："要忍耐。我认为年轻时吃些苦有好处。我年轻时到江户去，吃了许多苦。有一次，我曾经像爬一样翻过了被浓雾笼罩的漆黑的箱根山。"

他稍稍移动了一下身体，伸出手，看样子想动一下额上的冰袋。矢野重也情不自禁地凑上前去，把遮眼的冰袋向头上移了一点。

"我当村长的时间很长，为了村子我尽心尽力。直到现在，老人们还感谢我付出的辛劳。"说到这里，彦太郎痛苦得脸都变了形，好像用尽了最后的气力。

"把你寄养在多笥家是我的主意，不是聪子。你在他们家里吃了苦。我觉得在你们兄弟中，你与他们不一样。你的世界很大。说你没有教养，你怒气冲天，我理解你的心情。但这是小事。你的天地很广阔。今后要好好听家里人的话，当一个伟大的人。我这样讲不是为自己辩解，确实觉得你受了苦。可是，这些都过去了。你要当一个随和、朴实、杰出的人。"

彦太郎说完，好像用尽了全身的力气，闭上了眼睛。矢野重也听了父亲的话，想起了许多事，百感交集，强忍着没有哭出来。

父亲好像在打盹。矢野重也想应该到屋外把护士叫来。他刚站起来，彦次郎轻轻睁开眼睛说："你敬慕的多笥，心灵很美，你长大后要好好孝敬她。"

彦次郎的口气，就像与成年的儿子诀别一样。

矢野重也不想哭，但眼里却噙满了泪水，他觉得不可思议。

在此以前，因为对他寄养的家庭的歧视问题，他不知多少次与母亲翻脸，挨哥哥们的打。什么客人来的时候应该怎样说话，吃饭时不要去厕所等等有关教养的注意事项，他虽然觉得乏味，还能忍受。但是只要他听到有人说"穷人家的孩子不好"，"多笥是怎么教育的"，"本来她就没有教养"，他就火冒三丈，忍无可忍。

"多笥是个热心人，她表里如一。"矢野重也想表达这个意思，但他还是个孩子，说不清楚，所以只会摔饭碗，或穿着木屐跑出去。

矢野重也这样做，大都是当着用人们的面，不能不说是家庭的耻辱。母亲聪子担心激怒他，悄悄地对他的两个哥哥说："矢野重也还小，不懂事，别惹他发火。"

这样一来，矢野重也在家里很孤立。这种时候，父亲常常是沉默不语。矢野重也一直无法适应。今天父亲说多笥是个心灵美的女人。这意味着身为家长的父亲同意了自己的看法。

也许以前自己误解了父亲。这可是大逆不道，应该尽早道歉才是。矢野重也急了，连呼："爸爸，爸爸……"

彦次郎痛苦地喘息着，闭着眼睛。

尽管他不断地叫，父亲还是睡着了。

矢野重也蹑手蹑脚地走到院子里。

矢野重也离开父亲，来到庭院，满心喜悦。他想到田间的小路上尽情地飞跑。如果那里有海，就穿着衣服一头扎到海里畅游。他心情舒畅地环顾庭院。

西侧的大水池连着改良品种的试验茶田。南侧，从前院到后院，是柏树围着的果园，里面有桃树、梨树、蜜柑树。前院的入口处，有几棵高耸入云的楠树。

矢野重也的目光停在低处长着树枝的楠树上。他想，上到大树的中部就可能看到海。但他爬上树枝一看，树干太粗，树梢太高，根本爬不上去。天还亮着，但从苍郁繁茂的树叶之间，似乎看到了星星。

矢野重也仰头看了一会儿天空，终于死了心，下到地上。前院的大花坛里，迟开的铠甲草和鸡冠花都是红色。前院的水池中，锦鲤悠闲地游着。

不知为什么，此刻他心中的悲哀越来越浓郁。凭直感他认为父亲要死了。他低着头出了大门，但并不想到多笥家去。既然父亲已经承认我对她的看法，用不着急着去见她。

晚秋的田园已经暮色朦胧。远处山冈上的茶园，散落着点点白花。矢野重也向筬川方向走去。登上堤坝望着滚滚流水，心情稍微轻松些。

第二天早晨，他早早就醒了。他感到家中异常安静。他发觉昨天晚上，一直在想自己的事，忘了去池宫神社，向家族守护神祈求拯救父亲。

这可是大事，必须尽快去。矢野重也想到这里，急忙站起来。从家里到神社，四年级学生矢野重也步行用不了十分钟。可他着急，走到半路跑了起来。

这个神社的代代神官，都由矢野本家的人来担任。每年祈祷感谢五谷丰登的"饭桶"仪式即由本家神官主持。

父亲的去世，是矢野重也有生以来第一次遇到人的死亡。昨天父亲还在那里，作为家长与自己讲话，今天却突然走了。

父亲病危时躺在床上说的话，说明他本来是非常理解矢野重也的。这样的人突然死了，既无道理也无法接受，但这又绝对不是谁的责任，怨不得谁。父亲突然撒手人世，使矢野重也感到，一个与自己心情、意志格格不入的世界，正中间裂开了一个大口子，而自己却独自站在这深渊之中。

在学校里，他是一方首领，总有几个同班同学跟在他身后，但奇怪的是，他突然沉默起来，心事重重的样子。不过时间不长，他走出了低谷，声音比以前还要响亮："今天去捉鳗鱼。"他带着同学，远征到筬川抓鳗鱼。

那时他的领地，从平缓的朝根丘陵向东一直到海边的平原，西到筬川，北到牧原台地。这里是田园地带，有水池、原野、麦田，中间混杂着茶园。在他的"领地"中，不仅有农户，还有杂货铺、点心铺、报摊、三等邮局、席铺、焊锡铺、豆腐房、赶马车拉货的车老板把马拴在广场的树上进去喝杯酒的小酒馆等十五六家。

在这些店铺中，矢野重也最喜欢的是铁匠铺，爱看用锤子把烧红的铁打成片，放在打眼机上打孔时，火星四溅的场面。

在父亲病故一年后的初冬，学校的伙伴各自回家之后，矢野重也站在常常经过的铁匠铺前，看他们打马蹄铁。已是黄昏，炊烟向农田飘去。几只棉花虫在暮色中飞舞，好像预示着即将悄悄到来的严寒。暮色中，红红的炉火和打铁时飞进的火花格外艳丽。矢野重也沉醉在这景色中。

他觉得背后有人，回头一看，一个僧服上打着环状布带、腿上打着白色绑腿、行者模样的男人站在他身后向铁匠铺里面看。不知为什么，矢野重也觉得，在他回头看之前，这个人肯定在注意他、打量他。这个人右手握着一根用青冈栎做的六角棒，右手拿着一顶菅草斗笠。

正在专心打铁的主人可能发现了他，抬起头，看样子他们是老相识。

"少见，真是稀客。"说着，主人站起来，走到店头，"今天有何贵干？"

"前面的村子里有一家叫我去看看。说是被狐狸精迷上了，其实什么事也没有，只是庸人自扰。"

这个看样子像走街串巷、占卜吉凶、讲阴阳五行的算卦先生回答说。

他用下巴点了点矢野重也，问铁匠铺的主人说："老板，他是谁家的孩子？"

"啊，他是三泽矢野家的少爷。佐仓最有钱人家的儿子。"

算卦先生"嗯"了一声，更加肆无忌惮地盯着他看。矢野重也觉得这个家伙真无聊，不甘示弱，身子向后仰，看着这个裹着僧衣的男人。

"这个孩子，两三天前，从树上摔了下来。"他说。

矢野重也心里一惊。他说的确有其事。在父亲彦次郎一周年忌日完事那天，他想方设法爬上一年前没有上去的那棵楠树。他想，如果上到它旁边那棵楠树下面的第二根树枝上，之后再爬到上面相互交叉的树枝上就行了，但没有成功，结结实实摔了一跤。幸好掉在一堆席子上，没有受伤，聪子也不知道，就过去了。

但是，他可能是蒙对了，用这个可吓不倒我。生来就不服输的矢野重也依然看着他。

"这个孩子不是个规规矩矩的人。将来可能是赌棍或骗子，但也说不定是个伟大的侠客。"

矢野重也是小学生，他还不知道侠客为何物，但他却明白算命先生没说他好话。

过了一会儿，那个男人拿着菅草斗笠与老板告别，不知去了哪里。铁匠铺的老板目送着算命先生，安慰绷着脸的矢野重也说："少爷，您别在意。他胡说八道是有名的。"

矢野重也从那时起，特别讨厌奉承话，特别讨厌因为他是三泽矢野家的少爷而低声下气的态度。从这个意义上说，铁匠铺老板对于四处游荡的算命先生的预言，巧妙周旋的一番话，也很无聊。

矢野重也想，再遇到这样的大人，应该狠狠教训他一顿。这种念头不好——还是少年的他也知道，所以必须锻炼自己的精神控制能力。按照母亲的希望，矢野重也从小学二年级开始每天早晨练习剑术，专门修炼培养克己之心，每次与两个哥哥一起去。

武术场在池宫神社前面，也是老剑客清水忠八的练习场。矢野重也一直觉得这个留着白色山羊胡子，因为长年戴练剑面罩而谢顶的瘦削的剑师挺奇怪的。

日俄战争以后，学习剑术的人一年比一年少，对于以教授剑术为生的清水忠八来说，教三泽矢野家三个少爷是他的一块金字招牌，所以他说话时，练习时，都是一副奉承讨好的腔调。而这一点，正是矢野重也觉得奇怪的最大原因。

就在这时候，发生了一件事。

那天早晨，矢野重也比平时起得早，他从厕所出来想顺便洗把脸就去了盥洗室。这时，他看见一个男人从房子的后门悄悄出来向外逃去。

小偷！他想，于是把手里的毛巾扔到洗脸盆里，要跑去追赶时，与从走廊向盥洗室匆匆跑来的女佣户代撞到一起。

"矢野重也少爷，怎么了？"

户代气喘吁吁地问，无意中，她边说边整理衣服的领口。

矢野重也急忙说："一个男的，小偷，年轻……"

"是吗？我早就起来了，是不是花匠？"

"不，那家伙年轻，看动作就知道。"

在问答中，不知为什么，矢野重也有一种奇怪的感觉。户代一点也不惊讶。既不问偷没偷什么东西，贼是从哪儿进来的，也没有在周围找一找。矢野重也觉得有点不对头，没有心思去追了。

那天很冷，矢野重也一边往手上哈气，一边揉耳垂，往剑术练习场走去。路上，他想起家里早晨发生的事，越想越觉得蹊跷。他本来说了"小偷"，但用人户代的样子，好像要阻拦他到外面去追赶。

在他上小学之前，一直由户代照料，他信任户代，所以越想越不明白，但有一点，不知何故，他觉得这个家越来越没有章法。自己必须尽快像立川文库中的岩见重太郎一样强大，保护这个家庭。他思绪纷纷，甚至想到父亲突然病故，没有户主的家庭常受欺负等等，心情激动。

矢野重也怀着这种心情走进了剑术练习场。在铺着地板的房间的一角，陈列着各段练习用的木刀，他从中拿起一把成人用的木刀，高喊着，开始练习。

清水忠八听到矢野重也的喊叫声，吃了一惊，出来问："矢野重也少爷，你怎么了，有什么事吗？"

矢野重也想也没想说："家里进了贼。"

"是吗？不过，有人受伤吗？"

"很奇怪，没有人吃惊，都很平静。连用人户代都说，没有人进来。"

清水忠八剑客突然变成一副粗俗相说："矢野重也少爷，这是偷情贼，你别管好了。"

矢野重也觉得自己又上当受骗了。大他五岁的大哥春雄笑嘻嘻的，大他两岁的二哥敏雄像什么也没听到似的毫无反应。

清水忠八看了看他们的样子，又解释说："三泽家的女人漂亮，而且聪子夫人是既年轻又漂亮的寡妇，仓库里有的是钱，有一两个夜贼并不奇怪。"

大哥春雄很快戴好了面罩，好像要打断他的话似的说："好，走吧。"

清水忠八似乎也觉察到自己说过了头，应声说："那就去吧。"开始戴面罩。

矢野重也莫名其妙，心情沮丧，握紧了竹刀。自己虽然听不懂他说的话，但总觉得有卑鄙下流的意思，而且又偏偏不让他一个人明白。这种心情，再加家门被辱的不快，他一声不吭，沉默起来。

练习与以前一样，清水忠八先教春雄，这期间，矢野重也和二哥敏雄轻轻对打。

轮到矢野重也了，他与清水忠八打了七八分钟。

"收肘，两脚不能一起动。"

清水忠八提醒他注意姿势。

矢野重也身上的寒气顿消。

"一刀决胜负。"清水忠八喊着，剑随即轻轻砍到矢野重也的胸部，"好，这场结束。”

师傅说着，摆出举刀过头往下砍的架势，虚晃一刀，刚说摘下面罩，他的头就毫无戒备地伸到矢野重也面前。就在这时，矢野重也突然灵机一动，两手用全身的力气握住刀，一下子捅入清水忠八的胯股间。

一刀命中。老剑客捂着裤裆，呻吟着，摇晃着，之后又跳了两三下。矢野重也认为他亵读了自己的家和母亲，所以给了他一刀，心中的怒火一下子烟消云散。对于一刀命中，他自己也感到吃惊。

矢野重也常去姨夫矢部与左卫门家去玩。不知姨夫是听人家说矢野重也脾气暴烈、喜怒无常，还是亲眼看到了他的心直口快，评论说：“这个孩子与众不同。他很坚强，受不得委屈。如果走正道，可以当大臣、博士。如果走邪路，就是石川五右卫门。稍稍偏一点，就是清水次郎长。”

矢部与左卫门与重野母亲的妹妹结婚，住在小笠郡佐仓村东边的相良村。他家面对骏河湾，与矢野、丸尾家一样，都是名门望族。从江户时代末期开始，这三家就有姻亲关系。

矢野重也在小学时代，每年暑假就盼着与两个哥哥和妹妹到姨夫家去，那里比三泽的本家离海近。姨夫家完全没有上下关系，宽松平等。姨夫矢部与左卫门是政友会系统政党的县议会议员，他的妻子琴与矢野重也的母亲一样，也是丸尾文六的孙女。

丸尾文六是国会议员，活动范围大，交游广，认识榎本武扬、胜海舟，并通过胜海舟，结识了清水次郎长。

在这种环境中，矢部与左卫门见过形形色色的人，所以他看出了儿童时代的矢野重也的危险性和可能性。

成人世界的阴影，就这样经过种种曲折，投射到矢野重也身上，每次都引起了他的强烈愤懑或拒绝，但同时也把他逐渐推向未来。

在这期间，养母多笥生了个宝宝，使矢野重也对养母的深厚依恋之情一扫而光。那是在父亲病故前半年，夏天快到时发生的事。

有一天，母亲聪子说：“多笥生孩子了。今天是星期六，你去道喜，如果你愿意，住在她家也行。”

矢野重也高兴得忘乎所以，找不着东南西北了。户代给他穿上刚做好的藏青色碎白花的和服，拿着内装母亲送给养父母家礼金的包裹出了家门。

这是个美丽的季节。

梨花、橘子花一起开了。海风摇动着紫藤的花穗。小鸟成群结队地飞着。茶田的嫩绿染绿了山冈。在田间的小路上，矢野重也一跳一跳地走着。

几个月前，在体操时间，多笥曾从树墙的缝隙悄悄地看过矢野重也。

矢野重也站好队以后，抬头时看见了多笥，他不顾一切地喊着"妈妈"，跑了过去。教师吹笛叫他注意，但他根本没听见，喊着向树墙飞奔。多笥吓了一跳，急忙弯着腰，顺着来路往回跑。

多笥听到背后想念自己的矢野重也边跑边喊，心想我太蠢了。如果让三泽的聪子夫人知道了，肯定要生气。不知为什么，自己跑来见矢野重也，只是想告诉他，自己已经怀孕了。她一边擦着满头的汗，一边想。

类似的事，还有好几次。养父母矢野常太郎、多笥，考虑到三泽矢野家的态度，不敢公开表示喜爱矢野重也。今天矢野重也得到许可，而且带着贺礼来了，他们喜出望外，乐坏了。他们太高兴了，忘记了他是从本家回来的矢野先生的儿子，应该叫他为"矢野重也少爷"才是。抱起矢野重也，贴着脸说："孩子，真想你。一天天长高了。欢迎你来。"

迎接养子的晚饭，都是他爱吃的东西。有保存一冬的笋头，油炒魔芋丝，还有一大盘豆腐。矢野重也狼吞虎咽，觉得还是这些东西最好吃，边吃边说。

常太郎担心地说："你别又蹦又跳，小心鼻子出血。"

这顿饭，三个人吃得热热闹闹。在这里吃饭，矢野重也不用注意坐在下座的用人们的眼神，也不用看严格的聪子、家长彦次郎的脸色，也没有时刻注意维护三泽矢野家的名誉、斜着眼睛示意他注意自己举止的两个哥哥。他们总是担心没有教养的老三，是否又有什么出格的举动？在这里，想说什么随便说。吃饭时，想坐到多笥的腿上，站起来坐上就是。想吃用筷子穿的笋头，张开大嘴等着就行。

家庭宴席正在兴头上时，在旁边库房里睡觉的婴儿突然大声哭起来。正在给矢野重也盛饭的多笥，急忙放下手里的饭碗，跑进库房。

婴儿哭闹声更大了，传来多筍"噢、噢、噢、好了、好了"的哄孩子声。

养父常太郎看到没有给矢野重也盛饭，拿起多筍放下的饭碗，为矢野重也盛好饭，递给他，但矢野重也咬着牙，绷着脸，没有接。

矢野重也一直认为矢野常太郎家是自己的天下，现在又生了一个更重要的人。这一发现，使他执拗起来。多筍终于把孩子哄睡了，回到饭桌上，但饭已经完全凉了。她急得团团转，不知如何是好，想方设法哄他高兴，但矢野重也两手支在膝上，一动不动，竭力抑制着眼中的泪水。

尽管如此，但他终究不能像从本家逃回养父母家一样赌气，只能忍着住在养父母家里。

这是矢野重也有生以来第一次尝到嫉妒的滋味。

在父亲矢野彦次郎病故正好一年时，多筍留下刚刚才两岁的婴儿暴卒。病名一直不清楚，好像说是心脏麻痹。

那天，矢野重也正专心致志地把橘子切成片，引诱捕捉喜欢吃奇怪食物的白头翁。这时他发觉有人突然在他身后，回身仰头一看，是管佃户的老头面色沉重地站在那里。他吓了一跳，问道："老爷子，怎么了，有什么事吗?"

"多筍死了。"他难过地说。

矢野重也终于明白了他说的意思，一路跑着下了橘山。他害怕这消息是真的，哭丧着脸，急忙赶往住过多年的养父家。

矢野常太郎家一片混乱。村子里的人一个个惊叫着来到他家。

今天早晨起床时，多筍就说胸口疼，在厨房做饭时倒在地上。常太郎跑到村公所去请医生，又急急忙忙跑回来，把她抱到被子上，为她揉背。这期间一阵阵剧烈疼痛，等到医生来时，已无力回天。矢野重也一边听着人们的议论，一边走进躺着多筍的库房。库房很小，里面幽暗、安静。

多筍静静地躺着，面容安详。眼眉上，有早晨用剃刀刮过的青色痕迹。矢野重也坐在多筍的枕旁，想起她觉得自己的眉毛不是弯弯的细眉，而是形状不齐的难看的浓眉，所以常常用剃刀刮。

在库房里，只有常太郎和矢野重也两个人。村里人反复询问多筍骤死的原因，搞得常太郎疲惫不堪。矢野重也进来时，常太郎看他面色严肃且有几分冷峻的微笑。不知谁匆匆从野地采来一束黄色野菊，插在一个汽水瓶子里。

矢野重也看着多笥的遗容，看着看着，失去理智，一下子扑到她的遗体上，抱起了她的上身。"孩子，别这样，快放下。"常太郎怕外面听见，压低声音说。矢野重也这时已经躺在多笥旁边，双手紧紧抱住她的胸。

幽暗中，他仔细端详多笥的面容。她轻轻地闭着眼睛，好像在微笑。在端详中，矢野重也好像又回到了充满幸福的童年时代。那是只属于自己和多笥的时光。原野开满了花朵，海浪轻轻地絮语。回到自己家以后，他一直渴望有机会睡在多笥身边，哪怕一次也好，今天终于如愿以偿。

不知过了多久，矢野重也第二次、第三次抱住多笥的身体。他闭上了眼睛，心想只要闭上眼睛就可以和她一起走了。

寂静中，有人敲矢野重也的背。他想再紧一点抱住多笥的身体，但一只粗大的手猛然把他从多笥的身体拉开。少言寡语的常太郎力气很大，矢野重也没有反抗。就这样，他永远离开了幼年时代。

多笥葬礼那天，葬礼结束后，矢野重也不想马上回家，独自去了海边。在他"领地"西南端的海滨，可以看见白色的御前崎灯塔。再往前一点，沙滩尽头是裸露的岩石。

那一天，他直接下到沙滩，向左沿着海岸走到灯塔附近。在处处岩石的背阴处，被风吹断的野菊摇动着最后的花朵。海鸥悲哀地叫着，像平时一样慢慢地飞着。矢野重也想起多笥带他来看海时的情景。多笥从没说过大海的对面有一个很大的国家、你要有出息等这类话，只是拉着他的手，默默地站着。

在东京工作过的用人户代，看见远方海面上有大轮船驶过，慨叹自己与矢野重也的身份不同，说她憧憬遥远的外国。多笥死时，户代已经不在三泽的矢野家。一天早晨，她突然不见了，查看一下，只是丢了一些日常生活用品。

管家生气地说："她是个忘恩负义的女人。她在东京呆不下去了，我才央求夫人把她留下的。"

一个上了年纪的女佣担心地说："户代漂亮，可别再上当。"

矢野重也已经到了朦朦胧胧地想象大人们所说的"私奔"是什么意思的年龄。不知是因为户代负责照料他，还是因为她的性格，反正她不太把矢野重也当少爷，只有两个人时，她把自己的一些想法讲给他听，他为此很高兴，所以听到人们说她的坏话，心里很难过。

也许是他抱着多笥遗体不放这件怪事的影响，矢野重也虽然小学已经毕业，但没有让他马上进入哥哥敏雄上的静冈中学。聪子担心，他身体孱弱，一身孩子气，难以适应完全住校制的中学生活。

对这个理由矢野重也颇感意外。留在他终于习惯的家里，有许多游戏伙伴的佐仓，他很高兴，但也有一种被轻视的感觉挥之不去。

聪子说，他生下来时身体就瘦弱，所以送出去当养子。上了小学的高年级，他还是很瘦，而且扁桃腺常常发炎，一到冬天，总要发一两次高烧，不能上学。但是他从来没觉得自己体弱多病。

矢野重也向母亲聪子发泄不满，聪子回答说："你说得对。只是敏雄的情况不好，我怕你的身体适应不了住宿生活。"

矢野重也对此一直耿耿于怀，但没有办法，只好上了当地小学的高等科。他叫哥哥弄来中学的英语、数学教科书，在上高等科的一年中，学完了三年的课程。

第
二
章
◆
小
树

矢野重也生活了四年的静冈中学宿舍叫仰止寮，舍名取自中国的《诗经》中的一句诗：高山仰止。在这里，无论是从房间还是从校园，都能看见远处城堡般耸立的富士山。

富士山每一天，每个季节，都在不断变化。春天，富士山耸立在云雾后面，从中部到山顶，由皑皑白雪覆盖，宛如难以企及的遥远的圣地。夏天，山顶上白云缭绕，山体郁郁葱葱，引起这些从少年变为青年的年轻人的遐想。

住进宿舍时，在那里度过第一个夏天时，矢野重也常常眺望富士山。他觉得自己已经自立，但又想念佐仓。想得最多的，不是自己的家，而是在养父母家与多笥在低矮阴暗的房子里过的日子。但如今，多笥已经去世。矢野重也感到不可思议的是，他已经把对多笥的回忆放在幼年时代的"篮子"里，心中出现了空白，他期待着用什么东西填满它。

矢野重也自学了不少课程，但在与高年级学生和老师的交流中，他的兴趣急速扩展。他把教科书放在一边，阅读老师发的补充教材中的志贺直哉、森鸥外的作品，杂志上连载的铃木重三吉的童话，心想这样的东西自己也许能写。

英和女子学院也在市内，离得不远，这引起他对女子学院首届毕业生的母亲聪子的冷静思考。

母亲聪子一直很严厉，总是管着他。每天晚上吃完晚饭，她一边整理家庭的账目或裁缝衣物，一边叫三个儿子坐成一排，监督他们复习或预习功课。她说长大了必须能读英文报纸，所以从静冈市书店邮购英文画本，亲自教授启蒙。她在工作的间歇，检查孩子们的学习情况，如果谁不专心学习，就用戒尺抽打肩膀，大声斥责。她说："我必须铁石心肠，代替你们的父亲。你们要努力学习，成为一个杰出的人。否则我没有脸去见你们死去的父亲。"

矢野聪子在训诫儿子们时最爱讲的话是"仰天俯地而无愧"和"锥刺骨"。这两句说要有自信的价值观和刻苦学习精神的中国古语，一直深深铭刻在矢野重也的心里。

"谁都有良心。不管用多么美妙的谎言骗了多少人，但骗不了自己。人生在世，要仰天俯地而无愧。"她苦口婆心地说，"中国古代，有人读书时困倦，就用锥子扎自己的腿，使自己清醒继续学习。成就事业的人，在少年时代就应该有这样的毅力。"

看到英和女子学院的校舍，看到身穿藏青色裤裙活蹦乱跳进出校门的女学生，矢野重也想象着当年上学时聪子的样子。他看到了打着白色阳伞，亭亭玉立，姗姗而行的年轻的母亲。那时的母亲，似乎聪颖过人，深受同学信赖。在他进入仰止寮时，给他当保证人的森本佳代曾跟他说过当时的聪子："她年龄比我小得多，好像不太好接近。"

森本佳代是矢野重也母亲的祖父、丸尾文六的情人，住在静冈车站附近一座有漂亮围墙的院子里。

丸尾文六属于当时的进步派立宪改进党，多次当选国会众议院议员，而且是在静冈县普及茶叶种植，把制茶发展成为全国性产业的企业家。

丸尾文六的情人森本佳代，是日本舞蹈老师，比丸尾小近三十岁。在矢野重也考进静冈中学时，丸尾的孙女矢野聪子请森本佳代担保。森本佳代的外孙子，也在静冈中学读书，与矢野重也是同学，所以到那个围着漂亮板墙的家里去玩，对于特别不愿见生人的矢野重也来说，是非常开心的事。矢野重也同学的父母在距离这座有板墙的家三丁（日本町下的行政区划）的地方开旅馆，除了星期日外，矢野重也主要是去旅馆玩。

森本佳代教十岁左右的十个女孩日本舞蹈，但她主要是为了打发时间。她把学生年龄限制在二十岁，主要是考虑超过这个年龄，就会增加诸如以舞蹈为生，或开表演会等等麻烦，她认为培养这些对日本舞蹈一无所知的姑娘，具有上层人物的修养就行了。矢野重也他们碰巧赶上练习日时，森本佳代就招呼他们说："你们也应该看看。男孩子也要懂一点艺术。"

学校外的这种交际，对矢野重也来说，是排解离开家后寂寞的最好机会。

在森本佳代的弟子中，有一个父亲在商社工作的姑娘。她的家住在静冈中学前面，练习后与矢野重也一起回家。森本佳代记得矢野重也以前说过，上了二年级要学柔道，对他说："你送送桃子。将来要学柔道，现在就要当个骑士。"

从森本佳代家一起出来，没走几步，桃子就说："矢野重也，我请客。请我的保镖吃黏糕小豆汤。"

桃子把推辞的矢野重也领到了繁华大街"甜食——吉野家"。店铺里，有四五个妇女。她们肯定以为身穿白底染着大朵箭翎花纹上衣、胭脂色裙子的桃子和身着静冈中学制服的矢野重也是姐弟。那是大正初期，在中学生不许入店的死板规定引发争议之前。

桃子询问矢野重也家的情况，听说他的母亲是英和女子学院首届毕业生，大声说："哎呀，那是我的老前辈。"知道他的母亲是丸尾文六的孙女后，她说："我的父亲，就是把那些茶叶出口到美国。"他们越说越投机、亲切。

平时，矢野重也很少想家里的事，就是有人问到，他也不愿多说。自己与桃子的关系，由于家庭的关系，更为亲密，这是他有生以来的第一次体验。

从那时开始，遇到练习日，矢野重也送桃子回家已经成为当然的义务。有一天，中午还是响晴的天，过了下午三点，突然下起雨来。两个人打着一把伞往回走。

桃子个矮，与上了中学飞快长个儿的矢野重也几乎一般高。

"重也，湿了。"桃子说着，手搭在他肩膀上往身边拉。不知为什么，他的心激烈地跳起来，手脚僵硬。矢野重也一抬头，看到一家店铺的屋檐下有遮阳篷，他好像要躲开桃子似的跑到遮阳篷下。

"桃子，这里可以避点雨。"他对桃子说。两个人并排站了一会儿，看着落在马路上的雨脚。从那以后，矢野重也不知为什么，一到她面前就觉得不自然。尽管如此，但他觉察到，在那些练习舞蹈的女孩中，他还是只注意桃子一个人。

这种从来没有过的感觉，他没有对任何人说。他觉得，这种心情一旦说出来，就会消失。

放寒假时，他回到佐仓，第一次给少女写贺年片。开始写时，他不知道应该怎样称呼她，结果写了擦，擦了写，最后写得很简单：我跟母亲讲了桃子的情况。我曾祖父丸尾文六的事儿，我母亲也很惊讶。祝新年愉快。

新学期开始后，矢野重也和桃子及其父母一起看了一场由目玉松主演的隐身术电影。桃子的父亲说："虽然现在还很幼稚，但电影早晚会发展成为大产业。尽早了解这种新动向有好处。"

矢野重也怀着敬佩的心情听她父亲讲话。看完电影后，大家去街头的饭馆吃饭时，他想，这个人经常出国，是为日本而工作的。

"东京帝国剧院上演的托尔斯泰的《复活》评价很高。由岛村抱月改编、松井须磨子演唱的《喀秋莎》特别好，她是最好的演员。"桃子的父亲说。

桃子的母亲说："《喀秋莎》这首歌，矢野君听过吗？"

在静冈中学仰止寮，也经常议论这首歌。不知为什么，矢野重也看不起这首歌，觉得太软，没什么意思，但桃子父母这样讲，他不好说讨厌，只好说："听高年级学生唱过，但好像挺难的。"

大家都笑了，连桃子也笑了，矢野重也有点懊悔。他强烈地感到，自己不知道的东西太多，心里暗想，我要偷偷地读托尔斯泰的作品，叫她佩服。

"你母亲好吗？"桃子的母亲问。

矢野重也说："哎，很好。她说回忆在英和女子学院的生活是她最开心的事。"但他没有说母亲后面的一句话"现在住在这乡下"。

"我到静冈来，归根结底是丸尾文六先生的关照。以后见到你母亲，你对她讲，桃子的父亲是这样说的。"

听他的语气，是把矢野重也当成了大人。丸尾文六直到明治中期一直担任自己创建的茶叶工会会长，任职的时间很长，他与其后的几代工会会长一起，把货品销往世界各国。蜜橘和日本茶是当时日本出口的主要商品，而静冈分店店长是个飞黄腾达的重要位置。

那次见面后不久，也是在练完舞蹈回家的路上，桃子说："我还没跟森本老师讲，今天是我最后的练习了。"

矢野重也一惊，不由得停下了脚步。

"我下个月要到美国去。父亲的工作调动了。"

她要去美国的消息太突然了，矢野重也想应该说点什么，但只是凝视着她，什么也说不出来。

"这么、急……"他嗫嚅道。

"请原谅。以后连矢野重也君也见不着了。"

矢野重也想哭，但他拼命忍着。桃子也默默无语。他们在以前避过雨的商店的屋檐下面对面地站着。这一天，天空也是马上要下雨的样子。桃子一动不动地站着。

"对了，今天我要去照护照用的照片。矢野重也君，一起去照张相吧。我们两个自己偷偷保存着。"

"嗯。"

他抬起头，看着她。说起来，照张相是个好主意。桃子从胸口掏出一个小本，大声念着照相馆的名字和地址。他们已经走过头很远了，必须回头向车站方向走。

他们终于在回家的路上照了张双人相，矢野重也也能平静地拉着她的手走路了。这种心情的变化很奇怪。

桃子他们去东京那天，矢野重也在学校，没有去送行。那天是他参加柔道部的第一次训练，下了课就开始了。他不顾一切地移动着身体，向前辈挑战，多次被重重地摔在垫子上。结果人们评价说，柔道部来了个顽强的低年级学生。

桃子走了，再去森本佳代家已经没有什么意思，所以从那以后，矢野重也常和他的同学、森本佳代的外孙去旅馆，和他的弟弟妹妹一起玩。他们家是静冈市屈指可数的好旅馆，白天很安静。矢野重也经常与他们最小的弟弟一起玩捉迷藏的游戏。有一天，他灵机一动，钻进了那个存放棉被房间的壁橱里。那间房本来是不准进的，但他不知道。他对这个新的隐蔽所很满意，不知什么时候一下子睡着了。上等的被子既柔软又暖和。

不知睡了多久，矢野重也听到一种奇怪的声音，睁开眼醒了。有一种喘息声不断传来。

他想起这是在同学家经营的旅馆的被褥间里，但他现在不能马上出去。因为喘息声越来越激烈，情况很奇怪。

他在黑暗中向四周看了看，发现壁橱的木门上有个地方木节子掉了，有个洞。他轻轻地挪动身体，眼睛对在孔眼上，差一点弄出声音。他先看到女人雪白的小腿举在空中。但不只是举着，还在轻轻颤动。一个男人的上半身趴在两腿中间。

矢野重也好像被什么东西捆住了似的，身体僵硬，一动也不能动。稍微挪动一下脸，他看到了那个男人的下半身，毛乎乎的腿与雪白的腿形成鲜明的对比。他们两个前后左右轻轻移动，随着身体的移动，女人的喘息声时高时低。女人卷着衣袖，随意伸在草席上的手，伸向男子的后背，从下面紧紧抱住他的身体。这说明，他们两个不是在打架。

这时，那个男人把女人抱起来，两个人面对面，宛若打秋千一样来回晃动。屋子里很暗，看不清脸。只见那个女人的胳膊绕着男人的脖子，因为她的皮肤白，所以能看出来。

过了一会儿，那个男人的一只手离开了女人的后背，扒开了女人的胸口，露出了洁白的乳房，他用嘴吸吮乳头。那个女人马上又像以前一样躺在草席上，男人交替地吸着她的两个乳头。矢野重也全身紧张，不知如何是好。在矢野重也吓得差点昏过去的时候，两个人的动作激烈起来。女人发出短促的压抑的叫声。她的手指像蜘蛛一样缠在男人的背上，深深抠在衣服里。男人的鼻子、喉咙发出类乎喘息的声音。他们不动了。但矢野重也还是动不了。他不知道这里究竟发生了什么事。

他们两个急急忙忙背着脸站起来，整理了一下衣服，走出了放被褥的房间。没过一会儿，矢野重也听到同学喊他。在小学时，早晨家里来了小偷，引起骚动，哥哥们和教剑道的师傅还嘲弄他，所以今天看到的事对谁也不能说。从打扮来看，肯定是在旅馆里工作的男女，但没有看到脸，说不准是谁。同学来叫他，因为到了孩子们吃点心的时间。

同学问他："你藏在哪儿了？"

他撒谎说："防雨窗套里面。"

"这就怪了。那里我去找过，没有哇。"听他这样说，矢野重也知道自己没睡多长时间。幸好同学没有深问，孩子们感兴趣的是点心，大家吃了芋头羊羹，学了学喝末茶的方法就散了。

回到仰止寮，他忘不了白天看到的情景，想起那对男女引起的自己身体的反应，有一种在梦中飘流的感觉。他发现自己身体中有一种以前全然不知的东西，并为此而感到烦恼。自己还小，在未知的不可理解的世界面前，感到恐惧。

矢野重也觉得，眼前展现的成人行为有一种诱惑性的恐惧，桃子出国后自己的寂寞，还有宿舍生活中处处都受到高年级同学压制而需要的忍耐……排解这些最好的方法只有柔道。

他努力练习柔道，学会了引诱式、跳跃式，但不管怎么说，他最大的特点是敢于搏斗的精神，那瞬间的爆发力，超出他的实力，勇不可当。但是这种勇敢精神和正义感，使他常常炫耀武力，收拾那些欺软怕硬的学生，挑衅找碴打架，为别人打抱不平。这样一来，他得到了一些人的绝对信赖，但也树立了同样多的敌人。

四年级时，低年级学生把他看成是可怕的武力制裁者。在仰止寮的厕所里不断有这样的胡涂乱写：矢野重也混蛋，矢野重也打哭了二百人。

开始时，矢野重也看到厕所中出现攻击自己的话，就去擦，但他刚刚擦掉，又马上写出来，怎么擦也擦不完。他又气又急，烦躁不安，于是就提着墨汁进入厕所写道：谁打矢野这个家伙，决不饶恕！他算计，这样写完以后，不会有人再写了，而且只有他知道这是自己写的，自己当然也不会生气。

虽然有一些人厌恶他，但三个寝室一起选他为组长。为胡涂乱画而苦恼的舍监，有一天召集全体组长开会说："最近有学生拿墨汁到厕所里乱写乱画，你们组长有责任制止他。"

组长们隐隐约约感到这是矢野重也干的，但却大声说："明白了。"只有矢野重也一个人歪着头佯装不知。

那时候，柔道部的队长K在讲道馆的考试中初段合格，对于中学生来说，这是难得的殊荣，也是静冈中学的荣誉。但从那时开始，K队长在柔道部的喽啰们趾高气扬，不可一世。矢野重也是副队长，他认为应该改变这种倾向。他虽然特别喜欢交朋友，但从性格来讲，他不能允许拉帮结伙横行霸道。

矢野重也知道单打独斗自己不是对手，就找了五六个人联名向K队长下战书决斗："你最近狂妄自大，为了柔道部的名誉，对你施行武力制裁！"决斗地点定在过去养父母依依惜别的静冈师团练兵场。估计K可能带几个人来，所以他们反复演练了作战方法，等待他们到来。但是从月亮升起来一直等到月影倾斜也没见到人影。K可能纠集不到人，无计可施，只好逃之夭夭。他们六个饿得肚子咕咕叫，最后凑了六分五厘零钱，买了十个烤白薯，坐在草丛中吃起来。

"怎么，这回K得反省一下了，免得我们动手。"

他们说着，觉得扫兴。从那以后，队长K不像以前那样耀武扬威了，收敛了许多，但对与他形影不离的五年级、四年级学生依然拳打脚踢。在四年级最后一个学期的年底，矢野重也看到柔道部K队长的喽啰、同学M打了低年级的学生。他一问原因，原来是M认为低年级学生穿高靿鞋子太放肆。这一理由，根本站不住脚。

"喂，你过来。"矢野重也大喝一声，"穿高靿鞋还是穿木屐，这由本人决定。至少你也不应该打他。最近，你有点反常。"

那个同学自以为自己紧跟K队长，而K又是罕见的获得柔道初段资格的中学生，大言不惭地说："你怎么用这种口气与我说话？"

矢野重也还没等他的话音落地，就上前一把抓住他的前襟骂道："你这个混蛋，我叫你狐假虎威！"他边骂边打，把他拉过来，用他最拿手的引诱式，把他扔到被踩得铁一般坚硬的校园里。那个同学摔破了嘴，流着血逃跑了。

很快有了反应：你为什么打M？说明原因。夜里十一点，一个人到练兵场。决斗书送到了宿舍的房间。这么说只能一个人去了。他知道一个人打不过他们一帮，就拎了根棒球棍，万不得已时用球棍开路逃跑。

"好，来了。你做好了精神准备了吗？"K说。在他旁边，站着被矢野重也扔出去的M。

咔嚓一声，K亮出了海军军刀。月光下，寒光闪闪。

矢野重也想，坏了！他猛然冲向K，用藏着的棒球棍横着向K的腿扫去。突然，K庞大的身体缩成一团，小了一半。矢野重也觉得可能打中了膝盖。可就在这时，矢野重也感到脑袋一阵剧痛，失去了知觉。

矢野重也醒来时，发觉自己躺在连接仰止寮和校舍的走廊里。本来应该当见证人的M，为了报复让他在众目睽睽之下被甩出的仇恨和耻辱，用藏刀手杖之类的东西狠狠打在矢野重也的头上。

矢野重也被勤杂工摇醒了。头疼得厉害，他用一摸，手上沾满了血。他想，这下子完了。虽然捡了一条命，但如果被当做夜里溜出宿舍，与流氓、暴力团格斗，那就必须退学。

但是学校的勤杂工把他送到外科医生那里证明说："这个学生从楼梯上摔下来跌破了头。我听到了响动出去一看，发现这个孩子倒在楼梯一角，流着血，昏死了好大一会儿。"勤杂工这样一说，就没事了，他头上缠着绷带参加了期末考试。

过了年，矢野重也在升级考试之前，带着同学寺田秀去了伊豆的修善寺。他想治好头上的伤，还听说慢性肩周炎泡泡温泉能治好。开始时，他们住在伊豆的长冈，之后去了大仁，经汤岛到了修善寺。这时候，他们的钱几乎花光了。他们最初住在伊豆长冈时，与巡回演出的梅若宗十郎剧团义气相投，成为好朋友，所以跟着他们一起活动。

这个剧团演出的剧目有《清水次郎长》、《水户黄门》。吸引矢野重也的，与其说是戏剧，不如说是团长夫妇和他们亲戚家的一个少女，还有这十个人剧团的气氛。与他一起出来旅行的寺田秀，参加了静冈中学的文艺部，说将来要写剧本，这也是他们与剧团一起旅行的原因。

白天他们帮助剧团招揽顾客，晚上与演员一起吃完饭后，就回到房间复习功课，准备升级考试。与剧团一起活动，他们的日程延长了十天，到修善寺时，旅费已经花光了。矢野重也特别喜欢梅若宗十郎剧团这种既有秩序又无歧视的风气，这使他想起了幼年时在养父母家度过的时光。

对于矢野重也来说，戏剧界如何评价这个剧团，演员的演技是高是低，这些都无所谓。村子里的人盼望他们来，但又把他们当做外乡人，因此他们互相帮助，忍受蔑视，同仁之间的关系更加亲密。矢野重也看重的是这些。

团结和谐的梅若宗十郎剧团也不时出一些问题。在他们一起旅行的第五天，大仁温泉旅馆工会给的礼金，不翼而飞，可能被一个骨干演员独吞了。

那个男演员极力辩解说没拿，但两个年轻人反驳他说："在烧津时不就发生过这种事吗？"正好是吃饭时间，大家都在场。那个人，是团中最有人气的演员。

对于这种事，团长平时总是装聋作哑，但这次不行，因为年轻演员已经当众把问题挑明了，所以必须明确表态，明断是非。

"叫你们看到了这一幕，实在不好意思。这可怎么办呢？"团长看到形势急转直下，气氛紧张，对着端端正正地坐着的矢野重也他们，一边挠头，一边嘟囔。

寺田秀低着头一声不吭。不知为什么，大家都希望矢野重也讲几句话，挽救剧团。

他好像被人们从后面推着，走上前说："我这个人，不懂深奥的道理……"

他像鼓励自己似的提高了嗓门，声音洪亮，全场一片寂静。这样讲下去，说不定会有年轻人跳起来揍我——他心里一紧张，反而镇静下来："我们还是孩子，为什么跟在大家后面，形影不离呢？我想说说这一点。"

这时，他看见两三个人轻轻地晃动着身体。

"我很小就失去了父亲。幼年时，被家里送到一个贫苦的农民家里当养子。我看到你们彼此之间，比家族还亲，羡慕得不得了。"

矢野重也的话，虽然没有撒谎，但他改变了时间的顺序，这样效果更好。"各种说不清楚的事情交给团长先生慢慢考虑如何？我羡慕你们，希望不要让我失望。不仅仅是我，还有住在这里的人，都在等着看大家的戏。"

"谢谢矢野少爷。"

团长的妻子说。矢野重也讲完后，不知为什么，觉得害羞，坐立不安。从梅若宗十郎剧团发生那件事情以后，矢野和寺田更难离开了。那天晚上，矢野突然想起了那个四处游荡的算命先生说的话："这个孩子将来是个赌棍或骗子，但也说不定是个伟大的侠客。"想起这些，心里不是个滋味。

他们到达修善寺时，矢野重也和寺田秀就商量旅费怎么办。寺田家里穷困，所以矢野给佐仓村的母亲发了电报：没钱了。因为我们没有注意，错过了时间，升级考试只好放弃。请寄来住宿费和回静冈市的旅费。

第二天母亲就回了电报：电悉。人生很长，慢慢静养，养好伤，对升级考试不必介意。回电的同时，汇来了一笔钱，是他预算的两倍。

那天晚上，矢野重也和寺田秀商量，开了个宴会，答谢带他们旅行这么长时间的剧团。这是矢野重也有生以来第一次以主人的身份主持的宴会。花钱与住宿的事由寺田去办。寺田非常了解矢野的性格，母亲的电话使他激动不已，一不小心，会把寄来的钱花个精光，所以对矢野说："矢野，这钱放在我这儿吧。放在你那儿危险。你这个家伙什么东西都送人。"

矢野重也觉得他说得有道理，只好照办。

母亲说"人生很长，慢慢静养"，那么我决心参加补考升级，一定要考上一所有名的高中，叫母亲高兴。长久以来缠绕在心头的不快——"为什么叫我去当养子"已经像阳光下的积雪慢慢融化了。

升级考试顺利通过。他每年考试总是全年级的前五名，这次考试当然是小菜一碟，不在话下。

知道了考试成绩后，矢野重也决定后天回佐仓，当天晚上，他去看望久违的保证人森本佳代。天气很冷，天气预报说夜里可能下雪。

三弦声戛然而止："哎呀，重也，好久不见了。别在那儿站着，快上来。"森本佳代高兴地说，把矢野重也让到客厅里。天渐渐黑了，看样子森本佳代喝了些酒。

"听说你伤得不轻，好了吗？"她看了看矢野的头。矢野受伤的事，她可能是听与矢野同学的外孙说的。

她拍了一下手，把长年服侍她的老用人叫来说："今天矢野来了。晚上两个人的饭别晚了。刚才越后送来了螃蟹，正好一个人吃不完，收拾起来很麻烦，你送到游月，叫他们帮助做。"

她说出了女儿夫妇经营的饭店的名字。矢野重也听她说到游月，不由得想起一年前，与同学和他的弟弟妹妹一起玩抓迷藏时，藏在被褥间的壁橱里看到的情景。

晚饭一会儿就弄好了。矢野重也从到静冈中学住宿开始，森本佳代一直为他担保，做他的保证人。矢野报告说，我明年就该上五年级了。

"今天把你当大人对待。来，喝点酒吧。"森本佳代马上表示祝贺，拿起酒壶说，"我的家是越后大名的家臣，明治维新后败落，家人离散，我投奔静冈的远亲来到这里，二十岁时，和你的曾外祖父丸尾文六在一起生活，后来他当了国会议员。当时他四十五六岁，正忙着制茶业，东奔西走，意气风发。"

这些话，矢野听过多次。森本佳代想，你是成年人了，所以得再对你说一遍。接着，森本佳代讲起了在丸尾文六的宴会上见到的形形色色的人，回忆起青年时代的生活。

森本佳代成了丸尾文六的情人之后，继续当了一段艺妓，当时的习惯情妇要出席情夫的宴会，多次见过胜海舟①、榎本武扬②。现在听到这些，让人想起那遥远的辉煌时代。

在榎本武扬、胜海舟两个人中，丸尾文六更信任胜海舟。

"我作为女人，非常清楚。他们讲的话很深奥，我听不懂，但与胜先生和榎本先生喝酒时，他喝酒的样子不同。"

直至明治五年春，胜海舟一直在静冈当德川庆喜的顾问。他喜爱这个町，常常来玩，来时就把丸尾文六叫来，没有什么特别的话题也谈得津津有味。

丸尾文六见到揭露足尾铜矿矿毒事件的田中正造，也是胜海舟与年轻的田中一起到静冈来的。

"田中比丸尾年轻五六岁，但很有男人气魄。丸尾支援田中先生，也是胜先生斡旋的。"

"母亲也听曾祖父说过田中正造这个人。反正母亲最敬重的是丸尾先生。"

① 1822—99幕府末期、明治期的政治家，初名为义邦、后为麟太郎、幕府末期为安房守、维新后改为安芳，海舟为号。

② 1836—1908明治时代政治家。

矢野重也这样说，森本佳代很高兴。

"你马上就是高中生了，能喝点酒好。今晚就住在这里吧。学校不是休息嘛。"

矢野重也想起了在他受伤时，亲切庇护他的工友，想给他打个电话，告诉他今晚住在保证人家里，站起身来。他顺便去厕所时，发现下起了纷纷扬扬的大雪。

矢野重也对森本佳代说下雪了，森本瞪着细长的眼睛看着他说："哎呀，这么说今天是风雪夜话。怪不得刚才那么安静。"

她沉默着，好像陷入沉思中，但又改变了一下姿势，慢慢地抬起头。

"今天你来陪我，我唱几首老歌助兴。"

她说着拿起了客厅里的三弦，用手拨动琴弦，小声唱道：初雪笼罩着向岛，两人中间是暖炉。

森本佳代唱完说；"我的家乡越后，雪很深。这种下雪天的夜里，他一定会来。他说这样的夜晚，想起故乡，会很孤独寂寞的。他真是个细心体贴的人。"说到这里，她打住了，默默给矢野重也斟酒，之后拍手，吩咐再送两三壶烫好的酒来，又拿起了三弦唱道：披头散发，枕边失足，被你怀疑，原谅吧，这是苦海火坑……

她说："这是我最早教他的第一首歌。我教给他的，仅此而已。可是，矢野重也，你懂女人吗？"

矢野重也不知她问的是什么意思，吞吞吐吐地说："懂什么？"森本佳代点了点头，慨叹道："所以说现在的小伙子不行。如果是过去，你早就是成人了。人啊，在必须懂得的事情中，有讨厌的，有痛苦的，还应该懂得什么是自然的。"

接着她又问："你将来想干什么？"

"还没有决定。母亲说，长子继承家业，次子当军人，希望我当医学博士或外交官。叫我大学毕业后，到外国留学两三年，回来娶媳妇，再到东京安家。"

"聪子女士嫁到佐仓，开始时不愿意。她精通英语，自己也想到外国去留学，可是丸尾家晚景不佳，没有办法。"森本佳代接着说，"女人很可怜，被家庭的命运左右，虽然自己想得很好，但有时也实现不了。"

这时，响起了一个年轻女人的声音："晚上好。"

可能是拍打伞上的雪吧，响起一阵像鸟扇动翅膀的声音。

"呀，雪够大的，今天晚上这雪就得堆挺高。"与家里女用人的说话声。

"啊，来了。你来得正好。"森本佳代说着，目光迎了上去，矢野重也看见了她。她精心梳着流行的檐形发，细长眉，一派城市风度。她看着矢野笑时，右颊上现出浅浅的酒窝。矢野觉得她像同学们偷偷藏着的书中，某个唱净琉璃曲中的女艺人。

"她是我远亲的女儿，在日俄战争中，她的丈夫死了，年纪轻轻就守了寡。但她很努力，现在教舞蹈、裁缝。"

"我叫由美。"

她向个子已经像成年人，但还是中学生的矢野郑重问好。

"他是丸尾的曾孙，明年秋天上高中，我是他的保证人。"

"还没有决定。我最近想搞文学。母亲叫我上高中，将来当医生或外交官。"年轻的由美来了，矢野有点不好意思，但心里又热乎乎的。在森本佳代面前，他有点拘束。

"如果是过去，早就搞过成人仪式了。由美，你好好教教他。"

"哎呀，讨厌。"由美说完，又像征求矢野同意似的问"是吧"，之后用诱惑的眼神歪着头看他。

矢野重也莫名其妙，看看森本佳代，又看看由美回答说："我，怎么都行。"

两个女人知道他没有听懂，一起笑了起来。

由美说："啊，真可爱。大妈，我明白了。"

"太好了，太好了，今天晚上难得。还下了雪，我再来一曲。"森本佳代好像又醉了，一曲又一曲地唱起来，中间夹杂着对丸尾文六的回忆。

那天晚上，他稀里糊涂，如在梦中，被由美抱着睡了。他觉得又回到了童年，但也知道这次与童年不同。

直到这件事过后很久，矢野重也才想到，是不是母亲觉得应该尽父亲的义务，所以与森本佳代商量好了，设计了一个成人教育的计划。

母亲可能想，矢野性情暴烈，好奇心强，如果到了东京等地方，迷上了不三不四的女人，说不定会传上性病，这样就对不起他死去的父亲，所以考虑在自己力所能及的静冈，找一个安全的地方，使他懂得男女床第之事。

如果不是这样，那么由美来的时机，她引导矢野重也的启蒙动作，这一切都太巧了。母亲与森本佳代没想到的，可能是那场大雪。但这场大雪却引起了森本佳代对情人的回忆，为这个计划增添了许多情趣。

第二天早晨，听到衣物摩擦声，矢野重也醒了。他看到了陪他睡觉的由美出屋时的背影。他想招呼一声，但第一次喝醉后头脑发木，整个身体还软绵绵的，起不来。

将近中午时，他终于醒了，起来一看，身边放着不知何时送来的毛巾、洗漱用品。他自己洗了脸，到了森本佳代的房间去告别。

"昨天晚上承蒙盛情款待，还让我住在这里，不胜感谢。"矢野按照母亲的教导，低头施礼。

"早晨好。看来睡得不错。看看外面，好大的雪。"

森本佳代这样一说，矢野重也才想起了昨天夜里天刚黑时飘落的大片雪花。在此以前，他心里一直在想由美。

矢野重也在门口默默地呆了一会儿，他希望森本佳代提起由美，但她既不说她走了，也不说她还来，好像把她完全忘了。不知为什么，矢野重也也没有问"由美呢"。

森本佳代抬起头说："通火车了。我听家里人说，火车这东西可不得了。你什么时候回佐仓？"

"已经买了明天早晨的票。现在我就回仰止寮收拾东西。"

"请向聪子问好。"森本佳代抬头看着矢野重也叮嘱说，"你的成年仪式结束了。不过，一切都结束了，也就不用特意报告了。"

矢野知道她说的是昨天晚上的事，但她只说了这么一句。矢野一时间手足无措，不知如何是好。

"那我就此告辞，谢谢您的多方关照。"矢野重也郑重地表示感谢后，站在玄关。森本佳代送出来说："小心不要滑倒。"

矢野重也来到大街，在耀眼的阳光下，积雪开始融化。

马路上，男人们正在使劲地扫雪。孩子们在人群中跑来跑去打雪仗。矢野重也想，他们与我明显不同，还是一群孩子。到处都堆着雪人。商店的屋檐下，雪水在阳光下闪着光滴落。矢野重也无端地悲哀起来，他自己也不知道为什么。

矢野重也想，是不是应该与由美结婚？森本佳代说，成人仪式全部结束了，回到家里也不必告诉母亲了。这也是森本佳代对母亲聪子什么也不说的保证。

心里非常喜欢由美，而森本佳代讲的一番话，已经是一条汉子的矢野重也又觉得新鲜。这种对自己的发现，也许悲哀。还有一个更深的原因，那就是自己永远告别了那些在大街上高高兴兴玩雪的孩子。他觉得告别天真无邪的自己是悲伤的源头。

回到佐仓之后，矢野重也与小学时的同学去山里捉黄道眉鸟，去筱川钓鱼，心中的困惑，越来越淡薄。有关由美的事，他对谁也没说。同学中有人吹嘘与异性交往的经验，津津乐道中不时夹杂一些下流话，但矢野从不插嘴。

为了考高中，矢野必须老老实实用功。他认真地想，不管是一高还是三高，反正必须考进一所一流的高中，才不辜负母亲的期待。父亲死后，他不再仇恨把自己送去当养子。在静冈的住宿生活，再加上年龄的增长，使他有时间冷静地思考母亲聪子。另一个因素是，森本佳代及她周围的人，使他有机会听那些知道聪子学生时代的人讲她的情况。

有人说："聪子女士想当外交官夫人或学者夫人。"

还有她当年的同学夸赞说："她丈夫早早就死了，她本来是个任性的人，但却努力支撑门户。"

矢野重也认为，聪子很胜任大地主妻子的位置，对于孩子们，她还要起到父亲的作用，既当娘又当爹。在他的判断中，不知何时包含着一种近乎同情的成分，产生了代替被束缚在三泽矢野家的聪子、哥哥，自己必须有所作为的想法。

新学期开始不久，杰出的教育家、声名显赫的校长到了矢野重也他们教室，问道："诸位同学马上就要上五年级了，你们到社会上以后，是做一个有缺点有瑕疵的大人物，还是做一个八面玲珑人人喜爱的人？"

这是个很难回答的问题。校长借用修身课的时间训话，十七八岁的学生们面面相觑，沉默不语。矢野重也猛然站起来回答说："谁都有瑕疵。我认为不管有什么缺点、瑕疵，都应该克服，做一个杰出的人。"

校长点头说："好，要有这个勇气去奋斗。"

同学们议论纷纷。虽然大家比矢野重也略逊一筹，但谁也不认为他是个八面玲珑的人。

他给大家的印象是："说得好。可他这不是在夸自己吗？"

矢野重也对同学的反应感到意外，但他认为自己没有说错，平静地坐下来看着周围。

中学四年级就可以报考高中，所以矢野重也想跳级参加考试。那时候，升级考试在四月，而报考旧制高中是在九月，所以从升入五年级那年的春天开始，矢野重也就可以不去学校，在佐仓的家里集中精力准备自己并不太喜欢的升学考试。村子里的人都说，三泽矢野家的三小子是个了不起的才子。他意识到自己肩负着全村的希望，必须专心致志地准备功课，对由美一夜情的种种思念渐去渐远。

小田原以西的学生，认为东京聪明的学生很多，而浜松一带的学生，害怕名古屋的学生。矢野重也在日记里勉励自己说："我是人，他也是人，传闻中的都市学生与自己并无不同。"在阵阵蝉鸣中，他聚精会神准备能拿高分的数学与英语。累了时，他穿过走廊，走到前院的水池边。池中有十几条各种颜色的锦鲤，悠闲地游来游去。矢野学习疲劳时，心里想，虽都是生物，但鲤鱼们的时间，与自己今后生活的时间，会有什么不同呢？

与小学时代不同，他这次住在家里，知道了地主家的每天是多么繁忙。父亲死后，村里的行政工作由新村长负责，但他事无巨细，都要来找聪子商量。

村长前脚刚走，佃农的首领就来报告年成，讲一些村子里的事：某农民的儿子与杂货铺的女儿私奔去了东京；某家寡妇被狐狸精迷上了；某家的农民一直躺在床上，快不行了，看样子过不了一个月，叫他那个学习不太好的儿子继承如何？

碰巧村议会议员选举也在五月的前十天举行。有选举权的仅限于有一定资格的男性，但三泽矢野家的大厅俨然变成了以聪子为中心的宪政会选举事务所。那时内阁弊政连连，而这中间又出兵西伯利亚，政治的混乱，导致国内局势不稳，村议会议员选举，也是各种政治势力的激战。

丸尾文六是企业家、国会议员。聪子敬爱祖父，支援由丸尾文六所属的立宪同志会及中正会、公友俱乐部三家联合成立的宪政会。为准备下一次的大选，聪子全力以赴巩固村级议会。每天夜里，负责各个区域的联络员，有的昂首阔步，有的像怕人看见似的弯着腰，集中到聪子坐镇的大厅里。在这里进行讲评，得到聪子的指示的男子，用毛巾重新包上头和脸，匆匆忙忙地走了。每天晚上都是这样。如果改变看法，那么以已经过了米寿（八十八岁）的山县有朋为首的明治以来的元老政治就到了改朝换代时期，人们在摸索，如何改变各种机构。

那一年，静冈中学的矢野重也、寺田秀等三人考上了一高。好朋友寺田秀也考上了，矢野重也觉得有了依靠。在秋季新学期开始前的一个月，他与寺田秀一起住在静冈中学游泳部的集体宿舍。他知道寺田家贫穷，而他家母亲和长兄忙得团团转，自己也不好意思整天东走西看无所事事，所以来到这里。

低年级同学轮换着到这里来住，但因为他们两个已经考上了一高，在学生们眼里他们是优秀的"前辈"，对他们怀着敬意。矢野重也和寺田秀住在一个特殊房间，他们或读准备考试时没工夫看的世界文学名著，或心血来潮时去游泳，或远征到海边钓鱼，每天随心所欲，尽情玩耍。有一天，寺田秀拿着报纸号外，兴奋地摇醒了午睡的矢野重也。

"出大事了，大暴动！"寺田秀在矢野重也眼前晃动着号外说，"富山渔民的老婆们冲进了米店，一通乱砸。"

他这样讲，矢野重也一时还是不明白究竟出了什么事。他接过号外一看：3号，鱼津町装卸工的妻子们抗议将米运到外县，拒绝装卸，第二天即4号，纠集了鱼店约数百人包围米店、资本家仓库，要求禁止将米运出县、便宜出售。

矢野重也看了关于米骚动的号外，还是不知道到底是怎么回事。

"嗯，可是，会怎么样呢？"他坐在被子上，抬头看着寺田秀问。

"这样会扩展到全国。总之，稻米减产，又不能进口，米价一个劲涨，大家没有饭吃。"寺田秀说。矢野重也又看了一遍号外，原来有副标题：可能波及全国。这样一来，我家会不会遭到袭击呢？矢野担起心来。他知道，在他家的后院，对着海风吹来的方向，有一排米仓，里面贮藏着以备不时之需的稻米。这些米是准备在地震或水灾时用的。连这些米也保不住了吗？

"既然这样，怎么办呢，有什么好办法吗？"他虽然知道这样问很愚蠢，但又不得不问寺田。

"只有从国外紧急进口。可是，这样米价又会急速下跌，那些悄悄囤积的家伙又会受损。只要暴动不再扩大，政府可能不会动手。"

听了寺田秀的说明，矢野重也渐渐懂得了事件的严重性。既然如此，不管怎样想，自己的家都是袭击目标。他眼前浮现出母亲聪子的面容。不过，他觉得那些熟悉的佃农不会冲到家里来的。

外面又响起卖号外的铃声。寺田秀飞跑出去，拿回了号外。这次的标题是：越中女暴动。还有评论：束手无策、质问寺田内阁弊政。

矢野重也的心情稍稍平静些，看有关的报道。事情很早就发生了，但政府管制报道。

评论写道：无视庶民穷困，对紧急事态不闻不问，议而不决，上次政府盲目出兵西伯利亚。

最后的结束语是：原因是腐朽的元老政治吗？

读完号外，可能是精神作用吧，好像离游泳部集体宿舍不远的清水市也响起了骚乱声。矢野重也站起来说："既然这样，我们不能在这里优哉游哉了，应该回家去。"

寺田秀说："我也回去。我是穷人，应该站在暴动一方。如果没有什么事再回来。保持联系。"

他们商量完之后，矢野重也回到佐仓村一看，气氛确实紧张，甚至可以说是为必将到来的政变做大选的准备。

矢野重也问："这里没受冲击？"

母亲聪子严肃地说："你说什么？我们家也不是种地的。现今的政府无计可施，我们只是亏损。只要行得正，就没有什么可怕的。"

听母亲这样讲，矢野重也想起刚才在静冈车站分手时寺田秀说的一番话："没有比财主更不可信任的。我小时候就有切身体会，所以知道。"

寺田秀在升级以后，有一段时间不知是应该上高中，还是应该去打工。家庭贫困是主要原因。他拿不定主意，找矢野商量。他们从宿舍出来，坐在浅间神社水池边的长椅上。矢野听寺田讲自己的烦恼。正好是紫藤花盛开的季节，山蜂嗡嗡地飞来飞去，风吹过水池，浓郁的芳香飘然而至，他们沉浸在香气中。寺田秀学习好，总是与矢野重也争第一，他的本意是想考高中。

"有个远亲说想资助我。"寺田秀说，"可我讨厌他。胖得像头肥猪。"

他犹豫了一会儿又厌恶地说："那个家伙在打我母亲的主意。"

矢野重也一听这话，心中与生俱来的正义感像烈火一样呼啦一下子燃烧起来。他语气果断地说："是这样吗？那就不能叫他资助。"

矢野又想，忠告必须正确，于是说："不过，还是考吧。尝过艰辛的人才应该有出息。我是地主的儿子，没有资格说这种话，但不能要那个讨厌家伙的学费。如果能考上，再想办法。如果我们都能考上，我可以把我的学费分给你。一高的学生，当家庭教师也可以糊口。要坚决往前走。"

对矢野的鼓励，寺田迟迟不吭声。他捡起脚下的石子，向倒映在水池中的楠树影甩去。

"我不相信无偿的好意。特别是财主的。"寺田秀反复说着这句话。

矢野重也想起与寺田秀的谈话，心想尽管聪子信心十足，但如果万一有人闯进来，他们能相信地主的话吗？

只有承认例外，才是自由人的思想。正如寺田所说，从父母那里得到的只是上当受骗教训的人，自由思想对他们来说，不正如恶魔的呓语吗？矢野重也这样想时，又扪心自问，自己有猜测、批判穷苦人心情的资格吗？

矢野重也提前回来，聪子很高兴，说要请佃农的头人和佐仓村的头头脑脑来一起庆祝矢野重也考入名校。他是佐仓村有史以来第一个一高学生。聪子说："目前这种形势，不能奢华，但需要加强与亲戚们的关系。"

这次庆祝宴会有三十多名村干部参加，家属只有长兄春雄。矢野重也回家才知道，中学毕业没有升学在家的二哥，正好与他错开了，住进了静冈医院。十四岁的妹妹喜美一直照顾他，可最近总感冒，没有精神，躺下起来，好好坏坏，反反复复。聪子想告诉乡亲矢野重也考上了一高，同时也想告诉父老乡亲，三泽的矢野家不会被不幸压倒。矢野重也理解母亲的心情，所以同意了母亲的计划。

聪子看矢野重也一口答应，反复叮嘱这个为她争光的儿子说："人总是紧张会疲惫，该放松时就要放松。需要鼓劲时，才能率领大家一起干。这很重要。"

宴会时，村长问："聪子夫人，米骚动怎么样了？"

他是代表大家提问的。

"是啊，寺内内阁大概不行了。长老们只是傀儡。这种时候需要敢作敢为的人。宇部煤矿罢工死了十三个人，民怨沸腾。西园寺先生采取什么行动，政友会的原敬是否能当首相，这些都不知道，但是村子是村子，必须团结一致。"聪子对大家说。

宴会上，矢野重也才听说，关西的新闻记者们开大会，决议弹劾内阁。聪子告诉他，这一事态可能波及东京。他感到社会的动荡已经来到自己的身边。村子里的人一个个到矢野重也面前表示祝贺。

"重也少爷，您一定要当日本的领袖。"

"您考入名校是全村的荣誉，我们感到无比光荣。"

一些村里的老者这样说。矢野重也觉得奇怪，自己什么时候成了他们的代表？事后他才发觉，这是母亲在举行庆祝宴会时要对自己进行的教育。

入住本乡寮的庆祝仪式结束后，开始上课。教授们的水平之高使矢野重也感到震惊，同时也激起了他学习的欲望。他选法语为第一外国语，而且想读中学时代读过的日译福楼拜、莫泊桑作品的法文原著。但是，正在他热心上课、刚刚开始学生生活时，不得不中断学业。因为他收到一份电报：喜美死了，速归。

他怎么看这份电报，都是说他十四岁的妹妹喜美死了。喜美患感冒总也不好，一直卧床休息。上次见到她至今还不到两个月。喜美性情刚毅，矢野重也用气枪威胁她时，她只是轻轻一笑，但她对矢野重也也很关心、照顾。

二哥敏雄最初到静冈住院的时候，喜美住在森本佳代家里，去医院照料敏雄，那时她坚强而健康。在敏雄第二次住院时，她的身体就时好时坏，住在佐仓家里。现在，矢野重也很后悔，在他专心准备升学考试时，对周围的人不闻不问。在庆祝升学的宴会开始之前，他去看望喜美。喜美说："哥哥，祝贺你。我不能参加庆祝宴会，请你原谅。"

因为高烧，她脸色发红，眼睛湿润明亮。她聪明伶俐，继承了母亲的刚强。对于少言寡语温和慈厚的长子不太满意的聪子，很少见地对矢野重也抱怨说："如果喜美是个男孩，我就更有依靠了。"

矢野重也回家时，见到久违的、已经变成可爱的大姑娘的喜美，心想母亲年轻时就这样吗？

他向喜美道歉说："上了高中，暂时还得住宿舍。如果你有兴趣，就来东京玩吧。很久以前，那时还是孩子，我用气枪打过你。你还记得吗？子弹虽是仁丹，但打上也很疼吧？"

这次谈话，竟然是与妹妹的永别。说起来，父亲临终时也曾向自己道歉、诀别。

喜美听哥哥这样说，把被角拉到眼边，咪咪地笑着说："哥哥去了东京，喜美会感到寂寞的。"

矢野重也从喜美的话中感到，这是对哥哥的谅解，也是对哥哥的羡慕。开始上静冈中学时，他读了以圣女贞德为主人公的一本历史故事《奥尔良的处女》，不知为什么，他想起了自己用气枪威胁时，嘴里说"好吧，你打吧"，伸出面颊的喜美。

如今喜美死了。矢野重也心里一直在想，怎么会有这种事呢？回到家后，聪子凑近他小声说："敏雄的情况也不好。"她又说："医生说是肺结核。喜美可怜，她是照顾敏雄时传染的。我本来想叫她代替我到外国去。"

喜美是矢野重也懂事以后失去的第一个亲人。

葬礼结束那天，矢野重也想在晚饭前考虑一下自己目前的处境，今后应该怎么办，像少年时代一样，沿着筬川的流水，向海边走去。快到海边时，遇到一个小学时的同学。"哎呀，狐狸，你好吗？"

矢野重也精神一振，叫起了他当年的外号。

这个同学摘下了头上裹着的毛巾，一本正经地鞠躬道："您又高升了，祝贺您。不过，您确实了不起。"

他的态度宛如奴仆遇到了主人。

矢野重也碰了个钉子，不知道应该怎样回答，只好说"再见"，继续以同样的脚步向海边走去。他的心，像一尘不染的晴空，空阔无边。终于看到了大海。初秋的海面，一望无际，虽然还有夏天的余威，但已经显露出平和的迹象。

积雨云渐渐消失在远方的水平线，只有海鸥的叫声与过去一样。

矢野重也想起幼年时照看自己的女佣户代，不知她现在怎么样了？几年前，她与谁也没说，悄悄离开了佐仓的家。她又回东京了吗？矢野记得，有一次他以为来了小偷，吵吵嚷嚷，结果当众出丑。如今想起来，那可能是村里的年轻人偷偷去找户代。

这时，矢野重也忽然想起下大雪那天的夜晚，在森本佳代家的事。过后他曾委婉地向森本佳代打听过由美，但她说由美是她朋友的女儿，是远亲，没告诉他由美的住址和工作地点。与由美的关系，也像与小学同学的关系一样，早已经过去了吗？

矢野重也没有忘记女佣户代牵着他的手第一次到海边来时，告诉他这个世界多么广阔，多么不可思议，不断变化。正好这时有艘巨轮从遥远的海面上开过，户代说："你会坐着那样的船到外国去的。"如今想起来，她的意思是说自己与矢野重也生活在不同的世界里。

矢野重也意识到，前进、学习，就意味与故乡别离。上学的事定下以后，他开始阅读托尔斯泰的《复活》、《战争与和平》，在火车中读英文版的罗曼·罗兰的《约翰·克利斯朵夫》，与最早出版的日译本比较，发现有不少地方与原文的意思不同，他觉得只读日文版不行。

记得他的好朋友寺田秀宣布要学习俄文时说："你知道托洛茨基吗？"

他说了矢野重也根本不知道的一个外国人的名字。他告诉矢野重也说："他与列宁一起搞俄国革命，但他比列宁还伟大。"

但是，矢野重也还是想搞文学，学习法语。即使到外国去，不懂语言，也是毫无办法。不知不觉中，他已经从妹妹的死亡阴影中走了出来。

这时他发觉脚边有什么东西横着爬过去。仔细一看，是一只螃蟹急急忙忙向退潮后留下的水坑跑。这与户代一起到这里来时看到的一样。人生有死亡、悲哀、愤怒，螃蟹也同样生活着。想到这里，矢野重也耳边响起了刚才一点也没有听到的波涛声。

矢野重也回到学校后，学生的各种组织都来拉他参加。不仅球类、剑道、橄榄球部来拉他，连围棋、象棋以至落语研究会都来拉他，但他加入了在静冈中学时就擅长的柔道部。

入学、米骚动、妹妹的死、二哥住院，这连续不断的事件使他想了许多问题。

第一次世界大战在当年的11月结束，正像聪子预言的那样，寺内内阁下台。第二年年初，刚刚回到东京的矢野重也就收到了母亲的来信。

聪子在信中写道：三泽矢野家的经济状况，在不景气中，大不如以前，且愈加严峻，实在对不起继承家业的春雄，但我考虑这也是对他的历练。全家共同奋斗，你不必担心。你正月放假回家时，忙着参加各种仪式，也没有时间好好说话，所以写这封信。不管怎样困难，也要保证你的学费。你不要为这事分心，要努力学习，成为一个杰出的人。

矢野重也读了这封信，心情阴郁。回家探亲时，自己依然受到特别款待，根本不知道家里的经济状况，高傲的母亲想必很为难。

矢野重也马上写了回信，表示自己的决心：感谢母亲的关怀。我已经不是孩子，不能永远娇生惯养。为了磨炼精神，我决定自己养活自己，请不要再寄学费。

他当然还没有明确的自立计划，但他一旦想到什么，在还没有严谨的计划之前就开始行动，生来如此。他下定这个决心，有他的考虑。他想：如果自己不要学费，妹妹喜美能得到更好的医疗，实在惋惜。不仅是妹妹，每年不知有多少人因为买不起一点药而失去生命。

矢野重也写完信，呆呆地坐着，想起了几名住宿生彻夜争论托尔斯泰是不是伪善者的问题。与他一起从静冈中学来的好朋友寺田秀支持伪善者派。

"我是穷人，所以我非常清楚。托尔斯泰改善农奴生活运动的失败，是理所当然的。农民们都看透了他的伪善。"他不容置疑地说。

矢野重也避开与寺田正面交锋，问道："这么说，你也反对'新村运动'吗？"

去年，高举人道主义文艺思潮旗号的武者小路实笃等白桦派作家们，在九州的农村建立了理想主义新村。

寺田秀斩钉截铁地说："那是理所当然的。毫无疑问，肯定失败。"

寺田平时就说不能相信有钱人，所以他否定新村可以理解，但使矢野重也感到意外的是，他以为生在富裕家庭、会支持他的近藤柏次郎也与寺田一个腔调。

"我也认为会失败。"他像唱歌似的附和说，"人啊，就像无论如何也不能脱离轨道转动的星星。善意也好，努力也好，都改变不了轨道。"

近藤柏次郎毕业于天主教会学校，与矢野、寺田一样，是选择法语为第一外语的文科丙级同学。他从中学时代就学习外语，所以语言实力出类拔萃。他那种瞧不起人的态度，端正的容貌，洋气的穿戴，一看就是富家子弟。矢野对他不感冒。他想，这家伙肯定是个虚无主义者。那时学校配备了军事教官，但不管怎样给他施加压力，他就是不参加训练，他的顽固，非同一般。

有一次矢野重也问他："你坚决不参加军事训练，是因为信奉和平主义吗？"

近藤柏次郎说："我呀，对什么主义、意识形态虽然有兴趣，但不想当什么主义者。我不参加军事训练，是不想加入军国主义。"

他说着，在矢野重也面前挥动展示他那像女人一样纤细的手指。矢野重也知道，他的钢琴有专业水平，常常为有名的歌手、小提琴演奏家伴奏。

在他们上二年级时，近藤柏次郎与运动部发生了纠纷。那时每年都举行高中足球比赛，拉拉队去助阵。他在集合在一起准备助阵的同学面前公然说："拉倒吧。声嘶力竭地叫喊，挥着手，全体一起打开扇子，合上扇子，怎么看，都不像知识水平很高的人干的事。"弄得那些扎着头巾，腰里插着扇子，集合在一起，喊一声走吧奋勇当先的运动部的活动家们很没面子。拉拉队队长疾言厉色地斥责近藤，决定在与豪强三高比赛之后，制裁近藤。

矢野重也与他同在法语文科丙级，也觉得他不可思议，但他们是朋友，所以挺棘手。但是，无论怎么说，近藤讲的话都不好，所以赞成运动部伙伴的意见，惩罚他。当时的惯例，都是由柔道部执行制裁。

矢野重也说："我来干，但必须由我一个人来干，这是条件。"

运动部的成员同意他的意见，他就把近藤柏次郎叫到了运动场的一个角落里说："喂，你必须收回那次说的话，你不收回我就揍你。"

夜空中响起了近藤吓人的大笑声。

"你说有事叫我来，原来是这个。收回也可以，但是矢野，我把话说在前面。对于死亡，我既不担心，也不害怕。好几次我差点就死了。"

近藤一副无所谓的样子，他好像在说，好，你杀了我吧，那样更好，凑近矢野重也。

矢野重也本想一把抓住他，但他的心情，好像被一只毛骨悚然的手抓了一把，周身寒彻，碰都不想碰他一下。

"事不过三，我想很快自杀。"近藤嘟哝道。矢野瞪了他一眼，转身走了。他对等待他的同学说："谈通了。我觉得要是揍他，我的手就会烂掉。"

这件事的第二天，他收到了报告佐仓家失火的信。原因是三泽矢野家为了增加现金收入，在烘干养鹌鹑用的饲料时，点着了耕耘机的汽油而引发了火灾。

母亲在信中说：由于雇工不小心发生了火灾，对不起祖宗。也向你报告，请求你原谅。春雄是个老实人，坐立不安，我必经安慰、开导他。不幸中之大幸是没有人员伤亡，这是最大的安慰。你不用惦念，也不用回来。

在收到这封信的第二周，矢野重也在宿舍又收到了家里的电报：敏雄病故，速归。

他在家里时听说敏雄的病越来越重，但在家里失火后的第五天病故，可见这个消息加速了他的死亡。矢野重也为此而感到痛心。葬礼在矢野家的菩提寺举行，矢野必须再一次以精神饱满的样子，站在憔悴不堪的哥哥——第七代彦次郎的旁边，出现在众人面前。

接二连三的不幸，使矢野重也想，必须锻炼在一旦有事时从容不迫的胆量。妹妹喜美因照料患肺病的二哥被传染，先离开了人世。自己不知道什么时候也可能得肺病。当然，并不想像朋友近藤柏次郎那样两次策划自杀，而是要培养面对死亡也坦然自若的精神。在他正在思考这些问题时，有同学劝诱他说："参加养真会吧。这不是宗教，而是锻炼修养的团体。"

一个非常要好的同学劝他，所以他马上同意了。这是以藤田式静坐法为修养核心的修炼方式。矢野重也心里以为是坐禅，觉得这样也不错，就参加了夏天在野尻湖的集体训练。到那里一看，其中大多是全国著名大学的学生，也有几个高中生。修炼会开始以后，他后悔没有把好友寺田秀拉来。

在每天单调反复的仪式、静坐、古典剑道、吃粗糙食物的生活中，矢野重也感到对社会讥讽的情绪、厌世的悲观渐渐消失。他把学费分给寺田秀，供他读书，但寺田秀在上二年级时，说对做学问的意义产生了怀疑，在第一学期结束时，申请休学，回了故乡。矢野重也推测，他思想上可能有什么苦恼。

矢野重也之所以这样认为，是因为在一年级秋天将过去时，寺田秀来到宿舍，突然劝诱他说："喂，去不去西伯利亚流亡？"

他虽然有耸人听闻的意思，但遇事镇静的矢野重也听了这话也怀疑自己的耳朵，反问道："你说什么，西伯利亚，那个寒冷的西伯利亚吗？"

俄国爆发的革命，将危害日本，必须将它粉碎——在美国、英国的鼓噪声中，寺田内阁轻率决定出兵西伯利亚，受到非难。这些情况，矢野重也是知道的。他问好友寺田秀，你说的流亡，是为了反对日本出兵西伯利亚，还是与日本兵一起进攻苏联？

寺田秀说："怎么都行。我厌恶整天在狭小的日本忙忙碌碌地学习，将来飞黄腾达当领导人的生活。"

他给矢野讲了屠格涅夫描写的中部俄罗斯的森林，还有他向往的更为辽阔雄伟的西伯利亚的泰加森林。

矢野重也在修养团体养真会的集体住地给寺田秀写了封信，但没有回音。他曾怀疑，寺田秀是不是真去了西伯利亚？在矢野重也忘记了这件事回到东京时，接到了寺田秀的死讯，他马上乘夜里的火车赶往静冈，从车站换乘马车到了寺田秀家。只是几个月不见，寺田秀瘦得脱了相，躺在那里就像十五六岁的孩子。矢野重也简直不敢相信自己的眼睛。蓦然间，他感到胸口憋闷，呼吸困难，走到寺田枕边，点着香，双手合十。在短短的时间里，他失去了妹妹、二哥、好友等三个亲近的人。

矢野重也终于转过身来，向寺田秀的母亲胡乱说了几句吊唁的话。

"常听秀说起您。您对他帮助很大。他是个任性的孩子，为您添了不少麻烦。谢谢您从那么远的地方赶来。"

没想到寺田的母亲说话很爽快。她转头对旁边低着头的年轻女人说："三重子，这是秀的恩人矢野先生，你也要表示感谢。"吩咐完，她介绍说："这是秀的媳妇。"

矢野重也目瞪口呆，但从那蓬乱没有梳理的头发、结结巴巴的感谢话看，她确实是病故的寺田的妻子。

但矢野重也只能默默地坐着。自己把他当做好朋友，分出学费支持他上学，但他却对结婚的事守口如瓶，一点也没透露。矢野觉得寺田背叛了自己，心里堵得慌，沮丧地离开了寺田家。他是因为背着朋友结婚而苦恼吗？但只能认为他是有意识地撒谎的言行不断浮现在眼前。

他想起了寺田否定托尔斯泰人道主义的事。

"就连在白桦派内部……"他好像极力抑制心中涌起的憎恶，目光深沉地对矢野说，"也有人批判'新村'计划，你知道吗？去年中央公论有篇有岛武郎的文章，说这是少爷的异想天开。可是，就是这个有岛本人，把自己在北海道的农场解散了。"他鄙夷地咧着嘴，傲然地断言，"你知道'猴子屁股'的故事吗？一个猴子说你屁股是红的，但它不知道自己的屁股也是红的。所以我不信任有钱的人。"

从寺田的背叛来看，他把我也归入令人厌恶的人之中吧。但矢野不愿这样想。矢野想对寺田说，我是例外，不承认例外的思想才是庸俗的。但矢野重也知道，自己给寺田学费，甚至把自己的学费一半以上给寺田，也不能成为例外的证据。他在表示感谢的同时，内心的憎恨也在增长。

"这个乖僻的家伙，我应该狠狠揍他一顿。"这本来是矢野的老脾气。在住宿的同学之中，他多次充当武力制裁的急先锋，是个可怕的人物。

虽然如此，但他并不招人讨厌，朋友们也不疏远他，毋宁说情况恰恰相反。矢野重也的优点是，绝对不允许体育部的人欺负低年级同学，学习好，读了许多英文、法文书，正在翻译。这些事实都是很有说服力的明证。

矢野重也从寺田家出来，乘着摇摇晃晃的公共马车去车站时，想起了他与近藤从日比谷出来去帝国饭店的事。

那是在围绕托尔斯泰和新村的争论不久，秋季的一天，近藤柏次郎对矢野重也说："喂，矢野，我挣了点钱，咱们去奢侈一下。"

走在前面的近藤大步向豪华的饭店走去，矢野重也吓了一跳，急忙阻拦说："喂，这地方行吗？贵得吓人呢！"

"嗨，你就别管了，交给我吧。我经常来。"

近藤正说着，一个穿黑制服的男人走过来迎接说："欢迎光临。近藤先生，好久不见了。"他熟练地给了那个人小费，用目光示意去二楼。他看矢野对这里的一切都感兴趣，对矢野说："前些日子我去给外国来的小提琴家伴奏。原来要出场的钢琴家突然病了，我命运好，正好轮上了，有了笔意外之财，我想把它花掉。"

矢野重也知道，近藤受到警告也决不出操，是为了保护自己的手指，饶有兴趣地看着他那细长的手指。再看自己的手指，由于练柔道，关节粗大，像农民的手。这一天，他是第一次从文化方面接触杰出的资本家的行为和思想。这样的人能住在肮脏的宿舍里，令人佩服。

喝完汤，近藤一边灵巧地切盘子里的面包，一边说："成名成家没有什么意思，得什么勋章也无聊。只有乡下人才想这些地位名利。什么名呀利呀都是对自由的束缚。"

近藤的内心世界似乎悲惨而凄凉。

近藤祖父的哥哥在中日甲午战争时是海军军官，立有战功，战后从政府取得船舶公司的专利权，成为贵族。近藤说，那位成为贵族的祖父的孙子，比他大很多，整天沉溺在祇园等花街柳巷，写和歌，是著名的歌人。近藤柏次郎继续说："那个歌人是我的本家兄弟，我也见过他几次，他的全部家产都花在京都的花街柳巷了。"

矢野重也认真地问，什么是花街柳巷？这一天，他老老实实地听着近藤柏次郎讲，意识到自己与他的知识和文化是隔绝的。

近藤说这是在江户时代形成的成人社交和游乐场，是艺妓、娼妓栖息的社会。但看矢野似懂非懂的样子又解释说："江户时代的文化、很多艺术是在这里发生发展的。不管是西鹤①，还是近松②都是。在封建制度中，只有这里是自由的，可以自由恋爱。这种自由与社会的习俗会产生纠葛矛盾，而这是文学与戏剧的创作源泉。"

他不动声色地说着，没有任何居高临下的表情。他接着说："随心所欲地倾家荡产，才是真正的奢华。如果有理由，就要精打细算。但是这种奢华得到社会

①　1642—1693，井原西鹤，江户前期谈林派俳谐诗人，小说家。
②　近松门左卫门1653—1724，江户时代歌舞伎剧本和净琉璃唱词作家。

的承认还很遥远，还需要时间。我的那位歌人堂兄很孤独。"

近藤的感想，矢野听不太懂。虽然烤牛排、饭后的点心很好，但不知为什么，矢野觉得很累，心想我过不了这种有钱人的生活。与这个饭店的菜饭相比，矢野觉得柔道部练习完以后大家一起吃的烤鸡串和五香菜串更香。

矢野从二年级第二学期开始，担任一高柔道部的领队。他的任务是在交流比赛中打败二高柔道队。多年来，一高总是败给二高。他督促选手，并照顾、鼓励他们。矢野重也有相当的实力，但他的弱点是右肩有脱臼症，因此当了领队。他与前任不同，他主动承担了照顾选手的工作。

当时，冈山六高实力强大，声名显赫。矢野重也作为一高的代表，与六高柔道部交涉，与他们合住一个月，共同练习。

在这个过程中，他与冈山六高的选手永野重雄、樱田武成为好朋友。

矢野重也在全力准备与二高的对抗赛时，又想起了好朋友寺田秀，不知他到哪里去了，音信全无，无影无踪。在这期间，他的交际更加广泛。

在冈山集体住宿训练期间，六高的永野重雄教给他一个把对方压倒在地的歪招，即在比赛前的两个月不洗澡。"纠缠在一起不分胜负时，对手被臭味熏得受不了，会自认失败。所以不管在上在下，用胸口紧紧压住对手的鼻子就行。"永野重雄眼睛闪着恶作剧般狡黠的光，把绝招教给他喜欢的矢野重也。

当时的比赛方法是可以连胜两人或三人，最后剩下首领的队获胜。两队对阵时，比赛进行到中间阶段，双方都在首领的前面配备精兵强将，使之连胜两人或三人，然后设法保持平局，保住首领。

听了永野的话，矢野重也想出了一个作战方案。在比赛进行到中间阶段时，由自己来对付强有力的选手。在臭气熏天中，依然不分胜负的胶着阶段，如果矢野重也的右肩脱臼，比赛就会因伤而停止，对方的主力就不能连胜，因而可以改变出场顺序。二高的主力出场时，矢野重也突然出场迎战。如果比赛如期举行，这种牺牲自己战胜对手的战术一定会成功。

但是这种复仇式的比赛方法受到先辈们的激烈批判，强烈呼吁恢复高中各校比赛的光明正大的传统，因此与二高的对抗赛中止。

然而正因为如此，这个一定会获得胜利的计划，在一高的学生中间口口相传，矢野重也为母校的胜利奋不顾身的美谈广泛流传。

矢野重也自己越否认，人们越认为他谦虚、了不起。矢野担心近藤柏次郎会说什么，但自从武力制裁没有打他之后，近藤对他刮目相看，自认不如他，没有冷嘲热讽。

矢野重也乘坐摇摇晃晃的公共马车去车站时，从朋友的角度回顾了寺田秀短暂的一生。在静冈中学时代，他每年都要与矢野竞争学年第一名。从幼年开始，他就饱尝母子家庭的艰辛。他的妻子与婆婆一样，年纪轻轻就做了寡妇。他们是怎样结婚的呢？矢野没问，也不想问。她的年龄与他大体相仿，脸细长，神情凄楚，一副苦相。想必他们是相互鼓励的青梅竹马吧？矢野支援他上一高时，也许她并不高兴。

如果去东京，带我一起去吧——当妻子恳求寺田时，他可能支支吾吾，含糊其词吧？或者听到妻子这样说，连善于冷嘲热讽的寺田也知道人世间有忠贞的爱情。

矢野想起了打算在有自信时再着手翻译的莫泊桑、路易·菲利普①的短篇小说中，有类似主题的作品。

寺田没有把结婚的事告诉一直援助自己的矢野，可能觉得这事与他平素的讥讽挖苦性格不符，他为此而苦恼，但越是这样，他纤细的神经越发在言行上悲观厌世。

矢野这样一想，虽然心情依然沉重，但觉得对寺田多少谅解了几分。身边的人一个个去世，特别是最后寺田秀的死，使矢野想了许多问题。白桦派、仓田百三②的剧本《出家和其弟子》，其中包含的明朗的人生肯定论，根本不能接受，在人世间，似乎存在着更可怕、深刻的东西。面对人生，为使自己不陷入讽刺家、悲观厌世的泥潭，大概需要单纯而坚强的思想。可是，学习什么、怎样学习呢？可能需要学习哲学、宗教的基础著作，古希腊哲学的柏拉图、亚里士多德，德国观念论的康德、黑格尔。

心里想着这些回到了东京，他已经从失去好朋友的悲痛中站了起来。

---

① 1773—1850，法国国王。

② 1891—1943，剧作家、评论家。

第三章 ◆ 旅途

　　矢野重也考入大学法学部法国法律专业后，住进千驮谷鸠森胁明德寮。这是德川家为来东京学习的学生建造的，各地与德川家有关系的人大多住在这里。矢野出生在德川时代的直辖领地小笠郡佐仓村，所以可以住在这里。

　　矢野决定，自己外语好，可以搞翻译挣钱，减轻家里的经济负担。他的读书范围不断扩展，读巴尔扎克、司汤达、福楼拜，在门类上，对哲学、历史也如饥似渴。

　　矢野每次回家时，母亲都对他说："不要勉强。情况在渐渐好转，春雄也学会了管家，你放心吧。房子也很快盖起来了。"

　　矢野总是回答说："我已经决定了，把钱先存起来吧，说不定我什么时候会用。"

　　矢野上了大学以后，有时试着翻一点从宿舍的高年级同学那里拿来的阿纳托尔·法朗士的小说，为将来从事文笔工作做准备。可是，开始翻译以后，他发现法国戏剧、音乐、社会制度与日本不同，如果不学习，译成的日文缺乏深度。矢野重也想起了近藤柏次郎，觉得必须了解外国文化，所以去听舒曼的《德国歌曲之夜》，参加英国数学家、哲学家罗素的讲演会。

　　罗素忠于自己的思想，反对第一次世界大战，惹怒了举国上下强烈主张对德战争的民众，失去了剑桥大学的职位。矢野再一次感到，思想的强大。自己现在没有什么思想，也没有明确的信条，如果有，自己能有罗素这种坚持立场的勇气吗？

　　这种思考，与他开始读的阿纳托尔·法朗士的《诸神渴了》所受到的震动产生共鸣，使他激动不已。这篇小说描写在法国大革命中诞生的巴黎公社时代，无名画家加默兰出于正义成为雅各宾派成员，在形势的激烈变化中，他当了处死很多人的革命法庭的法官。巴黎公社失败后，《诸神渴了》的主人公加默兰被送上了断头台。小说的名字意为嗜血神的饥渴，这使矢野浮想联翩。

　　矢野重也的苦恼是，大学与一高不同，学生很多，但分散在各个专业，没有高中时大家在一起畅谈人生的环境。对前途的不安，迷惑，展望，都必须独自思索。住在明德寮的学生，来自全国各地，在各个大学读书，只有在早饭时见个面，找不到共同的话题。尤其使矢野感到孤独的是，一高时代的密友近内金光考上了京都帝国大学法学部，想见个面也不容易。考上大学以后，矢野深感寂寞。

　　为了摆脱这种失落感，矢野参加了两个组织，一个是以社会主义研究为共同目标的"新人会"，一个是由他牵头成立的读法语原著的读书会。

　　可是，从一年级那年的秋天开始，矢野重也的个人时间都被一个名为生野美津子的女学生占据了。虽然如此，但他们两个并没有单独谈过话，只是和朋友们一起见过面，但他一厢情愿，害上了单相思。

　　生野美津子的父亲生野纯造，是政治学者，很早就主张民本主义，成立了知识分子的组织"黎明会"，热火朝天地开展各种活动，学生中有很多崇拜者。他有三个女儿，个个才貌出众。她们姊妹三个一起参加一高的例行纪念会时，学生们欣喜若狂。

　　大学一年级时，矢野重也与从京都赶来的近内金光一起，以学长身份参加了一高的纪念会，近内介绍他认识了生野家三姊妹。从不与朋友谈女人的矢野重也不谙世事，不知道有关生野纯造女儿们的逸闻，当近内在他耳边介绍她们三姊妹时，他一直盯着年纪最小的美津子。

　　过后不久，矢野重也知道美津子三姊妹住在离他们大学不远的本乡白山、父亲生野纯造的家里，都是才媛，在御茶水东京女子高等师范附属的高等女子学校读书。

从知道她住址的第二天开始，矢野重也就在美津子上学、放学可能经过的路上徘徊。

第二年4月，矢野重也去欢迎英国皇太子威尔士访问天皇皇宫，发现对面女子队列中有身着御茶水校服的一群女生，兴奋得心咚咚乱跳。当英国皇太子的马车很快在二重桥里面消失、欢迎队伍解散时，矢野重也想看看美津子在不在，向女子团队跑去。她在队伍之中。这时美津子被几个同学围着不知在说什么，女学生中间响起一片笑声，一个笑得弯下腰的学生做出敲打美津子后背的动作，笑个不停。

"哎，你怎么了?"法国文学读书会的一个人招呼矢野说。他顺着矢野的视线看去，"那是御茶水的人。怎么，里面有你喜欢的姑娘吗?"

矢野重也暗自把美津子叫做"白色百合公主"，不愿在友人好奇的目光中暴露心事，所以默不作声，转身看着别处。这时，响起一阵吧嗒吧嗒的脚步声，她们向日比谷公园跑去。错过了一个好机会，矢野重也脚步沉重，与朋友们向市电车站走去。在几千人中一眼就找到了她，这肯定是天意。

第二天下雨。矢野重也前不久刚搬到东中野公寓，他从窗口看着细雨落在柔软的柳枝的新芽上，心里想着生野美津子。从时间上看，这个时候她应该去上课。或许在读书吧?

矢野重也回想死去的妹妹喜美的房间，还有亲戚家的姑娘们每天的时间安排，但她们与著名学者的女儿美津子都不沾边。她是高高山峰上盛开的白色百合花，而其他人只是比她小的少女而已。

矢野重也满脑子都是美津子，他想换换脑子，开始翻阅订阅的《播种人》杂志。目录上到处是"无产阶级文学"、"无产者"等字样，文章是小牧近江、金子洋文、青野季吉写的。矢野从中选了青野季吉的论文读了起来。

什么"社会的自我"、"私小说"等词句在眼前晃动，但他心里还在想着生野美津子，无法深入到文章中去。

在他打消读书的念头时，木下半治来了。他搬到这里来，与木下住的地方很近。木下来是叫矢野去参加下一次新人会的集会。最近主动承担以改造日本为目标的东大新人会发展工作的黑田寿男、志贺义雄对他说，下次要邀请矢野一起来。

木下说："新人会里有人批评我们。"

矢野不声不响地点了点头，心想，这是理所当然的。因为矢野他们对新人会的整体思想都表示怀疑。木下、矢野认为，吸引学生们的无政府主义虽然能带来一时的亢奋，但决不会成为发动大多数人的力量。学生们天真幼稚地喊着俄语"到人民中去"，以为懂得外语就获得了更高层次的思想，虽然到赛璐格工厂去，到月岛机械厂工会去，参加座谈会等等，但矢野、木下认为，事情并非仅仅如此。作出这种判断，得力于他们能够自由地阅读外国文献。无政府主义，是对东京帝国大学的传统——培养官僚领导国家的思想路线的背叛，在这一点上，他们是赞同的，所以参加了新人会。但他们通过阅读德文、法文的报纸杂志，知道新人会的讨论已经落后于欧洲形势，在1917年俄国革命之后，列宁的布尔什维主义正在迅速取得优势。

木下半治像个冷静的理论家，分析新人会的种种思潮，梳理每个人的思想倾向，强调提高新人会全体会员理论水平的必要性。

木下分析了伙伴们的思想倾向后说："但是，对于提高全体会员理论水平问题，抱着袖手旁观的态度是不行的。志贺义雄君也是这个意见。"

他劝矢野参加新人会的活动。

木下半治一口气说完，突然发现矢野的反应与平时不一样。他又仔细地看了看矢野，发现他抱着胳膊，目光呆滞而空虚。

"喂，你怎么了？"木下半治招呼说。过了一会儿，矢野才驴唇不对马嘴地回答："呀，啊，对不起。"

木下半治与好友近内金光一样，都很了解矢野的性格，没有刨根问底，等他自己说。在矢野重也开口之前，他拿出笔记本整理自己的理论，考虑用什么方法说服新人会的同人。

新人会的纲领上清清楚楚地写着：

我们适应作为世界文化大势所趋的人类解放的新形势，并努力促进之；

我们开展对现代日本的正当的改造运动。

在木下开始思考所谓"人类解放的新形势"是指什么，怎样的运动才是"正当的改造运动"时，矢野转过身来。木下抬起眼睛时，矢野说："对不起，这种时候说这些没有出息的事，但是我连看书也看不下去，一点也不往脑子里进。"

木下半治没有说话，担心他是否得了什么恶性疾病。他擅长柔道，是不是伤了人？

"这个，那回在一高的纪念会上遇到了生野君。是近内介绍我认识的生野美津子，可是不行。"矢野像牛一样摇着头自白。

"什么不行？碰钉子了吗？"

"不，还不知道。"

"怎么回事，进行得怎么样？"这样问来问去，木下终于明白，矢野还没有与人家说一句话，当然也就没有碰什么钉子，他只是单相思，害了相思病。他的半痴、初恋的纯情令人钦佩。"怎么说呢，你还真是个情种。"

话虽然这样说，但木下觉得还真得想个办法帮他解决。

"必须与生野美津子本人直接接触看看。既没被拒绝也没谈过吧？打开局面只有这一个方法，就是采取行动。"

"这，我实在不行。"

矢野重也一反常态，一个劲往后退。木下半治想，你随便吧，不再管他，但又担心他太痴情，不知会走到什么地步。在冥思苦想中，木下半治想起在近内金光到一高住宿时，美津子的父亲生野纯造当过保证人，只是这个记忆是否准确需要核实。

谨慎而务实的木下半治说："是吗？反正要见她一次，不了解她本人的态度无论如何不行。我想个办法，但到时候你一定要振作起来。"

木下半治不知不觉中以兄长的口气说。矢野重也深深地鞠躬说："拜托了，感谢你的恩情。"

木下半治半开玩笑地嘟囔说，本来是拉矢野去开会的，没想到却背上了包袱，尽管他说矢野这个家伙真烦人，但还是很快与京都的近内金光取得了联系。

近内金光到了东京之后，有时和木下、矢野三个人一起，有时和木下商量矢野与美津子见面的计划。他们一起就如何在关西成立类似新人会的组织，如何对待志贺义雄热心策动的学生联合组织的计划等问题交换意见后说："那件事，怎么办？"

这是指矢野重也的恋爱问题。生野纯造虽然站在先进的政治思想的前头，主张承认天皇制的民本主义，但在家里却是个严格的父亲。闯入生野家，说"我要见你的女儿"，这几乎是不可能的。如果在路上等，这又像小流氓。

近内金光说，为了能叫矢野与美津子见面，应该先向她的父亲生野教授介绍矢野。自己到一高住宿时，是生野教授担保，所以可以带矢野去生野教授家。

可是慎重的木下半治反对这个方案。他认为矢野是个正直的好人，但到了大教授面前，矢野不善于待人处世，肯定呆若木鸡。另一个方案是，叫经常出入生野家的赤松克麿或水谷长三郎把美津子带出来。赤松为人厚道，与生野教授的长女明子要好，而且听说教授也同意。但赤松并不太了解矢野重也，如果叫他干这种可能危及到他恋爱的事儿，首先他就不会同意。

在他们反复议论这件事时，木下半治、矢野重也，还有在一高时就在一起的村山藤四郎等几个人决定退出新人会。他们退会也没有什么明确的理由，只是主张应该进一步深入思考的矢野、木下等人，与急于搞政治运动的新人会多数派有些合不来。

新人会书记局的黑田寿男是个诚实的人，自觉不如矢野重也、木下半治，在决定什么事的时候一定要问："木下君，矢野君，这样可以吗？"征询他们的意见，有时会弄得很尴尬。木下、村山都认为，如果矢野像平时那样精力充沛，他会积极化解以一高柔道部为中心的一群人与新人会多数派之间的矛盾，解决逐渐疏远的问题，加强团结。

这样一想，朋友们更觉得矢野的那件事，必须想办法解决。

讨论的结果是，玩弄各种阴谋诡计，都与我们身份不符，而且不管用什么手段，都会被敏锐的生野教授看出端倪。如果那样，结果会很凄惨，不如下定决心，满怀诚意，从正面谈这个问题。他们对世界的动态、思想的潮流可以高谈阔论，但处理这件事却不得要领。

下定决心的矢野，由朋友近内金光陪着，到本乡白山生野家登门造访。

穿着和服的教授来到客厅。矢野重也说，自己会一点外语，翻译文献、文学作品，有所收入，而且愿为日本的社会改造贡献力量。这些都是经过深思熟虑的说辞。

"哪种语言能运用自如？"教授问道。矢野回答说："法语最好，只是笔译的话，英语、德语也能用。为了读列宁的东西，我还想学习俄语。"

"那很有发展前途嘛。"生野教授随声附和说，看了看早就认识的近内，目光转移到矢野身上，脸上的表情在问，那么之后呢？

"之后，关于之后……"近内插嘴说，眼睛看着矢野，叫他讲。

"啊，之后，我认为这种人生需要优秀的伴侣。请您允许我与美津子交往。"矢野重也如下坂走丸，一口气说出了对教授的恳求。

有那么一会儿，生野教授毫无表情，看看这个学生，又看看那个学生，不懂矢野是什么意思。过了一会儿，生野教授才勉勉强强地说："这件事，美津子知道吗？"

他的声音好像安抚这两个莫名其妙的学生。

"不知道。这种失礼的话，一次也没跟她说过。"在相对无语时，矢野用眼角偷偷扫了一眼教授的脸，看见他脖子的血色正向脸颊扩展。

"混蛋！"生野教授怒吼一声，脸涨得血红，"混蛋！学生的本分是什么？这种事等你们成人之后再说。放肆，出去。"

生野教授站起来，脸色血红，嘴上边的胡子颤抖着。

"啊，哎呀，那……"近内含糊不清地说，"矢野君，告辞吧。快。先生，实在对不起，改日再来。"

近内弯着腰，向玄关走去。

矢野像被人冷不丁抽了一个耳光一样六神无主，只能一声不吭地跟着近内出来。下了白山坡道不远，近内停下了脚步，似乎要舒缓一下紧张的心情，特意用江户腔说："哎呀，坏了，吓死人了。"

"这个家伙太无礼了。"矢野低声说。但他一次也没与美津子谈过，就去求婚，教授讲的，也不算过分，没有什么好谴责的。

他们失望地回到了住地。

一直惦念结果的木下在矢野的房间里等着，听完近内讲了事情的过程，放声大笑："哈哈哈，太可笑了。"

"有什么可笑的?"矢野重也心头火起，反问道。

木下半治笑着说："虽说他是进步教授，学术的良心，但在女儿的问题上，归根结底，还是个平凡的父亲。哈哈哈，根本不是什么民本主义，而是女儿本主义。"

木下半治又兴高采烈地笑起来。

开始时，矢野重也像个倔强的孩子一样瞪着木下，但木下那爽朗的笑声，那与他那纤细的感觉不相称的汪洋恣肆颤抖的脸，他看着看着，不知为什么，心里也松了一口气，而且也觉得这事很滑稽。

"说起来也真是这么回事。想想是我们可笑。"矢野越说，越觉得确实可笑，"哎，近内，对不起，过几天给你开个慰问会。"

听他的口气，好像是近内失恋似的。近内看矢野笑得脸像开了花，心里不胜遗憾和赞叹：不能扔下这个家伙不管。

在三个人止住笑时，木下宣告："喂，我决定搬到这里来住。这家人善良，但更重要的是，我要在失恋的矢野身边。"

刹那间，矢野好像忘记了失恋，满脸欢喜。

友情的欢乐，一下子就把他从失恋的痛苦中解救出来。

他说："以我们为核心成立个研究会吧。一起讨论河上肇的《社会问题研究》的论文，或者《播种人》、《无产阶级》上的文章。"

近内说："据说考茨基与列宁对立得很厉害。"

他们讨论研究决定：近内作为研究会驻关西成员；研究会的基本的活动方式是对杂志每月刊载的论文一起讨论；人员除今天在场的三人外，还有一高时代的朋友村山藤四郎，新人会中比他们小一岁的会员园部真一。

朋友们走后，矢野重也在当天的日记中写道：如果抛弃一切，渴望沉浸在她的爱情中的生活，就不需要修养了吗？如果和朋友住在一起，就不需要做知识的、战斗的准备了吗？

矢野重也对那些为了实现社会主义的理论著作产生了强烈的兴趣，但在读列宁的《国家与革命》、《怎么办》等著作时，又觉得困惑不解。

比他年轻的园部，在议论天皇制的时候，坦率地说："我呀，说心里话，我尊重天皇。认为日本需要天皇。但这不是出于政治上的考虑。我觉得日本的天皇与俄国的沙皇不同。"

他的真诚坦率赢得了矢野的信任。

矢野在乡下生活过，知道家乡人把德川家康尊为神，对免除地租的德川家满怀崇拜。但天皇制改变了他这种价值观。他认为崇拜对自己生活的地域给予特殊照顾，而使其他地方的农民生活困苦的德川家，是利己主义的，是丑恶的。

从这一点来看，明治政府废藩置县，否定江户时代恶劣的身份制度，即使只前进了一步，但也是代表正义的势力。明治政府的核心价值观就是天皇制，这一点不能否认。但现在故乡的人与自己不同，既崇拜德川家也崇拜天皇。他反对这种利己主义。

矢野重也非常清楚，从唯物史观来看，承认天皇制是毫无科学根据的，但有时在理论上认为是正确的东西，在感性上却不能接受。矢野觉得，以前自己与园部不太熟悉，但他却能敞开胸怀，坦诚地讲出这种内心的矛盾，是一个忠诚可信的汉子。

在讨论的时候，矢野重也看着园部微黑的脸、厚重的嘴唇，开诚布公地说："从这一点来说，我们也许是特殊的共产主义者。这是矛盾的，也许是理论上的缺欠。我的本意是，如果认为文学，只有在文学中才能存在的共产主义，我完全赞成。"

当时，矢野重也正在为选择生活道路——当一个社会活动家，还是当个作家而苦恼。为了下决心，做出决断，矢野考虑必须搞清楚自己为什么对社会主义感兴趣，并且经常与好友木下半治讨论。

"如果说这不是穷人、佃农从自身的经历中做出的选择，而是看到压迫不能容忍，我觉得这没有道理。"

矢野重也总是一边竭力回忆幼年时的体验，一边讲自己的观点。

"一切思想的确都来源于切身体验。"木下反驳说，但他总是冷静地从理论上驳斥矢野重也，"同样的体验，财主们会站在统治者一边。我们为什么选择社会主义，仅从切身体验来讲是无法解释的。"

"那么，你为什么选择社会主义？"

"那是另一个问题。"木下想回避这个问题。

"那你就说说另一个问题。"

矢野重也穷追不舍。他认为这是关系到人生选择的大事，所以抓住不放。

"你知道，我生在神户的边上，从小就看到了歧视这种不公正。"

木下开始老实地回答矢野的追问。矢野喜欢他这种坦率的性格。

木下不像低他一年级的志贺义雄那样，在理论上咄咄逼人，将对手打得落花流水。矢野欣赏他这种风格。

他们讨论的结果是，在多数场合，自己被推到社会主义一边，是出于恻隐之心。虽然矢野极力说明这与白桦派的少爷们的人道主义不同，但又没有信心说明什么地方、怎样不同，而且觉得也没有这个必要。在议论的过程中，矢野想起了与贫困斗争而死的寺田秀。虽然他认为寺田秀一度背叛了自己，但现在对他也怀着恻隐之心。

有时他们的讨论也会涉及到禁欲主义。

"革命家对自己的欲望，必须禁止。"木下半治主张说。

"那不行。我认为顺其自然为好。"矢野重也说完，又补充道，"当然，从结果来看，禁欲者对坏事恨得更强烈。"

"不，这是从理论的必然性出发，对革命家生活态度的要求。"木下半治坚持自己的观点。

他们的讨论，常常是海阔天空。那一天，矢野重也在日记中写道：下午洗澡回来后睡了一觉。这是资产阶级的享乐。半生如此享乐的我们，从现在起要振作起来，应该为那些生活在水深火热中的人们去吃苦。读了岛崎藤村的《破戒》。很久没有这样热泪横流了。肃然起敬。

日子这样一天天过去，失恋的烦恼渐渐淡薄。心里失去了追求对象的矢野重也，鉴于佐仓老家经济情况拮据，估计三年级时必须自己养活自己，所以订了一个计划，在第二学年结束时到毕业，必须拿下必修课的分数。

大学放春假时，矢野重也非常寂寞。好友木下半治担心他的经济情况，恳求主任教授，给他找来一些有关法国的法律文件叫他翻译，但工作并不能排解他精神的孤独。

矢野重也翻译的是法国大法庭的判例，或对有代表性的民事诉讼判例的论战等等，不是那种译起来有趣吸引人的东西。这些文件，定为内务省社会局使用的资料，而内务省给的稿酬，又远远高于文学书的译文，所以可以使他保持生活的稳定。

这时，在京都帝国大学读书的近内金光来信说：大学课，没什么了不起的，你完全可以自学。我在这里也没有知心朋友，觉得无聊。你能来玩一两个月吗？在这里不也可以搞翻译吗？

矢野重也很高兴，很快带着刚刚开始翻译的加利玛出版社出版的阿纳托尔·法朗士全集三卷，用惯了的辞典，去了近内在北白川的宿舍。这一带除了附近有一座小学之外，全是民居，宿舍旁边就是水量丰沛的白川，是很安静的住宅区。

矢野重也不想和近内金光客气，打算趁机在京都多住一段时间，因为他心里有一个想法。早在中学快毕业时，他就向往京都。他一直觉得，京都名胜古迹多、京都历史悠久、京都红叶美等等说法，肯定都不能表现京都的神韵。如果硬要说的话，那就是街市、山峦、河流的安详宁静，或者称之为荫翳，由日出、黄昏时分光的移动和变化而造成的氛围。

这种荫翳存在于人们的心中，虽然不合理，但却是应该给予正当位置的感情的源泉，决不是狂热自信的非论理的东西，所以必须亲身感受京都，这样才能看到日本人灵魂故乡的本色。

矢野重也住下后发现近内除学习外，每天都相当忙。他是大学生活消费协会的干部，似乎想以这个组织为据点普及社会主义思想。

近内金光把地图放在第一次来京都的矢野重也面前说："这里是我们住的地方。银阁寺在这里。法学院在河对面的山麓。我所在的京都帝国大学在这儿。"

"肚子饿了想吃饭，就到泽田食堂。从这里走七八分钟就到了。今天晚上我领你去。那里像个学生食堂，价钱比较便宜。"他说着，把地址、店名写在纸上，递给矢野。

矢野问："我想在京都期间，看一看支撑着天皇制的、以公卿文化为核心的名胜古迹，但不知道去哪里，看什么。"

近内歪着头想了一下说："那还是桂离宫，或修学院吧。这些地方过些日子我领你去。如果你想感受一下京都的氛围，可能独自在京都的古老街市悠然漫步更好。"

矢野凝视着近内默默无语。如果自己认为荫翳是日本文化的特征，而这种特征又潜藏在京都古老的街市中，就有点麻烦，因为马克思主义是借来的。

近内没有在意矢野内心的困惑，继续说："京都的民房，门口弄得很狭窄，摆出一副穷酸相，但里面很深。在那狭窄的门口有窥视孔，从那个孔里悄悄地观察着新来的统治者。他们用测量的目光看着那些响着阵阵马蹄声威风凛凛而来的新统治者的举止动作。'这个骄横跋扈，往长了说，也就两年。'或者说：'这个能干下去。他装疯卖傻，哎呀，不得了，可怕，别惹他。'他们悄悄地说着，但绝对不怀疑自己文化的优越。"

听了这些，矢野不能不把京都与自己的故乡佐仓村进行比较。把德川家视为神的人，在明治维新时，没有思考自己的信仰到底是什么，只是在形式上，切换为对天皇的信仰。

几天以后，矢野重也在近内金光上学之后，拿着近内给他的地图，到住地附近的街道、寺院、小巷转了转。狭窄的小路宛若迷宫，每户人家，里面都很深，令人想不到的是，在玄关等极狭窄的地方，却长着茶花树、柚子树，或放着盆景架，似乎表示这里的居民，很早以前就住在这里。

小巷不明亮，但也不黑暗。在午前的幽暗中，吊钟的白色花朵像星星一样，而屋檐下吊着的鸟笼里，绣眼欢快地叫着。很多人家都有板墙，板墙上涂着煤焦油。在板墙的旁边，供着地藏菩萨，在人家的中间，夹杂着寺庙。如果说稠密的颓败，那就是京都的小巷。

第二天，矢野重也以临时参加者的身份，参加了近内金光来到京都后组织的以京都帝国大学学生为中心的社会思想研究会。使他感到意外的是，呼吸京都的空气，在市街漫步，感受京都的安详宁静之后，读当天的教材恩格斯的《家庭、私有制和国家的起源》，与在东京读时的感觉不同，不知为什么，书中的含意伴随着具体的形象凸现出来。

外来的新思想马克思主义，在具有奈良一样悠久历史的古城京都变得具体真切，使矢野重也感到惊奇。马克思主义可能是欧洲成熟的传统的必然产物。矢野重也为这一新的发现感到兴奋。矢野重也姨妈的女儿矢部俊来京都府立第一高等女子学校当老师，也参加了这个研究会。矢野重也幼年时，学校放假，常去面对骏河湾、位于相良海边的矢部家里住和玩，他觉得矢部俊就像与自己年龄相仿的姐姐一样。

进入5月不久，矢野重也觉得应该回去了，与近内金光商量，决定在回去之前，搞一次徒步旅行，邀请矢部俊参加。近内说现在是新绿时节，景致极美。他们三个人选择了环绕如意岳山麓的路线，中间有一段，在中山桥，与白川汇合的新田川，有时顺着山路，有时隐藏在山中，形成不同的景观。

走在通往滋贺的翻山路上，矢野重也发现，嫩叶的绿色多种多样，相得益彰。不时听到黄莺歌唱，在树林的上方，杜鹃边叫边飞。终于到了志贺岭，冒着津津热汗登上山顶，眼前豁然开朗，琵琶湖展现在斜下方。山风很凉。

滋贺平原如黄色菜花和红色莲花编织的地毯。来到这里，高空不断响起云雀的叫声，宛若天籁。

他们决定在这里吃午饭，矢部俊打开了带来的饭盒。

里面有紫菜饭团，煎鸡蛋、煮鸡蛋、什锦咸菜。矢部俊先把杯子递给近内，拿起暖水瓶倒麦茶。矢野重也看着她的举动，心里哎呀一声。矢野与她如同姐弟，但从未见到她一举一动都充满女性的温柔。这一点，近内金光感觉到了吗？

矢野重也想，如果近内金光和矢部俊结婚，那么自己就与近内成了亲戚，关系更加亲密。他在幼年时代，曾对矢部俊怀着淡淡的憧憬，但到京都以后，心里有了另一个少女，所以他真诚希望近内金光与矢部俊幸福。

矢野重也的习惯是，想到什么马上就说出来，而且采取行动，但这次却强忍着保持沉默。矢部俊是与他爱恋的白色百合君毕业于同一系统的东京女子高等师范学校的才女，如果轻率地说出自己的希望，肯定效果会适得其反。如果他们将来结婚，想必与矢部俊最初去近内的故乡枥木县佐野市教书有关。

果然不出所料，近内金光说："佐野的孩子怎么样，成绩不太好吧？"

矢部俊回答说："不，孩子们非常可爱。我是第一次教书，也紧张，总是失败，但校长先生和同学会的人都很好……"

矢野重也听他们对话，觉得奇怪。因为矢部俊一直把他当弟弟，与他讲话，从来不用与近内金光讲话时的谦恭的语言。

看到矢部俊的变化，矢野重也高兴，对近内金光说："今天把奈保子叫来就好了。"

"谁，你说谁？"矢部俊耳朵尖，听到后问。近内金光代替他回答说："是在白川神社附近的食堂里干活的野川奈保子。学生们常去那里。她是个迷人的姑娘，勤快可爱。"

"知道了。矢野重也看上她了。"矢部俊用少女时代说话的口气说，打量着矢野重也，追问道，"是这样吧？老实坦白。"

矢野重也没想到她会追问，结结巴巴地"嗯"了一声，点了点头，脸像火烤一样发烧。

"又给近内先生添麻烦了吧？"听她的口气，她经常与近内见面，好像知道矢野重也与白色百合君的事。正如她猜测的那样，矢野重也恳求近内金光去了解在泽田食堂干活的野川奈保子的身世等情况。

野川奈保子生在高知县安艺郡，家里世代都是锻造刀剑的工匠。父亲性格固执刚直，在奈保子幼年时，把她送到京都的熟人家当养女。她四岁时，母亲死了。是因为她没有母亲才把她送给了别人吗？但是，她父亲为什么不把她送到京都的亲戚家，而送到熟人家呢？这些都不清楚。

养父母家看着奈保子一天天长大、越来越可爱，想叫她给他家那个不上学、整天游手好闲的儿子当媳妇，振兴家业——染房。但是奈保子讨厌那个把"我家养活你"挂在嘴头上的儿子，在她十三岁时，泽田食堂的姨妈看不下去，就叫她住过来在食堂干活。姨妈是奈保子生母的远房亲戚，对她开染房的养父母的为人了如指掌，为她担心。

奈保子心灵手巧，什么活一教就会。随着年龄的增长，出落为人见人爱的大姑娘。这样一来，养父母家的儿子总是找碴来与奈保子纠缠。

奈保子希望尽快摆脱养父母家儿子和他身边的流氓团伙，虽然这样做对不起照顾自己的姨妈。正好这时候，与附近一家大型建筑设计事务所有亲戚关系的近内金光来了。

"我不是为自己来的。"近内金光一开口就对姨妈说，"我是代表一个了不起的同学矢野重也来的。他是静冈县大地主的儿子，从一高考入东京帝国大学法学部，精通好几种外语，文学的才能也非同寻常。

"对于这个才子来说，这还是头一次。他说与你家的奈保子一见钟情，无论如何要与她结婚。他经常到食堂来吃饭，对奈保子的工作能力着了迷。虽然如此，但他不会与奈保子多说一句话。你问奈保子，她可能也想不起来矢野重也是谁。他就是这样一个正派认真的人。"

近内金光的话低沉有力，说服了姨妈。她知道奈保子想摆脱养父家儿子的纠缠，心想这也许是一种缘分。但自己一个人决定不了，首先要问一问奈保子的意见。那天晚上，干完了活，她把奈保子叫来，告诉她近内金光说的事。

"怎么样？当然，不愿意回了就算了。我觉得身份差得太远，他还是个学生。就是他本人愿意，可他那个老式家庭，讲究门第，也是麻烦。我怕奈保子去遭罪，我不能痛痛快快地对你说这是好事，答应吧。你要是愿意，可以在我这里呆一辈子。你可以把这里当做自己的家。你不是讨厌那个养父的家吗？"

姨妈听奈保子说她知道矢野重也，放下心来，一口气讲完了自己的想法。

奈保子听姨妈问她，才抬起头说："是，我非常讨厌，只要他一到我身边来，我就胆战心惊。"

"是啊，这怎么行。可是，你与矢野先生讲过话吗？"

奈保子又低下头，摇了摇。她犹豫着，好像不知道怎么说好。但她终于毅然抬起头，面对着姨妈说："我与他没说过话。不过，我觉得他是个好人。"

说完这句话，她的脸泛起红潮，眼睛像朝阳下的露珠闪闪发光。

野川奈保子听姨妈讲这件事时，心里一想就是他。他一般与近内金光一起来，但最近一段时间他一个人来的时候居多。她感觉到有人注视她时，往他那边一看，他的眼睛就急忙躲闪。他的眼眉很浓，有点吊眼梢，目光锐利，总是若有所思的样子，看来是个意志坚强可爱的人。养父家的儿子与他正好相反，眼角、嘴角下垂，好像口水随时都可能流出来似的。

　　姨妈有点着急地说：“虽然是好人，可这件事不知他家里是不是同意。如果半路上把你甩了，你就可怜了。我们这个店，只要你说句话，就会帮助你。如果想拒绝，一开始最好就说明白。不过，如果奈保子中意，那就是缘分。怎么办呢？”

　　平时发号施令干脆利落的姨妈，口气变得优柔寡断，不知说什么好。奈保子说出“我认为他是好人”之后，突然有一种轻松感。随着脸上的红润逐渐消退，她想这样就可以与养父家脱离关系了，心里一阵高兴。姨妈安静下来，凝视着奈保子，过了一会儿说：

　　“是呀，那就好了。不过，对方说下个礼拜听回话，这中间你可以好好想一想。”

　　姨妈说完这句话起身走了。奈保子也跟着站了起来，向厨房旁边自己的寝室走去。她边走边对自己说，正如姨妈说的，自己必须好好想一想。她觉得因为厌恶养父的儿子而答应结婚对不起矢野重也，而且自己读书写字都不行。

　　野川奈保子是在养父家上的小学，六年中只念了半年书。因为养父说染房的帮手用不着学问，所以她只囫囵地认识平假名。一想到这些，她一下子慌了手脚。矢野先生看上了自己，这可怎么办呢？如果像姨妈说的，与他一起生活，而自己没知识，什么都不懂，他会很惊讶，怎么是这样，肯定要火冒三丈。啊，怎么办好呢？奈保子心乱如麻。

　　过了两三天，奈保子还是心慌意乱，举棋不定。在近内金光从东京回来问回话的前一天晚上，食堂里的同事招手叫奈保子说：“那个人在大门口，说要见你。”同事悄悄地说出养父儿子的名字。

　　“如果讨厌，我就说你不在，拒绝算了。”她接着又同情地说，“奈保子，我知道你的苦恼。还是趁他不知道结婚吧。那个坏蛋。”

　　“好，我去见他。不过你帮我看着点，我怕他。”奈保子请她在万一有事时帮一把，整理一下衣服就走了出去。不知孩子们在什么地方放纸捻花，吵吵吵嚷嚷的。

　　“最近，你把我们都忘了吧？”一看到奈保子，养父的儿子就挖苦说，“我父亲说，过年过节也不来问候，不懂礼貌。是不是有相好的了？京都帝大、同志社的才子们也来这个食堂呀!"

"不，没有。只是太忙，没有空儿。"

"是吗？现在有空吧，陪陪我。"

"对不起，请原谅。今天特别忙，我已经累了。"

奈保子发觉，他今天的举动与以往不同，好像有什么企图。她心想，如果自己不小心，结婚之前身体受到玷污，那就说不过去了。奈保子厌恶养父的儿子，但她的心情，未必是觉得对不起求婚的矢野重也，而是觉得对不起自己。这种想法是在不知不觉中，受到支撑着已经衰落的刀匠家门的父亲的熏陶。

"奈保子，赶快回来，快点。姨妈情况不好。"

恰好这时候一个同事在里面喊。泽田食堂的姨妈有哮喘的老病，发作时要马上给她喝中药，奈保子要给她揉搓肩膀和腰，这已经成为习惯。养父的儿子咂了一下嘴，对着屋外的黑暗喊："今天不行，叫她跑了。"

很明显，他与他的两三个同伙，企图把奈保子带走。

如果没有这件事，即使奈保子会同意，但可能还要犹豫一阵子。

第二天，奈保子对近内金光明确地说："我是一个没有知识的人，如果可以，请多关照。我会努力的。"然后低头施礼。

泽田姨妈带着哭腔说："奈保子就拜托了。这个孩子从生下来就命苦，但她开朗健康，请多关照。"

但是，正在这紧要关头，开染房的养父家提出了要求：本人受野川奈保子亲生父亲委托将其收养。不得到亲生父亲同意，奈保子不能出嫁。若想出嫁，必须有其亲生父亲明确的同意书。而且在出嫁时必须付抚养费。

听起来好像合情合理，但姨妈打听抚养费，却是超过一万元的巨款，奈保子在高知的家根本付不起。好友近内金光去染房交涉，被顶了回来，对方说，不是为了讨价还价才提出的这一价格，而是出于对奈保子的爱，所以在价格上没有商量。还说，如果不接受野川奈保子养父家的条件，唯一的解决办法，就是解除这次突如其来的婚约。

连小学都没叫她好好上，从十三岁起就在泽田食堂的姨妈家干活，说什么抚养费？近内金光气得差点动手。他强压怒火，回来对矢野重也说："没办法。看样子只能动武。"

矢野重也抬头看着站在那里满脸怒气的近内说："刚才木下半治来电话，正好在东中野找到了租房。"

近内金光听了，平静下来，与矢野重也商量，怎样救出野川奈保子。目前这种情况，如果不采取行动拖下去，狡猾的养父家就可能把她从泽田食堂带回去，不许她与近内、矢野见面，那样就糟了，所以必须在发生这种事情之前动手。无论如何，这件事必须请泽田食堂的姨妈帮忙。他们一致认为，奈保子本人已经同意结婚，这是行使正当的权利。虽然从以家族制度为基础的法律上看，还有疑点，但请求泽田的姨妈保护奈保子是正当的行为。准备好第二天晚上去东京的火车票后，矢野重也在出发当天下午去染房养父家，死乞白赖地恳求铁石心肠的夫妇同意他们的婚事。在这期间，近内在姨妈的帮助下，带奈保子去火车站。大概泽田食堂的姨妈问题不大，困难的是矢野，他无论如何必须黏住养父母两个小时，赢得时间。

"不要紧，我有信心。"

听矢野重也这样说，近内金光急了："如果你用柔道把对方甩出去，惊动了警察，全部计划就泡汤了。打你骂你都要咬牙忍住，没完没了地说下去。"

"对，我照办。看样子只能摇唇鼓舌喋喋不休。反正这是我的事，绝对要干好。多多帮助，对不起。"矢野重也向近内金光表示感谢，站起来，去买明天的火车票。

列车缓缓开动时，矢野重也和野川奈保子不约而同地叹了口气，看到彼此完全相同的举动，他们一惊，继而相视而笑。尽管近内金光，还有在东京为他们找房子建新家的木下半治为他们找了许多理由，但他们的结合，肯定被认为是"抢婚"。在火车开动之前，他们担心会有人来追。

矢野重也和奈保子相对而坐，这还是第一次。他们相互看着，脸上带着同犯的微笑，但却不知道之后说什么。

奈保子一心想逃离养父母家，匆匆跑出来，与矢野一起上了火车，但却不知道到哪里去，住到什么地方。她又看了一遍车票，上写着至东京。这是下午五点三十五分发车的三十二次普通列车。矢野重也考虑，特快列车显眼，乘坐普通列车，被发现的可能性会小一些。

"火车什么时候到东京？"

奈保子一问，矢野重也为难了，因为他一心只想着"抢婚"，以后的事根本没想。

"这个走法，大概得明天早晨吧。但我们在到达东京前，在堀之内下车，到我家去。见见我母亲，住一夜后去东京。到了东京，我的朋友们会来车站接，不用担心。如果他们不来，我也不知道住在哪儿。"

心里高兴的奈保子想说，你说不用担心，可我能不担心吗？但两个人在一起还不到一个小时，别叫他以为我是自来熟，所以忍住没说。她想起泽田姨妈叮嘱自己的话：明天你就是名门少爷的夫人了，这与店员和来食堂的学生的关系不同。

火车停了。正想是怎么回事时，一看是到站了。在写着站名的白色木牌下，火红的美人蕉花，挺立在从山峡间碧蓝的天空射下的夕阳中。奈保子觉得在很久以前的儿童时代，在什么地方看过完全相同的景色。白色的木牌上写着"山科"两个字。奈保子突然紧张起来，因为她不知道这两个字念什么。

奈保子毅然对矢野说："我有话要说。"

矢野正在思考什么，转脸看着她。

"我几乎没上学，不识字。这种事想隐瞒也隐瞒不了，所以一开始我就要把这些全告诉你。"

矢野放开抱着的胳膊，把手放在膝盖上，身体向她凑了凑说："你说不识什么？"

他的表情，好像不明白奈保子说什么。奈保子更加紧张。如果矢野知道自己没文化的程度超过他的想象，会不会离我而去？但是，这件事自己已经说出来了，只能说到底，没有退路。

"早在我还是孩子时，就帮助染东西，在家里得干活儿。养父主张，女子用不着学问。我虽然领了小学毕业证，可连车站的名字我也不会念。"

"你是说あいうえお吗？"

"是啊，有什么办法？"奈保子越来越绝望，如果不行的话也没有办法。如果不早告诉人家，那就等于欺骗。自己老老实实地讲出来，如果他嫌弃，我就在东京一个人生活。奈保子绝望地闭上了眼睛，但又毅然睁开，重新看着本应该成为她丈夫的矢野。在他那颇有男子汉气概的浓眉下，目光变得温暖亲切，脸上现出笑容。

"好，我有活儿干了。小学的课程，我全部包下。到了东京，就去买教科书，我每天晚上教你。如果你想学外语，也这么办。最初时，我和现在的你一样，也是这样开始学习的。真的，三个月就可以小学毕业。"

他们说话中间，火车又停了，到了大津站。

"上面是汉字，下是平假名，先念下面的平假名就行，上面写着おおつ。"

矢野重也说着站起来，从行李架上拿下箱子，取出笔和纸，开始写五十音图。

矢野重也把横五行、竖十行的五十音图递给奈保子说："对照这个表，全都能念出来。下面的车站叫石山。"

他又补充说："不过，今天是大冒险，很累，你困了就睡吧。学习的窍门，就是不想干时就别干。"

车窗外一片明亮。抬头一看，原来是夕阳透过云缝，照到琵琶湖上，镜子般的湖面上，闪着金色的涟漪。那景致会把人带入光的无限空间。

从早晨开始，一直处于极度紧张之中，奈保子没有发觉今天有风，京都的夏天很少有风。她放下心来，不知为什么，两眼突然充满了泪水。啊，这可怎么办？她不知所措。

"怎么了，我说了什么叫你伤心的话了吗？"矢野重也低声问。

奈保子用力摇了摇头说："我是喜极而泣。"

矢野重也抿嘴一笑，脸上一片羞涩，回头看着奈保子。刚才，矢野重也一直在考虑与奈保子的新生活。

前不久，他对社会主义产生了兴趣。一年前，他一边翻译阿纳托尔·法朗士的《企鹅岛》，一边想自己到底能不能当作家。《企鹅岛》这部小说有趣，同时也想作为大学时代的回忆，学习法语的纪念，同时也为了培养一旦将来以语言为生的自信心，所以在暑假回家时，把日语译稿誊写了一遍。

三年前的6月，二哥因肺结核病故。母亲在信中也写过家里的经济状况。矢野重也回家参加葬礼时，看到母亲上了年纪，家里的经济情况大不如以前，他想在经济上自立，自己养活自己。

去年，在大妹妹和小他九岁的弟弟帮助下，矢野重也把抄清的原稿订成了四本，打算找出版社出版，总算干完了一件事，有一种成就感。但与此同时，心里又产生了怀疑和动摇——我是否适合搞翻译？

因为在将法文译成日文的过程中，他总是插入自己的思想，随意改变原作。他知道自己任性，缺乏由始至终忠实于原文，对时代进行周密的考证，研究作者的措词等认真精神。

尽管他心里动摇不定，但母亲聪子看见弟弟妹妹帮助他做事，心里很高兴。二十四岁的矢野重也想起了当时的情景，心想在介绍奈保子时，母亲的表情会如何呢？

在乘客稀少、夜行的慢车中，矢野重也重新端详奈保子。她从一连几天的紧张中解脱出来，显得疲惫，不断打瞌睡。她的身体不是向旁边歪，而是向前倒，总是微笑的样子。尤其是她的目光，有穿透力，给人以亲切问候的感觉。为他们两人结婚而奔波的近内金光，以前一到中午，就招呼矢野去泽田食堂："走，到奈保子那里去。"

自己的婚事，从开始到现在，都是近内金光一手操办的。矢野重也回忆起与近内从高中时代就开始的友谊。奈保子的耳朵，只稍稍高于外眼角一点点，一张娃娃脸，清澈如水的瞳仁闪着坚定而柔和的光。

矢野重也常常想，与自己一起生活的女人必须刚强，能忍受贫困。如果怕艰苦、心眼不好就麻烦了。

野川奈保子的亲属，有为伊势神宫打造刀剑的工匠，也有为世世代代领主山内老爷看病的医生。也许是这个原因，虽然她总是微笑，但在她微笑的深处，不时能感到有某种不可侮辱的清高。

野川奈保子出生在这样的门第，为什么在幼年时被寄养在熟人家？近内金光听泽田食堂的姨妈说过，奈保子本人知道多少，却不清楚。矢野重也对这些事并不关心，他看重的是奈保子这个人。当然，如果奈保子不知不觉中随口说出来，他也愿意听一听。

火车停了，奈保子一下惊醒了。她手里拿着矢野为她写的平假名表，想读站名。矢野重也看着她的样子，心中涌起爱怜之情。她今年十八岁。火车到达浜松与静冈之间的堀内站，应该是深夜。

已经拍了电报，应该有人来车站接。但事先没有征求家里的意见，只说了结婚，母亲聪子也许会生气。如果这样，可能不会有人来接。堀内是农村车站，如果没有人来接，必须拉着奈保子，在深夜的路上走半个多小时。矢野想，那也无所谓。

幸好现在是夏天，不冷。深夜出发，或许正好适合我们的情况。

从车站到家，中间有道山岭。山坡上有很多茶园。据说这是母亲的祖先从宇治带来的茶树苗，外祖父丸尾文六鼓励乡里人发展制茶业，于是静冈的茶叶闻名全国。

矢野重也的父亲早逝，矢野家世世代代是在乡的神官。家谱上记载，矢野家第一代是矢野五郎右卫门，在永禄、元龟、天正时代，是为德川家康守卫边境城池的武将。在守卫高天神城时，被武田信玄攻破。德川家康平定天下以后，他回到故乡，努力复兴荒废的村庄，立了功，家族得到德川家颁发的盖着将军朱印的免交租税的文书。村庄因此而繁荣，村子里的人崇拜德川家康，尊之为神。

矢野重也家，是这个富裕村子里最大的地主。

家乡历史悠久，深夜走在茶园里，也许能听到在北条、足利时代结束，江户时代开始这一历史舞台上，在连绵不断的战争中，死亡的武士的呐喊，甲胄撞击的声响，战马的嘶鸣……

每次想到这些时，矢野重也认为，历史的变迁如流水一样永不停息，对于权力的归属，很难说哪个正确，但是在现实的世界中，不能对不平等、压迫、剥削视而不见。

养父家想把熟人寄养的女儿野川奈保子据为己有。矢野重也为把她从危险中拯救出来而感到自豪。因此，不管谁问到他们的婚姻，都可以挺起胸膛，骄傲地说明原委。但是刚毅的母亲是否喜欢奈保子，那是另一个问题。

母亲三十八岁时，父亲病故，母亲独自料理这个大家庭，支撑门户。她严肃认真，甚至不会开玩笑。从三十四岁时开始，她就作为实际上的户主掌管家事，没有时间玩味玩笑、幽默。

沉浸在回忆中的矢野重也，看到奈保子睡着了，她的头马上就要碰到走道的扶手了。他想了想，从口袋里掏出布巾，缠在扶手上，拍了拍奈保子的肩膀，示意她头可以靠在这里。奈保子一惊，抬起身，怯生生地看着他。

"车摇晃，容易倒，把这个当枕头，好好睡一觉吧。"

奈保子听他这样讲，放心地笑了笑，又慢慢地睡着了。看来，奈保子对他完全信任。他看着她的睡容，觉得身上还有十八岁少女的天真。她从幼年时代起，就一直受苦，但却看不到一点忧郁，纯朴而可爱。这一点，母亲也会喜欢吧？她聪明伶俐，有主见，集中精力学习一下，认字根本没有问题。只是她很快让人发觉不识字而感到尴尬。他想，回家呆几个小时，睡一觉，介绍一下就行了。

到东京的第三周，奈保子就习惯了东中野的生活。租的房子，楼下两间，楼上一间。近内金光与矢野他们前后脚来到东京，住在楼下的一个房间。他们与住在附近的木下半治，还有一高时代的朋友园部真一，每天聚集在一起，热心讨论。为了不过分干扰各自的生活，他们在租的房子附近，又租了一间，专门用来开会。矢野重也一回到家里，为了挣生活费，就埋头翻译。

奈保子摆脱了养父家的束缚，获得了自由，一天比一天开朗可爱。朋友们说："矢野找奈保子，确实有眼力。"

奈保子觉得自己突然成了学生宿舍的厨师兼舍监。她在京都泽田食堂干了五年，自以为见过许多学生，但像丈夫矢野重也以及他身边的这些学生，与她认识的那些学生不同，可以说是异类。他们讲起话来，总是些日本呀、世界呀、俄国呀、中国呀、美国呀等等，根本没有日常生活的内容。他们对于具体的生活极为幼稚、天真，比如每月有多少收入为好，将来想找个什么工作等话题，他们从来不谈。

来到东中野以后，收到一笔翻译费，矢野重也全部交给了奈保子，自己一块钱也没留。第二天，矢野对奈保子说："哎，给我点零钱吧。"奈保子问多少，他说："五毛钱就够了。"可是丈夫没有钱包，奈保子就把自己装零钱的钱包给了他，但矢野第二天就把钱包丢了。

丈夫在生活上能力很差，奈保子只好把一切都管起来。

这一点，是他们在一起生活后才发现的。他虽然粗枝大叶，但在别的方面却又惊人地严谨，接照计划办，而且细致入微，关心体贴。

来到东中野的家后，他履行在火车中的许诺，教奈保子国语。不知矢野重也从哪里找来了小学国语课本第五册、第六册，为奈保子留作业题。奈保子觉得读很容易，但作文却非常难。她以前就牙疼，一直忍着，但在上课时被矢野发现，只好说实话。第二天，矢野不知从哪里搞来了钱，说你今天去看牙，而且还为她画了一张去一桥牙医处的略图。从来没有人这样关心她，奈保子很感动，认真地去医院看牙。有一天治疗时间特别长，没有时间写作业。奈保子说明情况并检讨。

"知道了。花时间治好牙，对你更有价值。因为这件事而没做作业，没有什么关系。"

奈保子对矢野的回答，似懂非懂，但她知道丈夫把自己放在心上，感到幸福。她这种心情，可能丈夫周围的人都看出来了，他们说的话总是叫她不知所措。

"奈保子，这是我家里送来的，你和矢野一块尝尝吧。"奈保子不知是什么，以为是北岛的挂面呢，另一个人又把装在袋子里的苹果递给她说："叫夫人，怎么也不习惯，叫不出口，而且有资产阶级的味道。还是叫奈保子吧，我先打声招呼。"

大家在一起过了两三周后，奈保子对丈夫周围的人有一种淳朴的亲近感。那天奈保子去医院，准备在疼痛的白齿上镶个银套，结束一连多日的治疗。从早晨开始，不时下一阵骤雨。近内金光去出版社办事，可以陪着奈保子走到御茶水。

"我可以送奈保子走一段，中途我去博文馆。三十分钟左右大概就能完事，我可能回来得早些。"近内金光在上二楼的楼梯下说话时，矢野重也坐在简陋的炕桌前，正埋头翻着辞典，整理阿纳托尔·法朗士短篇小说的译稿。

妻子奈保子在近内金光背后伸出头说："那我走了。我自己回来，已经习惯了。"

她边说边看着矢野重也扎着头巾的头。她暗下决心，今天看牙回来，一定要逼着他洗头。他一挠头发，头皮屑纷扬而下，因为他嫌麻烦，不洗头。与他结婚时唯一没想到的地方，就是他太邋遢，对衣服、头发毫不在意。被沤的睡衣都有味了，叫他换下洗一洗，他说什么："嗯，啊，这个还可以。"说完还是埋头弄他的笔记、读他的书。她渐渐找到了窍门，那就是在他脱下的时候，给他换上新的。他这个人，似乎分不清睡衣，还是家里穿的便服。

在哗哗的大雨声中，近内金光和奈保子从东中野的家出发。

幸好在治疗结束时，雨完全停了，夏天的太阳出来了。

办完了事的近内金光和木下半治，还有园部真一在矢野重也家里，讨论出版新的社会主义研究杂志。

突然，草席好像飘了起来，他们四个人顷刻间摔倒在席子上。不知什么地方传来玻璃破碎的巨响。紧接着，身体开始横向摇晃。矢野重也在慌乱中想靠在桌子上，但桌子飞起来，他的额头重重地撞在桌角上。他们四个像在太空游动，一会儿被抛到墙角，一会儿又被向前弹去。

"他妈的！"

"这是怎么回事？"他们喊叫着。他们被剥夺了行动的自由，就像玩具一样被抛来抛去，心里有一股无名的怒火。

园部真一抓住了一条桌子腿，矢野重也抓住了与他相对的一条桌子腿，终于取得了平衡。

"我们刚讲了几句下流话，地下的鲇鱼就兴奋起来。"

木下半治难得说一句笑话，但大家谁也没搭腔。附近响起木材的断裂声，人们惊叫着跑过的脚步声。仔细一听，一直到很远很远的地方，潮水般的轰鸣声笼罩着整个城市，到处响着物体的破裂声。大地又激烈地晃动起来，这次是左右摇摆。

"哎，不知奈保子怎么样了，还……"园部真一刚说一半，又是一阵激烈的晃动。矢野重也叫了一声想站起来，但又摔倒了。他向楼梯口爬去。其他三个人也跟着他爬到了楼梯口。原稿散乱在屋中，茶碗、沉重的书从书架上掉下来，但大家的心思不在这里。大地又摇晃起来。

他们终于从房子里出来了。两座房子坍塌在马路上，不知为什么，到处冒着烟尘，地上响着既非惊叫也非嚎啕的声音。四个人手挽着手，都在担心电车怎么样了。如果电车正在行驶时，遇到这种情况，肯定会出事。

有几个人，也和他们一样手挽着手，不知要到哪里去，摇摇晃晃地走着。透过烟尘，矢野重也看到一个年轻女人，手抓住一家停业商店的树墙，向这边张望。那是奈保子！

"哎呀，是她，在那里。"矢野重也向前挥舞着空着的右手。其他三个人也松了一口气。一个行人失去了平衡，撞上了他们，但他们没有理会。矢野重也摇晃着向前跑去。奈保子看到他，土色的脸上有了光亮。

"不要紧吧，伤着没有？"矢野重也问。

奈保子手抓着树墙，仰着脸对矢野重也说："没有。今天这是怎么回事？"

"地震，大地震。"近内金光像喊口令似的大声说，"没有事，太好了。我正不知如何是好呢⋯⋯"

近内金光说到这里，说不下去了。大家明白，他早早办完了事，留下奈保子一个人回来了，心里觉得过意不去。

马路上的人急剧增加，一片混乱。谁也不敢在屋里呆着了，想看看出了什么事。有人为家里受伤的人去找医生；有人从倒塌的房梁下面挖家当；有的人拉着拖车，上面堆满被子，看样子是去户山原练兵场避难。

本以为余震会越来越小，但事与愿违，激烈的摇晃依然不断。

"咱们回家吧。房子没倒，可能盘子、盆摔碎了。"听矢野重也这样说，奈保子松了口气。

"这事非同小可，日本可能完蛋了。"刚一进屋，园部真一就说。

"不，没那么简单。不知权力在政治上怎样利用这个事件？"

木下半治用他一贯的口气分析说。

奈保子在厨房查看损坏的情况时，他们四个人已经开始讨论。近内金光抱着胳膊，始终一声不吭。

这个时候，已经有一个巨大的黑色烟柱腾空而起，压倒了地上的骚乱、四处的火灾，静静地笔直地向空中升去，与摇动的大地形成鲜明的对比。那根烟柱升起的地方是本所被服厂，其他地方也有几个稍小的烟柱缓缓升起。

这场名为关东大地震的灾难，死者、下落不明者超过十四万，房屋彻底倒塌近十三万家。

在惊恐万状的人群中开始传播恐怖的谣言。

"朝鲜人和社会主义者策划暴动。"这一来自政府有关方面的"观测"，使相信流言的人自发组织了"自警团"。他们这种恐惧心理，反而在受灾地区引发了暴力事件。

地震的第三天，矢野重也与园部真一一起去看望大学的法文教授铃木信太郎，在走到大冢站时，受到车站人员的盘问。在他们眼里，脏兮兮的矢野重也和身高一米七九的大汉园部真一搭伴有点可疑。开始时，矢野和园部不明白他们问什么。

"到哪里去？"

"到教授家去看看。"

"什么！什么教授？你们是什么人？"

"法语文学教授，我们是学生。"

"有你这样的学生吗？你们是去参加社会主义者的秘密集会吧。"

"你说说教授的住所。"

"有学生证吗？"

一问学生证，矢野重也吃了一惊，他早忘了还有什么学生证。

"没有那东西。"

"这不可笑吗？教授住在哪儿？"

"不知道。到了那里就知道路了。"

"反正前面禁止通行。大家都说可疑的人，一个也不能放过。"

"我没有听说。"

"这一带的居民都知道。在这种非常时期，没有什么事闲逛，你不觉得反常吗？"

"不觉得。"

"你说什么?"

自警团包围他们的人越来越多,在他们身后恬不知耻地狂呼乱叫:

"检查他们的东西!"

"滚回去!"

"揍他们!"

"喂,矢野,别干傻事!"

平素温文尔雅的园部拉住了矢野的手。矢野也看出了这些人精神异常。

"明白了。那么我们就从这里回去。可是,得买车票呀。谁来帮我们买票?"

矢野重也大声说,手里摇晃着出来时从奈保子手里借来的女用钱包。他在气势上压倒了这些人,而且这些人看他们的样子也不像暴徒。幸好这些人又被车站另一角发生的骚动所吸引,分散了注意力,他们乘机回到了站台。

"这是怎么回事,全都疯了?"矢野重也说出了自己的感想。

"内务大臣水野铼太郎和警视总监在朝鲜是镇压独立运动的搭档,他们害怕报应。"园部有根有据地说。

"确实,赤池这个警视总监在米骚动中知道民众运动的可怕,也许想来个先下手为强。"

9月2日傍晚,东京开始戒严。9月3日早晨,政府发布公告说:不逞之朝鲜人妄动之传言,多与事实不符,以讹传讹。但公告发布后,没有效果。

矢野重也和园部真一想乘电车经新宿回东中野,但电车从大冢站出发不久就停了。

"怎么回事,停电了?"

在议论纷纷的乘客中传来一种奇妙的声音。好像是用木棍等东西敲打车体的声音。还有怒吼声。矢野重也从车窗伸出头一看,不由得大吃一惊。三个健壮的男人正抓住一个藏在电车连接器底下的少年的后脖梗子往外拉。他想转过脸,但又忍不住想看。他们像挖下紧紧贴在岩石上的贝类一样,把那个少年拖到了路肩上,几个等在那里的男人用竹矛刺他,鲜血四溅。

一个女人哭喊着跑过来救那个少年,但有几个人在后面紧追不舍。一个人把她踢倒，两三个人扑上去拳打脚踢。矢野重也扭过脸向远处看，宽阔的调车场里，东一群西一伙，到处是手拿短棍竹枪的男人。他们扎着头巾，系着吊衣袖的带子，像一群群捕获猎物的野狗一样，殴打那些在电车里看不着的牺牲者。在这些人附近，巡警捋着胡子，像监督似的看着。到处有警察。

"那是社会主义者。不，是外国人。"

电车里有人说。园部真一从后面抱住了矢野重也。他怕矢野重也发火，去打那个乘客，阻拦他。

矢野使劲甩开了园部的手，闭上眼睛，竭力忍耐着。握着吊环的手攥得紧紧的。眼前的景象，使他想起了住在宿舍时，从高年级同学那里看到的西洋中世纪末期博斯^①的怪画。

这是奇怪的光景。风从停下的电车旁边吹向调车场，骚乱的声音变得极小，施暴的场面恰如没有解说员的无声电影断断续续。然而，这断断续续施暴的场面依然使人毛骨悚然。

由于封闭在电车这个铁箱子里只能看，还是知道外面的暴力绝对不会危及自己，人们紧张地屏住气，身体颤抖着，看着逃跑的男女脸上的恐惧、绝望的愤怒。虽然听不到悲鸣、绝叫，但在人们生动的想象中，可能更加悲惨血腥。那些狂暴的男女，杀气腾腾，疯狂地高呼乱叫。

"打，狠狠地打。"电车的前面，响起非常做作、虚假的叫声。谁也没有吭声，这煽动性的叫声，在空中飘过、消失。

到处响着不知是"啊"还是"啊、啊、啊……"的哀叫声。肯定是发生了更加残酷暴虐的事件。

"喂，门开不开吗？"

"算了，车开了怎么办？"

"就这样眼睁睁地看着杀人吗？"

突然，车内一下子鸦雀无声。大地震以来，满身尘土汗水的人们，散发着臭味，呛得人喘不上来气。

---

① 约1450—1516，荷兰画家，创作充满幻想的怪诞的宗教画。

这不是正常的状态。这些人盲目地跟随残虐的政府，两眼血红，手里拿着短棍竹枪，变成了一群暴徒，使人想起中世纪教会的政权和雇佣兵。被屠杀殴打的人，是被认定为异教徒或魔女的无辜者。被虐杀的，是人们尊重自由的精神，是人类人人平等的思想。而那些狂呼乱叫的、混杂着妇女的暴徒，已经不是人。他们横眉竖眼，看着天空，是饿鬼、畜生。有的人，像一条想吞噬一切的大鱼。有的人，像一只硕大肥胖的老鼠。

又响起一片喊叫声。矢野重也不由得向调车场看去，几个仰着脸的男人，肩膀、手、脖子都是鲜红的血，不知为什么，一股浓浓的绿色液体从他们头上流下。矢野重也不能坐视不管。但施暴的现场与矢野他们中间隔着铁皮车箱，看来，这铁皮车箱是阻止他们走近革命的障碍。

矢野重也和园部真一在电车上看到的白色恐怖，在他心里留下了深深的创伤。从那以后，已经变成暴徒的自警团和官宪对于"不喜欢的人"不断袭击。当风声传来时，打小就对歧视义愤填膺的矢野重也无法冷静。但如今，他的愤慨已经不单单是愤慨，而变为对权力的怀疑。对自己这种变化感到可怕的矢野，决定到与他差点遭到自警团殴打的园部真一的家乡丰桥去避难。

园部的未婚妻在丰桥，由她介绍，矢野重也和奈保子去了三河湾中的佐久岛。

夏季已经过去，在这个岛住宿的客人很少。村子里的人听说了东京的悲惨情况，对他们热情欢迎。他们所住的波崎馆，是村子里的人为招揽游客共同建造的。他们住的那间房，在边上，离海最近。矢野重也看着早晚波光潋滟的海面，重新翻译《企鹅岛》。原来的译稿与书肆春阳堂的建筑物在震灾中一起烧毁了。

他们在佐久岛住到第二年春天，前后不过半年，但这是奈保子以前做梦也没想到过的幸福的新婚时光。丈夫每天在规定的时间里教她国语，内容丰富，她也尝到了自由表达的快乐。她很高兴，拼命给帮助过自己的京都泽田食堂的姨妈写信。姨妈从信中知道奈保子的婚姻是成功的。

"太好了。奈保子很幸福。她有耐心，性格开朗，有个好开头今后就好办了。早点生个孩子就更好了。"姨妈对震灾后回到京都的近内金光说。她对自己参与这起"抢婚"感到自豪。奈保子感到，到这个岛上来以后，自己也在渐渐发生变化。最初的征兆是睡觉时听到一种类似絮语、自言自语似的水声。开始时，她以为这是极自然的海音。但是在风大的时候，在阵阵海涛之外，她还是能听到这种轻轻的絮语声。

撞击海堤的浪涛声，在暴风雨吹过的日子里，如地震般响。但在这种时候，她也能从别的地方不断听到细微的、玩笑般的声音，与在大海平静的夜晚，听到的声音一样。

奈保子为了寻找声源，夜里悄悄起来，到海边去看。已经是秋天，明亮的半月高悬中天，轻轻的波浪声在月光下响着，听得很真切，但这与枕边的轻轻絮语声完全不同。

奈保子觉得奇怪，低头看了看四周，回到丈夫身边躺下。虽然不可思议，但并不可怕，只是想，这是什么声音。

她觉得这种声音早已忘记，但似乎还记得一些。那天夜里，她终于深深睡去，后来的两三天，忘记了这种声音。但丈夫夜里工作，天亮时才睡，她的耳边又响起了这种声音。于是奈保子想起了高知老家的生活。

这肯定是在她还不记事的幼年时代，从她家附近流过的溪水的声音。开始时，奈保子以为这是在母亲的子宫里睡觉，还没有来到这个世界之前的声音。她刚刚读了一本浅显易懂地介绍从怀孕到生产的书，知道胎儿在羊水中游来游去，听着母亲心脏的跳动而成长，因此在出生前就可以进行胎教。可是，随着这种记忆中的声音在凝神倾听时不断出现，她认为这时而高、时而变成絮语的声音无疑是流来流去的河水声。听着这声音睡去的奈保子，梦中有樱花的花瓣，浮在水面上的沙梨，月影中跳起的嘉鱼的鳞光。

恰巧在奈保子发觉这种声音时，矢野重也收到了因地震逃回京都的近内金光寄来的一封厚厚的信。这封信是关于奈保子身世的报告。

——泽田食堂的姨妈对你们的美满婚姻，像自己的事情一样高兴。现在把她无意中讲的有关奈保子出生前后的情况告诉你。这个报告我相信会使你们的心连得更紧。

这是封严谨、有献身精神的近内金光风格的信。奈保子的家世，是代代承袭六太夫之名的刀匠，外曾祖父是第九代。外曾祖父的第三个儿子即为奈保子的外祖父市太郎，外祖母名为志，奈保子的母亲，是市太郎与志的长女，名为家素。

——姨妈拿出家谱给我看，所以我认为大概不会错。

近内写完这些之后，开始讲奈保子出生的情况。

奈保子的母亲生于明治七年，生下奈保子四年后，年仅二十六岁就暴卒。这就决定了奈保子当养女的命运，但是，关于她父亲的情况不明。只知道奈保子的父亲叫野川马吉，是个樵夫。根据近内金光从泽田食堂姨妈那里打听的情况和看到的家谱，继承名门血脉的市太郎长女家素，与东京的医学院学生生了一男一女，泽田食堂不知道那个医学院学生的名字，但那个男孩的姓写着植村，想必那个医学院学生姓植村。

根据以上情况推测，名门刀匠的女儿家素与东京的医学院学生恋爱，违背了当地的风俗和家规。当他们的恋爱暴露之后，以当时的观念来看，家素是个"破烂货"。于是叫她与淳朴的、只知道按照名门吩咐办事的野川马吉结婚。也许在结婚时，家素肚子里已经怀着与医学院学生的第三个孩子。而这个孩子可能就是奈保子。奈保子四岁时，家素突然死去，她的父亲，或者是由她长寿的外祖母做主，把她送到京都的熟人家里寄养。

奈保子寄养的人家，本业是染房，但也利用地利之便，向当地的多家古董商出售市太郎打的日本刀，因此他们之间有利益关系。一开始就知道事情来龙去脉的泽田食堂的夫妇，一直在寻找机会把奈保子要过来。

那么，轻轻的流水声是藏在她耳朵里的最早的记忆？或者是母亲家素抱着她去与医学院的学生偷偷幽会时溪流的声响？

在幼女无法理解的环境变化中，奈保子默默忍受着，猜测人们的心理活动，观察人与人之间的复杂关系。如果没有泽田食堂姨妈的亲切关怀，十二三岁时的奈保子的心情，将多么凄凉。

对一切事情她都不许自己往深里想。可以说这是因为她的命运经历了大起大落，也可以说她的血管里依然流着勇敢的血。

就在这时候，矢野重也突然出现在她的眼前。矢野重也对奈保子一见钟情，但他还不懂人有不可思议的一面，那就是不幸也有可能使人变得豁达开朗。

他以前见过的，无非是在农村辛勤耕作的农民，从全国各地选拔到名校的才子们。虽然中有被贫困压垮的寺田秀，被财富腐蚀的近藤柏次郎，但那仅仅是例外而已。

在近内金光说过矢野求婚的事以后，泽田姨妈常常透过把厨房与客人席隔开的布帘，打量矢野重也。那是个浓眉、英俊的学生。她转头时，正好与站在她背后，伸着脖子，越过她的肩膀看客人席的奈保子的目光相遇。奈保子狼狈不堪，低下眼睛，满脸绯红。姨妈心里明白，这姑娘看上了矢野。

但是，最早赞成这桩婚事的是姨妈的丈夫。他讨厌那家只知道赚钱的染房。把奈保子领回时颇费周折，现在有了真诚的求婚者，他松了一口气。

毋宁说当时犹豫的是姨妈。她说："矢野还是学生，现在着了迷，但冷得也快。"

近内金光报告中说，泽田夫妇在你们结婚前后的活动中，很少谈及奈保子户籍上的父亲野川马吉。

看样子野川马吉是个很和气的人。姨妈对近内金光说："他可能碰都没碰过家素一下。"

"他不爱说话，个子高大。手指像树根一样粗壮，看着挺可怕。"泽田姨妈又说，"他好像是为了当樵夫而生的。在决定将奈保子送到京都熟人家寄养时，他觉得孩子可怜，流了眼泪。家素的父亲竭力安慰他说，到京都去，而且是个好人家，孩子一定能幸福。他喝了点酒，心情才好些。野川马吉说，仔细想一想，像我这样的人，终年生活在森林里，虽说心里一直盼望有个女孩，但孩子到了一定年龄，恐怕只好把她放在篮子里带在身边。趁现在找个好人家，也许是好事。"

来到佐久岛之后，奈保子常常从自己的房间望着在秋阳下耀光浮金的海面，想象着幼年时代的情景。泽田姨妈对近内金光讲的有关父亲的一些情况，是她想象的源泉。她身在海边，心里却想着森林里的情景，对此，她没觉得有什么奇怪。在少女时代，她就富于幻想：从垫在橘子箱里的杂志的彩色画页上的娃娃，她就能想到住在宫殿里的灰姑娘；在两三个人同住的宿舍里，从伙伴贴在墙上的外国轮船，就能想象出外国街道的样子。

她睡着之后在枕边听到的絮语声，可能是她幼儿时期的一个体验。野川马吉把奈保子放在篮子里，把篮子放在离他砍树不远的地方。她看着从高高的树梢透下的斑驳的阳光，觉得奇怪，一直盯着看。黄色的大蝴蝶在幽暗的树林里飞着。可是，在她睡着以后，听到的只有声音，梦中没有出现森林中的景象，这使她觉得有点乏味。也许从幼女时代开始，自己就知道，凡事都尽量不要直视。她不知道母亲暴卒，也不知道泽田姨妈他们与野川马吉见过面。

在京都开染房的养父家里，野川奈保子被当做勤杂工使用，几乎没有上小学。

养父家对她的将来如何考虑，她一无所知。她在小学毕业时就想，什么时候逃走。如果没有泽田食堂姨妈的关怀，还真不知道会怎么样。

然而，像抢夺一样把她带到东京的矢野重也到底是怎样一个人呢？记得在第一天的夜里，两个人同房时，背后他那大大的手掌，使奈保子隐约有一种幼年时被父亲抱着时的感觉。想到这里，她独自悄悄地笑了。把被称为天下奇才的他与樵夫连在一起，她自己都觉得可笑，但她却不愿打消这一念头。

奈保子坐在充满阳光的窗口，打量着房间。墙角放着自己替换的衣服和装衣服的行李，旁边的衣架上挂着洗澡用的毛巾。在旁边一个稍大些的房间里，矢野重也嫌往下掉的头发屑麻烦，用头巾扎了起来，一边翻着辞典，一边自言自语："啊，是这样。""嗯，可是，这个家伙怎么样？"奈保子听着，脸上泛起了微笑。

这间三张席大的房间，是奈保子有生以来第一次拥有的个人空间。在东中野的家中，虽然也有她一间房，但里面放着丈夫的书和文件，还有从京都带来的一件行李。在她还没有意识到这是自己的房间之前，就遭受了震灾。

走到窗前抬头眺望，看到波崎馆右边的石墙上露出崇运寺的松树。她和矢野重也一起多次去过那个山冈。矢野翻译累了，就会对她说："喂，奈保子女士，散步去吧。"矢野竟把抢来的妻子称为女士，真够怪的。也许这是他与野川马吉共同的特点，对人和气。

站在崇运寺的山冈上，佐久岛的西港展现在眼前。它的对面是朝着知多半岛的波崎灯塔。

他们第一次去山冈那天，矢野重也对奈保子讲了故乡的御前崎灯塔。

"那是在即将上小学之前，看到眼前广阔无边的风景，我觉得世界真大。我虽然还是孩子，但知道必须与爱我的养母多笃分别了，心情郁闷。一看到大海，心情会豁然开朗。我看见海面上的大轮船，心想等我长大了，我要当那轮船的船长。"

那一天，矢野重也讲了一些以前曾说过的童年往事。

"这个世界有许多没有道理的、不公平的事，改变它，是我们今后的责任。"矢野重也转过身来对奈保子说，"为此，你可能要受苦。我一旦认起真来，没头没脑，不管不顾，如果你发现错了，就告诉我，你说了我会听的。不过，在思想上，我是不会让步的。"

在山冈的右前方，可以看见多知半岛羽豆岬。从山冈的正面，能看到由日间贺岛、筱岛等近十个岛屿连接成线的群岛。左前方的海面，横着巨大的渥美半岛。

奈保子一边听矢野说，一边想，那里就是当地人说的"到了夜里，可以看见伊良湖岬灯塔"的地方吧？男人平等地对待自己，这还是第一次，仅就这一点，她就激动不已。海风拂面，心情舒畅。

矢野重也说："我想你已经知道，我认为只有社会主义才能铲除不公正，我想以后去苏维埃看看，因此要好好学习，只是这种学习伴有危险。"

奈保子知道丈夫在跟她讲一件重要的事，但这件事很艰深，自己听不懂。这可怎么办呢？我已经决定永远追随他，听不懂他的话怎么行呢？她感到不安。

矢野重也回头看着紧张的奈保子说："你知道我为什么要与你结婚吗？"矢野重也突然改变了话题。奈保子惊讶地看着他。他说："因为我认为你是个能不管什么痛苦都能忍受的女人。"

"我从小就一直忍受。但是，我不知道人应该在什么时候坚强，不要软弱？"奈保子说。但她为自己能这样自由地讲话感到吃惊。在这种惊奇的驱动下，她说，"如果你看到了我这种性格，就骂我吧。"说着，奈保子声音哽咽，眼泪流了出来。对男人能这样讲话，真是太好了。

"不会的。你完全不用担心。"矢野重也大声说。强劲的风从海面吹来，带走了他的声音。

"你真好，我喜欢你。"

这是矢野重也第一次说喜欢她。奈保子满心欢悦，她看丈夫说完这句话后，觉得不好意思，会心地一笑，面带羞涩。

奈保子心想，这个人非常腼腆，不由得松了一口气。

一个月以后，矢野重也的弟弟熊夫来到了佐久岛。熊夫也有染上一直威胁三泽矢野家的肺病的征兆，中学休学，易地疗养，矢野重也这里是其中一站。母亲聪子想暗中叫熊夫看一看矢野与奈保子的新婚生活，考察一下媳妇是否与三泽矢野家般配。

奈保子与丈夫一起生活，每天无忧无虑，欢乐愉快。她知道丈夫在专心工作时，不要到身边去打扰他，所以就带着熊夫去捡海水退潮时留下的海草，捉小鱼，或者向与他们关系密切的渔夫松本借船，到海里去钓竹荚鱼、马面鲀、鲐鱼，准备晚饭。

大学放假时，为他们结婚而四处奔走的木下半治、近内金光，一高时代的朋友河合悦三，还有介绍他们到佐久岛来的园部真一都来了，波崎馆一下子热闹起来。

从他们介绍中，矢野重也知道了在他和奈保子离开之后发生的事件。在这三四个星期里，什么非日本人居民策划暴动、纵火、下毒等流言蜚语满天飞，不知杀害了几万毫无抵抗力的人。因为大杉荣①是社会主义者，伊藤野枝②主张妇女解放，也被宪兵虐杀。其中仅因行为可疑被杀害的人就有五六千名。

矢野重也想起去看望法文教授铃木信太郎时，彪形大汉园部真一被误认为是社会主义者，好不容易才逃了回来，也想起了调车场惨不忍睹的暴行。

"我认为自警团在灾难的不安中陷入了心理恐慌，这种说法不符合事实。"木下半治低声说，"内务省警保局给各县的知事、警察发电报说'要警惕外国人'，这些内容又反馈回东京，这就是流言产生的真相。"

"在葛饰，有人因为搞工人运动被杀。农村也是这样。"关心农民运动的河合悦三补充说。矢野重也气愤得说不出话来。但他又想，在发生这些事件的时候，自己在干些什么？因为新婚，在木下、园部的帮助下，乘火车经由丰桥市来到佐

---

① 1885—1923，大正时代无政府主义者。
② 1895—1923，大正时代无政府主义者，妇女运动活动家。

久岛。这里是另一个天地，听不到任何消息，整天埋头翻译。

矢野重也大声说："对不起，我在这里优哉游哉。"

"用不着道歉。岛崎藤村在专心写长篇时，连日俄战争都不知道。"

近内金光安慰矢野重也说。

"文学家就可以这样吗？"

矢野重也感到一阵莫名其妙的绝望。他的目光变得愤愤不平，看着安慰他的近内金光，斩钉截铁地说："如果这样，那就放弃文学。"

说完，他又有一阵莫名其妙的悲哀涌上心头。

"大家吃饭吧。"

奈保子清脆的喊声，从矢野重也的书房传来，打破了沉闷的气氛。大家都站了起来，只有矢野重也独自留在屋里。

"今天大家都来了，我请这里渔民松本的妻子来帮忙。"

听到奈保子对大家的说话声，矢野重也想，这就是幸福吗？在他想象的视野中，映现出很多从朝鲜半岛过来的人被恐吓、押送、杀害的场面。自己却束手无策，只能眼睁睁地看着。如果说自己是幸福的，那么就应该与大家分享，但我能做到吗？

"喂，矢野，快来呀。"

"大家都在等你呢。"

听到喊声，矢野重也终于站了起来。走进房间一看，借来了一张折叠式大饭桌，上面摆满了大盘子，在绿色的海草上放着加吉鱼、金枪鱼、青花鱼，还有矢野到这个岛上特别爱吃的咸海参肠满满两大盘。从刚刚掀开盖的锅里冒出的热腾腾的龙虾酱汤的鲜味充满了房间。

"啊，这个好。"

矢野重也忘记了自己是主人，大声说。他的特点是心情转变异常迅速。

"今天谢谢诸位。欢迎你们。一直承蒙大家关照，对不起。可是，我也要行动，也要干起来。"

第二天，一个在滋贺、京都地区搞农村工作的人来找河合悦三。他说："我现在在这个岛子的西面搞解放佃农运动，叫山本。"

他向大家报告了地震之后，在东京、关东地区发生的几起事件、白色恐怖的惨状。

山本舔了舔嘴唇，好像在调整叙述的秩序，开始说："这只是其中的一个例子。在龟户，宪兵甘粕率领军人，以社会主义者、工人运动领导者为由，杀害了三十多人。附近的警察署也参加了。"

山本这个人，小个，脸色黝黑发亮，手指粗壮，目光敏锐。

他又舔了舔嘴唇说："其中近半数，完全是无辜的市民，受了连累。附近有一家工厂，工厂经营者的弟弟也被害了。这就是龟户事件。类似的事件各地都有，但决不是自警团自发搞的，原因是军方的参谋长、警察的领导人在报纸发表讲话、指示：'在这次不法朝鲜人可疑行为的背后，是社会主义者、俄国激进派的鼓动。'"

大家默默无语。

山本继续解释说，没有能够对抗这种白色恐怖的组织，结果民众被军方、政府的煽动蛊惑操纵。"大家都知道，两年前成立的共产党，在震灾前的6月，根据'治安警察法'，八十人被逮捕，组织处于崩溃状态。"

他好像说这就是发生白色恐怖的原因。

"在没有被捕的人中，也产生了种种迷惑、动摇，有人说，应该解散党，重新组建；有人说应该改变党的纲领，承认君主制。"

他讲的君主制引起了矢野重也的注意。

矢野对天皇有同情之心，在与朋友们讨论革命时，君主制这个问题总是如鲠在喉，不吐不快。

虽然如此，但矢野重也听了龟户事件的始末，怒不可遏。对于伤害、消灭弱者，不能置若罔闻。这是他从小就养成的性格。然而，在他心目中，还没有把天皇放在权力的构造之中。

三泽矢野家的守护神，是从佐仓的家里走着去的池宫神社，本家的长子代代兼任神社的宫司。矢野幼年时，常常到池宫神社祈祷父亲病早日治愈，永远让他与养母多筶生活在一起。

同时，比本家昌盛的三泽矢野家，祖母、父母，还有佐仓村一带的村民，崇拜德川幕府的创立者德川家康，尊之为现人神。矢野家祖先在与武田信玄势力战斗中虽然失败，但因有功劳，佐仓村被授予免除地租的特权。在领受德川家康颁发的盖着黑色印鉴的证明文件时，祖先拜谒了家康。矢野重也小时候，多次听祖母讲过。

从那时开始，矢野家族信奉的神有两个，一个是现人神德川家康，一个是神社的当地保护神。矢野重也生于明治三十二年，日俄战争胜利后，他在举国尊崇明治天皇的气氛中从小学毕业，他不知道大人们为什么既尊崇天子，又尊崇德川家康。

他曾问过：“天子和家康哪个伟大？”

大人们困惑的表情，使他对这个问题更加怀疑。在静冈中学读书时，历史课上说，明治维新所产生的政府，改革了由陈腐陋习束缚的体制，把日本建成了可以与欧美抗衡的国家。神道的顶峰就是天皇家。既然如此，那么村子里的人应该更珍视池宫神社，放弃对德川家康的信仰。

矢野重也住进静冈中学宿舍时，森本佳代当他的担保人。他听森本佳代说，母亲聪子敬仰的丸尾文六，得到过德川幕府末期的重臣胜海舟关于如何观察历史、社会的教诲。由此看来，德川家康也是伟大的人物。丸尾文六奖励静冈县人建茶园，兴办制茶业，到中央参政后，属于立宪改进党，主张扩大民权。最突出的例子是，他支援站在反对足尾铜矿污染最前列的田中正造。这件事说明，尽管是革新的维新政府，也有不彻底性，改进它需要民间的努力。

矢野重也对历史的认识，随着年龄的增长，从单纯变为也承认例外的复杂。只有一点不变，那就是不同意一些人对民众的歧视，甚至虐待的思想。这其中也掺杂着他的正义感。他认为关东大地震时发生的白色恐怖是无论如何也不能允许的。

“正像你所讲的，现在的情况很严重，但问题是应该怎么办。”木下半治对山本说。接着，他又说：“我们在东京、关西成立了研究会，出版会报，努力研究、普及革新思想。以一高时代的同学为中心。”

“有一点需要明确说明，”山本伸出左手的食指，好像一个向议长要求发言的听众，“要抓住民众在想什么，有什么愿望。也就是确实需要到人民大众中间去。

我幸好没上高中、大学，只是一个工人。如果放弃民众，就有因循守旧的危险。为避免这种倾向需要理论，需要工人与学生相结合。"

矢野重也想，这个人可能是什么组织的头头。山本吃了中午饭，乘下午的首班船回去了。问了一下河合悦三，他说山本好像是葛饰地区工人工会的干部，现在负责搞农民运动，最初介绍他认识山本的是小他一岁的志贺义雄。

在讨论到民众中去时，矢野重也更加意识到自己只了解故乡佐仓的农民及学生、教授。近内金光好像也在考虑这个问题，嘟囔说："还是到民众中去。非这样不可。只是坐而论道不行。"

矢野重也从讨论会场回到自己的房间，本想接着昨天晚上的翻译往下搞，但他又想把现在的心情，一清二楚地写在译完全文的译后记中。

矢野重也正在翻译阿纳托尔·法朗士的《企鹅岛》。他想趁热打铁，在自己的心情还没有变化时，先写译后记。

——最初对社会问题采取旁观态度的作者，以德雷福斯事件为契机，站了出来。他从人道主义立场出发，对这个包含种族歧视因素的冤案，与宿敌左拉共同战斗。《企鹅岛》是他人生采取能动立场的第一部长篇小说。我在翻译这部小说时，常常想起为没有正当理由的战争出兵西伯利亚，死亡三千人，关东大地震时的种族歧视和白色恐怖。这部小说是虚构的企鹅岛的编年史，描写民众与专制的斗争。在我国，在我完成这部作品翻译的佐久岛，何时能有自由女神的微笑呢？为此，文学家也要深入到民众中去，像阿纳托尔·法朗士一样，像左拉一样，有战斗的责任。这部作品也包含着这样的启示。

写完后，矢野重也呆呆地望着窗外大海的上空。他的头脑中响着山本上午说的那句话：到民众中去。如果自己投身于工人之中，奈保子肯定会跟着去。想到这里，他心里高兴。奈保子是高贵的劳苦大众。与她结婚，是到民众中去的第一步。他想把这一发现在今天晚上悄悄地告诉她。他感到，由于聚精会神地搞翻译，与来访的朋友讨论问题，忘记的欲望突然强烈起来。

过了正月，从东京、京都来的几个朋友都陆续回去了。下了三场雪，但因天气暖和都没有留住，甚至觉得，下一场雪，就与春天更近一步。

矢野重也考虑回到东京会很忙，所以除了《企鹅岛》之外，还翻译了阿纳托尔·法朗士的《苔依丝》、《诸神渴了》，同时也翻译了由著名民法学者田弘太郎，还有一位对他有好感的法学部教授转给他的法国最高法院、地方法院的判例集。他拨亮油灯，翻开辞典，查找不熟悉的法律用语，一点一点地翻译。

在佐久岛住了半年，矢野重也译了很多东西，积攒了一堆译稿。离开佐久岛时，这个装稿子的沉重包袱，由已经成为他们好朋友的渔民松本半九郎帮助背着。3月中旬要参加补考，毕业必须取得剩下的两个学分。虽然麻烦，但如果没毕业，对考律师、当学校的教师都不利，而且译稿的稿费也低。

佐久岛已是春天。菜花染黄了崇运寺的山崖，云雀在高高的天空叫着。

"还会来的，一定会来的。"

矢野重也、奈保子一遍又一遍说。他们与渔民松本半九郎一家，包括小孩和硬朗的老爷爷处得比亲戚还要好。

"如果有什么事，只要我能办的，不要客气，说一声。以后我可能要到处跑，要是找不到我，就问问佐仓家的人。"矢野重也叮嘱说，"别忘了每年冬天，给我送咸海参肠。"

在这个岛生活期间，海参肠成为他最爱吃的海鲜。

矢野重也要上船时，回头一看，他在岛上发现的，悄悄称之为小京都的逃兵村，在荷花、菜花和芬芳的水仙花的掩映下，像梦幻中的城堡一样，浮在春霞中。从海面上看，隔着波崎灯塔，与崇运寺对称的村落，春天来得格外早。

矢野重也想，奈保子住在这里似乎很满意，何时再来好好看一看这里的风景。他看奈保子把手放在额前，眺望波崎灯塔，转而又放眼三河湾的远方。看她恋恋不舍的样子，矢野重也独自点了点头。奈保子发现矢野重也在看自己，回过头来，四目相遇。她身体轻轻靠过来，抓住了矢野的左手。她这种举动，用身体语言表达爱情，是在来到这个岛以后。

矢野重也又回想起这里的生活。

第四章 ◆ 炼狱

矢野重也如期从大学毕业，为了打好生活基础，他扩大了翻译范围，在翻译文学作品的同时，也翻译如孟德斯鸠的《论法的精神》等历史名著。他一直认为必读的马克思的《资本论》，也开始用高畠素之的日文译本对照德文原文阅读。他开始学习德文，从佐久岛回来后刻苦攻读了一个月。他一边做笔记，一边慢慢读，终于读了第一卷的三分之二，读到了第五编"绝对的剩余价值和相对的剩余价值的生产"。这时，在佐久岛见过的山本到他家来了。

"你的地址，是木下半治君告诉我的。"

山本是工人出身，吃过苦，举止彬彬有礼，讲话时，一边思考，一边深入分析，很有吸引力。

"那次见面时我讲过要深入民众。虽说是关西，但不远，就在神户，需要一位精通外语的排字工。神户这个地方，总有订单，要求印刷一些发给外国船员、旅客的关税单，或者有关检疫的注意事项等等。"

"的确，我会一点外语，可是，我能行吗？"

矢野重也没有工作经验，所以特意问了一句。

"没有问题。对于一般的大学毕业生来说，你问他是否想当排字工，那可能是失礼的，但我觉得你与他们不同，所以来推荐。"

"在佐久岛听你讲话时我就想过，只知道农民和学生，这是个缺欠。"

"是的，这是个大问题。"

山本说完，告诉矢野他下周再来，就走了。矢野重也想，这是个坐不住的人。送他走了以后，矢野坐在桌前抱着胳膊沉思起来。其实，他来是问自己是否愿意参加工人运动。细想起来，自己还是眷恋这种与辞书、文章为伴的生活。不知奈保子会怎么想？

如果是那位没能见面的生野纯造的女儿，肯定会反对。但他确信，奈保子与生野纯造的女儿截然不同，肯定会跟着自己去。

矢野重也想，如果想当一个真正的文学家，需要有丰富的生活阅历。虽然自己对农民的生活比较了解，但对工人的情况却一无所知。

第二天，好朋友木下半治来到矢野家，矢野告诉他，你介绍的山本来过了，问我愿不愿当排字工，我想试一试。

"嗯，可劳动很累，你的肩膀脱过臼，能行吗？"

"是啊，我也有点担心。"矢野重也想了想马上说，"不过，我觉得应该干。能干几年，我不知道，但只要在搬运装着凸版的箱子时注意些就不要紧。干活与柔道不同，会有办法的。"

矢野重也的脱臼症是因为练习柔道过度，如今柔道也多年不练了。矢野重也无意中用辩解的口气说，他看了一眼为自己担心的木下半治，不好意思地笑了。

不久，矢野重也就独自去了大阪，在大阪十三附近找了住处，按照山本说的，给位于三宫车站前的会社发了求职信。

录用通知书很快就来了。幸运的是，与好友近内金光结婚的表姐矢部俊就住在与神户毗邻的夙川。他下决心到神户去，能与近内常常见面也是很大的原因。

奈保子比矢野晚些来到大阪。矢野当天夜里对她说："我想你已经大体知道，我要搞工人运动。到这里来做工就是这个意思。日本法律没有工人团结的自由。搞工运也很危险。为了不连累亲戚，我与他们断绝一切联系。我希望你也这样做。这样一来，你要想穿绫罗绸缎，富贵荣华，我没有办法，所以希望你能下决心过布衣粗食的穷日子。"

矢野重也正襟危坐，对奈保子说。奈保子在他说话中间，正了正身子，琢磨他的意思。从他的话中，不仅没有一点对爱情的动摇，而且在问，你能与我终生相守吗？

她听矢野说与亲戚断绝联系，小声说："我本来就没有一个亲戚。"

她想，丈夫选择了从事工人运动的道路，想必是多灾多难，但那也是没有办法的事。丈夫不是在问我能不能跟他一起干吗，这一点，她感到满足。

"我已经过惯了穷日子。我要努力学习。不管你去哪里，都要带着我。"

"谢谢。"

矢野重也说着，双手抚膝，向奈保子低头施礼。奈保子突然想哭，但她觉得这样不好，想改变一下气氛，故意有点逗笑地说："不过，我脑子好，能当力工。"

印刷厂在神户三宫车站后面，他们在那附近租了房子。从他们家到近内金光那里去也很方便，上了电车就到了。

工厂有三十个人，矢野重也隐瞒了学历和出身就了业。社长兼厂长对他进行了简单考试后，认为他认识不少字，叫他当了拣字工。

开始工作一看，虽然他什么字都认识，但拣起字来，远不如那些有经验的童工快。矢野重也对那些没有学历，认很多字，看懂原稿很快就能找到铅字的高超能力感到惊讶。他知道，在车间里，就是要提高效率，说什么漂亮话都没用。

矢野重也向被大家称为"老板"的社长申请，于是去了欧文组排字。在这里，他远比工友们认得快，而且知道是什么意思，受到大家的尊敬。

一天晚上，工作快结束时，他发现已经印好的卡片中，把NATURE误排为MATURE。这是个海关用语，意为枪、子弹大小的规定。在一般用语中，当自然讲，为成熟、发达之意。二万张卡片，已经印好，如果全部报废，工厂要全部赔尝，如果佯装不知而发货，一旦被发现，就会丧失信誉，客户不会再来订货。

幸好排错的卡片用的是厚纸，用小刀刮掉M，改成N，就像印刷时的油污一样，看不出来。矢野重也和能读英文的老板用三天时间，每天干到夜里十二点钟，把卡片改了过来。

他的工作情况很快在车间传开了，对他评价说："这回来的那个家伙很能干。

不知为什么看样不得了，可人家还挺和气。"

工厂印一些化妆品、营养饮料的标签，大多是用刷子涂金粉。金粉的主要原料是铅。长期干这种活，肺会中毒。因为危险，有补贴工资，但很明显对健康有害。这是一家街道工厂，没有劳保设施、为保护员工吸收粉尘的装置，连口罩也不发，只在干活时用毛巾罩住嘴而已。在这种情况下，矢野重也也不能说讨厌而不干。

"你如果倒下可就麻烦了，还是别干了。"最早发现矢野重也才能的老板亲切地对他小声说，但老板越关心，矢野就更得婉拒。

"可是，大家都在干，我也应该干。过些日子给大伙发个橡胶防毒面具就好了。"

矢野重也说，主动地参加刷金粉工作。他在工厂干活还不到一个月，一些勤奋好学的青年就聚集在他周围。其中有职工，也有公司的年轻朋友，两三个人一起结伴去矢野家玩。

那时他的家已经搬到御影町本屋二楼，有八张席和六张席两间房，作为排字工人的家，已经算是豪华的了。奈保子热情好客，于是客人由两个变成三个，又增加到四个，再加从东京、京都来的一高时代的朋友，这里又像东京东中野的家一样热闹起来。像过去一样，几个年轻人聚在一起，讨论、喝酒。然而，到了3月，矢野重也感到腰部疼痛，食欲不振。近内金光看他那样子，担心他的身体，带他去医院，诊断为脊椎骨疡。

为矢野重也看病的医生警告说："不改变生活，马上治疗，就要终生打石膏绷带。"

矢野重也想，是什么原因引起的呢？是在印制金色标签时吸入的铅过多吗？搬运装铅字的重箱子，是大家都干的活，自己也每天参加，难道是在搬箱子时，为了保护脱臼的肩膀，腰部用力过度吗？

可是，这些都是工友们的日常工作，看来自己终究不是当工人的料。矢野重也不能不这样想。诊断为脊椎骨疡那天，他没有马上回家，去了建有托玛斯豪宅的那个山冈。他想起上次是与奈保子一起来的，站在这里眺望海港。

那次来这里时是秋天。这次来，是树木刚刚透出新绿的早春，人很少，只见缓缓前进的大船，和在大船中间乘风破浪来往的舢板，不时能意外地听到附近悲壮的汽笛声。

矢野重也想，今后怎么办呢？即使医生不说，因为腰疼，也不可能再当排字工了。

由于健康原因，当工人这条路堵死了。现在矢野重也反复思考的是，好朋友们是如何设计未来的，并把自己与他们对比。木下半治与帮助他搞社会福利运动的海运会社社长的妹妹结了婚，奠定了生活的基础，并且扎扎实实地开始了工作。近内金光一年前与矢野重也的姨表姐矢部俊结婚，矢部俊继续当教师，帮助近内金光搞活动。他们的结婚宴会是借矢野在本乡上学时常去的食堂二楼开的。

在宴会上，矢野祝贺说："矢部俊和近内结婚，很多朋友都很高兴。但没有人像我这样，百感交集。"他之所以这样坦率地讲，一是因为新娘与自己有亲戚关系，因而与近内也成了亲戚，二是因为自己从少年时代开始就爱慕矢部俊。

矢野重也这一天第一次感到，自己已经落在朋友们的后面。他叹了一口气，揉着腰，轻轻地站了起来，慢慢地走下山坡。在车站附近的花店买了两枝红玫瑰，准备插在饮料瓶子里，看着能使自己难过的心绪得以慰藉。

在这段时间，如果没有近内苦口婆心的开导，说你可以在别的地方施展你的聪明才智，也许他会难过更久。如果没有在短暂的排字工的工作中结交的那些年轻工人、职员集中到身边听他讲话，也许他灰心丧气的情绪会更沉重。

矢野重也不得不重新开始翻译。但客人还是络绎不绝，一来人他就高兴："喂，吃饭去。"不管是谁，他都这样说，家庭的经济情况很快拮据起来。

怎么办？矢野重也与在邮局上班、晚上上工业专科夜校，也是他身边小组成员的米津商量。米津生在这里，熟悉当地情况。

米津说："既然这样，矢野先生开家不用体力劳动的商店怎么样？对了，比如说香烟店？"

"是啊，做买卖。"矢野重也点了点头，想起了奈保子在泽田食堂忙碌的身影。他说："开个面馆怎么样？我老婆有些经验。问题是谁来当厨师？"

"我来找地方。我在邮局工作，什么地方的工人多，什么职业的人住在什么地方，找起来很方便。"

矢野重也对他的建议很感动，对他说："我想，还是开在学生、工人多的地方好。"

他这样讲，不是根据泽田食堂的经验，而是想把这个新开张的面馆变成宣传社会主义的阵地。

定下方向后，矢野重也就与一高、大学时代帮助自己的朋友打招呼。矢野重也准备干什么新事时，只要他招呼一声，朋友们肯定都会来帮忙。这是在东京东中野住时，他的家成了大家的会场的缘故。朋友觉得不为矢野做点什么，心里过意不去。

大学时在东京帝国大学工学部学习，毕业后在深川简易住宿所工作的一个朋友，一直住在矢野家里、从事农民运动的河合悦三，与大原海运社长妹妹节子结婚的木下半治夫妇等等，应矢野重也邀请都来了。

矢野重也在适合开面馆的地段租了新房。木下半治夫妇住在二楼，帮助奈保子。矢野重也与奈保子住在连着面馆的一间。根据矢野重也的提议面馆叫"桃太郎"。

"桃太郎降妖打鬼，是不是有点帝国主义的味道？"

在简易住宿所工作的朋友提出了异议。矢野重也坚持说，在学生时代，我就不这样看。不知为什么，我觉得那个脚穿水袜子、身着印字短褂的样子正好合适。他心里认为桃太郎是了不起的，而且作为面馆名，容易记为好，桃太郎这个健康的男子汉的形象，深入老百姓的心里。

河合悦三说："如果这样决定了，那么我是学化学的，准备到神户的各家面馆去调查一下，看看他们的汤里放什么，放多少，水煮的温度是否因面坯而不同，大体多少度，煮多长时间，哪里的面坯最好等等，做个一览表，下次见面时带来。"

在邮局工作的本地人米津满心钦佩，原来才子们是这样考虑问题的呀！同时决定，去找他认识的一个卖熟鱼干的老爷爷，打听秘诀。

第二天，米津发挥本地人的优势，去找在神户中央市场开店卖熟鱼干的老爷爷，开门见山地说："我的朋友要开面馆，请告诉我做面条的秘诀。"

这个爱钓鱼的老爷爷，一边用毛巾不断地擦着紫红色的脸膛，一边讲做面条的秘诀。

他对学生开面馆表示钦佩："嘿，这可叫人佩服。如今的学生真能干。"他说完感想，开始讲做面条的诀窍：如煮干沙丁鱼的方法呀；木松鱼太贵，放点就行呀；加上海带出味呀；煮过头了会发胀，一开锅就要移到别的锅里呀；一片海带可以多次使用呀等等。

奈保子和木下夫人节子在厨房，店面由矢野的朋友、晚辈们招呼。宣传小广告由矢野来写。

开始张罗开面馆后，矢野重也感到国家的体制覆盖着日常生活的方方面面，绝对不是简单的一句权力或压迫机器能概括的。毋宁说民众的不满，是针对那些妄自尊大，不能设身处地为民众着想的国家、自治体的基层官员。交上的申请书如果有一点不完备的地方，就会被漠然退回："好好读读注意事项。你上过学吗？认字吗？"

这就是问题所在。然而其集大成者中央政府却掌握着人民生杀予夺的大权。即使爆发了工人运动，社会革命，他们也要按部就班地工作。

到区政府去申请营业执照，到保健所去申请许可，到登记所去办理有限会社的登记手续。在办理这些手续的过程中，矢野重也感到，在大学法学部学的什么高等理论，什么法学思想发展史等等，根本无法满足日常生活的需要。他想，看来当个律师也不容易。因为他过去常常产生当一个专职民事律师，为民众而战的念头。

办完各种手续后，桃太郎面馆终于在10月底开业，但他们随即发现，向周边四邻致意问候做得不够，发生了一件意外的事。不知是地痞，还是面馆周围工人中的头面人物，带着两个喽啰来挑衅。当矢野重也明白他们来找碴时，怒火中烧，破口大骂："小子们，想敲诈吗？你睁眼看看，我们是学生，想为工人做点事，开了这家面馆。我们不是唯利是图的商人。滚出去，滚出去。不然我就把你们打出去。"

听到矢野重也的吼叫声，木下半治和经常到他这里来的大汉园部真一从二楼下来。他们两个都是一高柔道部的，倘若打起来，都是帮手。正在这时，一个有在工棚打架经验的伙伴从外面回来了。

"喂，你们几个，跟我走吗？"他在后面大喊一声，三个地痞回头一看，误以为是便衣警察。

"啊，对不起。"

"哎呀，没什么，走错门了。"他们惶恐不安，弯着腰走了。

当地痞们走没了影时，矢野重也他们哈哈大笑。

"可是，这就是老百姓的生活。我们装作很老练的样子，但别说大话。"矢野重也说出了心里话。

开业一周左右时，米津的父亲听说儿子在面馆里干活，带着米津在神户银行工作的弟弟一起来了。正好木下不在，矢野把他们让进了木下的房间。矢野说："不管做什么事，了解民心都很重要。米津君确实是个有为的青年。我们在这里认真向社会学习，想将来在各个领域大展鸿图。我知道米津君有抱负。请您把他交给我吧。"

矢野重也热心地对米津的父亲和弟弟说。米津的弟弟在银行工作，看样子是个谨小慎微的人。当时矢野正准备吃已经迟了的午饭，他一边说，一边注意楼下飘来的面条汤的香味，碗筷的碰撞声，干活的男女们的说话声。准备开业以后，矢野重也刚刚学会了关东关西调味方法有别，葱的种类各不相同。

矢野重也的一个弱点是不会编谎话，但他掏心窝子的话却讲得有声有色。这次他也对米津身在农村、本是名门望族，但如今却陷入困境的父亲和在银行当职员、久居人下的弟弟，讲了苏联的十月革命。矢野重也边讲边注意对方的反应，而且擅长逐渐改变谈话的方式，展开自己的观点，激发他们的自尊心。米津的父亲本来不想叫儿子在面馆干，但在与矢野重也一个小时的谈话中，打消了这个念头，对矢野的讲话心悦诚服。

在回去的时候，米津的父亲说："我的儿子不成熟，请多多关照教导。"他回头看了一眼与他一起来的在银行工作的儿子，低头敬礼。

在下楼时，米津的父亲对米津的弟弟说："社会主义这东西，听他这么一说也不是什么坏事。"

没过多少日子，矢野重也听米津讲了他父亲的反应，觉得很难为情，小声说："我一点谎都没撒。"

他的口气好像是在为自己辩解。

矢野重也除了不会编瞎话之外，还有一个奇怪的缺点，那就是不会骑自行车。他自己认为这是不可能的，在急需送外卖时，他曾试过。一旦对面有人走过来，他就紧张得摇摇晃晃，失去平衡，摔倒在地。有一次撞在旁边的水泥墙上，擦破了手背。还有一次摔在地上，肩膀脱臼。他觉得这是奇耻大辱，但却无可奈何，没有办法。木下半治正忙着准备律师考试，看矢野重也不行，同情他，帮忙送外卖。

矢野重也翻译完一个段落，从房间里走出来，知道木下半治外出去送外卖了，就对奈保子和厨房里的节子说："他真是帮了大忙。但他现在是关键时刻，不能叫他去送外卖。你也跟他说说。像他这样的汉子当律师，对社会来说是一件大事。"

米津不知道他们从一高时代就是好朋友，看到他们相互关心很感动。

"矢野先生他们的友情，实在太棒了。"他无限感慨地说，"我在邮局工作，也有两三个朋友，但不像矢野先生、木下先生、近内先生他们这样亲密。我们相互之间从不介入各自的私生活，以为这样才能不破坏友谊。"

他又说："像矢野先生他们这样，一起生活，不管怎样冲突，彼此并无隔阂，真令人羡慕。"

听米津这样说，矢野重也脸上充满羞涩的微笑。

他解释说："我们在学生宿舍一起生活了三年。友情，比骨肉亲情那种特殊的关系更自由更广阔。这一点，我和你都有体会。这种感情与年龄、学历、经济状况无关，可以说是超越这些因素的亲密关系。亲兄弟一年不见面，没什么关系，但如果与朋友们两个月不见，就会感到寂寞难耐。"

米津同时感到，矢野重也对朋友总是很热情，但在他心灵深处，好像又很孤独。他听说矢野家是大家族，兄弟姐妹中多人患肺病，所以他对人的生死有一种达观的心境。

在没听矢野重也讲他们的友情之前，米津就发现桃太郎面馆没有金库，每天卖的钱就装在一个纸胎漆盒中，放在厨房角落里的棚子上。需要时，谁都可以从里面拿钱。东京或者京都的朋友来了，就从里面拿出需要的钱数。如果是朋友请客，再把钱放回去。募捐来的钱，也放到这个箱子里。这种做法不知是谁决定的"社会主义会计方式"，但看起来不过是无计划开支而已。一起开面馆的都是知心好友，所以米津也不觉得奇怪，不知不觉也就习惯了。

桃太郎面馆兴隆起来。有柜台和四个座位的桌子五张，开张两个月，就有了常客，其中有工人、学生、家庭主妇，但学生很少，家庭主妇最多。

这些家庭主妇避开中午吃饭的高峰时段，有时来吃面，有时来吃矢野重也他们适时成功推出的蜜豆凉粉、黏糕小豆汤，聊够了再回家。先来的人开始闲聊时，那些从澡堂回来的妇女们端着脸盆来了。她们为了不使走路时盆子里的肥皂盒不断地咔哒咔哒响，就在上面盖上条毛巾，走进面馆，与先到的人会合在一起。

"喂，江箕，你到桃太郎来，总是打扮得漂漂亮亮的，谁是你的心上人呀？"

有人被先到的那个年纪大些的人这么一问，脸马上红了。

"你说什么呀！昨天晚上弄的声音那个大，我都起来好几次。"

也有人反驳说。

她们说着，一看矢野、木下、近内、米津、园部，都不到三十岁，正是男子汉风华正茂的时候。

有一次矢野重也把一碗黏糕小豆汤放下要走时，一个女人说："你，等一下。"拦住了他，接着又问："你有夫人吗？"

"哎，她很优秀。"

"嗯。"她的动作像在思考。

"噢，算了。"她既不是对自己，也不是对矢野说，"今天晚上呀，丈夫不在，他出门了，不来玩吗？"

她最后说"不来玩吗"时，语尾往上挑，眼睛一直看着矢野重也。他悄悄地想，在翻译小说时遇到的不知怎么译的"飞眼"就是这种眼神吗？自己没有这个经验，如果在译文遇到这种场面，就可以使用这个词。

恰巧这时，她的伙伴说："哎哟，沙绮，在这儿呢。我以为你已经进去了，还在外面等着哪。"这个女人说完，扫了一眼沙绮和站在她身边的矢野，在沙绮的对面坐下来，顺手狠狠掐了一把沙绮放在桌子上的雪白的胳膊。她是想与矢野搭话，所以抢过话头说。

兴隆的桃太郎，在总同盟副会长西尾末广在中之岛公会堂举行讲演会那天，突然贴出通知：本日，总同盟演讲会在中之岛举行，从下午四时开始，临时停业。

有一次，他们打出这样的广告：为庆祝在大选中护宪三派即宪政会、政友会、革新俱乐部的飞跃发展，赠送大碗面。他们用这种不知是玩笑还是真心的营业方针，吸引顾客的注意。

"这不是丧失原则吗？首先，这护宪三派没有一点社会主义味道。"

木下半治、近内金光认真地反驳说。

"大家都高兴不就很好吗？在这中间，再渐渐进入真正的主题。"

矢野重也说。这些计划都是矢野拍板的，桃太郎面馆经常搞这种活动。

在本地人米津眼里，矢野重也他们这个团体，以京都为根据地的人，与从东京来的人，想法时有不同。讨论问题时，分为有些死板的纯理论派和适应现实的自由派，看着令人担心。但矢野重也多数场合，能吸收各方面的意见，概括总结。

米津多次看到过这种场面，他把矢野重也当做自己的兄长。

桃太郎已经完全走上轨道，每天可以为工人运动筹措一些资金时，矢野重也他们开始认真讨论用什么办法组织工会，正好这时候，劳动总同盟左派和右派发生分裂。

桃太郎面馆开业半年后，在他们开始商量夏天的营业项目的5月24日，劳动总同盟在神户基督教青年会馆召开了全国大会，在这次大会上，在矢野重也他们这些旁听者的眼前，左派系统的三十二个工会决定成立"日本工会评议会"。

左派准备的纲领是，在维持、改善劳动条件的同时，高举工人阶级彻底解放的旗帜，工会运动的目的是把工人阶级从资本主义的精神统治下完全解放出来。

左派有计划地从总同盟中分裂出来，他们的主张与经常来与矢野重也、木下半治联络的山本一致。

这个脸膛黝黑，年龄在三十多岁至五十岁之间，换言之，就是看不出多大年龄的人，说话很有逻辑性很有说服力。

第一次旁听全国工会组织大会就目睹了分裂的矢野重也、学生们都很兴奋，他们说："既然如此，也就没有必要在这里悠然自得地开桃太郎面馆了。"

本来在桃太郎面馆走上正轨之后，矢野重也就失去了经营的热情。正好这时候在东京落脚活动的山本来联系说："工人运动情况发生了变化，希望来东京帮助加强中央的组织工作。"矢野重也他们认为这是一个好机会，就关了桃太郎面馆。

矢野重也不知道这是第几次与奈保子一起坐火车旅行，但无疑这是在初夏时节的第一次。他预感到自己将被卷入一个巨大的旋涡。在这个令人头晕目眩的漏斗状的旋涡里，自己能否生存，没有把握。

但是，既然如此，自己为什么非要走这条路呢？他的头脑中并没有正义感或信仰这些字样。毋宁说这是一种宿命，更合适。

火车出了大津，到了能看到一点琵琶湖的濑田时，矢野重也望着远方象征着即将到来的雨季的乌云，想起了抢婚时的情景，身体向奈保子靠了靠问："这是第几次与你坐火车？"

他想，今后还有机会与奈保子一起坐火车吗？

"桃太郎你搞得很好。"

他慰问奈保子说。说完，他更加感到自己只是让她忙着干活，没有尽到任何丈夫的义务。

"我从小就喜欢干活，所以很快活。"听到矢野温情的话，奈保子反而宽慰丈夫说，"大家都很好。节子虽然是位小姐，但也很随和，所以我非常高兴。"

奈保子这样认为，矢野重也反而无言以对。

"我想要个孩子，可现在还不行。"

他的意思是说，现在还不知道到了东京后干什么工作。

"是啊。"过了一会儿，奈保子用极小的声音说，"我什么时候都行，可暂时还不能要。"

她的眼睛第一次流露出忍耐的神情。

矢野重也本想说"对不起"，但觉得这种话太懦弱，没有出口，过了一会儿大声说："到了浜松吃鳗鱼。"

这次上东京，与以往不同，是专门为了开展工人运动，所以他相当紧张。促使他决心选择这种生活的直接原因，是关东大地震中的白色恐怖。对此他不能视而不见，佯装不知。更何况虐杀无辜群众几千人的暴政变本加厉，颁布了治安维持法，革命活动当然在镇压之列。

治安维持法的第一条规定：以变革国体，或否认私有财产制度为目的而组织的结社，或知情而参加者，处十年以下徒刑或监禁，前项未遂罪亦按此惩处。

令人担忧的是，这条法律中所说的团体，其性质由谁来确定。但是，倘若用这个法律来换取普通选举法的话，又不能一概否定。政府周围的大多数喉舌赞成，只有极少数的报纸杂志反对。

根据治安维持法，开展工人运动，宣传社会主义、共产主义，发表出版有关言论，虽然解释方法有别，但大都被认定为犯罪。

矢野重也是知道这些情况而投入工人运动的。他在神户当过排字工，在工人生活区开过面馆，普及社会主义思想，革命组织认为他是个能干的人，对他寄托很大希望。从矢野重也的性格来说，为了不辜负这种期望，他也要更加努力，奋勇向前。

关于工厂组织搞活动的情况，大多是高中、大学的同学对他说的，但其中也有山本这样不是学生的人。

矢野重也和奈保子的新家在东京赤羽。山本和一高晚矢野一年的志贺义雄来访。由他们介绍，矢野重也当了东京每日新闻的记者。这个新闻社很怪，在西银座读卖新闻社的一角借了间房子成立了事务所，名字很响亮，但只有社长一人，没有董事，矢野重也不是第六个、就是第七个职员。

"暂时先在这里干着。等到工作岗位正式决定之后，再给你安排合适的位置。我是和志贺君商量后来的。"山本说，微笑时，露出了雪白的牙齿。可是，这个小新闻社的工资，根本不够供给来他家里的朋友们的伙食费和洗衣费，他没有办法，于是请求在学生时代叫他翻译法国法律案例的逢坂俊造帮助，进入国际联盟劳动机关帝国事务所。这件事，他没有与山本、志贺义雄商量。

逢坂俊造是通过他的密友、民法教授田弘太郎介绍认识矢野重也的，他当时就喜欢矢野，不仅把决定翻译的东西叫他翻译，而且常常请他吃饭，爱听他介绍当代青年的情况。逢坂原来是农商务省的官员，历任日本商工会议所的专务理事、商工组合中央金库理事长，录取矢野重也当职员时，他是国际联盟劳动机关的日本政府的代表，国际联盟帝国事务所的所长。

矢野重也对这个少见的不拘泥小事的官员逢坂俊造也有好感，多次去过他在东京青山的家。在铺着虎皮的客厅里，壁炉上摆着高村光云的雕塑和罗丹的《思想者》室内用仿制品，对着窗户的墙壁上，挂着伊藤博文写的横轴。

在东京帝国大学读书时，逢坂俊造曾带他去看过一次歌舞伎。那次看戏时，农商务省的一个官员、原逢坂手下的一个局长与家属也一起来了。后来他才明白，那是一次相亲。小姐还是女子学校四年级的学生，结果双方都没有什么特殊感觉，最后不了了之。

那是在京都认识奈保子以前。当时矢野重也对这些小姐的女性魅力没有任何感觉。如果局长的女儿身着学生制服，也许矢野重也对她的看法会有所改变。

这是为什么呢？矢野重也自己也觉得奇怪。生野纯造的女儿，他觉得与其称之为小姐，不如说才媛更合适。现在看来，自己称她为白色百合君，表达能力贫乏，觉得有点惭愧。与他结婚的奈保子，头脑敏捷，如果好好上学，说不定也能成为才媛。不过，无论从哪方面来说，奈保子都属于劳动人民。他一想到妻子，心情豁然舒畅。

在逢坂俊造的帮助下，决定到国际联盟劳动机关工作后，矢野重也对来找他的山本报告说："已经定下来了，怎么样？工作好像挺有意思，但不管怎么说，它也是政府机关，所以我有些不放心。"

山本听他讲完，像条件反射一样，现出极为不快的表情。由于精神过度集中，他颧骨突起，眼睛有点歪斜。他就这样考虑了一两分钟，终于控制住了自己的情绪，表示赞成："这不很好吗？对我们了解国际联盟的动向，是个好机会。"

矢野重也明白，山本心情的转变，态度的改变，是希望自己能够提供有关国际联盟劳动机关动态的情报。

矢野重也到关照他的逢坂俊造当所长的事务所工作以后，根本不想向可能是共产党员的山本提供任何因工作而掌握的情报。同样，他也下定决心，因所处的位置而了解的有关工人运动动态，即使逢坂俊造询问，也不透露一个字。

这种态度，不是从什么思想、历史意识出发而做出的判断，依据的是自己在感情上能否接受的标尺。从阶级的立场来说，这种态度是否正确，他并不清楚，但他认为自己只能这样做。

矢野重也想，如果逢坂正造知道了革命组织希望自己提供情报时，会是怎样的表情？大概不会满脸血红，暴跳如雷，可能像看到一种令人恶心的生物一样，厌恶、回避，是用形象、色彩都无法描绘的表情。矢野重也宁可挨打、受酷刑拷问，甚至气绝身亡，也不愿看到别人蔑视、侮辱、厌恶的目光。

矢野重也非常清楚，自己最大的弱点是好热闹怕寂寞。如果因此而不适于从事工人运动、当一个革命家，那也是没有办法的事。进而言之，自己也许不适合当政治家。当时他一心想搞文学。

矢野重也带着这些迷惑，每天去位于日比谷公园附近的四层楼的事务所去上班。这里与新闻社不同，有十几台英文、日文打字机。在新闻、杂志阅览室里，整齐地陈列着英、德、法、西等文字的刊物。打稿子的声音，像涟漪在矢野重也的耳边荡漾。但是，在这个事务所里，他没有朋友。

半年后的12月，决定召开农民劳动党成立大会。

山本对矢野重也说："想请你当农民劳动党成立大会的书记，怎么样？"

矢野重也倒吸了一口气，凝视着山本黝黑发亮的脸。对于矢野重也来说，如果接受这一重任，就是迈出决定性的一步。在紧张的思考中，矢野重也想，可以就此辞掉国际联盟帝国事务所的工作。虽然他早已暗下决心，巧妙敷衍，不提供情报，但山本总是叫他"讲讲情况"，他觉得这是沉重的心理负担。

矢野重也问："叫党首，还是叫书记长，谁是第一把手？"

山本回答说："书记长是浅沼稻次郎。他是早稻田大学毕业，比你大一岁。你可能不知道，他一直在搞矿山劳资纠纷、农民运动，是个有能力的硬汉，但有时在理论上不行。请你来当书记，就是要你在他理论上犯迷糊时，帮他把把关。"

"这很难办，我能行吗？"矢野重也老实地说，"和朋友们一起讨论还可以，但在大会上，能影响会场的导向吗？"

矢野重也想起在神户召开全国劳动工会组织大会时分裂的场面，他担心自己的能力。在意见错综复杂、会场发生混乱时，自己能妥善处理吗？

"如果出现这种局面，由我来处理。在会场的各个重要位置上，都安排了人，他们可以根据情况发言。其中会有你认识的人。"

山本自信而冷静地说。矢野重也对组织的周密感到钦佩。后来他多次想起自己最初在大型集会上所发挥的作用。热烈的气氛，不知宪兵何时会强行"禁止辩论"的紧张……与这些比较起来，股东大会只是小菜一碟。

农民劳动党大会，决定了纲领，通过了大会宣言，顺利闭幕。但在三个小时之后，根据治安维持法被命令解散。然而在大会长达四个小时的讨论中，三百多名参加会议的人都知道，东京有一个名叫矢野重也的精明强干的年轻领导人。

虽然政府马上命令解散了农民劳动党，但在那次农民劳动党成立大会后两个月，有人通过志贺义雄传话说，你来不来"产业劳动调查所"？当时所长是八坂良三，所员有志贺义雄、浅野晃、野吕荣太郎，都是新锐研究员。

矢野重也曾在东京每日新闻当过一段记者，所以叫他编辑《产业劳动时报》。当初进入调查所时，他的主要工作是利用他懂外语的特长，从英国、法国共产党寄来的报纸杂志中，选择对日本运动有用的论文，翻译出来，为《无产者新闻》等报刊提供资料。这个产业劳动调查所的特点是，在山川均主张的革命路线与福本和夫主张的路线激烈对立中保持中立，进行实证调查，对社会与劳动的实际情况给以科学的明确的解释。

刚去调查所那天，窗外的阳光已经像春天般温暖。吃中午饭时，志贺义雄领着他们出了调查所。前面芝公园的树丛，不知何时已经长出嫩芽，透出几分柔和的新绿。在那里，矢野重也认识了浅野晃。他自我介绍说生于北陆的金泽，在东京帝国大学读书时办起了文学同人杂志《新思潮》。从外表看，他像个乡下的老夫子，丝毫没有才子的风采。三个人坐在芝公园附近的长椅上，聊得很开心。

"这个《新思潮》杂志，马上就会完蛋。我办的是第七次《新思潮》，估计很快就出不来了，所以别名叫濒死鸟。"他说着，觉得滑稽，笑了起来。矢野重也对他有了好感。

矢野重也自我介绍时，讲了自己的出生地，搞法国文学翻译筹措生活费等，之后说："我是个文学的社会科学者。"

浅野晃说："这很危险。因为很难区别天才还是精神病。"

"我也不知道自己是什么，没有那么大的智慧。"

两人说着，突然相互看着放声大笑。那次见面后，他们就像老朋友一样形影不离，一起到外面吃午饭，下班后一起去喝酒。

产业劳动调查所在木结构三层楼的三楼，它的前面就是矿工总联合会事务所，搞工人运动、农民运动的领导人经常在这两座建筑物之间来来往往。大正时代末期，在这个城市的角落里，有这样一个解放区。

与浅野晃相比，矢野重也觉得与所长八坂良三和他的妻子薰比较难处。八坂良三这个人一丝不苟，冷静，讲话时眼睛向下，很少看对方，声音也小，像窃窃私语，而且爱用冗长的句子，一紧张没听到就滑过去了，不知他说什么。

7月时，法院宣布审判结果，八坂良三被判监禁八个月而入狱。他的罪名是，在第一次共产党事件中，企图成立已经被禁止的共产党。

这时，矢野重也发现，八坂夫妇由于性格关系，对所里资料整理、扫除等抓得很紧，而在经营方面，不但没有专业会计，而且对如何增加收入、减少开支完全放任自流，从不研究。十几名所员的工资，每月为二十八元至三十五元不等，根本无法维持生活，所以都在外面打工，工作也是各行其是。

矢野重也与志贺义雄商量，趁兼任会计的八坂良三不在的机会，把工资分为三十五元、四十元、四十五元三个档次，使每个人都有稳定收入。从整顿纪律入手进行改革，等八坂出狱回来时，一切都弄得井井有条，会得到他夸奖的。志贺义雄从高中开始一直低矢野一个年级，是后辈，况且矢野是柔道部的领队，他只能老老实实地低头称是。

"这件事丈夫没说过，他不在期间，叫我保管……"

不愿交出账簿的薰夫人说。

"这种小事由我和志贺君来干，夫人抓全面工作。"

矢野重也擦着汗接过了账簿。他查阅以前的记录，考虑成立赞助会员制，增加收入，重新建立账目。

矢野重也考虑，产业劳动调查所的改革，不能仅限于经济收入，应该改变整个面貌。他抓住在他来之前一直是第三号人物的志贺义雄说："这个调查所是协助社会主义和工人运动的，所以你不觉得由他们夫妻领导可笑吗？"

他说出了自己想了许久的意见。

"你说得对，可是，这种事很难开口。"

"我听说八坂良三先生一直在英国学习，去援助罢工的矿工时，用英语发表风趣的演说，被英国政府盯上，遭送回日本。"

"确实如此。但上层建筑和经济基础脱节，虽然头脑是革命的，但在生活、感情上，还是封建的。"

志贺义雄说。他既没有为八坂辩护，也没有批判，企图在客观的分析中逃之夭夭，所以说得模棱两可。

"这就是东洋的专制主义，父权主义。在亚洲实现社会主义，首先要打破这些东西吧？"

矢野重也谈到这个问题时，头脑中浮现出日本明治以来的官僚体制。过去以儒教为背景，德川幕府建立了专制官僚体制，但这种体制逐渐僵化，落后于时代的发展。不过，他没有讲这些，而是说："福田和夫的理论，涉及了这个问题。他主张先把有先进思想的人集合组织起来，其次是发动群众。"

他最近开始读福田和夫的理论，深为佩服，所以试探志贺义雄是否赞成。

在志贺义雄的帮助下，矢野重也将《产业劳动时报》，由四页扩为八页，改为订阅制。接着，动员调查所以外的社会力量，用一个月时间，编辑出版了新版劳动年鉴《无产者政治必携》。这本书好评如潮，成为畅销书。乘着这个势头，他又把各国工人党、共产党的动态、理论主张编成月刊杂志《工人国际》发行。

调查所的收入大幅增加，员工工资成倍增长，气氛活跃。出狱的八坂良三看到变化如此之大，深为震惊。八坂良三的态度，使矢野重也改变了对他的评价。

矢野重也开始在产业劳动调查所工作的时候，共产主义理论领导人福本和夫住在本乡的菊富士饭店，每天忙着讲演、写作。他的目的是否定以前对日本革命运动有深刻影响的无政府主义和山川均的社会民主主义思想。

矢野重也像对待老朋友一样，对调查所的同事浅野晃说："福田和夫写的东西不错，非常明快，有黑格尔的逻辑，也有类似读帕斯卡①数学读本时的清新感。"

---

① 1623—1662，法国数学家、物理学家、哲学家。

他向浅野热心地推荐福本的文章，但浅野在农业问题上与福本思想对立，在政治上衷心敬仰与山川均接近的椭田民藏，所以含糊其词，没有接着矢野的话谈下去。

一天，矢野重也为他主编的《产业劳动时报》向福本和夫约稿，正好浅野晃去拜访的作家也住在菊富士饭店，于是两个人一起上了开往本乡白山的电车。

"最近，有个学生中野重治去拜访八坂先生。那是个有真才实学的人。我说的是作家，不是政治家。他与我一样，生于北陆，从四高考入帝国大学。"浅野晃抓着电车上的吊环，身体向矢野靠了靠说，"他是福井县人。最近，堀辰雄、室生犀星、窪川鹤次郎、野山广创办了杂志《驴马》。"

"是吗，那好哇。"

矢野重也还记得那个身穿衬衫、脚踏木屐的青年，在八坂良三面前有点拘束地说："我是为从德国来的工人救援会的人当翻译的中野重治。"接着，他又实实在在地说："我德文能读但不会说，英语和法语还凑合。"

八坂良三毫不客气地指示说："噢，林哈鲁特，他住在帝国饭店，你去找他，他想去哪儿，你领他去就是了。交通费你向他要。"

矢野重也在去本乡的电车上想，看样子八坂良三不喜欢中野重治，用他不时可见的不耐烦的口气发布指示。

"你今天去见的作家，也是同人杂志《驴马》的成员吗？"

矢野重也问浅野晃。八坂良三不在时，他想必须保护产业劳动调查所，出于这种意识，他对浅野晃讲话也是用保护者的口气。

浅野晃比矢野重也小两岁。

在八坂良三被判刑坐牢时，用交代后事的口气对矢野说："我已经推荐你加入共产主义小组。你要好好干。"

矢野重也知道，这就是说他已经成为非法的共产党员了。

"不，我是去找宇野浩二先生为《新思潮》约稿。评论家认为他是私小说家，但我认为他在空想中自由遨游，本质上是个诗人。"浅野晃回答说。

"本乡的菊富士饭店真是不可思议。"矢野重也改变了话题，"与我同年的中条百合子写了《贫困的人们》，现在，她的《伸子》正在《改造》上连载，她就住在这个饭店。宇野浩二也住在这里。这里还有正宗白鸟，英国诗人布伦登①。社会主义理论权威福本和夫先生和右翼的大人物同住在一个屋檐下。"

"这难道不正是城市的本来面貌吗？"浅野晃回答说，"上海，摩纳哥，巴黎，不都差不多吗？既有亡命的革命家，罗特西尔德家族，世界石油大王，也有饮酒作乐的强盗首领。"

听浅野晃的口气，好像他也希望栖身其中。但这与向往自由的社会主义南辕北辙。

"你无论如何也要读一读福本和夫的著作。一接触他的书，我就想，我还是适于搞文学。"矢野重也看浅野晃对福本和夫的书怀有偏见，顽固地拒绝阅读，所以就千方百计地向他推荐。

"是啊。"浅野晃的身体随着电车摇晃着，他沉吟了一下说，"我想矢野不会只搞文学的。如果你要是只搞文学，那就会成为罗曼·罗兰、巴尔扎克这样的大作家。在日本来说，姑且不说古代，你会成为还没有写完《大菩萨岭》的中里介山这样的作家。不过，你不会专门搞文学的。"

"那就是兼职作家吧。但在思想倾向方面，却不能兼职。"

"嗯，但这与兼职还是有点不同。矢野先生，你喜欢哪个历史人物？从源赖朝、义经这些人开始，包括织田信长、丰臣秀吉、德川家康等人物，你喜欢谁？"

"那还是织田信长。如果我有机会和时间，想写以信长为主人公的小说。"

"还是吧。我想，绝对是这样。总之，你是个领袖人物，不是别的。"

"什么，那太凄凉了。"

"是啊，也许。但是，你的身边肯定聚集着一些志同道合的人。"

浅野晃热情地断言，他想说我就是其中一个。

"我是个怕寂寞的人，这也许是缺点。"矢野重也发觉，自己与浅野讲话，与平时一样坦率。

"作家是寂寞的。刚才说的中野重治，还很年轻，他的作品，我也读过一些诗和短篇小说。他本质上是小说家、随笔家。他只能当作家，绝对当不了别的。

---

① 1896—1974，英国诗人、评论家。

即使去做买卖，但骨子里还是个作家。就是当了领袖，也是作家型的领袖，不会成为独裁者。但是诗人却另当别论。如果诗人有成为独裁者的机会，那就要警惕。从本质上讲，与其说尼采是哲学家，不如说是诗人。"

浅野晃对矢野重也说，诗人有成为独裁者的危险，大概已经意识到自己身上的诗人气质具有成为独裁者的脆弱性。浅野晃是诗人，同时也很熟悉万叶集等典籍中的抒情短歌。

在菊富士饭店的大厅里，矢野重也与浅野晃分手，直接去了福本和夫的房间。进入房间，他不由得一愣，太豪华了。倘若是冒失鬼看到这种情况，肯定会认为革命家崇尚豪华的生活。

当他进入房间时，一位穿箭翎花纹衣服、藏青色裙子、年轻小姐模样的人正站起来说："今天得到您多方教诲，非常感谢。我一定要努力学习。就此告辞。"

她晃着辫子从矢野重也前面走过时，再一次低头施礼说："对不起，告辞了。"

发呆的矢野重也直到目送她走出去才醒过神来，说自己是产业劳动调查所的，来请先生赐稿："很多活动家对先生的理论，首先对先锋党的分离，其次是在实践中与大众的结合，不能理解。也有人曲解为有意识地脱离党。我想请先生引用马克思、列宁的学说，在《产业劳动时报》阐述您的理论。"

不知为什么，矢野重也边说边打量福本和夫的西服和他坐的椅子。西服虽然已经洗退了色，但依然给人一种素洁淡雅，甚至奢华之感。这是为什么呢？他生在富裕家庭，而且在二十八岁时有近三年的时间作为文部省的研究员到英、美、德、法留学进修，这可能是他长期浸润在欧美文化之中，耳濡目染的结果。

矢野正在想这些时，福本和夫突然问："现在，《产业劳动时报》由谁来编辑策划？"福本目光敏锐，尖下巴，抱着胳膊，这个当代第一号理论家凝视着矢野。矢野毫不示弱，挺直了腰板，迎着福本的目光。

矢野甚至有工夫想，如果是害怕权威的同志，在福本和夫的威风面前可能会浑身发抖吧？

"您知道，八坂所长现在不能工作。由我和志贺义雄商量决定编辑方针。"

矢野重也平静地回答说。

"噢，八坂君也兵强马壮啊。"

福本和夫老练地说。他放下了手臂，放松了身体，改变了坐姿。矢野重也不懦怯的态度和提出的题目，使他认可了矢野重也与志贺义雄的理论水平。

当时福本和夫很关心莫斯科的国际共产主义组织——共产国际对他的理论怎样评价。产业劳动调查所的年轻人矢野到自己这里来，是不是这些血气方刚的激进分子，想趁对山川均社会民主主义理论有好感的八坂良三在狱期间造反？当然这个行动应该肯定，但与过于活跃的人联合会有危险。他头脑飞速地旋转着，算计着。但是自己前面坐着的这个还没蜕尽学生气的年轻人，看样子还不熟悉革命阵营内部的花招手腕。

福本想把这个纯朴的年轻人拉为同伙，于是从书架上找出从大正十三年1月号《马克思主义》杂志中抽印的自己的论文《论在经济学批判中资本论的地位》，签名送给矢野重也。在这篇论文中，他不仅引用了马克思、列宁的著作，还引用了他在欧洲刚刚接触的布哈林①，卢卡奇②的论文，使沉溺于国内论争的活动家、学者们耳目一新，大大加强了福本和夫的权威地位。矢野重也早就知道这个杂志，担任编辑的后藤寿夫，用林房雄的笔名在《文艺战线》杂志发表短篇小说，既是理论家，也是作家这一点，引起了矢野的注意。

这份礼物使矢野重也感激，但与福本见面后，他又感到失望。不知为什么，他给人一种妄自尊大的感觉，与阅读他的论文时那种锋利如刀的印象大相径庭。

在矢野重也的眼中，福本和夫看起来像个政治谋略家。后来虽然又在各种场合多次见面，但这一印象一直没有改变。

由八坂良三介绍，矢野重也参加了共产党组织，经过一段时间以后，他了解了许多内部情况。虽然反动政府宣布共产党是非法组织，但自己解散组织是错误的，迅速重建为工人阶级战斗的组织共产党，是包括日本代表在内的莫斯科共产国际会议作出的决定。

从日本去参加共产国际会议的是德山助一同志。党的领导层有渡边政之辅、

---

① 1888—1938，苏联政治家、经济学家，十月革命后历任《真理报》主编，共产国际执行主席，后被处死，著有《历史唯物主义理论》、《过渡时期经济》。

② 1885—1971，匈牙利哲学家、文学史家，从马克思主义立场出发，提出美学意识及人道主义，著有《历史与阶级意识》。

市川正一、佐野文夫等既有威望又有理论的人物，也有相当多自以为是、特立独行的人。德山助一自作主张去莫斯科参加会议，党内都认为他是为了显示自己与共产国际有特殊关系。

听到这些，矢野重也心情忧郁。社会上的一般组织都有类似的情况，但怀着理想为社会正义而战的组织不应该成为翻腾着世俗欲望的旋涡，所以他感到愤慨。过了11月中旬，矢野重也听佐野文夫说，原来准备在过年后召开的共产党大会要提前召开。

当时共产党的最基层的组织叫细胞，因为不合法，所以开会除特定的党中央决定的人员以外，只有少数人参加。矢野重也属于产业劳动调查所的细胞，由佐野文夫领导。还有一个党员，是个默默无闻的职员。志贺义雄在一个与调查所毫无关系的地区细胞。

12月2日，矢野重也接到通知，3日乘火车，4日早晨到山形县五色温泉。为了保密，没有任何文件，只给了一个装路费的信封，如果不是经常旅行的人，一定会很紧张。当然，对家属也不能说到哪里去。

矢野重也在12月3日夜，乘上由上野站八点十五分发车的奥羽本线开往青森的快车。当火车从上野站顺利出发时，矢野重也想，上了这次车反正能到五色温泉，同时也想起了怀着同样心情，带着奈保子乘火车从京都站出发时的情景。

从告诉她参加工人运动时开始，她就有了精神准备，但在这寒冷的夜里，她独身一人不害怕吗？怪可怜的。

在出发去开会以前，必须为自己当编辑发行人的《产业劳动时报》写完《经验主义和理想主义》论文的第二部分，所以昨天晚上一夜没睡，也没有心情和时间与奈保子说几句温柔的话。

在夜行的火车上，矢野重也想，随着斗争越来越激烈，精神有僵化的危险。

没过多久，矢野重也进入梦乡，梦见自己和奈保子在菜花地里。她喜欢淘气，身影突然沉没在高高的繁茂的黄色花丛中，看不见了。矢野重也急得团团转，但奈保子看他那焦急的样子却咻咻地笑起来。矢野终于找到了她。那个人确实是自己的妻子，两个人把幼年在故乡的记忆混在一起了。在记忆中，那应该是佐久岛崇运寺春天的田野。火车上的暖气热起来，比赤羽家吹进的风暖和得多，所以做起了春梦。

不一会儿，菜花地消失了。他为了找人，在山谷中的小路上走着，两侧山上的红叶如熊熊烈火在燃烧。那是木曾谷，自己寻找的是不见踪影的浅野晃。

"原来如此，这就是锦绣之秋吧？"

矢野重也在梦中说。他刚才在木曾福岛站下了车，坐公共马车走到山峡入口后，下车步行。浅野晃不见了。他知道这是因为自己执拗地劝浅野读福本和夫的书，浅野不胜其烦，逃跑了。

"真是拿他没有办法。所以诗人叫人头疼。"

矢野重也唠叨说。他搞不清这是梦境，还是现实。

矢野重也在空中飘浮的纸上开始写信。从深深的山谷往上看，天空像一块碧澄的玻璃，与两侧如火的红叶形成鲜明的对比。"你有什么不满呢？如果你烦我说得太多，我向你道歉。不说了，你还是回来吧。我说的不是工作，你不在，我寂寞难耐。所长也很担心。总之，希望你重新考虑，回来。"

写完后，那张白纸好像有意志，哗啦哗啦地飞向空中，越来越小。白纸不是飞向什么地方，而是被风送上了天，所以越来越远。

哐当一声火车停了。矢野重也睁开眼，擦擦窗玻璃往外一看，好大的雪。这里是中通盆地的入口，雪很大，不知在福岛下车换乘去板谷的支线情况如何？正想着，火车又慢慢开动了。坐在斜对面的一个认识的同志站起来穿大衣。矢野重也知道福岛站马上就要到了，伸手去拿货架上的行李。

不久，火车慢慢进站停车。矢野重也站起来往车外看了看，发现内穿礼服外套大衣的浅野晃等人，向换车的站台走去，他松了一口气。

到达板谷站时，十五个人下了车，他们把大衣领子翻起来，脸藏在里面。在矢野重也的眼中，为重建而召开的党的第三次大会，是一次正式的会议。

大正十二年6月对共产党的镇压，是根据治安警察法，勉勉强强地进行了审判，很多同志被监禁了几个月。这次大会，是在更加严厉的治安维持法颁布以后召开的，一旦消息泄露，就有丧命危险，所以要有充分的思想准备。依靠的只有崇高的理想和同志间的信任。

出了检票口，但本应该来接站的先遣队没有来。看样子纷纷扬扬的大雪没有停的意思，他们感到不安。幸好站前有他们预订住宿的宗川旅馆事务所，于是叫起值宿的人，往炉子里加了些劈柴。以前为了保密，没有对旅馆说大家都在板谷车站下车。

先遣队只来了一个同志到车站迎接。

计划在五色温泉秘密召开党的大会时，谁也没想到会下这么大的雪。来车站迎接的先遣队的同志，出发一看，人的半个身子都埋在雪里，吓了一跳，而且能见度不好，如果有人迷路遇难，党的大会就开不成了，所以走到半路又折了回去，请旅馆的人帮忙，因此误了时间，在列车到达之后很久才赶到。

他们对旅馆说，他们是东京本所蓄电池制造会社的，社长喜欢温泉，为了慰劳干部，来到有名的五色温泉。同时决定，佐野文夫为社长、福本和夫为经理、渡边政之辅为厂长，其余为股长。

在大雪中走山路步履维艰。在微弱的雪光中，旅馆的人用竹竿挑着煤油灯引路，大家默默排成一列向前走。在旅馆向导的后面，是鼻子下面留着小胡子的"社长"佐野文夫，走在队尾的是那个从山上下来迎接的同志，大家相互叮嘱在拐弯的地方不要掉队。社长、经理之所以穿礼服，是考虑不要被旅馆的人小看，造成从服装上看也不是社会主义者的假象。矢野重也走在队伍中间，提醒大家不要走乱。他一高时是柔道部的领队，在这种时候，他被当做体育界人士使用。

矢野重也忍着雪打在脸上的刺痛，往前一看，在礼服上套穿着大衣的佐野文夫，行走困难。他可能是走热了，敞着怀，两手伸在头上，保持平衡，宛如一只张开翅膀的大鸟。矢野重也正看他时，他可能脚下一滑，摔倒了，人不见了。可一会儿他又摇摇晃晃站起来，与旅馆的人说着什么。

"还有多远？"一个走在身边的同志问。

"领路的人走了一次，知道多远吧。刚才他说大约一日里①。"矢野重也回答说，他看着身边那个同志，"我的平衡感不好。小学时，双杠、平衡木我就不灵。"

在大雪中，那个与矢野并排走的同志开玩笑说："你的重心总是往左倾。"

"大概是吧。"

---

① 约三千九百米。

矢野重也回答说。他们再没有说话。在可能遭到灭顶之灾的冰天雪地里，工人出身的同志开起了玩笑。这种无所畏惧的态度是工人阶级的本色。那个同志斜着身子，头伸进风雪中。他们在大雪中走了两个小时，早晨快八点时到达宗川旅馆。

虽然马上命令解散，但矢野重也在农民劳动党创立大会时被任命为书记，而书记的工作很繁杂，他以为这次党的大会可能也叫他担任书记的工作，所以一直做准备，最后一个去大浴场。

幸好没有别的旅客，只有他们住在这里。浴池里的水是透明的，好像刚刚烧过一样热。

大家都走了以后，他慢慢伸开手和脚，顿觉精神焕发。他想，既然说是不拘礼节的忘年会，社长、经理还穿礼服，这不是可笑吗？如果说礼服可以掩藏革命家的风度，那么礼服不就是现在的体制的附属品吗？我生来就讨厌仪式、正装，看来是正确的。这时，他心里涌起一种莫名其妙的悲哀，而这种悲哀与紧张行军之后的轻松混为一体。

这是他第三次洗温泉。第一次是在学生时代，为了疗养去了伊豆的温泉。第二次是在神户，与几个朋友去了一次有马温泉。那时和现在他都认为，泡在温泉里，舒展四肢，而外面用不着人加劈柴，也没有人等着给你擦背，这才是真正的舒服。

他想起孩提时代，回到本家之后，特别讨厌洗澡。他说与照看自己的用人户代一起洗时，母亲聪子大怒，斥责道："与身份不同的人一起洗澡，没有规矩，不行。"

小学一年级的矢野重也听不懂"身份不同""没有规矩"是什么意思，只是觉得讨厌。

矢野重也对澡堂的记忆，是与他对于歧视的认识过程连在一起的。问他为什么不愿去家族使用的上浴池，而要去用人雇工们用的下浴池时，小学一年级学生的他只是说，觉得与大家在一起好。当他知道这个理由母亲无法理解时，又孩子气地想出了认为母亲可以接受的理由："上浴池挂满了煤灰，最近围板上还有壁虎。"

你这个胆小鬼可怎么办？结果遭到母亲聪子错怪的训斥。没有人能理解我的心情。只有养母多笥理解我。这些往事，铭刻在矢野重也的心中。然而，现在我们决定进行的革命运动，农民阶级能够理解吗？他感到不安。

他又在澡池里尽情地舒展身体，但如果继续这样泡下去就会错过早饭，于是急忙起来，蹚水走出浴池。

大家都集中在二楼。矢野走到楼上，看见那个担任忘年会干事的先遣队的同志，正在房间的门口，与旅馆的女领班正小声嘀咕什么。

"我们那个社长，平时没话。可他有个坏毛病，在吃饭的时候，算总账，挨个指出他平时发现的每一个员工的缺点，加以训斥。今天可能也要这样。不管怎么说，从车站到这里的路很难走，可能头一个挨骂的就是我。这种时候，谁也不愿意叫外人听见，所以只要不叫你们，吃完饭以后，谁也不要上来。"

先遣队的同志小声叮嘱着，把小费塞给女领班。

矢野重也感到不安，因为他觉得冒着风雪到这里开什么不拘虚礼开怀畅饮的忘年会，不合情理，反而会引起怀疑。第一是忘年会没有从早晨开始的；第二是没有一个女人陪酒；第三是社长、经理身穿礼服，满身是雪。

但是，怠慢重要客人可是大忌，她们这种职业意识根深蒂固，那个上了年纪有点发胖的领班，看来很淳朴，不断地点头向楼下走去。

十点整，佐野文夫坐上议长席，非法的共产党大会正式开始。高颧骨长下巴的佐野文夫，平素谈笑风生，妙趣横生，但今天却面色紧张。

他说："今天的大会，是第三次党的大会，但从实质上说，这是党的创立大会。"

讲了个开头，已经进入议题，但他又打住话头，介绍了坐在旁边的福本和夫的真实姓名。

接着，佐野文夫简要地介绍了此前由数名中央委员讨论的形势分析，这次大会前党的活动的成绩和缺点，解散党的危险倾向。在福本和夫宣读《宣言草案》之后，开始讨论。

念完《宣言草案》，全场一片寂静，这时，矢野重也觉得有无论如何也不能理解的疑点，于是举手要求发言。佐野文夫脸上闪出惊异的神色，因为矢野重也不是正式的中央委员，在表决通过党的方针后的人事安排中，候补中央委员的名单中也没有他的名字。

矢野重也说："我对刚才宣读的宣言草案的内容没有异议。但关于殖民地、半殖民地、我国的帝国主义侵略等问题没有谈到。我认为这是全世界都关注的问题，应该涉及。"议长佐野文夫，与在另一个地方刚刚秘密开完原中央委员会来参加大会的渡边政之辅等人，脸上现出为难的表情。

福本和夫宣读的草案共分四个部分：第一部分，日本资产阶级的发展；第二部分，日本无产阶级的发展；第三部分，共产主义运动的发展；第四部分，日本共产党的任务。这个宣言，只是单纯的历史概括。之所以如此，是因为以苏联大使馆官员身份驻在日本的亚松，实际上是共产国际驻日代表，他要求："这是党的纲领、宣言，关于殖民地问题以及针对这个问题的国际联合运动等，以后再说。"

当时，日本共产党，还没有讨论这种问题的水平，这是其一；在中国革命阵营中，对这一问题的认识尚未统一，因此共产国际还拿不出一个统一的方针政策，这是其二。

当时的日本共产党，还搞不到对其他国家兄弟党的动向、国与国之间错综复杂的外交关系做出判断的情报，只能听莫斯科共产国际的吩咐。

"这个问题提得非常好，很重要，但我们在这次宣言中没提。这个问题的重要性要充分认识。谢谢你的提问。"

佐野文夫说完，这个问题也就不了了之。矢野重也想，这样干能搞革命吗？但同时又同意他对自己发言的肯定。

讨论完宣言草案之后，又讨论了佐野文夫提出的党章，渡边政之辅的政治运动方针、工人运动方针，三点多钟时，选出了新的中央委员，大会闭幕。参加这样的会议，矢野重也心里觉得很满足很充实。

当他发觉已经在屋子里闷了很长时间时，抬头往窗外一看，昨天夜里开始下的大雪好像突然停了，灿烂的夕阳早就在二楼窗外闪耀。他按捺不住欢快的心情，借了双雪鞋走到外面。

账房前面的广场，积雪近两米高，用梯子才能登上已经被踩得发硬的积雪。矢野重也蹬着梯子爬到上面，头上是蔚蓝的天空，有几只豆粒大的小鸟叫着，向被掩藏在皑皑的白雪中寂静的山峦飞去。

年轻的女招待说，这么大的雪，就是翻过山，也看不见五色沼，因为冰上盖着厚厚的雪。矢野重也来到外面，更觉得充满烟草烟雾的会议室空气污浊，深深地吸了一口室外冰冷的空气，伸了个懒腰。

"现在，日本的新时代开始了。"

矢野重也回过头，对跟在他身后爬梯子上来的那个担任"忘年会干事"的年轻同志说。

这一年的年末，与共产国际驻日代表亚松发生冲突的日本共产党中央委员会，认为改善与共产国际的关系很重要，为了汇报第三次党的大会情况，决定秘密派遣代表团访问莫斯科。同时决定，派遣矢野重也为驻中国的日本代表前往上海。

1927年（昭和二年）新年过后不久，矢野重也接到福本和夫去上海的指示。同行者有上次党的大会上被选为中央候补委员的关东印刷工会的委员长，还有在神户帮助矢野开桃太郎面馆、立志搞农民运动的河合悦三两人。

他们在上野公园附近池之端和风食堂"花屋"商量决定，他们两个先走，矢野后走，矢野到达上海后马上在2月7日下午三点，到位于繁华街道的永安百货公司一楼正门碰头。

他们三人在福本和夫交给他们的十厘米正方形的白绢上写了证明共产党员身份的介绍信，分别用英文写明的职务身份是：印刷工会委员长是党的工人部长，河合有在关西组织农会的经验，是党的农民部长，矢野重也是党派驻中国的代表。

为防止被雨淋湿字迹模糊，矢野重也使用蜡铅笔，把英文工整地分别抄在绢上。福本和夫对河合悦三说，这是俄国十月革命时，流亡在瑞士、法国的革命活动家，在沙皇帝国的残酷镇压下，为了进行战斗而发明的技术之一。

如果他们在上海顺利会合，与中国共产党交换意见、分析形势之后，河合悦三他们两个乘火车去莫斯科，矢野继续留在中国活动。

他们两个去莫斯科固然充满艰难险阻，但长期留在中国的失野重也，最后能否安全回到日本也很难说，所以心里都是七上八下，紧张不安。当时的中国，领袖孙中山在北平刚刚病逝，蒋介石、中国共产党、地方军阀三大势力常常交火，处于内战状态，斗争日趋激烈。日本、英国、法国等看到这种形势，不时恫吓中国政府，夺取特权。

上海的日本企业工厂，经常爆发由共产党领导的罢工，日本方面为了阻止罢工，雇佣当地的暴力团，企图暗杀罢工的领导人，形势紧张。一个日本共产党员，到那里去，周围都是敌人，如同单刀赴会。

矢野重也想，出发前，必须把日本方面的事妥善处理好，否则心里惦念，于是把家事与出版社方面约定的事项认真清理了一遍。去中国的任务是党的机密，不能讲。

矢野重也对特意搬到他家附近的浅野晃说："因为工作需要，我必须离开东京。对不起，你能搬到我家来住吗？请你帮忙照顾奈保子。也许需要半年。"

浅野晃觉察到这是党的工作，回答说："那我就把为学生、工人开的私塾搬到你家里来。这样奈保子也不会孤单。如果可以的话，我就到你家来住，当奈保子的保镖。"

矢野重也不由得默默地伸出双手，紧紧握住浅野晃的手。

上了火车之后，矢野重也一直在犹豫，但在去下关的途中，他终于决定回家与母亲聪子婉言告别。大家说禁止一切可能暴露任务的言行，擅自回家也许有点出格。回佐仓的老家要在静冈换乘普通列车，误了时间，五点多钟才到，天已经黑了。

聪子听到用人的报告急忙跑出来，看着戴着口罩的矢野重也说："上二楼。后面没有别人吧。"

矢野重也过了一会儿才回过味儿来，母亲说的是盯梢的警察。

"矢野，你要到很远的地方去吧？"

当二楼只剩母子二人时，聪子问。她的声音虽然低沉，但却充满力量，好像在说，你别撒谎。

"啊，也不是特别远。只是到关西办点事儿，路过这里。"

矢野重也笨拙地回答说。

为了在出国时不引起怀疑，他特意穿了一套新西装，母亲一眼就看穿了儿子有事儿，这是回来告别的。

母亲聪子听当时还是中学生的四儿子熊夫讲过矢野重也和奈保子在佐久岛度蜜月时的情况，去年秋天还到他们赤羽的家里住过三个星期，对儿子的生活方式、思想倾向大体明白。

开始说话以后，聪子想起了什么，到楼下对用人们说："今天晚上不管谁来，都不要叫他进来。有什么要紧事，必须有我的许可才能进来。听懂了吗？"

母亲吩咐完女佣，才放心地上了二楼，温和地说："明天早晨要早起吧？今天晚上早点休息。现在的浴池，也是新式的，很快就能烧开……"

母亲又命令说："去，在佛坛上烧炷香。"

现在的浴室已经与童年时代使用的浴室不一样，用桧木造的，很宽敞，浴盆是深挖的。矢野重也打量着这散发着木材清香的浴室，心里想，这是在家里经济窘迫时改建的，可否证明地主家的生活水平提高了？这是自己第一次、也是最后一次在家里的新浴室洗澡吗？他用手划了几下透明的水，映在水面的电石灯的灯光摇晃起来。他记得有人告诉他说，中国的水好像有点浑浊，不像日本水这样清亮。

去中国之前，必须调理好身体，在水里好好泡一泡，再吃点热饭，马上睡觉。可能是给客人用的吧？不知什么时候已经为他准备好了浴衣。他穿上清爽的浴衣，上了二楼。

"你坐下。"聪子严厉地说，"你在想什么，干什么，我已经大概知道了。"

母亲说着端端正正地坐下来，矢野重也也只好恭恭敬敬地坐着，洗耳恭听。"如果对得起自己的良心，那就可以去做自己喜欢的事。不管是当卖牙刷的小贩，还是四处传道，都可以。可是，石井彦三郎是怎么回事？用假名字，肯定不会干什么好事。"

矢野重也知道，在自己舒服地洗澡时，用假名出国旅行的计划已经败露，深为这次破坏党的地下工作的纪律回故乡探望母亲而感到后悔。三年前，共产党八十人被捕，就是当时一个名叫佐野学的干部马大哈，把有关党组织的文件寄放在警视厅一个特务那里而导致的恶果。矢野重也记得，当时在党的干部中有两个人姓佐野，一个是佐野文夫，他外表粗放，但头脑细致，是可信赖的领导，一个是佐野学，他是个冒失鬼，吊儿郎当。

"即使对母亲、老婆，也决不能泄露党的机密。这是为虎作伥。"

在五色温泉党的代表大会上，通过党的章程、党的纪律时，议长、提案人佐野文夫之所以这样强调，是因为有佐野学失败的教训。后来，为了说明地下活动如何残酷，常常以佐野学为例子。

矢野重也低着头听母亲说，虽然对母亲可以无话不讲，不会出事，但他在心里对自己说，不能违反党的纪律。

"让您担心实在不应该，但我只能对您说，我对得起自己的良心。"

矢野重也竭力解释说。

"去多长时间？"

母亲问，矢野重也第一次撒谎说："大约两个月左右。"

"这期间奈保子去哪儿？叫她回家来吧。"

"谢谢。暂时不是有个家吗，您去年去过，虽然是租的。"

矢野重也后来想，母亲的话语中，可能包含着对儿子一去不回的担忧。

"剩奈保子一个人，不危险吗？"

"我已经跟浅野晃说了，请他帮助照顾。"矢野重也看着母亲惊讶的表情，急忙说，"奈保子有家务事，还要与朋友们联系，住在一楼，浅野君像房客一样，住在二楼。"

目不转睛地盯着矢野的母亲脸色柔和起来，改变了端坐的姿势。听儿子这样说，聪子心想，这孩子太善良，浪漫，心地纯洁，在感叹自己管不了他的同时，又担心他这样步入社会能否顺利。聪子的脸上现出了笑容。她相信，这个儿子决不会做出见不得人的事。矢野重也在冷静地想，我们这些人的思想，特别是自己与浅野晃的友谊和同志关系，母亲不理解也是情有可原的。

母亲毕业于当时最文明开化的静冈英和女子学院，但却做了三泽矢野家实际上的家长，支撑着门庭，她是怎样克服先进的教育与现实的矛盾呢？

矢野重也竭力抑制想告诉母亲在日本必须进行革命的冲动，虽然是亲人，但现在却不能讲自己要做的事。

正在他思来想去的时候，母亲说："我在你家住时吃的腌白菜，真是美味。

我这么大年纪，还从来没吃过那么好吃的咸菜。重也，你找了个好媳妇，你是幸福的。如果她想来，什么时候都欢迎，你告诉她。"

没想到母亲会这样说，他再次低头施礼。有这样的母亲，我去中国就放心了。他有生以来第一次为有这样的母亲感到骄傲。

第二天早晨，他被轻轻地摇醒了。母亲聪子小声说："时间到了，晚了就走不成了。"

还不到五点钟。屋子里很冷。家里的人还在睡觉。聪子往灶里填的劈柴，发出噼噼啪啪的响声。这可能是在家里吃的最后一次早饭了，桌子上摆着他爱吃的裙带菜酱汤、什锦咸菜。家里那么多孩子，母亲却清楚地记得他爱吃的东西。他情不自禁地想双手合十，为母亲作个揖。

矢野重也的母亲受到可以用英语读写的先进教育，而妻子奈保子小学也没能好好上，连车站名都得一个一个地教，但她们婆媳的共同点是刚强、聪慧、机敏。

悄悄回家告别那天晚上，从母亲的态度来看，矢野重也认为母亲已经承认了奈保子，心里高兴，因为自己可以无牵无挂地去中国了。

矢野重也为了从门司乘船去上海，昨天从家里出来，但在出门之前，对奈保子什么也没说。对他来说，装出若无其事的面孔太难了。奈保子看他拿着中型提箱出门，马上就能明白这次旅行的性质。他想拥抱奈保子告别，但他忍住了。

"我要到西边去一下。也许时间会长些，但没有什么危险。你安心在家。我已经与浅野说好了，有什么困难你与他商量。一个女人独自生活会害怕，所以我叫浅野到二楼来住。出版社会给你寄钱来。"

矢野重也说完，只对奈保子若无其事地点了点头，就出了家门。

矢野重也在母亲的注视下边吃早饭边想，奈保子的事拜托母亲太有必要了。母亲看儿子喝了好几碗酱汤，精力充沛，食欲旺盛，相信他是抱着坚定的信念去旅行的。

母亲又端端正正地坐好，慢条斯理地说："我相信你，为你感到骄傲。矢部家的人也说，因为是矢野重也讲的，所以社会主义也许是不错的东西。矢部俊和你的好朋友近内结了婚，所以你也有义务为他们负责。决不要胆小怕事，因为你是丸尾文六的曾孙。"

那天傍晚，到了下关，迷了路，坐最后一班联运船到了门司。门司这个地方很热闹，有军人，有贼眉鼠眼的密探，也有在国内混不下去、想到中国大陆重整旗鼓大干一场的男人。

矢野重也住在一家商务小旅馆里。第二天早晨，在他收拾东西准备上船时，小旅馆乱成一团。

"临时检查！"楼下响起喊叫声。当时偷渡去中国的罪犯很多，其中有右翼的职业杀手，所以警察常常进入下关、门司的旅馆进行临时检查。

来了！当矢野重也发觉时，气势汹汹的吼叫声，货物被踢翻时发出的声响，婴儿的哭声，妇女刺耳的尖叫声，已经越来越近了。

矢野重也不知道把日本共产党给共产国际的介绍信藏在哪里好。这是块十厘米大小四角形的绸子，上面用英文手书党内职务及偷渡的任务，后面盖着党的统一管理委员会的公章。为了不怕沾水，是用蜡铅笔写的。

即便贴身藏起来，如果受到怀疑，叫你脱光衣服，那就全完了。矢野重也惊恐万状，不知如何是好。这时，他想起在洗漱用品中有一把小剪刀，他想趁周围一片嘈杂的时机，把介绍信剪成四块，这样就可以吞下去了。可是在剪成两块时，房间的门被狂暴地拉开。昨天夜里胡乱挤在一起的十四五个人一齐站了起来。矢野重也躲在背影里，终于吞下去了一半，但恶心得想呕吐。当他强忍着又吞下一片时，骂声飞了过来："喂，那个家伙，你怎么了？"

他往四周一看，大家都站着，举起护照、证明让警察看。

"对不起，我跌倒把脚崴了。"

矢野重也声音嘶哑，使劲皱着眉头，拖着一只脚，拿出护照给警官。

"哪只脚？"

"这个，左脚。"

"是这个吗？"警官想确认一下他的脚真疼假疼，用佩刀尖使劲一捅。矢野重也故意大声哀叫，屋里的人随着这叫声笑了起来。警官好像得到了满足，扫了一眼他的护照，又还给了他。

什么时候，我非收拾这个家伙不可。矢野重也心里想着，同时不忘记应该拖着腿走路，一瘸一拐地离开了旅店。

第五章 ◆ 在中国

　　矢野重也下船后，马上赶往出发前在日本约好的碰头地点——南京路和浙江北路交叉处的永安百货公司。从港口到市中心大约四公里，矢野重也走了近一个小时，终于找到了那座挂着永安公司大招牌的建筑物，不由得松了口气。可是，没有看到应该在这里碰头的河合悦三和另一个同志。是因为自己连走再找，比预定的时间晚了很多吗？按理说，他们应该顺利到达上海了，河合他们出了什么事吗？不安像乌云一样在他的心中涌起扩展。建筑物很大，正面大门也许不是这里？他开始怀疑自己，自信心开始动摇。

　　正在这时候，矢野重也看见两个穿中国式棉衣的男人，装作悠闲散步的样子，目光四处逡巡，向南京路走来。是河合悦三他们！终于来了。他放下心来，一阵高兴。他想大声喊叫，但又忍住了，三步并作两步向他们奔去。他发觉自己刚才紧张极了。

　　河合他们看见矢野重也，也很高兴。

　　河合走过来说："马上就要开始总罢工了。矢野，这个国家可以搞总罢工，后天。"

　　听他那口气，好像罢工是由他组织的。

矢野重也下意识地提醒说："喂，声音太大了。再说，三个人站着说话也太显眼。"

在日本，除秘密联系之外，党的纪律严禁在公众面前说话、商量事情。

"在这里，我们是合法政党的朋友。但从另外的意义来讲，更要小心。因为潜入到这里的日本密探、右翼白色恐怖分子很多。"

河合依然兴奋地说。他们三个人分头走进矢野重也落脚的、位于永安公司后面的东方旅社。这个旅社像是商用旅店，有三十几个房间。矢野重也在旅社告诉他们，自己差点被临时检查的警察抓住，把党组织的介绍信吞了。当时的上海，是联合共产党的国民党蒋介石与日本、英国等列强支持的军阀政府激烈斗争的旋涡。每天都有杀人、开枪等事件，就像家常便饭，司空见惯。

"共产党在这里虽然是合法政党，但不可粗心大意，因为国民党、英国、法国的特务，与日本右翼派遣的刺客、流氓混杂在一起。消灭一个叛徒，轻而易举。所以没有介绍信不好办。"河合悦三突然语气一变，思索着说，"反正去找一下联络人雅可夫吧，只能跟他讲。"

他站起来又坐下说："这里的苏联领事馆有个人叫魏金斯基，他是共产国际远东事务局局长，但他不出面，除非他与你联系，你不要找他。但是为了以备万一，我告诉你他的地址。"

他写下了领事馆的地址，抬头说："矢野，还没吃饭吧？咱们一起去，再想想办法。可惜这里没有桃太郎面馆。"说完，他微微一笑。

死板，平时根本不拘小节，表情和举止像个乡下学究的河合悦三，大家都说他适合搞农民运动，但他今天顺利地与矢野会合，高兴之情溢于言表。矢野重也在神户开桃太郎面馆时，他是第一个来帮忙的。

他们留下一个同志看家，从东方旅社出来，向永安公司对面走去。街上人来人往，人声鼎沸。矢野重也觉得奇怪，后天就要总罢工了，为什么还有这么多人？是因为要停电，变成一座死城，人们出来买东西做准备吗？从码头直接去碰头地点时，他心里一直在想能否找到地点，见到河合，没有时间看一看热闹的市容。现在打量一下四周，他觉得这个城市的拥挤混乱，似乎与东京、神户的繁华街有所不同。

他对河合讲了自己的感受，河合说："我已经来一个礼拜了，一直这样。不管遇到什么变故，他们的生活节奏不变。也许是习惯了动乱的缘故吧。最近，他们预感到被白人、日本人蔑视、压迫的时代快要结束了，所以很兴奋。清朝不行。袁世凯也不值一提，孙文伟大。这里的民众有洞察领袖的眼力。"

矢野重也边听边想，河合在一高时就这样，平时少言寡语，但一旦开口，就滔滔不绝，侃侃而谈。这时，喧嚣的市声如潮水一样涌来。

他们走进了一家能坐十五六个人的点心铺。

"可是，孙文死了，以后谁来继续领导中国的现代革命呢？"

矢野重也催促河合说下去。

"应该是蒋介石吧？只有他。"

"他怎样看待社会主义？"

"这正是问题所在。"河合回答说。他大口嚼着上来的烧麦，目光敏锐地看着矢野。矢野也把一个烧麦送进嘴里。

"在这个国家，在谈论什么主义之前，最重要的是谁能抓住几亿农民的心理。我在京都府领导解决佃农纠纷时，参加了农民运动。日本是个小国，很难掀起大浪，所以拘泥于理论。不拘泥理论的家伙又热衷于争权夺利而堕落。到这里来之后，我觉得已经看清了日本的缺点。"

河合悦三原本上的是理科，但他觉得应该懂得经济，又到京都帝国大学经济系读经济。他认为发动反战运动应该了解士兵，就到军队当了两年志愿兵。他属于探索人生派，如果在中国待长了，说不定会参加中国的农民运动。

矢野重也听河合讲着，担心将带到莫斯科去讨论的日本共产党的决定。这个决定是由中央委员福本和夫以理论领导人的身份归纳总结的运动方针，所以被称为福本主义决议。

"那么，在这里，福本主义行不通吗？"他问道。

"大概不行。我认为，不仅不能在世界通用，而且是脱离日本现实的唯心论。"河合回答说。这时，突然在小巷的前面响起一阵哇哇的喊叫怒吼声。矢野重也不由得站了起来。

"没什么事儿。这里每天都有打架的，吵闹的。"河合悦三说，继续悠闲地吃他的烧麦。苍蝇嗡嗡地飞来飞去。

"是吗，福本主义不行吗？"

矢野重也说着，陷入沉思中。他觉得福本理论的起承转合，条理分明，非常好。

"我很快就要去莫斯科，本来想在这里待一段时间。你在这里常驻，替我好好看一看。上海在中国是个特殊的地方，你最好也到别的地方转一转。"

"好吧。我的好奇心不亚于任何人。"

矢野重也想，看来我在理论上还不成熟，同时开始考虑今后在上海的工作安排、学习计划，还有如何生活等等。必须想办法学习中文。

矢野重也有个习惯，每到一个新的地方都要到附近的书店去看看。最好是旧书店，即使是专卖新书的书店，看一看什么书占多大面积、摆在什么位置，头脑中就会浮现出这个城市的形象。刚才告诉他今天傍晚，在上海的中国共产党的同志要来访问河合他们，所以矢野重也在此以前有自由活动的时间。河合说他要回去整理一下带到莫斯科的报告中有关农民运动部分的内容。这时，巷子里面又响起喊叫声，其中好像还有警察的警笛声。矢野重也在东方旅社前与河合分手，很快走进人群。

书店里，有类似日式装订的中国书和文库本，一看书名就知道是什么书。列宁的《国家与革命》、《怎么办》，马克思的《路易·波拿巴雾月十八日》等堂而皇之地摆在书架上。矢野重也想，这个国家还是自由的，不由得心生羡慕。他买了一本薄薄的《共产党宣言》和《中日·日中辞典》。

河合悦三与想到街上逛逛的矢野重也分手后，回到了旅社。联络员雅可夫气喘吁吁地跑来说："马上出发。去海参崴的船提前到达麦肯齐港。挂着红旗的那艘就是。到那里把这个介绍信给船长看看，上船后一切听船长指挥。"这时，另一个同志也急匆匆地跑回来了。河合与他商量怎样通知矢野重也，最后决定让雅可夫帮忙。

河合悦三详细地介绍说："我们紧急出发的情况，请你告诉今天刚从日本来的石井彦三郎同志。他如果不知道我们的准确情况，根据以往地下工作的经验，会认为我们被捕了。他在出国时，险些被日本警察发现，把介绍信吞下去了，所以没有了介绍信。他住在这个旅社的二楼八号。四点钟时回来。他是可以信任的人，我们保证。"

他们匆匆忙忙出发以后，矢野重也回到了旅社，看到了留言，不知所措。他想起四点钟时中国的同志要来见面，就在房间里等着。

从窗口，可以看见狭窄的巷子里络绎不绝的人群。男人们，有的身着河合他们穿的那种蓝色棉衣，有的穿灰色、做得不太好的西服。女人们穿着简洁宽大的短外套，下面配裙子或裤子。其中也有打着遮阳伞，大白天却身着夜礼服的女士。戴着斗笠，挑着担子，边走边吆喝，卖些在日本没有的瓜果蔬菜的小贩。"花园服装店""老广东餐厅"等招牌密密麻麻。远处，一个人举着鸟笼子高声叫卖，看样子是卖鸟的。听不懂的话语声，如潺潺流水，在身边流淌。矢野重也感到，确实是到了异国他乡。

在约定的四点钟，中国共产党外事部门的青年出现在矢野重也面前。他叫俞龙植，比矢野小几岁，举止潇洒，日语讲得很漂亮。

矢野重也马上讲了自己把党的介绍信吞到肚子里的经过。

"一见到你，我就完全明白了。但怎么办呢？最近，国民党对我们党大搞特务活动，所以纪律很严格。"

听他这样说，矢野重也想，能够证明我身份的两个同志不在了，可一时又想不出别的好办法。只有去莫斯科的党的书记长渡边政之辅等四名同志早晚会到上海来，可以证明自己的身份。他一说，俞龙植马上说："太好了，这样就没有问题了。"

俞龙植把矢野的事当成自己的事一样来办，脸上露出了欣喜的神色。这使矢野重也感到亲切。

"那么，在他们到来之前还有一段时间，为了使您了解这个国家，我们商量一下日程安排吧。您的专业？对什么感兴趣？关于政治形势，我会慢慢对您说。"

俞龙植马上拿出笔记本要记录。矢野重也没想到会这样，这使他更加好奇。

"说老实话，我本来想搞法国文学，当作家。这种心情至今没变。在大学时，我学的是法国法律。英语、德语是为了学习马克思主义而学习的。在日本，这样的书不许翻译，也不许出版。"

一讲起这些，矢野重也马上意识到这是对他进行身份调查，但他马上想调查就调查吧，反正自己到哪里都一样，实话实说，从不撒谎。

"我国以前也一直这样。您知道这些文献是从哪里来的吗？"俞龙植用调皮的眼神看着矢野。那表情就像一个天真无邪的孩子。矢野做了一个不知道的动作。

"是英国、法国租界。他们知道可以做生意赚钱，就偷偷找了些翻译，搞了个小印刷厂，印刷出版发行。我们知道了这一情况后，就尽力利用。我们用敌人的武器武装自己。只要有人民的支持，就能办到。"俞龙植继续说，"欧美国家，没有科学的历史观，他们认为中国一旦爆发社会主义革命，会更加衰弱。在他们的眼里，鸦片和马克思主义是一样的。"

听了他的一番话，矢野重也很钦佩。中国的同志能冷静地分析敌人的思想，利用敌人的错误进行斗争。虽然他们的力量还不够强大，但却有气吞万里的气魄。

"我认为，英国、法国都老奸巨猾。"矢野重也说道。

"不过，矢野先生，他们打不过新生力量。"

"他们现在像一个巫师那样，再也不能支配自己用符咒呼出来的魔鬼了。"

俞龙植马上说："一个幽灵，共产主义的幽灵，在欧洲徘徊。"

他们引用马克思的名言，相视而笑。

"俞龙植同志，你给我推荐几位中国作家吧。"

"第一是鲁迅，他在贵国学习过。更年轻的是巴金。巴金在二十岁时写过《伟大的殉者——呈同志大杉荣君之灵》。"

矢野重也站起来，向俞龙植伸出了手。俞龙植觉得有点意外。他握住俞龙植的手，一口气说："我决心入党的直接原因，就是在关东大地震后不久，官府与警察勾结，镇压社会主义者、无政府主义者。大杉荣是无政府主义者。不能允许这些讨厌的家伙滥杀无辜。连妇女解放的斗士也杀害了。"

"我有一个好主意。"俞龙植说，"我们一起读鲁迅吧。您学中国话，我学日本话。作品选鲁迅的《阿Q正传》怎么样？"

矢野重也在高中住宿时，从高年级同学那里借来《阿Q正传》读过，但已经记不太清楚了。

俞龙植同志又说："我认为那才是真正的文学。没有任何一部现代文学作品，像《阿Q正传》这样，怀着深切的爱，批判地刻画出我国民众的形象。"

"谢谢。一起读文学作品，是最便捷的学习方法。我在学习德语时就用过这种方法。用了两个月时间，读的是《哥达纲领批判》。"

矢野重也想到今后的活动，问道："俞龙植先生，您有很多工作，不会只照顾我吧？"

"不，我的工作，就是接待外国来的同志。我这人天生懒散，肯定有许多照顾不周的地方，请您原谅。"

矢野重也从这一天开始，把俞龙植讲的形势，以及当天会见的人所讲的意见，都以日记形式简要地记在笔记中。中国的政治形势错综复杂，瞬息万变，不整理记录下来，容易搞错。同时，他认为这些情况，应该向即将到来的党的领导人报告，如果将来能顺利地回到日本，拿着认识中国形势的钥匙，也很重要。但是不管将来能否回到日本，把写的东西放在房间里，或者放在身上，一旦被捕，都会给组织造成损失，所以他把固有名词全都变成数字，身上只带着一张密码表，而且用的纸，也是易燃的，万一遇到危险，马上就能烧掉。

矢野重也在当天日记中写道：中国很大。在这个巨大的国家中，必须时时刻刻脚踏大地。蒋介石果真能永远与共产党联合吗？这个问题的答案，关系到中国现代革命向社会主义革命转化——这一实质性的变化，在何时、以何事为契机爆发。然而，日本在考虑什么呢？无谓的权力争夺必须马上停止。日本共产党太弱小。不单势力弱，而且是一副穷酸相。小，但不能穷酸。总之快总罢工了，那一天，我将和中国同志手挽着手一起前进。

在总罢工的前一天，矢野重也得到通知，总罢工延期到3月中旬举行。蒋介石率领的国民革命军和共产党领导的工人工会联合会——上海总工会协商后认为，盘据在上海的政府军队士气日益低下，有和平解放的可能。

矢野重也松了一口气。他担心，在书记长渡边政之辅、领导人福本和夫从日本来到上海证明自己的身份以前，倘若中国开始内战，那么自己的活动将被限制在一个极小的范围内。

但是渡边政之辅和福本和夫却迟迟不到，等得不耐烦的矢野重也去了一次外白渡桥左侧的苏联领事馆。中国人过这座桥时必须付费。

俞龙植说:"上海是中国城市。可是我们要付过桥费。中国人把这座桥叫外白渡桥,也就是说,只有外国人才能不花钱白过的桥。"

矢野重也认为不暴露日本人身份为好,于是冒充从维吾尔族地区刚来的、不会讲上海话的哈继清过了桥,见到了魏金斯基。见面时,魏金斯基叫他拿出党籍证明,他说没有,魏金斯基说:"我可以相信你,但日本党经常出事,所以人们都说对没有确凿证明的人要格外小心。你再稍微等一等,我不能违反纪律。"魏金斯基没有与他接洽,但又安慰他说:"在这期间,你可以好好观察一下中国的革命形势,不也很好吗?"

矢野重也在当天的日记中写道:花岗岩脑袋。已经出现了官僚主义。北伐军步步逼近上海。武汉,已经在群众运动中成立了人民政府。领导人是汪兆铭。我感到,在中国辽阔的大地上,反对帝国主义、争取民族独立的运动已经风起云涌。日本出现这种形势还遥遥无期。

俞龙植看矢野重也焦躁不安,第二天在开始学习中文之前对他说:"今天晚上,想请你去给青年们讲一讲日本的革命运动。我已经集合了青年同盟的一些男女会员,讲完之后,再开一个小型酒会,慰劳你。"

矢野与俞龙植一起读《阿Q正传》已经好几天了。那天读到了村子里的赵太爷的儿子考中了秀才,锣鼓喧喧地报到村里来,主人公阿Q对村里人说,这于他很光彩,因为他与赵太爷原来是本家。

矢野重也一边与俞龙植读书,一边想,自己考中一高时村子里的轰动。村子里的人说,三泽矢野老爷家的三儿子是天下英才,所以考上了一高,将来必定是博士或大臣。母亲还特意宴请佃农的头头以示庆贺。自己不就像小说中那个赵太爷的儿子吗?他想起了不知何时才能回去的静冈县佐仓村的本家。

"我国人口百分之九十是农民。不取得农村阶级斗争的胜利,不建立农村根据地,革命是不可能取得成功的。我想你什么时候会见到毛泽东同志,他与你的年龄差不多。你应该看一看他的论文。"

矢野重也又详细地问了一下,俞龙植说毛泽东生于湖南省,在武汉办了农民运动讲习所并任所长。

当天晚上，对外联络部的十几个年轻人拉胡琴吹笛子，一起唱歌、跳少数民族舞。

渡边政之辅到达上海时，比原来预定到达的时间晚了一个多礼拜。他迟到是因为在下关，有一个偷渡的同志被发现，幸好没有暴露党组织。他觉得这样偷渡太危险，就另想办法来到了上海。渡边政之辅担心旅费不够，就在矢野重也的房间里加了张床，与他一起住。考虑到福本和夫的性格，所以在二楼为他留了一个好房间。

矢野重也喜欢眼睛、嘴、鼻子、脸盘、身材都大的渡边政之辅。渡边在工商区赛璐珞玩具制造厂干活时，与十几个同事办了一个油印的同人杂志《笃友》，探讨人生。当时东京帝国大学新人会常常举办促进普通选举演说会，他来听讲，并感到钦佩，第二天又去拜访新人会的学生，与他们一起在工厂成立工会。

由于这个原因，渡边政之辅入党后，与德山助一不同，欢迎矢野重也这些精英入党。渡边政之辅认为，发展革命运动，需要理论。让入党不久的矢野重也参加在五色温泉召开的党的重建大会，就是渡边政之辅的主意。他也是急脾气，什么事总是行动在前，理论在后。在这一点上，矢野重也觉得他与自己一样。只是在渡边认定他是冷静的理论家时，他没有说"我和你一样性子急"，所以与渡边住在一起之后，他感到局促不安。

"你们两个来晚了，我很担心。你们不来，没人证明我的身份，共产国际驻上海代表魏金斯基也不相信我。"

矢野重也报告了在下关时警察闯进来检查的情况。

在紧张的旅行之后，见到同志，心情轻松，渡边政之辅笑出了眼泪："这么说，我是偷渡的证明——'渡证'先生了。"

矢野也跟着笑起来。

"1899年出生的，太着急了，没有等到二十世纪。"

他们都生于明治三十二年，但矢野比渡边小一个月。

矢野重也汇报了两个星期以来俞龙植介绍的情况和自己对上海及中国总体形势的观察："这里的组织与现实密切结合。他们不是先划好框框，再用这框框去套现实。"

他在这个前提下，讲了国民党、共产党、地方军阀，既对立又联合的不即不离的关系。

"那么对于我们党重建大会的决定，这里的人怎么看？"

渡边政之辅担心地看着矢野重也。

"不是理论正确不正确的问题，而是这个决议对革命是否有效，这是首要的。更准确地说，就是这个理论是否是从现实的运动中产生的。"

"可是，这样一来，他们与共产国际、与日本，政策都不同吧？"

讨论问题时，他头脑之敏捷，使矢野重也觉得到底是"渡证"。

矢野重也正面回答说："是的。他们认为，与共产国际的意见不同，以后可以慢慢调整。因为他们认为与蒋介石的联合，目前是必要的，所以也没有花费精力去解决与莫斯科在方针上的摩擦。在北伐军中，有许多共产党人，上海很快就会被北伐军占领。"

"那么欧美、日本的租界怎么办？"

"当然没收。不过，如果蒋介石反共，那就另当别论。日本与英国、法国勾结在一起，正在竭力拉拢蒋介石。"

这样的形势分析，对于在日本为革命呕心沥血的渡边政之辅来说，就像突然被带到广阔的原野，看到了幻觉一样，惊诧不已，但同时又对矢野重也在这么短时间就能把握形势的能力感到钦佩。

"你会讲中国话吗？"

渡边政之辅怀着钦佩之情问道。

"现在正在学习。这里的党组织，有很多青年，日语比我讲得还准确。"

渡边政之辅又沉思起来，他觉得中国共产党与自己领导的组织有许多不同。

"其他同志也来晚了，出了什么事吗？"

矢野重也说出了一直担心的问题。

渡边政之辅沉吟了一下说："福本君发动了解散议会的请愿运动，被关到了本乡警察署。看到他释放我才来的。他很快就会来，但在拘留所里，得了重感冒。佐野君想来，卖了房子凑路费，但办理手续耽搁了时间。"

矢野重也想，这就是日本共产党的现状，心里觉得悲哀。他打听留守的负责人市川正一。

"他很了不起，沉着，有威望。"

渡边政之辅回答说，脸色马上明朗起来。一听到威望这个词，矢野重也像条件反射一样马上想起了德山助一，于是打听德山的情况。渡边叹了口气，大脸盘歪着不动了。矢野重也盯着沉默不语的渡边政之辅，等待他回答。

"那个家伙在京都下了车，可能是想最后再看一眼日本吧。"渡边政之辅开始讲德山助一，他愁眉苦脸地说，"他去逛妓院，找女人，那家的服务不好，吵了起来，结果被扭送到警察署。幸好警察也没想到这样的东西会是共产党的干部，没有引起重要人物的注意，结果罚款了事。但他已经榜上有名，被警察监视，再经过下关到这里来很困难。最近下关的警戒格外森严，可能警察得到了什么情报。可是，这个人有能力，也不算笨，会想办法来的。"

矢野重也听到这里说："渡边先生，在莫斯科开完会后，我觉得有必要重建日本的党。我来到这里深刻感到，我们的党与中国的党素质不同。不是从理论出发，而是从日本的社会现实出发，通过运动来发展壮大。我不是要解散党，而是要使党脱胎换骨，成为一个日本的立足于现实的党。"

这时，矢野重也想起一件痛苦的事。到这里来之后，他明白了中国人对天皇的军队多么仇恨。可是明治三十二年生于大地主家庭的矢野重也与渡边政之辅不同，他一直在想，日本侵略中国，果真是天皇的主意吗？但他不能敞开心扉说出自己的真实想法，感到心里憋闷。为了忘记这些，他说："总罢工延期了。这是为了配合北伐军的总攻，可能在下个月举行吧。"

渡边政之辅说："我也想看看，想参加。"但他不可能留在上海等待罢工，必须尽早去莫斯科，调整日本的工作。渡边政之辅与矢野重也一起住了四天后，乘上开往张家口方向的列车，中途倒车出境，走五天才到达目的地。

当火车从上海北站缓缓开出时，渡边政之辅面色严肃，一边注意周围的动静，一边向送行的矢野重也挥了挥手，之后马上走进了车厢。在日本时也是这样，当与一个个同志告别时，也许就是永别。不仅仅是政府镇压的问题，在经过内蒙古、穿越中亚各国到达苏联的漫长旅途中，语言不通，只能靠比手画脚来示意，谁知道这中间会发生什么事呢？

矢野重也想，今后不知道还要这样送走几个同志？他半路与俞龙植分手，穿过白天熙熙攘攘、现在还有点冷清的市场向旅社走去。

车站周围是大众市场，摆满了出售各种食品的小摊，卖时用秤来称分量。各种谷类、鸡蛋、鹌鹑蛋、蓝白色的鸭蛋、大料、辣椒、胡椒、大蒜、生姜，还有一些叫不上名来的辛辣调料，放在盆状的容器中，摆在一起。有各种青菜、莲藕、活鸡、蛇、鳗鱼、二十只一兜的青蛙、甲鱼，还有猪腿、猪肝等等。在此起彼伏的吆喝声中，独轮车、报童跑来跑去。矢野重也虽然不知道都卖什么东西，但就在这个人还不太多的午前的市场，他也能感受到民以食为天的热烈气氛。

东方旅社旁边也有这样一个市场。他一连经过两个市场，当他穿过永安公司前的大马路，看见下榻的东方旅社时，心里突然冒出一个奇怪的念头，这就是我今后要住几个月的地方吗？

这座十年前建造的小旅馆，共三层，墙是粉色。旅馆周围，店铺栉比鳞次，每隔四米就是一家，布店、洋服店、美容美发店、电器店、挂着"文君茶庄"招牌的茶叶店。旅馆像人流中的碉堡，没有生活的气息。

这个旅社，对于那些从农村到上海贩卖农产品的人来说，回家之前落下一脚，确实便利，但很少有城里人把它当做情人旅馆，像矢野重也这样长住的旅客更是凤毛麟角。

"Komintern"，中国同志译为共产国际，但自己作为日本代表来这是工作，长期住在旅馆里怎么行呢？矢野重也想。

汉语教材《阿Q正传》已经学了一半，在互教互学时，矢野重也坦率地说出了自己的想法："住在旅馆里我心里不安，也太奢侈了。"

俞龙植说："你说得对。其实渡边先生已经证明了你的身份，共产国际也已经认可，长期住宿的地方也定下来了。"说到这里，俞龙植同志犹豫了一下，但终于下决心说："但是，马上就要举行总罢工了。这是一次决战，很可能发生武装冲突。一旦打起来，真不知道住在这里安全，还是住在我们为外国同志准备的宿舍安全。"

俞龙植的坦诚，使矢野重也感动。

"住在宿舍的外国同志，在万不得已的时候应该有个避难所，这个地方已经找好了。"

"什么时候举行总罢工？"矢野重也问。

"大概下个月初吧。"

算起来，大约还有十天。

虽然北伐军尚未占领上海，但围绕怎样处理租界问题，国民党和共产党，国民党和各国列强之间，正在暗中进行激烈较量。矢野重也到上海后去看过租界，虽名为租界，但一个个像日本地方城市那样大，而且享有特权。为了保护租界，各国列强纷纷加强陆战队。在和平交涉进行到白热化的时候，各国列强雇佣中国的黑社会、青帮，发给他们武器，叫他们去破坏、袭击工会和游行。如果北伐军与他们打起来，那就变成了中国人的窝里斗。这时候列强们就会若无其事地说，那是中国人与中国人斗，我们为保护租界还忙不过来，没有工夫管中国人的内战。同时，会发生许多白色恐怖事件。这是列强们的惯用伎俩——俞龙植说。

矢野重也听俞龙植说完后，要求说："我明白了。既然如此，在总罢工之前，我就住在这里吧。可是，我要求参加总罢工。这是一个很好的学习机会。"

"你是兄弟党派来的重要客人，不能叫你受伤。"俞龙植拒绝说。他们争论起来。

"正因为危险，我才更不能袖手旁观。中国的困难，有相当一部分是日本造成的。"矢野重也坚持说。

俞龙植想了想，慢慢抬起头来，勉强同意说："好吧。但那时你一定要带手枪。服从同志的领导和纠察队的指挥，敌人不开枪，决不许开枪。"

俞龙植走了以后，矢野重也一直呆呆地站着，依然是送他走时的姿势，心里想着那即将到来的总罢工。

据说包括租界在内有三十万工人一起罢工，这样敌人肯定无计可施。手枪，肯定是发给那些有胆有识的少数人。如果罢工顺利结束，那就意味着北伐军的胜利，革命的胜利，而自己是唯一参加总罢工的日本人。如果失败了，那么等待自己的是死亡，"矢野重也死在上海"。

想到这里，他希望能把自己为正义而牺牲的消息告诉奈保子。因为自己只是一个下落不明的人。如果共产国际或俞龙植等中国共产党的同志能通知日本共产党就好了。

在矢野重也思前想后的时候，从前面不远的房间里不断传来奇怪的声响。仔细一听，是男女交欢声。可能因为是在白天，他们抑制着情绪，但声音更加持久而低沉。

突然响起一阵激烈的敲门声。矢野重也一惊。房间里的声音一下子停了。外面那个男人开始大声喊叫。矢野重也莫名其妙地想保护那对男女，打开门用日语愤怒地大声喊：安静！

他发觉邻屋的那对男女悄悄地溜走了，与此同时，街市的嘈杂声又响了起来。这件在什么地方都有的市井小事，反而使矢野重也平静下来。人们的切身期望是那样渺小，这反而使矢野重也认识到革命的浪潮何等重大。

倘若问你是选择革命还是选择小小的愿望时，有勇气毫不踌躇地说选择小小的愿望的人，往往更可能成为革命战士。想到这些，矢野重也觉得就是死在上海也心甘情愿。迅速调整自己的心情，是他的一大特点。

总罢工开始了。所有商店都关了门，一到中午，公共汽车停了，电也停了。平时闹哄哄的市场，像体育场一样空空荡荡。分别在六个地方集合的游行队伍开始向市政府进发。不到一点钟时，不知是谁打了一枪。声音在上海北站方向。接着在外滩一带不断有枪声，呼喊声。游行队伍加快了脚步。

"绝对不要离开我。"与矢野重也并排走的俞龙植从早晨开始就不断叮嘱说。放在中国工作服口袋里的手枪撞在肋骨上。

矢野重也他们在永安公司附近的公园集合，穿过南京路，向各国租界、市政府、金融机构集中的外滩前进。北伐军趁政府军不备，在黄浦江对岸集结。但有消息说，在前面七八百米的地方有几座桥，政府军严加防守，准备在一旦受到攻击时炸毁。战斗打响以后，形势会怎样变化，不要说矢野重也，就连俞龙植也难预料。

"如果双方开火，游行队伍要尽量往老百姓家或大楼里躲。群众支持我们，对我们寄托着期望。没有人民的支持，我们无法战斗。"

俞龙植低沉而有力地说。他的每句话都使矢野重也想，我们日本的情况如何呢？在日本时，他也曾考虑过这个问题。他想对俞龙植说，我们的党，在还没有得到群众的支持之前，就已经溃不成军了。

"如果游行队伍开始撤退，我们就往租界跑，尽量装成越南人。"

游行队伍前面响起了欢呼声，而且很快传到矢野重也他们这里。走近黄浦江一看，就明白了人们为什么欢呼。这是在八百米宽的黄浦江上从来没有过的景象。一千多只小船连在一起，上面铺着木板，变成了一座浮桥，从对岸伸过来，北伐军可以徒步过江了。

游行队伍中充满了胜利的喜悦。军阀政府方面的防守计划完全乱了套。正午时分，响起几声爆炸声。那是为了便于北伐军过江，炸毁江边护墙。游行队伍，正好当北伐军的向导，带领部队进入市区。

这时，俞龙植大喊："那边不行，到这里来。"

突然，好几个地方响起了枪声。矢野重也被一只有力的大手拉进左边的巷子。北伐军应战，又响起了枪声。政府军改变战术，进行游击战，企图打击游行队伍的士气。游行队伍必须解散。马路上很快不见了人影。

几名游行的人倒在地上，一个人的血像蛇一样在马路上蜿蜒流淌，已经没法救，也不能去救。这时，巷子里响起机关枪的嗒嗒声。在市政府旁边的建筑物后面，也响起了声音有点不同的机关枪声，子弹打在马路上，呼啸着，震得商店的门窗直响。

巷战开始了。这时矢野重也才明白，隐藏在游行队伍中的大量北伐军的突击队与正在渡江的大部队相呼应，冲锋陷阵。政府军也驱赶大量雇佣兵，改变战术，进行游击战。

"战斗已经胜利。现在牺牲了毫无意义。要想方设法，小心地逃走。"

俞龙植说。这时矢野重也听到前方郊区方向响起隆隆的炮声，北伐军的主力部队开始进攻。他们把占领市区的战斗交给先期到达的突击队和游行队伍，最终的目标是占领北平。矢野重也对这种实战中急剧变化的双方动向和作战方式赞叹不已，深为折服。

决定游行队伍在占领政府机关后到黄浦公园集合。

"傍晚大家在公园集合。我们最好不去。群情激昂，如果知道你是外国人，说不定会发生误会。人群中混有刺客，也会有日本密探。"

矢野重也觉得俞龙植说得很有道理，只好打消去公园参加庆祝胜利大会的念头。这时，俞龙植突然把矢野重也推倒，命令道："卧倒，隐蔽。"

他们躲在阴影里瞄着前方。在一个比较宽敞的十字路口，几名拿着自动步枪的士兵，警惕地看着四周，穿过马路。

"打仗时，对自己方面的士兵也要小心。他们心里害怕，没等看清对方就开火。子弹可没长眼睛，不知道谁是敌人谁是同伙，一样杀。"

看来真跟他说的一样。虽然从服装上可以认出正规部队，但他常常穿着敌军的服装打游击，难以分辨。

"尽快离开战场。"俞龙植说。这时，他们刚刚离开不久的市政府那里一声巨响，空中升起了焰火状的白烟。

"这是信号弹，向部队报告已经占领了市政府。"

俞龙植说。一看表，从总罢工开始到现在已经过去四个小时。军队看到信号弹肯定欢呼雀跃。

矢野重也想对俞龙植说一起庆祝，但看他的脸色不对，吃了一惊。

"你怎么了？"

俞龙植面色阴暗，矢野重也不由得问道。

"我觉得有点怪。"他说，"你不觉得政府军队没怎么抵抗吗？这只有一种可能，那就是租界的各国列强没有支援他们。北伐军与帝国主义列强是什么关系呢？"

俞龙植担心北伐军与统治上海的军阀政府，以及拥有租界享受治外法权而秘密贩卖毒品、武器牟利的各国列强的关系有什么变化。矢野重也不懂，上海已经解放，为什么还杞人忧天，想这些问题？

"哎，算了吧。想也想不明白，听天由命吧。"俞龙植终于微笑着说，"我想这里还会有小的战斗。你回旅馆后，没有我的通知，不要出门。我一定尽快与你联系。"

俞龙植说话时，他们两个已经来到了繁华的南京路，一些店铺开了个缝，门口挂上了不知何时准备的国民党的青天白日旗。

虽然俞龙植叫矢野重也不要出门，但到处是议论纷纷的人群，他不由自主地

去了永安公司后面斜对面的公园。他怀里揣着手枪。公园里的人不少。夕阳灿
烂。游行开始时没有注意，现在已经是春天，公园里的树木，都长出了嫩叶。他
想，此刻，黄浦公园里人山人海吧？他随着人流信步而行。有人站在临时搭起的
台子上讲演，话语中不时有日本、英国等字样，想必是控诉它们如何压迫中国人
吧？

"喂，矢野，你是矢野吧？"突然，斜对面有个人用日语说。矢野重也一愣，
看着对方。他是一高时的同学，在商社工作。

"哑——哑——，别说话，如果人家知道我们是日本人，那可危险。"矢野重
也一眼就认出了他，用英语提醒他，抓住他的胳膊说，"快回去吧。听说今天晚
上开始抓日本人，我现在也走。"

这位高中时代的同学在战火中的上海遇到矢野重也非常兴奋，把他的忠告当
成了耳旁风，问道："你在干什么，做生意吗？在哪家公司？"

"嗨，别说这些，赶快走吧。大使馆也不安全。"

"不会吧？我也没干什么坏事，对中国经济，我是有贡献的。"与他说什么都
没用，矢野重也绝望了。他已经发觉周围的人用怪异的表情看着他们两个讲外国
话，实在不知道怎么办，于是说："我有急事失陪了。小心。既然这样，还是尽
快回国。什么革命，日本人不懂。"矢野重也弯着腰，钻入人群，暂且向旅社相
反的方向跑去。

俞龙植的担忧十天后就变成了现实。蒋介石联合共产党解放了上海以后，在
帝国主义列强纵容下转而清除共产党。蒋介石很可能在占领上海以前就策划好
了。

那天俞龙植通知矢野重也到指定的一家茶馆。他去一看，俞龙植的上司也来
了。这位上司身材魁梧，满面红光。

他一看到矢野重也就说："蒋介石已经背叛革命。据认为，蒋介石与帝国主
义列强签订了秘密条约，以清除共产党为列强支持他统治全国的交换条件。这种
反动政策，在北伐军占领南京、上海以后就开始了。你在这里危险。乘船的手续
已经办好。你两个小时后乘船去武汉。武汉现在问题不大。但是共产国际决定从
中国撤走，所以你就说是维吾尔族诗人。"

矢野重也在日本做过地下工作，所以没有吃惊。

"我在两个小时之后，到黄浦江栈桥与你会合。在此之前，我去给你拿给武汉党组织的介绍信。这次你可不要吞下去。"

在这种时候，俞龙植还不忘开玩笑。

他们好像很忙，俞龙植与上司一起站了起来。矢野重也急忙拦住了俞同志说："与从日本来的同志联系时，还要用石井彦三郎的名字。武汉的新地址怎样通知日本同志呢？"

俞龙植与上司商量了一下说："我们的组织还完整地存在，还在活动。具体负责的部门接到通知后，会到武汉去找你。我准备好以后，也去武汉，可能比你晚三四天。你放心好了。"

说不清为什么，矢野重也长长地叹了口气，向那个身材高大的男子汉上司伸出手说："祝中国革命成功。"

4月，长江两岸，到处是粉色的桃花，金黄色的菜花，一片宁静的田园风光，使人难以相信，这是战火纷飞的年代。举目远眺，能看到赶着鸭群的少年，默默挥锄的农民，还有随处可见的水牛拉犁耕地的景象。

长江与黄浦江不同，如汪洋大海，根本看不到对岸。矢野重也坐的是千余吨，来往于上海、武汉、重庆间的客轮。笔谈时他问到武汉需要几天，人家告诉他需要三天。他回到船舱，考虑这三天怎么过。首先想到的是用这个时间学点中文。与俞龙植同志一起读的《阿Q正传》，只读了一半。幸好在上海买到了英文版《鲁迅选集一卷》，可以对照自学。还可以读法文版短篇小说集《现代中国新文学丛书》。

可是，矢野重也想，革命实践与读理论书籍时的模糊思考是不同的。他甚至在心里冒出一个奇怪的问题：自己是为了完成革命大业而参加革命运动的，但果真如此吗？自己确实认为，只有革命才能消灭不平等、歧视。但人在大变革中，紧张地寻找自己理想的生活方式。是不是想跻身于那些在时代的激流中闪烁着光彩的人们之中呢？

他想清理一下对革命的思考，来到甲板上。在考虑战略和战术之前，他望着辽阔无边的田园风光，心想对于自己、对于民众来说，革命到底是什么？

轮船已经在江上航行了四五个小时，船舷左侧的风景依然没有什么变化。右舷看不到对岸，浊流滔滔，横无涯际，远处，水天一线。田园中不时闪现的光亮，可能是农民挥动锄头时的反光吧。与刚才不同，散落在树丛中的村庄升起袅袅紫烟，想必是开始做晚饭了吧。

连续不断的战争使农村凋敝，帝国主义列强的掠夺，使人民穷困不堪。矢野重也常常听人这样讲，自己也这样说。但事实果真是这样吗？他只是船上的一个乘客，站在甲板上眺望田园，看到的只是恬静和广阔，看不到农村的贫困。

矢野重也想深入到工人阶级内部，去了神户当了工人，但因身体原因没有成功。如果能顺利回到日本，见到搞农民运动的河合悦三，一定要仔细问问农村的革命是怎么回事。河合悦三与矢野在上海送走的渡边政之辅他们，应该都在莫斯科。矢野从旅行的情趣中回到了现实，他担心到了内地武汉后，自己作为日本驻中国的代表能否充分地发挥作用。

第二天早晨，矢野重也早早上了甲板。在日本时，两三天不洗脸是常事，这种习惯，在旅行中倒很方便——他用这种奇怪的方式夸奖自己。往远处一看，昨天什么也没有的左边，出现一片陆地，像一条黑色的带子横亘在水天相连处。这证明在睡觉时，船溯流而上，走了很远。听船员说，下行要比上行省一半时间。矢野重也想起了李白的诗：

> 朝辞白帝彩云间，
> 千里江陵一日还。
> 两岸猿声啼不住，
> 轻舟已过万重山。

矢野重也回到船舱，写下这首诗，想给人看看。但他突然想，现在自己是维吾尔族诗人，把用汉字写的诗给别人看是不是合适？但整整一天没与人说话了，憋得难受。尽管自我介绍是维族诗人，但又不懂维语，索性用汉字写了一句话：我边境地区诗人不说上海语。他拿着写诗的纸走进斜对面的船舱，给一位面容清瘦、大学教授模样的老人看。

老先生换了一副眼镜，看了诗，点了点头，马上写下一首诗：

> 江涨柴门外，儿童报急流。
> 下床高数尺，倚杖没中洲。
> 细动迎风燕，轻摇逐浪鸥。
> 渔人萦小楫，容易拔船头。

老人写上作者名杜甫，指了指舷窗外。正好左岸像无边的湖水，望不到岸，恰如诗中描写的，三个渔夫各自划着小船捕鱼。远方，有一处农家小院。也许是精神作用吧，觉得那星星点点的粉色，大概是桃花。

矢野重也和老人一起，不时用笔谈，消磨了两天的时光。老人说他是南京大学的教授，现在已经退职，想在身体情况还允许的时候，尽量多去些地方看看，他也是去武汉。老教授说，武汉是武昌、汉阳、汉口三个城市的统称，与西安一样，有很多名胜古迹。他写字告诉矢野重也，他的专业是古代史，生在历史最悠久的中国，学习古代史是幸福的。他边写边频频点头。

矢野重也一边与老人闲聊，一边想起那对无视战火迫在眉睫在旅馆幽会的男女，还有那个因三角关系纠葛而愤怒吼叫的男人。他们不像日本人那样，一旦有事，大惊失色，全都奔向同一个方向。难道因为中国是大国，疆域辽阔，人们的心胸开阔吗？

矢野重也在武汉安顿下来，随着长江中游从春到夏的景色变化，较之在上海时，对中国人的思维方式、中国共产党的理论和行动，以及思想的灵活性都有了更深的理解和体会。

上海的俞龙植同志比他晚四天到达武汉。他解释说，只让对外友好部把主要部门转移到武汉，所以需要准备时间。

"由于这个原因，我已经不是共产国际部的专职办事人员，但还兼管，所以决定由另一个同志来陪你。"

俞龙植还说，武汉的汪精卫政府与上海不同，理解共产主义，像矢野重也这样重要的外国特派员，正式由对外友好协会接待，各国来的有关共产国际的人士，也全部由对外友好协会接待，与日本之间的联系，也通过这个组织。

在武汉住了一个星期后的一天，俞龙植带着矢野重也到中央农民运动讲习所访问。这是一座木结构的二层楼，据说建造于变法图强的清朝末期。

"这么说，连清朝也认识到有必要实现现代化吗？"矢野重也问。

"是的，是的。但是为彻底实现现代化，必须打碎旧的秩序。清朝政府办不到，蒋介石也不一定能办到。他清除共产党，就完全关上了彻底实现现代化的大门。"

俞龙植讲这些问题时，总是很简洁明了。矢野重也想，这就是党组织对青年人进行教育、并每天实际训练的结果吧？在革命爆发时，农民运动讲习所曾一度关闭，没有使用，停了很久，直到上个月的7号，又已重新开办。

"这个讲习所的所长是毛泽东同志。如果他今天在，给你介绍一下。"

俞龙植说着走进了教务处。矢野重也在等待俞龙植时，信步走进旁边的一个大厅，里面挂着两个匾额，里面写着：实行耕者有其田；拥护总理农工政策。他虽然不能正确地读出来，但大体的意思还能明白。

毛泽东正在院子里与一个学生模样的年轻人打乒乓球。院子里的几棵槐树刚刚长出嫩叶。俞龙植向毛泽东介绍了矢野重也。

毛泽东离开球台，领着矢野重也穿过学生宿舍，来到后院的凉亭。学生似乎来自十九个省。幸好在上海时，俞龙植给矢野重也讲了毛泽东前年在《战士》杂志上发表的《中国社会各阶级分析》的概要，在上个月又讲了同一杂志发表的《湖南农民运动考察报告》，所以眼前这位前额宽阔、气度不凡的年轻人，马上引起了他强烈的好奇。

"上个月，在俞龙植同志的帮助下，我读了您的论文。虽然是关于湖南农民运动的报告，但却非常明确地阐述了发动组织农民革命的重要性，批判了只重视工人运动的理论。在中国党内，机械地理解列宁主义的人多吗？"

矢野重也有点像记者提问。

看样子比矢野重也大三四岁的毛泽东，一直注视着矢野，一副想知道他提的问题是想了解什么的表情。

"我之所以提这个问题，是因为在日本党内，有人主张首先建立为了工人的先锋队组织，之后再搞群众运动。"

矢野重也说明了提问的动机，但他说完后心里一惊。不知从何时开始，自己也批判起曾一度迷醉的福本和夫理论。这是为什么？什么时候发生的变化？心里一阵惊慌。

毛泽东明白了他的问题的实质，点了点头说："在我们党内，总是有很多议论，甚至可以说议论过多。"

"与党外组织有争论吗？"

"当然有。主要是与共产国际。我认为这不是坏事。三年前，列宁逝世。在列宁逝世之后，有人把他的主张当做教条主义，有人把他的思想只是当做一种手段。这是非常危险的。"

矢野重也又是一惊。他眼前浮现出，为了得到共产国际的权威认可，日本同志争先恐后去莫斯科的背影。

毛泽东的话，虽像顺口而说，但话里藏针。矢野重也钦佩地看着身穿农民学员军事训练用的青布立领制服，前额宽阔，梳着中分头的毛泽东。他的双眼呈一条直线，嘴角稍大，显示出有坚强的意志。他的风貌，与其说严肃，不如说有一种一言即出决不反悔的坚强。

"任何领袖人物，他越伟大，死后越容易被神化。日本明治维新的领袖也是这样，很棘手。"矢野重也接着说了自己的感想。

"日本革命组织的处境如何，是好还是困难？"毛泽东问。

"极其困难。"

"有建立根据地的可能吗？这是开展游击战的基本条件。"

矢野重也不懂这是什么意思，问旁边的俞龙植说："这句话是什么意思？游击战不是军事战斗吗？"

俞龙植刚要翻译，一位完全可以当中国现代戏——话剧演员的英俊青年走进凉亭说："毛泽东同志在这里，鲍罗廷顾问正在找你。"

他走过来，看见背对槐树坐着的客人，彬彬有礼地自我介绍说："对不起。我是周恩来。"矢野重也急忙说，我是从日本来的石井彦三郎。又补充说："可是，在这里，我是从新疆来的，不会讲上海话的诗人。"

周恩来笑了："太好了。真正的诗人都是革命的。"

看来他很赞成这个职业。

毛泽东去见苏联最高政治顾问鲍罗廷之后，矢野重也与周恩来相对而坐。俞龙植介绍说，这个日本人精通英语、法语。周恩来随即用法语与他交谈。

不用翻译，可以直接交流，周恩来很高兴，自我介绍说："在1924年回国之前，我一直在巴黎学习。实际上，我是因为参加1919年的五四运动被捕，保释后逃到了法国。前一段时间在上海领导了总罢工。正如你所知道的那样，蒋介石背叛了革命，所以我到这里来了。"

"我原来想当作家。学习法语，翻译了几本法朗士、莫泊桑的作品。"矢野重也轻松地说，"五四时，我刚进一高，思想还很幼稚。真正开始思考问题，是在关东大地震以后。这次总罢工，在俞龙植同志的帮助下，我也参加了。因为政变，我逃到了这里。"

周恩来问矢野重也，什么时候、乘什么来的？他回答说是八天前、从上海乘船来的。

"原来是这样啊！"周恩来好像想起了什么，点头说，"矢野先生，您在船上，是否让一位老人看过李白的诗？"

矢野重也说有一位老人，自称原是南京大学教授，他还给我写了一首杜甫的诗。

"果真如此呀。他是我在上海时的老师，帮助过共产党，因为蒋介石叛变，在上海危险，所以请他到武汉来。教授说在船上遇到了一位从边境地区来的诗人，他觉得像日本人，担心会不会是密探。"

矢野重也不由得摸着头说："露馅了吗？我说我是维吾尔族诗人。"

周恩来笑着说："能用汉字写唐诗的，不是中国人，就是日本人。我演过戏，能看透你的身份是真是假。矢野先生，你不会撒谎。你说名叫石井彦三郎，是行商，我看早晚会暴露。"

周恩来说着，愉快地笑起来。

周恩来行了个礼告别后，矢野重也感觉自己彻底被他迷倒。俞龙植看他们用法语热烈交谈，情投意合的样子，目瞪口呆。

"太精彩了。我没想到矢野先生法语这样流畅。"俞龙植诚恳地说，"今天晚上吃饭时，制订个计划，在武汉一带尽量多看看。现在马上回宿舍也没有什么事，到江边走走，看看市场再回去怎么样？"

这天风和日丽，在路边晒太阳，会昏昏入睡，进入黄粱美梦。不时有梦幻般的雪白柳絮飘舞。

"看到眼前的风景这样宁静，这样美，我就会想，为什么人类总是争斗不已？这种想法也许不符合阶级斗争的观点。"

矢野重也坦率地说出了自己的感想。俞龙植扫了他一眼说："你深入到中国内部，就不会这样说了。"俞龙植这样讲，有点提醒的意思。

他们说着，来到了小市场。这里跟上海一样，鱼呀菜呀，应有尽有。

虽然上海也是这样，但这里可能因为不是内战的中心，人们都聚集到这里买日常生活用品。调料有八角、山椒、生姜粉、大蒜等三十多种，装在罐子里，用秤约着卖。百余家小店出售内衣、布料、儿童服装、袜子，货物随意地摆在门板上。在卖食品的地方，各种各样的东西数不胜数，有蛇、田鸡、鲇鱼、泥鳅、乌龟、甲鱼……

在市场特别显眼的地方有一个鱼店。

"哎呀，都死了吧？"门板上整齐地摆着几十条大鱼，矢野重也不由得问道。但仔细看看，鱼鳃好像还在轻轻地动。

"还活着。这种大的叫鳜鱼，与草鱼相似，但味道鲜美，是武汉的特产。它们就像即将上断头台的贵族，从容地等待死亡的到来。"

俞龙植说着，从地上捡起一根棍子，敲打其中的一条。突然，这条鱼猛然从门板上跳起来，而其他的鱼受到影响也一起跳了起来，有的掉在地上，有的掉在装乌龟的水桶里，混乱不堪，一片狼藉。摊主勃然变色，跑到俞龙植身边。不是两三个人，来了好多人。矢野重也不由自主地做出准备逃跑的姿势，看着事态的发展。但俞龙植不慌不忙，摆着两手，好像说好了好了，大家冷静点，一下子闪到一个人身旁。在那些要扑上来打架的人中，这个人可能是首领。

"危险！"矢野重也刚要用日语喊时，不知为什么，吵嚷声突然小了。他看见俞龙植从口袋里掏出银元塞到那个头头模样人的裤子口袋里。

"哎呀，对不起。没想到鳜鱼会一起起义。更没想到我们党的教育已经深入到长江里面了。"

"当时我很担心，怕出事！"

"人们都说，这种时候，绝对不能逞能。"

不知为什么，矢野重也想起了德山助一。他在偷渡时顺便在中途京都下了车，去逛妓院，发生纠纷，结果被警察捉住。矢野重也想，如果是中国共产党，我可能会长期干下去。可是，他又担心与共产国际的关系。过去他一直认为，苏联的强大，就是共产国际的强大，但他现在怀疑这一简单的推论。

尽管如此，倘若没有共产国际的援助，日共这样弱小的组织难成气候，这也是事实。矢野重也不能不承认，自己参加的革命，目前困难重重。

"怎么办好呢？"

矢野重也与俞龙植分手之后，没有直接回宿舍，又回到江边，坐在江堤上。江面上虽有一个个令人目眩的旋涡，但整条大江却悠然从容地向东流去。他望着长江，不知不觉地想到今后应该怎么办。

他已经二十七岁，心中有两种思想在争斗，一个是留在中国，一个是回日本。回日本是出于对奈保子的爱恋，不想回去是因为到中国以后心中萌发了对日共的疑问。不是意气用事，也不是因为非法活动危险。他为了理想可以无所畏惧，勇往直前。但到中国以后，他冷静地思考了日共的情况，对组织活动产生了厌烦情绪。

"果然在这里。"

矢野重也听到声音，回过神来，抬头一看，那是在上海时认识的林佩瑶。当时俞龙植怕他一个人孤独寂寞，以外事部门的青年为中心开了个酒会，林是其中的一个。

"你不是在上海吗，怎么也到这里来了？"

矢野重也惊讶地问，想站起来。

"坐着，坐着，别动。"

她把双手搭在矢野的两肩上，叫他坐下，自己坐在他身边。

"这是托蒋先生的福。我在这里有亲戚，所以就疏散到这里来了。"

"真是太好了。俞龙植先生很忙，我正不知怎么办呢。"

林佩瑶试探性地扫了矢野重也一眼说："我想把标着晚上吃饭地点的地图交给你，去了宿舍，管宿舍的老太太告诉我，你可能在江边。这是俞龙植先生交给我的地图，叫我领你去。"

矢野重也生来见到年轻女人就拘束，但刚才见面的场面，打消了他的局促，使他与林佩瑶像老朋友一样说了起来。坐在矢野重也身旁的林佩瑶，拔下一根草，含在嘴里说："刚才你在想什么，从远处看，好像挺苦恼的样子。"

"是吗？这可不好。"矢野重也像讲别人似的说。

"来到这里以后，见了几位干部，他们都很有信心，个个心情舒畅。"他放眼滚滚长江，毫不隐讳地说。

在上海，黄浦江烟波浩渺，一望无际，但在这里，长江江面约一公里多宽，能看到对岸武昌炼铁厂、机械厂冒出的烟雾。也能看到已经靠岸的那艘渡船后面蛇山上耸立的黄鹤楼。视野中飘浮着白色的柳絮。

"是吗？其实，如果深入进去，并不是那样。这些本来与我们这些年轻女人没有什么关系。"

她的清醒使矢野重也感到惊讶。

"可是，我是这样看的，觉得令人羡慕。我现在的心情很矛盾，既不想回日本，又想见亲人。"

可能是草叶苦涩，林佩瑶皱着眉头说："矢野先生想家了？"

矢野重也说："是吧。用日本话说，大概是一种乡愁。但这种乡愁，是回到日本也不能释怀的孤独寂寞。可是我为什么焦躁不安呢？"

林佩瑶突然伸出手来，放在矢野重也的手上说："看着我的眼睛。你是越想越看不到出路。可是，一个革命家，必须是乐天派。"

但她的目光与她讲的话相反，闪着悲哀的光。果然不出所料，她慢悠悠地说："我没有资格说这种大话。"

矢野重也心中突然产生一种不顾一切把她拉过来安慰她的冲动。同时也有一个与冲动同样强烈的愿望，那就是把头埋在林佩瑶的胸前，使自己的乡愁得到静静的抚慰。

在上海与十几个青年男女一起联欢时，他一眼就迷上了林佩瑶。那是为了慰问违犯国法从日本来的他而开的欢迎会，林佩瑶用日语为他唱了民谣和山田耕作的歌曲。那时候，他就感觉到林佩瑶的内心深处有创伤，所以在很多人中记住了她。在武汉重逢，她又根据组织的指示负责与他联系，所以他觉得两个人以惊人的速度亲近起来，也是很自然的。

矢野重也与林佩瑶关系密切之后，眼前隐隐约约浮现出一个他以前没有看到的中国。

林佩瑶生在一个医生家庭，父亲在上海开了一家很有名的医院。因工作关系，有很多英法租界的患者，也有一些中国政府要员来看病。父亲是最早用中西医结合的方法看病的医生。

林佩瑶学习好，有语言天赋，父亲特别喜爱她。在难得的节假日里，有时间就带她坐马车到郊外散步。

"为什么只带我一个人？"她明知故问，向父亲撒娇。

"我带着你，大家都羡慕我。不只是小伙子，还有那些老太太，也羡慕我。"

林院长乐呵呵地说。过了一会儿，他又像往常一样谈起了医学："这个世界有阴阳两气。人的身体有形和精两个要素。"

他在杂草丛生的空地上边走边说："精由气养，气集则生，气散则死。牢牢记住这种关系之后，再灵活运用西方医学知识。西方医学是技术。"

当时她刚上中学，还不懂父亲教导她的思想，只知道父亲爱自己，对自己寄托着希望。

在另一个初夏的休息日，林院长带着她坐马车去了草原，教她中草药知识。他说山川草木都各自有气，指着脚下马齿状的马齿苋说："这个治拉肚有效。舌状的马舌菜，可治糖尿病。这种效用，是人与大自然气的交换。"

他说人与松树交换气，可治头痛、耳背、脓肿。林佩瑶担心松树得病，反对说："人的病转移到松树上，松树也够可怜的。"

父亲哈哈大笑，摸着她的头，叫她放心："你是个聪明的姑娘。不过没关系，松树比人有更强的顺应天地之气的能力。"

林佩瑶说："可是，我和父亲这种美好岁月并不长，被袁世凯引发的二次革命毁掉了。"

林佩瑶用胳膊肘支起上半身，矢野重也仰头看着她的脸。她抚弄着矢野重也前额上的头发说，她父亲赞同孙中山的思想，暗中援助国民党，后来被发现。

"那天，我放学回来，看见袁世凯的军队围着父亲，把他吊起来。父亲的两手被捆着，不断戳他的脑袋……"

说到这里，她停了下来，竭力忍住那悲惨的场面带给她的悲伤。

"我想说的不是这件事，而是我的道路曲曲折折……"

她欲言又止。矢野重也想，林佩瑶可能一直想对谁敞开心扉说说当时的心里话，而且这个人不是本国人，必须是外国人。他耐心地、静静地等待她说下去。

"我看到被折磨、被逼着赔礼的父亲，心中产生的不只是对权力的憎恨，也有对父亲的蔑视。"

她说着拉起围在裸体上的毛巾，捂着脸小声哭起来。

林佩瑶小声哭了一会儿。从拉起的毛巾中间，露出了形状优美的乳房。她哭着，腹部微微起伏，那闪着光泽的细嫩肉体与她悲痛欲绝的样子形成残酷的对比。矢野重也看在眼里，一时无语。

过了一会儿，林佩瑶拿下毛巾，勉强地笑了一下，稍稍平静些。

"对不起。"她说，"我看不了父亲被折磨、认错的惨状。我认为这是违背诺言，父亲辜负了我的期望。"林佩瑶说完这句话，长长地叹了一口气。

"我古怪，不直爽吧?"

"不是。那是鲁迅在《阿Q正传》中隐藏的主题，但你不是。"

他终于找到了自己必须说的话，竭力安慰她。

"矢野，你很温柔。为什么这里的同志不像你这样温柔，只讲阶级斗争呢?"

突然，林佩瑶不知对谁发泄憎恶。矢野重也吓了一跳。他想起鲁迅描写中国的话："天天在黑暗中。"这句话可能是描写袁世凯权欲熏心背叛孙中山思想时的现实吧。

"因此，佩瑶，你必须参加革命。"

"是的。可是，真正的共产党在哪里呢?"

对于乐观的矢野重也来说，林佩瑶关于革命的一些话，像谜一样费解。她不是出于理想主义或正义感而参加革命的斗士，当然也不是为了出人头地。她是矢野重也从来未见过的另一种类型的同志。她的感想意见，矢野重也难以理解。她看到的革命组织的问题，也许正好反映出中国社会的黑暗。

林佩瑶入党后可能有过不幸的婚姻。这不仅能从她的片言只语中猜测出来，就是在与她缠绵时的动作中也能感觉到。矢野重也不安地想，那个男人可能有高超的床上功夫。两个人抱在一起时怎样延长高潮的技巧，怎样把矢野的手诱导到自己最敏感的地方，尽量加强快感，用来抚慰心灵的创伤。这一切都与她无法平复的心灵创伤有直接关系。

矢野重也与林佩瑶交往以后，逐渐知道一些中国党内错综复杂的路线对立和斗争。他认为，如果组织发展壮大了，影响越来越大时，内部出现这种倾向也是自然的。他虽然这样认为，但心情复杂。他觉得，革命组织，应该与社会上的其他团体不一样才是。来到武汉之后，他见到了年轻的毛泽东、周恩来。他们充满信心地为理想而奋斗。他认为，以陈独秀为代表的党的右倾机会主义路线，与后来以瞿秋白总书记为中心、毛泽东也参加的、主张进行土地革命派之间的对立，无论如何必须解决。

然而，这种党内的路线斗争，也会影响到基层的普通党员，导致男女关系破裂、上级向部下施加巨大压力。

矢野重也在上海时就已经感觉到，来到武汉之后，这种感觉越发强烈真切，那就是整个中国正在发生非同寻常的巨大变化。在这种历史的浪潮中，无数的"阿Q"怎样改变自己呢？林佩瑶这样的知识分子与革命能走多远呢？

最早觉醒的是知识阶层，但真正变成行动时，他们往往又是落后的。矢野重也觉得林佩瑶正站在危险的十字路口。

革命的浪潮将席卷全中国。这种预感，使他常常想起，来到武汉以后一直没有消息的日本，革命运动情况如何？

中国共产党的组织、共产国际都转移到了武汉。矢野重也每天步行十分钟到共产国际事务所，与亚洲各国派来的代表见面，交换情报，出席革命理论研究会，主要讨论现代资产阶级革命和社会主义革命的关系。下午晚些时候，去参加对外友好部组织的中国语学习会。

　　武汉进入了雨季。矢野重也与林佩瑶常常一起乘渡船，到对岸的武昌，登蛇山上的黄鹤楼，或爬上可以鸟瞰东湖的楚天台。在长江边上的汉口、汉阳、武昌周围，有许多类似东湖这样的巨大湖泊。武汉曾是中国历史中心之一，有许多历史文化古迹。在这些古寺庙、古塔中徜徉时，林佩瑶很平静，止住了内心深不可测的伤痛。中国城市很多，但她生在现代化的城市上海，有一种现代年轻女性的风采。

　　那天他们走累了，坐在磨山顶的椅子上眺望东湖，远方的天空与湖水连成一线。

　　"那边好像下雨了。"林佩瑶说。

　　"如果雨来了，我们只好在楚天台避雨了。"

　　矢野重也说。过了一会儿，天空和湖水又明朗起来，只是变化无常的阵雨而已。林佩瑶从手包里拿出笔记本，写下几句诗：

> 晓凉暮凉树如盖，
>
> 千山浓绿生云外。
>
> 依微香雨青氤氲，
>
> 腻叶蟠花照曲门。
>
> 金塘闲水摇碧漪，
>
> 老景沉重无惊飞，
>
> 堕红残萼暗参差。

　　矢野重也不完全明白诗的意思，但最后一句堕落在地的红色花瓣，沉没在黑暗之中打动了他的心。

　　前不久，林佩瑶和矢野重也决定用读汉诗的方法学习中文。反复听过之后，从韵律之美、抑扬顿挫、强弱变化中，诗的意境会自然浮现出来。

　　这一天，看着雨和美丽的东湖，林佩瑶写下了唐朝李贺的诗。在描绘完晚春景色之后的三行"金塘闲水摇碧漪，老景沉重无惊飞，堕红残萼暗参差"，可能是林佩瑶心境的写照。矢野重也说了自己的感想。

"是的，你这样想有道理。我总说些让你担心的话。几年前读这首诗时，我就觉得是写我的。不过……"林佩瑶在寻找适当的词语，抬头看着矢野重也说，"见到了你，相互爱慕，我变了。对不起，开始时，我只是逢场作戏。可是，我渐渐感到这是真诚的爱。你没有城府。还考虑留在中国。如果是兴之所至，你不会这样想的。我明白了这些，也想改变自己，哪怕是一点点也好。"

林佩瑶主动说出了自己的心里话。矢野重也默默地拉着她的手，望着远处的东湖，还有前面向遥远的永恒滚滚而去的长江。在他们的前方，左右两侧的平原、丘陵，都多次发生过激战。仿佛那战争也定格为永恒。

从楚天台回来以后，他们两个的关系稳定下来，而且每天都有新的发展。

林佩瑶几乎每天早晨去矢野重也的宿舍，喝着矢野泡的茶讲中国革命的形势。蒋介石在清除共产党的同时，向各国列强宣布独立，标榜反共反帝的独立路线，继续北进。

林佩瑶说："北伐军打下北平，只是时间问题。"

"气数已尽，必然灭亡。"

矢野重也待在武汉，常常感到焦躁不安。一个是日本借口保卫权益，命令关东军进驻山东省。那是二十多天前发生的事，至今还不到一个月。当这个消息传来时，佩瑶的脸色很难看。矢野重也想，是否应该潜入山东，呼吁那些苦战的侵略军停火，或者尽快回国，发动群众运动，逼迫当局改变政策。可是他割不断与林佩瑶的感情，于是想与中国共产党有关人士商量一下怎么办，请林佩瑶联系后，去武汉的党组织会见俞龙植。

"你的心情我完全能够理解。"俞龙植说，"但是你在这里的任务是恢复与日本党组织的联系。"正好这时候，从外面回来的周恩来，像要解除疲劳似的用力前后甩着手，走了进来。俞龙植站起来，向周恩来报告了矢野重也的来意。周恩来用力点了点头走到矢野重也身边。

"现在，我国的形势瞬息万变。"他与矢野握手后马上说，"一个是你所知道的，蒋介石改变了政策。一个是日本的侵略。还有一个是我们党方针的混乱。"

周恩来的话，使矢野重也感到震惊。据周恩来说，党代表陈独秀接受了国民党的条件，采取了加强劳工运动与国共合作这种相互矛盾的立场，歪曲了党的方针。

"我们反对党中央，要求贯彻彻底的革命路线。我们在党内力量还很弱，是少数派。今后还有许多困难。不知何时会撤出武汉。日本军的侵略，是当前中国的一个反面教员，它从反面证明，我们的主张是正确的。"

周恩来看着困惑不解的矢野说："当然，侵略就是侵略。在日本，也有像你这样的同志为正义而战斗，很难得。这样可以减少人民的痛苦。"周恩来一口气说完，用力握了握矢野重也的手。

俞龙植跟着周恩来去了二楼，回来后对矢野重也说："在莫斯科开的有关日本的会议好像结束了，同志们很快就会与矢野先生联系。"

"是吗?"他松了一口气，但又担起心来，这样我就必须回日本。他不想与林佩瑶分别，也不愿分别。

那天晚上，矢野重也梦到了奈保子。但他醒来时，只记得妻子在梦中出现了，忘记了她说了什么，做了什么。也许她什么也没说没做。

第三天，他收到了渡边政之辅的电报：明天二点乘火车抵武汉。发报地点，是中亚某国，矢野重也不知道有这么个地方。

矢野重也和林佩瑶一起去车站迎接。

矢野重也问："怎么这么晚才联系，我一直很担心。"

"嗨，一言难尽，到了宿舍再慢慢说吧。"

不知是长途旅行累了，还是会议开得不好，渡边政之辅不高兴，话很少。稍事休息之后，渡边政之辅说，在莫斯科，由福本和夫整理归纳的重建日共的新方针被共产国际批得体无完肤。与各国共产党的纲领、运动方针比较，可以看出日共活动能力薄弱，理论抽象，不成熟。至少俄国、欧洲的领导人是这样看的。因此进行修改，在五月中旬，决定成立《关于日本问题纲领》起草委员会。委员长是布哈林，委员有英国代表马林，矢野重也在上海多次见过的魏金斯基，日本共产党常驻莫斯科代表片山潜。先写了个草案，六月以后，从日本来的福本和夫、河合悦三、德山助一、渡边政之辅也参加修改，会议一开始就充满了火药味。

在第一次有日本来的干部参加的起草委员会扩大会议上，布哈林首先发表基调报告，酷批日本党的决定是左派幼稚病和右倾机会主义的混合物。他说："在这个决定中，既感觉不到任何付诸实践的意志，也没有对发展扩大党的展望。"

福本和夫脸色灰白。他紧张时有个毛病，就是不断地用上嘴唇舔下嘴唇。布哈林演说结束时，德山助一马上站起来，大声说："我完全赞成布哈林阁下刚才的讲话。我对福本和夫同志的理论一直有疑问。听了刚才的讲话，我心情舒畅。我好像就是为了听这个讲话而来的。"

不仅是日本方面，就是在场的知道一些情况的魏金斯基、马林都傻了眼，望着德山助一的尖脑袋失语。渡边政之辅回过神来，怒吼道："德山君，怎么能这样说？你曾经说过，只要叫我当总书记，我就完全赞成福本先生的方针，难道你忘了吗？"

其他委员都很扫兴，于是当天会议决定由日本方面组成小委员会，对这份草案进行冷静的、充分的讨论，就散会了。经过佐野文夫、片山潜拼命斡旋，德山助一向福本和夫道了歉，渡边政之辅也对自己的轻率做了自我批评。直到7月15日，共产国际常任执行委员会决定同意日本共产党"一九二七年纲领"。渡边政之辅不知是整理自己的思想，还是抑制激昂的情绪，不时沉默一会儿。他最后感慨地说："不提高我们的党的素质不行。不改造，就会被人瞧不起。"

想必日本共产党的这件"怪事"，很快在聚集于莫斯科的各国活动家中传开了，渡边政之辅觉得很没面子。

"这里的党也有争论，也有深刻的路线之争，但似乎总是用摆事实讲道理的方式，堂堂正正地进行。我们党不仅在理论方面，在人的素质方面，都需要提高。"

矢野重也讲了自己的感想，安慰渡边政之辅。

渡边政之辅在武汉逗留两天，由中国共产党安排回了日本。矢野重也请渡边转告浅野晃，他身体很好，暂时还不能回国。这样奈保子就能知道情况。

没过多久，在日本主持工作的市川正一以化名通知矢野重也，他已经被选为候补中央委员。关于他回国的问题，只说再联系。

四天后，矢野重也收到了来信，信中说：一九二七年纲领的意义在于，规定了党目前的任务是进行废除君主制的民主主义革命，预言了日本帝国主义对中国的大举侵略。用这种认识统一全党，是莫斯科讨论的成果。又补充说：今后与中共的协作更为重要，在中国期间，要尽力收集可以预测判断中国革命未来的有关资料，包括与中国党领导人的接触等等。

那天晚上，矢野重也没有对林佩瑶直接说信的内容，只是说："我在这里的时间可能比原来想的要长。"

矢野重也看林佩瑶脸上乐得开了花，也很高兴。正像她自己说的那样，她比刚见面时开朗、漂亮多了。她高兴得拍手，笑弯了腰，忧郁的情绪烟消云散。

"如果这样，"林佩瑶说，"那就应该集中精力，好好学学汉语。今后我们俩只讲汉语如何？"

"行吗？我还没有自信。"矢野重也犹豫。

"不过，手指呀，嘴唇呀，这些通用词语，你不是说得很好吗？"

"嗨，你这个家伙。"矢野重也看着她的眼睛，明白了她的意思，站起来，想抓住她。

林佩瑶在分手时说："我要为你做一顿饭，明天晚上，你到我家里来。"

矢野重也一直以为组织上有规定，不能在家里招待外国人，所以从来不好意思说到你家里去。

她住在一座二层的集体宿舍楼，从租界穿过那个最近的市场就到了。那天有风，在以火炉闻名的武汉，是难得的清爽的夜晚。可是，还是有一些人家把条凳搬到巷子里乘凉。

林佩瑶住一间带有小厨房的房子。在靠窗的地方，放了一张桌子，周围放了十几本书。桌子上摆着文件资料和中英、英中、日中、中日等四本辞典。在厨房与寝室之间，用衣柜隔开。墙角摆了一张折叠床。

矢野重也好奇地打量了一下房间，发觉没有一样东西表明这是年轻女人的栖身之地。如果硬要说的话，大概只有那个类似日本的小梳妆台，镜子可以转变一点角度的梳妆台算是唯一的女人的象征。

记得林佩瑶曾经对矢野重也说过，党员必须与工农大众过同样的生活。在上海极为优裕的家庭中长大的林佩瑶要做到这一点，肯定需要努力和锻炼。

在床铺斜对面的墙上，有一张照片，一个留着短须的绅士，拄着手杖站在洋房的前面。"这位是你父亲吧？"矢野重也对厨房里的林佩瑶说，站起来走近看那张照片。一派西欧绅士的风度。"真是美男子。"

"是吧。这是我值得骄傲的父亲。"

厨房里传来林佩瑶的说话声和切菜声。矢野重也仿佛亲眼看到了林佩瑶的父亲被袁世凯的军队抓住时的情景。

林佩瑶端进满满一盘麻婆豆腐。厨房里响起水壶开了的声音。

林佩瑶急忙回到厨房，对他说："你把碟子和筷子拿出来。在梳妆台下面的碗柜里。"矢野重也在林佩瑶平时写字的桌子上放了两个碟子。他不知道用什么筷子，正在碗柜的筷筒里找时，林佩瑶端着饺子走进来。

"昨天我在市场买了新筷子。这是你的，这是我的。"林佩瑶说着，把白如象牙的夫妇用圆木筷放在自己和矢野面前。她转身又急忙回到厨房。矢野跟在她身后，看她拿起一把比日本大一倍的菜刀，熟练地切起红菜苔。

这是一顿愉快的晚饭。林佩瑶忙着做饭，鼻尖上挂着热汗，有一种平时难以想象的朴实。

"已经好几年没这样做饭了。"从她说话的表情看，自从与矢野重也关系亲密以后，她确实变了。

"在你们日本，夫人是不是每天为丈夫做饭？"他们面对面坐着吃饺子，矢野重也没想到林佩瑶会问这个，不由得一愣。他从未把武汉的生活与日本的生活加以比较。

"这个，各种情况都有吧。至于我，因为搞地下活动，还要译书，所以自己没做过饭。"说完，矢野重也不再吭声。一直看着他的林佩瑶，低下头伸筷子去夹饺子。

矢野重也想，应该说点什么。他确实爱林佩瑶，但又觉得，不知何时，总要回到奈保子的身边。如果说这是矛盾的，的确也无可争辩。怀着这种奇怪的心情，当她提问时，只能狡猾地模棱两可。林佩瑶这样问，是投石问路吗？

"我只是随便问问，你别介意。"林佩瑶宛若往桌子上放一件易碎的瓷器，小心翼翼地说。

他与林佩瑶像夫妇一样，吃了她做的饭，帮助她收拾，休息了一会儿，去江边散步，手挽着手，回到她家。这是他们一起过的最初也是最后一夜。

第二天早晨，矢野重也悄悄回了宿舍，像每天一样，去共产国际事务所，读那些英文报纸，收集情报，与到武汉以后认识的越南党的同志讨论，参加中国语讲习会。但那一天，林佩瑶一直没有到对外友好部来。

第三天早晨，矢野重也被俞龙植叫醒。

"局势发生了变化。我们必须离开武汉。详细情况路上再说。马上收拾一下。"矢野重也看着俞龙植不由分说的紧张面孔，总算问了一句："林佩瑶怎么样？她也一起走吗？"

"不，她已经出发了。我也不知道她去了哪里。"

不管你愿意不愿意，风云突变，这是必须面对的事实。

"日本来信了。"俞龙植把渡边政之辅用化名写的信交给他。信很短，像电报一样，没有几个字：已有新的任务，尽快回国。

矢野重也对俞龙植讲了信的内容，他用力点头说："太好了。正是时候。矢野先生，你的命运不错。"

但此刻矢野重也想的是，与林佩瑶连声招呼都不打，就让他匆匆出发的通知。

俞龙植说，马上收拾东西，两个小时以后，到离共产国际武汉事务所不远的食堂与他碰头。

"武汉政府已经决定与共产党分道扬镳。很快就要镇压我们的组织。俄国顾问鲍罗廷已被解职。正像你所了解的，长沙、南京的政治形势变化无常。"

"由我来安排你回国。我将送你到上海。"俞龙植说到这里，脸上才露出点笑容，这是他今天第一次微笑。从俞龙植介绍的情况来看，可以预想到，中国共产党今后在相当一段时间内将非常困难。

"北伐胜利了，蒋介石会统一全国。但那将是个内部充满矛盾的不稳定的社会。因此对我们党的镇压也将极其残酷猛烈。"俞龙植说，"在困难时期，我们将开辟建设巩固革命根据地，开展游击战。苏联、日本共产党是我们的重要伙伴。矢野先生，你是我们重要的朋友。"

既然俞龙植这样说，矢野重也觉得也应该说几句："我保证，回国后，努力战斗。你们的深情厚谊，我将铭记终生。"

矢野重也说这句话时，心中发疯般地想着林佩瑶。

"问题是回国的方法。矢野重也先生是偷渡来的，必须偷偷地回去。有情报说，最近日本对出入境管理异常严格。这是因为日本帝国主义对我国正在搞什么阴谋。我觉得在长崎、门司、下关等地，以前与中国来往频繁的港口登陆很危险。"

"俞龙植先生，一切听你安排。这里上船是几点钟？"矢野重也问道，确认还有两个小时之后，他说，"在这中间让我考虑一下从哪里登陆。我将在上船前四十分钟到共产国际事务所。我想再看看这个城市。"

俞龙植说："好的，但你要小心。回事务所时，如果发现有什么异常不要进去，直接去港口。"

矢野重也想在小巷的入口处再看看林佩瑶住的房子，在与她散步、喝茶的地方独自喝杯茶。俞龙植理解他的心情，同意他去转转。于是，矢野重也快步向喧哗嘈杂的市场走去。

在铜锣声中，轮船缓缓离开了码头。矢野重也站在甲板上靠着栏杆，望着渐渐远去的汉口。他学习完之后，多次与林佩瑶散步去过的晴川阁的塔，在夕阳中一半沉入黑暗。在汉水与长江的交汇处，部分江水是清澄的蓝色。在观察江水颜色变化的过程中，暗灰色的暮霭渐渐降临。

矢野重也不想再看，回到了船舱，俞龙植正在写报告。

在武汉期间，矢野重也翻译了在上海搞到的几本英文、法文的社会主义文献。其中有一本是在日本搞不到的列宁的《俄国的社会主义发展》。他从中文翻译的唯一一本书是年轻的毛泽东刚刚发表的《中国社会各阶级分析》。这本书是在林佩瑶逐一帮助下完成的。

通过共产国际的情报交流会、读书会、中国语学习会等等活动，不仅越南同志，连外交部懂英语、日语的活动家，都一致推崇他的分析能力和推理能力，还有人格魅力。他不会隐藏秘密，所以他与林佩瑶的恋爱，尽人皆知。之所以没有遭到公开的批评，引起人们的反感，是因为大家都知道，他就是那样一个透明的人，拿他没有办法。

"佩瑶在你的影响下变好了。"在船上吃完晚饭，喝了点酒，心情轻松时，林佩瑶的上司俞龙植说。这使矢野重也很狼狈。

"我想这些事对你说，也没关系。她入党不久就恋爱了，但对方是国民党特务。后来她发现，他接近自己，是在利用自己收集情报，很是苦恼。有一段时间，她情绪不稳定，大家都委婉地提醒她。当然，对她身上沾染的资产阶级习气进行了严厉批判。她经受住了考验。之后就认识了你。开始时她心情忧郁，那是因为有这些事。"

俞龙植讲了他的情人林佩瑶的痛苦经历，他对她的今后更加担心。

"今后她会怎么样呢？"矢野重也不由得随声问道，"她说过，以后就靠我了。"

俞龙植用力点了点头说："她遇见矢野先生后，把你当做靠山。你是外国人，所以她不觉得拘束，因为骗她的是中国人。一旦冲破毫无道理的禁锢，就会忘记那些不愉快的事。她不要紧。"

他还说："革命家，必须是乐天派，矢野先生。"

矢野重也觉得，事情不会这样简单，这个男人什么也不懂，心里不满，但他努力控制住自己的情绪问道："她去了什么地方，有办法联系吗？"

他虽然不抱什么希望，但还是忍不住问道。"很可能去了重庆。我送走你以后，也要换个名字活动。矢野先生，你回国后怎么办？"

有关矢野重也回国后的住所、任务、使用的名字，这一切都没有决定，他自己也不知道。

"在革命胜利以后，我们肯定还能见面。"矢野重也说的我们，包括林佩瑶和俞龙植。俞龙植无言地点了点头。

"现在的问题是，在上海找到去北洋渔场的船。"

俞龙植大声说。矢野重也考虑，在普通的港口入境太危险，所以先坐去鄂霍次克海的渔船到知多湾和渥美湾入口处的佐久岛附近。渔船停泊在海上，再请他们用装着热球式柴油机的小船把自己送到佐久岛。

从武汉到上海是顺流而下，比逆流而上少用一天。第二天，矢野重也一直站在甲板上，眺望匆匆掠过的长江风光。他发觉不知何时，江面已经变宽，视野开阔，远处的人家、劳作的人依稀可见。他想到了上海之后，每天肯定很紧张，最重要的是要当心日本的密探。在甲板上，他多次想起林佩瑶，竭力回忆她的模样，但总是想不起她的脸。有点奔儿头；看矢野时她喜欢睁大眼睛直着看；她那眼中的阴郁、眉毛的形态；嘴唇不小、像西洋人的嘴唇一样；圆润的肩；细细的腰；还有手的感觉……矢野重也虽然能想起这些，但却描绘不出她的整体形象。

矢野重也现在更加后悔没有要一张林佩瑶的照片。有时突然分别，有时放下日常工作，匆匆忙忙相会做爱，没有照相的时间和心情。即使有，他们两个的处境也没有照相的必要，因为他们都有自己的战斗任务。

尽管如此，但他还清楚地记得：她右腿内侧有一个黑痣；刚开始做爱时，她的乳头上有两根细长的黑毛，不知什么时候没了；她撒娇时，日语发音中混杂着中文的抑扬顿挫，声音更诱人……

沉浸在对林佩瑶的深深思念中的矢野重也，突然感到眼前一亮，飞起一个白色的东西。他仔细一看，船正经过一个江中的沙洲。这个沙洲细长，很大，前边长着一片芦苇。可能是那里的白鹭想换个地方，飞了起来。看到眼前的景象，矢野重也又想起了与林佩瑶从宿舍去晴川阁时，两个人坐在江边聊天的时光。

沿着波浪拍打的江岸走不远，离开江岸，有一块地势陡峭的地方。从那里往前百余米，是裸露的岩石。在岩石与公路之间，有一大片茂密的芦苇，两个人坐在里面，外面根本看不见。坐在石头上，林佩瑶回忆起童年的往事。

林佩瑶与矢野重也说话时，附近的沙洲常常有白鹭慢慢向上游飞去。在那里，林佩瑶讲起对病弱的母亲的点点记忆，孩童时代对父亲的爱。她好像又回到了过去，重新总结自己七零八落的人生。她敞开心扉，讲了对革命的热情，对革命的疑惑。矢野重也是外国人，没有告密的危险，也不可能是国民党的密探。

就这样，矢野重也在思绪纷纭中，像做梦一样，在轮船里过了两天半，到达上海。在上海潜伏两天，俞龙植找到了从杭州附近的码头出发去北洋渔场的船。

俞龙植把矢野重也介绍给船长，没有挥手告别，就匆匆走了。矢野重也在旁边听他对船长说："这是我们国家的重要客人，要好好照顾。"

船长请矢野重也到自己的房间，对他说，到达种子岛和鹿儿岛县的佐多岬之间，船要走一天半，到达四国、纪伊半岛洋面，也需要同样的时间。船长指着舱角的折叠床说，在船上要住三天，你就住在船长室吧。

"你晕船吗？如果觉得恶心，就吃这个。"说着他把装着中药的口袋递给矢野重也。他们之间，用笔写或用手势大体能沟通。

陆地海岛很快就看不见了，海的颜色也由混浊的黄色变为湛蓝。矢野重也确实累了，他对船长说："这些日子一直没有好好睡觉，让我把这个药吃了，睡个午觉吧。"

说完，他躺在床上。他睡了很长时间，醒来时，已是夕阳夕下的时候。晚饭是炒面和炒菜。喝的酒像茅台一样强烈，但很香。

因为喝了酒，他很快又进入梦乡。海面风浪好像很大，浪涛拍打船的声音越来越响，隐约听到船长用话筒向船员下达命令。

他想今天夜里可能遇上风浪，但船却平稳下来，有规律地摇动着。矢野重也在半梦半醒中心里想，这就是自己今后的人生。人生总是摇摆着，但不会像摇篮那样舒服。有时会遇到风，那时帆柱上就会响起风的吼声……

从那天晚上开始，淤积的疲劳一下子涌了上来，整天都是迷迷糊糊的。按照预定的时间，第四天黎明，渔船到达渥美半岛和知多半岛之间的洋面。用打鱼用的吊车把小船放到海上，矢野重也紧紧抓住钢缆上了小船。

从摇摇晃晃的小船上眺望陆地，矢野重也的记忆苏醒了。在关东大地震时，他与奈保子来到这个岛，年轻的渔夫松本多次领他们到这一带钓鱼。因为不能弄出响动，所以小船慢慢地绕过野岛、筱岛，向远处可以望见日间贺岛的佐久岛开去。终于回来了！他心中既有归来的喜悦，又有怕被发现、被怀疑的紧张，头上冒出了冷汗。他清楚地记得波崎灯塔那里没有人，于是小心谨慎地转向西渡船场后面波崎岩石尽头的海滨。在最大的海湾——大浦湾里，有许多养殖海带的筏子，岛上的人很早就要开始干活。

不一会儿就到了海滩。矢野重也在船上脱了鞋，扣好提包的扣子，背在背上。听声音船底已经碰到海底的沙石上。"谢谢，谢谢。"矢野反复说着，把着船头，下了海。开船的中国渔民默默地点了点头，缓缓地掉转船头。

裤脚湿了，但矢野重也顾不了这些，急忙向海岸走去。虽然是夏天，但他觉得很冷。三年前，他和奈保子度过半年愉快时光的波崎馆，被崇运寺的高地遮住，看不见，但这一带的山崖、树木他还记得。

矢野重也上了岸，穿上鞋，向崇运寺下面的山崖走去，在那里可以看到西港出入的船只。他准备好了说辞，因为怀念佐久岛，所以从对岸的一色村乘最早的一班渡轮来看看。

矢野重也打算隐藏在山崖下，如果乘最早一班渡轮的人下了船，他就从后面赶上去，说过去受到松本家照顾，想去他家看看。可是，上了坡以后，他却迷了路，来到了一个陌生的地方。

矢野重也在狭窄的小巷里走着，两侧是低矮的涂着黑色煤焦油的栅栏。屋檐伸出来很长，下面是格子门，里面很黑，看不清楚。也许太早了，人还没有出来，看不到人影。巷子里的路曲曲弯弯，通向四面八方。头的斜前方有响动。他吓了一跳，抬头一看，屋檐下挂着鸟笼，小鸟从一根栖木跳到另一根栖木上。他仔细一看，每家屋檐下都挂着鸟笼。住在岛上逃兵村的人，思念过去而养鸟。他们想，总有一天会像鸟一样飞越大海，回到繁华的都市吧——这个幻想浮现在矢野重也的脑海。他与奈保子在这个岛上住时，到这一带来过，但迷了路。巷子里依然是从前的样子，所以他称之为小京都。这个小京都家家养鸟，笼子里的鸟和外面的自由的鸟，在笼子内外一起合唱。在朝着狭窄小巷的玄关，不知为什么摆着一辆已经不用的婴儿车。在越来越亮的晨光中，透过屋檐下的格子门窗，能看到里面的盆花。有的家门口立着"教授琴·三弦""拆洗·翻新"的矮木牌。

他知道，自己在小京都迷了路，但巷子很深，还有许多横街，暗暗的。"荫翳"两个字，隔了许多年，又在他的脑海中苏醒了。自己现在正处于荫翳中。

在他想必须尽快走出这可以叫做鸟街的阴暗小巷时，突然发现已经走到了尽头，眼前豁然开朗，看到了明丽的天空。

他弯着腰，终于来到了崇运寺的山脚下，这里可以看见渡船靠码头。早晨最早的一班渡船到达这里，大概还需要等近四个小时。他一下坐下，感觉昨天被太阳照过的沙滩依然热乎乎的，这才意识到自己的身体多么冰冷。他脱了鞋，把脚插进温暖的沙中，觉得舒服极了，睡意随之袭来。

矢野重也在梦中，又迷失在荫翳的街道中。那是比"鸟街"更深邃的"根之国"。定睛一看，那好像是绳文时代的部落。没有权力斗争，大家团团围坐，讨论、喝酒、吃饭。为什么会想起"根之国"这个词呢？矢野重也在梦中也感到惊讶。肯定是隐藏在潜意识的什么地方。那么，它又是从哪里来的呢？

"老人家，捕到了吗？"

他听见自己与松本的父亲说话的声音。

"今天不多。"松本的父亲回答说。

"那里，那些妇女在干什么？"

"她们在扒海参的肠子。"

"哎呀，那是我最爱吃的东西。给我吧。"他恳求说。

松本的父亲面有难色："那东西很贵。"

矢野重也说："没关系。我今天翻译了不少东西，足够吃海参肠了。"

他硬是把海参肠弄了回来。奈保子没吃过，他竭力推崇说："这是世界上最好吃的东西。有了这个，我什么也不要了。"

奈保子战战兢兢地用筷子尖夹了一点送到嘴里。

他瞪大眼睛看着奈保子的反应。

"真的，鲜极了。"奈保子天真地赞叹说。这时，她的眼睛闪闪发光。矢野重也觉得，她的目光，是她出生后不久，太阳照在叮咚流淌的溪水上的闪光。但那是高知、德岛边界附近的溪流，不是和歌山深处的"根之国"的溪流。

然而，日本深山中的溪流又都明澈碧透。这时，叮咚响的溪流流过奈保子的瞳孔。朝阳照在幽暗荫翳街道的地下水上。无数的小鸟从溪流飞上天空。在那里，上下表里混杂在一起，各自的作用也随时不断变化。不久，那里像菜花地一样，变成一片金黄。

睡在海滨的矢野重也看到了说不清是梦，还是幻觉的美妙景色。但至少可以说，这不是革命理论带来的美梦。

矢野重也在中国住了六个月，读了在日本看不到的英法文版的马克思、列宁的著作，有机会与担负着中国未来的年纪相仿的共产党干部一起讨论问题。他与那些在莫斯科受到共产国际的斥责，遭到同伴突然袭击，正在煞费苦心地进行政治调整的其他干部相比，在理论上有很大进步。然而，时隔三年，他在佐久岛海滨看到的，只能叫做荫翳之街、鸟街、根之国的情景。

　　三年前，他从初秋到春天住在这个岛上。佐久岛被两个深深的海湾环抱，气候温暖，向阳通风的地方，冬天也有许多花。矢野重也在这个岛上，记住了秋海棠、雏菊、三色堇、百日红、绯衣草等花名。他们在纵贯全岛的马路上散步时，奈保子看着绯衣草说："我想起来了。很久以前，大概在寄养京都之前，院子里开满了这种红花。和你在一起，我总是想起过去那些痛苦的事，但现在看来，也不全是这样。"

　　她说着，主动挽起了矢野重也的手。

　　矢野重也听她这样说，也很高兴。他在睡梦中，觉得刚才在阴暗的小巷里看见摆在窗边的红花，可能就是洋名叫洋苏草的绯衣草，或者秋海棠吧。或者是奈保子那清脆的声音变成了红花。他在翻身时想，在中国也有过同样的喜悦。他感到自豪，认为解放了的人，就应该这样。

　　突然，附近的一声巨响，使他一激灵跳了起来。渡船拉着汽笛，已经靠近码头。他误以为应该上这艘船，急忙穿袜子穿鞋。但在穿的过程中，他又想起了前前后后的事情，终于清醒了。必须装作坐这趟船到佐久岛找渔民松本家。松本家的上一代已经去世，现在应该是他儿子继承家业。

　　矢野重也踮起脚尖往码头一看，发现从渡船上下来的人大约有十来个，岛上的居民可能有两三个，其余的人都是去吉田町、一色村钓鱼的。

　　他瞅准机会混入下船的人群中，慢慢向波崎馆走去。波崎馆关着大门，好像没有人住。可能是经济不景气吧，与三年前相比，这一带显得冷清。他怕遇见认识的人，没有去梦中看到的鸟街，从波崎馆前面走过，直奔东港的松本家。他觉得头晕，但穿过树丛时，看到路边开着他在梦中见到的五彩缤纷的野花。

　　这里是一派和平景象。不是他在上海武汉时主观想象的黑暗窒息的狭窄的岛国。到处是耕作或在花圃里施肥的农民。这个村子里，肯定也有若干青年应征入伍，但为什么这样平静呢？

　　矢野重也心情紧张，脚步蹒跚，穿过夏天时当做海水浴场的沙滩，向松本家走去。

　　矢野重也突然来访，松本既感到意外，也为没有忘记他们而感到高兴："好好待几天。波崎馆关门了。这次怎么没同奈保子夫人一起来？"

"嗯。我是从大阪回去，所以她没来。我来看看你们，坐傍晚的船回去。"矢野重也说着，突然感到头昏目眩，"对不起，请让我躺一下。"

松本看他脸色发白，用手摸了他一下前额，热得烫人。矢野觉得，刚才不应该在海边睡觉，做了那么一个背叛中国同志的怪梦。"不用找医生。我经常这样，睡一会儿就好了。"

矢野重也说完就昏了过去。一望无际的河流在矢野的梦中继续流淌。他认为这是记忆中的长江。之后就不省人事了，也不知过了多久。

他突然觉得碰到个什么东西，一下子醒了。原来是医生把听诊器贴在他胸前。

"这是因为过度劳累短暂性自律神经失调症。注射镇静剂，醒来后服阿司匹林。肺部没有杂音，不用担心。"

矢野重也隐隐约约听到医生说，之后又沉沉睡去。在他昏睡中，似乎有什么东西进入身体。他再次醒来时，是两天后的早晨。开始时，他不知道自己在什么地方，急忙爬起来，但摇摇晃晃站不稳。松本老婆看见了，喊她丈夫，矢野重也这才想起自己是在佐久岛。必须尽快与组织联系，因为同志们肯定在为他担心，不知他是否登陆，是否被警察逮捕？可是，他现在还起不了床，走路还需要恢复两天。

到佐久岛的第五天，矢野重也向为他担惊受怕的松本家表示感谢，上了渡船。

他回到东京赤羽的家时，天已经黑了。从外面看那座二层楼，只有一楼亮着灯，浅野晃可能出去了。他看到家后面的厨房里暗淡的灯光，感到温暖亲切。他好像要延长这愉快的时间，慢慢地拉开了玄关的门。

"回来了。夫人回家去了，不过，马上就回来。"

毫无疑问，这是熟悉的、有点低沉的奈保子的声音。矢野重也悄悄去中国时，请求浅野晃帮助照顾她，叫浅野搬到二楼来住，从那时开始，他们在一个屋檐下生活。奈保子以为浅野晃回来了，这证明浅野一直住在这里。在残酷的镇压下，情况没有什么变化。这一事实，使矢野重也惊讶得说不出话来。奈保子没听到回答，用围裙擦着手，疑惑地走到玄关。

她看见六个月来一直杳无音信的矢野重也站在那里，惊得一屁股坐在门框上。

"你。"奈保子小声说。她好像要确认站在那里的矢野重也是不是真的，仰着头呆呆地看着他。矢野重也默默无语，点了点头，终于说："对不起，这么长时间不在。"

这时，哗啦一声，拉门打开，浅野晃回来了，差点撞上矢野重也。他死死盯着矢野重也说："矢野，平安无事吗？"

说着，他紧紧抱住矢野。奈保子用围裙蒙住了脸。浅野晃的到来和他说的话，证明丈夫确实回来了。

"今天晚上吃火锅。我去一下肉铺。"过了一会儿，奈保子说。她走路像兔子似的一蹦一跳，"你的房间，跟原来一样，一直没动。在邮件和信封中，我只拆了急件，答复说你现在在外旅行。我回头马上收拾一下"。她前言不搭后语地说着，飞快地跑出去。

浅野晃跟着矢野重也进了房间，小声问开始整理邮件和书信的矢野："怎么样，你没去莫斯科吧？"

"没去。这样更好。"矢野重也回答说。

浅野晃说："好像是这样。我本来对福田的理论就不感冒。听说在莫斯科受到严厉批判。"

"这些都传过来了？"

矢野重也边说边看他不在期间产业劳动调查所的出版物，知道这几个月经济危机更加严重。

"日本的形势更加恶劣，但我们的行动总是落后于形势。"

"是的。但也有一些动向。比如东洋毛丝纶龟户工厂成立工会就是成功的例子。"

矢野重也一听很失望。仅仅一个工厂，与中国比较起来，规摸太小了。在矢野重也责怪的目光下，浅野晃说："女工们下班后可以自由外出了。女工哀史到此可以画一个句号了。"

浅野晃解释说，在此以前，女工只许在工厂和宿舍之间来往，有健壮的男子监视她们的行动。她们像奴隶一样没有人身自由。矢野重也听他这样讲，心情平和些，不由得感叹道："日本工人的艰难处境就是革命的条件，可惜我们的党太软弱。"

"应该强大，可是……"浅野晃嘟囔说。矢野重也从他的话语中觉察到，他好像也在革命的运动中遇到了什么困难。

第二天，矢野重也与渡边政之辅取得了联系。这是武汉分手后的第一次见面，渡边政之辅亲切地点头说："在中国，承你关照。今后与中国的关系还要继续。现在想叫你负责关西地区的工作。春日同志在那里，你由他来领导。这是为了明年2月根据普通选举法而进行的第一次大选做准备。这也是对我们党的第一次考验。"

他谈完工作任务之后，用慰问的口气说："在中国学了不少东西吧？"

"我明白了用一般的方法是无法取得革命成功的。"矢野重也坦率地讲了自己在中国的体会，回答渡边政之辅说，"我们的一些人，认为革命是人道主义，但实际情况并非如此。当然，这里面也有我自己的认识问题。"

渡边政之辅对于矢野重也的说法不满，劝诚道："你是个书生气十足的人，总是把问题归结到内部。工人是在运动中用行动来解决这些问题的。"

"那么，"矢野重也问道，"选举怎么搞？我们党是不能公开活动的。"

矢野重也知道，日本党的领导人在莫斯科夸口说日本的革命条件逐渐成熟，所以心里不安。

渡边政之辅点了点头说："当然以劳动农民党的名义推举候选人。其中有几个是我们的同志。除了我们，还成立了几个所谓的无产阶级政党，他们各自推举候选人，参加战斗。"

听了他的说明，矢野重也知道，到大阪去将在春日庄次郎领导下工作。他知道春日曾经组建过印刷工人工会，在大正末年，到苏联"东方劳动者共产主义大学"学习两年。矢野记得，在总同盟分裂的大会上，春日针锋相对，态度强硬。他是个有能力的人，只是不知道自己在他的手下能否干好。以前浅野晃介绍他认识的葛饰的南条源太郎，虽然也是工人出身，但第一次见面时他就觉得情投意合。

矢野重也想，在理论上对于表面上看不出来的性格相异过于敏感，也许正是渡边所说的书生气十足的缘故，所以默不作声地接受了工作。他想，见到春日，听他讲一讲列宁逝世后斯大林与托洛茨基在俄共内部的争论，也挺有趣。

但是，矢野重也去大阪与春日庄次郎联系不久，在第二年的2月20日选举之前，他被叫回东京，任新发行的《赤旗报》主编。这次选举结果，共产党员参加的劳动农民党得十九万票，山本宣治、水谷长三郎两人当选。被称为无产阶级政党的几个党总共得四十九万票，约占投票总数的百分之四点七。

这个投票数字与《赤旗报》的创刊，使政府恐慌，内部有人焦躁不安地质问"警察在干什么"。

为发行《赤旗报》方便，矢野重也把家从赤羽搬到日本桥蛎壳町水天宫附近，门口挂上了工学士内丸孝的牌子。他到这里租房主要是考虑离渡边政之辅近，联系方便。

他打出的是设计事务所的招牌，但旁边却是挂着灯笼的水天宫，这使他想起在静冈上中学时，曾经照顾他的丸尾文六的情人森本佳代的家。他故意选了这样一个与革命格格不入的地方。

矢野重也并不讨厌商业市民区，虽然他觉得这里有一种不健康的、荫翳的气氛，但并非不适于革命政党的干部。妻子奈保子不知何故一副惶恐不安的样子，他安慰她，叫赶快找个物美价廉的饭馆。

搬过来两个月后的一个寒冷的早晨，矢野重也正坐在玄关的火盆前喝茶，浅野晃慌慌张张跑进来说："不好了，开始抓人了。"

根据当时的治安维持法，只要从事共产主义运动，不问青红皂白一律逮捕。

"不会的，我这里没事。"

"不，在泷野川印刷所附近，几个凶狠的男人进进出出，与平时的情况不一样。"

浅野晃对漫不经心的矢野重也说。这时，去工会的同志也跑进来说："今天早晨，他们趁我睡觉时就闯进来了。我是偷着从后门溜出来的。这里也危险，马上准备潜入地下吧。"

然而矢野重也仍然不愿相信这是事实，他说："那么，我去印刷所看看情况。"说着他站了起来。今天是党的机关报《赤旗报》第四个发行日。

"不能去，危险！"

浅野晃提醒他说。

矢野重也说："你的妻子送追加的稿子，刚走。如果我危险，你的妻子更危险。"

既然他这样说，浅野晃也就不好再阻拦。

矢野重也出门之后，又有两个同志跑进来说，大逮捕马上开始，家里的文件现在就要马上销毁，必须准备转入地下。工学士内丸孝的住宅里，楼上楼下，一片混乱。

那一天，矢野重也、浅野晃的夫人，都没有回日本桥的家。

第六章 ◆ 迷途

　　矢野重也读书读得眼睛发酸，抬起头，呆呆地看着院子里的花木。这栋房屋，在东京洗足池附近，是帮助矢野的那个法国文学教授的好朋友的，因为这个人要去欧洲两年，想找一个放心的人看家，临时过渡一下，所以矢野重也就搬过来了。

　　早晨起床时就下起了小雨，下了大半天，一直没停。这是进入梅雨季节的前奏。

　　矢野重也在中国待了半年，记得从中国偷偷回日本那天，也是下雨。

　　日本和中国对下雨的感觉不同。当然，上海、武汉也下雨，有时雨大，有时雨小，但下雨天都被认为是坏天气。矢野重也认为，在日本，下雨天也可以说是好天气。

　　矢野重也想，这大概因为自己生长在气候温暖的东海地区的缘故。御前崎附近的冬天，强烈的季风——远州干风从山岭吹向大海。为了防风，房屋周围都有高高的扁柏树墙。院子掩藏在绿色之中，所以那里的雨，自然是好雨。

　　虽然他想打破这种安逸的、传统的生活方式，但他从中国大陆回到日本后，再遇到日本雨时，却有一种眷恋感。他觉得奇怪，难道是自己的感觉发生了变化？他认为，这不仅仅是眷恋，而是自己的变质。矢野重也回国后的第二年的3月25日，在镇压共产党的事件中被逮捕，蹲了两年监狱。出狱之后，每年一到雨季，他就有这种感觉。日本的雨，有中国雨没有的幽暗的光。现在，矢野重也从书斋凝神注视着树荫中的八仙花。它与昨天不同，花朵更蓝了。这是雨的影响。每个花瓣大概不会知道自己的这种变化。

如果不可能改变日本人的全部意识，那么变革就必须像这雨中的八仙花一样，在每一个花瓣还没意识到的时候，整个花朵的颜色就发生了变化。

这种想法，不是否定革命家作用的反动思想吗？

如果自己在共产党内担任领导时说出这种困惑，恐怕没有一个同志会理解。在党内，自己确实很孤立。

苦恼的结果，决定退党。发表"退出日本共产党之际告诸君书"时，虽然身在监狱，却遭到激烈痛骂。叛徒、反党分子、叫他死等等字样频繁出现在他曾主编的日共中央机关报《赤旗报》上。负责他的检察官给他看了《赤旗报》。

"《赤旗报》是革命的子弹，一张也不能落到敌人手里。"

这篇文章是矢野重也亲手写的，但现在报纸一出版就送到了官府手里。在昭和三年3月25日被捕两个月之后，当检察官把"党组织图"摆在他面前时，他就明白彻底完了。后来，每次检察官审讯时，他都尝到了失败的滋味。

他在狱中写道：为胜利而骄傲的拿破仑的军队，到达惠灵顿时形势急转直下，已成崩溃之势。滑铁卢的败战图在我的头脑中流来流去。那天夜里，我彻夜痛哭。

当他看到简直是为了攻击自己而出版的《赤旗报》时，彻底绝望了。

"你干得漂亮。对于我们来说，这也是难得的好事。感谢你这样痛快。"

检察官这样说时，矢野重也端正了一下坐姿说："我不是叛变。我先声明，如果要实现真正的共产主义，现在的党不行。我是出于这种考虑才退党的。"

他确实履行了自己以后要开展真正的共产主义运动的诺言，出狱后马上组织了"日本共产党劳动者派"开始活动。他只能这样做。

但是运动并不顺利，组织也不断衰落，处于自然消亡的状态。

回顾出狱后两年的生活，矢野重也认为，自己的真正失败也许正是组织这个

"日本共产党劳动者派"。

忠实于自己的感觉、工人的感觉的矢野重也主张：日本的天皇制与俄国的沙皇主义、欧洲的君主制性质不同，大众并不认为，不废除君主制就不能在解放的道路上前进。

他认为这一主张会引起大多数工人共鸣，振臂一呼，应者云集。

矢野重也至今仍然认为，这一想法没有错。也就是说他从来没有想背叛革命。然而他对天皇制的看法，遭到日本共产党的反对，日共把以前打倒君主制的口号，改为打倒天皇制，似乎反对矢野重也的组织是日共的头等大事。这是正面向治安维持法挑战。本来自身生存是首要问题，其次才是理论的正确性和政策实施的可能性，但他们却本末倒置。矢野重也切身领教了日共的素质。

中国共产党党内的论争，是关于如何实现革命目标的论争，而不是把本派取得主导权作为第一目标的卑鄙的斗争。中国和日本革命势力内部的论争在本质上有天壤之别。然而，在现实的革命运动中，高尚的"劳动者派"被日本共产党打压，无所措手足。

在矢野重也意识到党的认识水平是民众政治水准的反映时，劳动者派已经完全孤立。

生来性格倔强的他叫起真来。既然党已经把他当做阶级敌人，想要他性命，他就更不能后退，决心干到底。

矢野重也为了筹措日本共产党劳动者派的活动经费，翻译量增加了几倍，几乎没有时间指导运动、参加组织活动。他常常混淆希望和现实，决定一些不可能实现的计划。在组建日本共产党劳动者派时也犯了同样的毛病。比如他主张把组织分为两部分，一部分是在社会上活动的合法部队，一部分是潜藏在地下的领导机关。人本来就少，再分为两部分，活动能力显著下降。他最初集合了三十个干部，但过了一段时间，人员不断一个两个地减少。

矢野重也看着雨中的八仙花，可能是精神作用吧，觉得花朵越来越蓝。他确实感到身心憔悴。去年2月，奈保子生了女儿，他虽然高兴，但生活负担加重。他根据女革命家、德国共产党创始人之一罗莎·卢森堡的名字，给女儿起名叫蔷沙。

开始时，用片假名到区公所去报户口，但区公所说这不是日本名，不给办理。他苦思冥想，决定用藕沙两个字代替。藕沙生于上落合家中，出生后一个月搬到另一个地方，现在又从那里搬到了洗足池附近。以前从安全和运动考虑，一个地方住不到一年就搬家，奈保子一直跟他过着这种颠沛流离的日子。现在有了孩子，抱着孩子搬家，可不像过去那样简单了。

矢野重也心里想着这些事，望着院子发呆时，奈保子过来小声说："木下先生来了。"

多年的地下生活，她养成了习惯，说到人名时，声音很小。

木下半治是矢野重也一高时代的好友。在关东大地震之后不久，矢野重也去佐久岛避难，木下到岛上去看过他。矢野重也在神户一边搞工人运动，一边开桃太郎面馆时，木下住在他家里帮忙。木下有革新思想，而且钻研很深，但他决不入党。矢野重也虽然有时也讨厌他的小心谨慎，但他具有与自己恰好相反的长处，所以不管什么事都愿意听听他的意见。

妻子奈保子告诉他木下半治来了，他很高兴，但同时心里又想不知他现在怎么样，因为出狱之后，还一直没见过面。

矢野重也敲着坐垫兴奋地说："真想他啊！就在这个房间吧。晚上一起吃饭怎么样？什么都行。"

"哎，可是……"

奈保子面有难色。矢野重也这时才想到，稿费还没来，家里没钱。他看了看周围，目光停在夹衣上说："把这个送去吧。稿费这个月中旬能到。"

他叫奈保子去当铺，同时告诉她有笔稿费要来了。

瘦高的木下半治弯着腰走进矢野重也铺着草席的工作间。本来有摆着漂亮桌椅的西洋式房间，但矢野重也习惯在矮桌上写作。

"这个，还得四天。之后还要润色一下。"

矢野重也迎着木下半治的目光，指着法文教授铃木信太郎给他的莫泊桑的小说《我们的心》说。

"是吗？你一直在干。"木下半治说着看了看院子，"这里很漂亮，比前一个住处高级多了。"

"很幸运。这是搞法文的辰野先生朋友的家。他作为交换教授要到欧洲去两年，我来给他看家。只是暂时住在这里。"

"原来是这样。"

木下半治说到这里沉吟了一下，矢野重也知道他是来说一件棘手的事。

"你知道，我没入过党。很多人劝我入，但我以在国立大学工作为理由全都拒绝了。你也可能认为我是不识抬举吧？但我认为，现在的日本党，水平或者说素质不行。"木下半治说，"我这样讲，完全是个人的看法。"

他像以前一样，讲话时，先是长长的序言。他说日本共产党劳动者派这一组织形态就很荒唐。他明确地说："对于日本共产党劳动者派的运动效果，我不能不否定。"

"但是，如果不提高共产党的素质，日本就没有希望。满洲事变（九一八事变）不是已经发生了吗？"矢野重也固执己见。

"我并不是说你错了。政治这种东西是实用的、功利的，结果就是一切。"木下半治拦住矢野重也的话头说，"你是个有影响的人，另起炉灶，成立组织，什么人高兴？依据力学原理而运动的世界就是政治。"

"你是说我不干为好。你是为这件事来的吧？"

矢野重也的神经针刺般亢奋起来。木下半治沉默不语。矢野重也想起一年以前，他居然把劳动者派分为地上和地下组织……

这时，隔一个房间里响起了婴儿的啼哭，奈保子急忙哄孩子的声音。这声音为木下解了围，他问道："你的膅沙好吗？"

矢野重也精神上也松了口气："啊，这个孩子很倔强。又一个女孩，前途不堪设想。"

"这也是没有办法的事。她是你和奈保子的孩子，像你们谁，都不可能怯懦。"

接着他们海阔天空地聊起了一高时代的生活，木下半治突然说："喂，你知道吗，近藤死了。"

"就是那个弹钢琴的，有钱的近藤柏次郎吗？"矢野重也问道，"是自杀吗？他好像在一家法国银行工作。"

木下半治看着追问的矢野重也说："殉情。听说那个女人追到巴黎去了。"

矢野重也耳边又响起了近藤柏次郎说的"对于死我都想过多次了"，眼前浮现出他说这句话时的表情。木下半治深有感慨地说："听说那个女人是京都的艺妓。在现今这个时代，每个人都有自己的活法。近藤也对日本的前途感到绝望。"

"我有同志，不会走绝路。如果只是我一个人，离开政治也可以。不，我正在考虑脱离政治。"矢野重也望着院子里的八仙花，接着刚才的话说起了自己，"只是我答应中国同志的事，不能什么也不做。我在武汉时说，日本侵略大陆，我要豁出命去阻止，所以不能什么也不干，袖手旁观。"

"你是个好人。与学生时代一样，一点也没变。"木下半治不胜惊叹地说。不知何时，矢野重也把在中国的亲身经验应用在对日本党的评价上，无意中对木下半治说了出来。

"正如刚才你说的，政治是实用的、功利的，这是个教训。对，这是你刚才说的。"

木下半治看着说话的矢野重也默默地点了点头，之后说："有谣传说共产党想要你的命，我想不至于，但你要小心。只要是我能做的，我会不遗余力。"

木下半治小声说完，就冒雨走了。

木下走后，矢野重也望着雨中的八仙花，一动也不动地坐了很久。他第一次意识到，自己也许走错了路。这种不安使他毛骨悚然。

想到这里，他终于明白"你与学生时代一点都没有变"这句话，虽然是木下半治在感慨中说的，但也是对自己沉甸甸的令人感动的批评。

在监狱里，他发现思想警察和检察官对日共的一切，都了如指掌，一清二楚，而且极为准确。当他意识到这些情报只能来自党的中枢机关的干部时，就已经亲身体验到失败的滋味。同时不知道为什么，他在冥冥中感到是某些大人物叛变了。

在监狱中，对矢野重也最大的打击，是两个干部在妓院嫖娼时被捕的事。

开始时，他一直坚定地认为，这是为了破坏同志间的团结而捏造的，但同时又感到不安，心想这两人说不定会干出这种事来。当他看到警察闯入时一塌糊涂的现场照片时，对组织的不信任像狂风一样把他吹倒。他开始批判日共陈腐封建的素质：关于我的思想在何种情况下、如何演变的，我在最后审讯时，已经大致陈述，现于呈报书中再加若干补充。

他写道，自己在米骚动数月后到东京，如何受到当时民主运动、人道主义潮流的影响。他虽然知道这些内容与在审问时的陈述是重复的，但还是反复地写着。

在写这份材料的过程中，矢野重也觉得当时是多么无知，只是怀着对未来迷茫的希望，随心所欲地过日子。

那时候，一到夏天，他就和兄弟们一起去骏河湾的矢部家去玩。

与丸尾文六的孙女琴结婚的矢部与左卫门，与同琴的姐姐聪子结婚的三泽矢野家的第六代彦次郎是连襟，所以彦次郎与聪子的儿子矢野重也他们，与矢部与左卫门家的孩子是姨表兄弟姐妹。矢部家、三泽的矢野家同为远州地方的名门，这种"名门大家"意识使他们更加亲近。

矢部家在骏河湾御前崎附近，沿着在相良町入海的萩间川，一年四季都可以钓到各种各样的鱼。在两家来往中，矢部与左卫门的长女嘉津与将承袭第七代彦次郎之名的三泽矢野家的长子春雄结婚，亲上加亲。正像矢野重也的母亲聪子希望的那样，进一步加强巩固了两家的关系。

相良町的矢部家，除三泽矢野家外，还有几家亲戚，一到夏天，亲戚家的孩子们都来玩，很热闹。在这些孩子中，不知为什么，矢野重也独独喜欢矢部家大他两岁、将来要继承家族姓氏、另立门户的俊，因而在她面前总要摆出一副与众不同的样子。

在中学三、四年级时，俊问他："重也君，你对家庭制度怎样看？"他反问俊是什么意思，俊说："因为，只有我一个人是从父亲家分户的户主。结婚时，丈夫必须入赘。如果自己喜欢的人不愿意当上门女婿，那就不能结婚。我不明白这个制度为什么把人捆得死死的。如果这样的话，我想拒绝这个家庭制度。"

俊的话，让他想起自己到矢野常太郎家当养子的事。他意识到，当时自己可以留在养父家当养子。但在他说不想离开养母多笥、留在矢野常太郎家时，母亲根本不理睬，面色严厉地告诉他："这种丢人的事，三泽矢野家不允许。"

矢野重也回答说："我也不懂。不过，现在这个制度什么地方肯定有错误。"

他们两个不知不觉离开了孩子群，走到波浪轻轻拍打的沙滩上。矢野重也捡起手边的一段被海浪冲上来的木棍，在沙滩上写起字来。

一直在想心事的俊发现矢野重也不在了，才醒过神来，回头看见他蹲在浪边，反身走了回来。

"重也君，你在干什么？"她仔细一看，发现他正在沙滩上不断地写矢野重也四个字，惊讶地说，"这不是你的名字吗？"

矢部俊想，我正认真地与你说事，你却突然在沙滩上写起了自己的名字，不知他是什么意思，不由得变成了责怪的口气。矢野重也抱着胳膊，仰头看着矢部俊有些责怪的目光，站起来说："嗯，早晚会有些人来叫我给他写点什么，我现在就得练练字。俊，不久的将来，我要改变家庭制度。"

矢部俊情不自禁地苦笑着说："好，有志气，矢野君。我等着，一直等到那一天。"

在监狱中，矢野重也想起在海滨说过的话时，既怀念又后悔。

然而，自己遇到的总是无理的镇压。当他发现同志中有人丧失了阶级的忠诚，苦闷烦恼，夜不能寐。不久，他就决定退出这个堕落的党，组建一个新党。

但是，现在必须承认，自己建立的日本共产党劳动者派已经失败，必须全面地检查自己的思想、工作方法。他首先想到的是自己根深蒂固的领袖意识。

他在狱中的呈报书上写道：在六七岁之前，我一直在纯粹的贫农家当养子，不知不觉中，农村的阶级对立深深刻印在脑海里。

在他写这些文字时，并没有对自己以领袖的身份，指挥改变日本的想法产生怀疑。

矢野重也认为，自己的一切都遇到了挫折。好友木下半治暗示他，组织日本共产党劳动者派是错误的，劝告他停止活动。木下走后，他不能不重新考虑自己的领袖意识中的自以为是。他讨厌自己，觉得羞耻。他下意识地大叫一声，打自己的头。他越想越痛苦，觉得自己像滑稽可笑的堂吉诃德。

虽然自己说并不想放弃共产主义，但审问他的检察官并没有扑上来打他。

审讯矢野重也的检察官对拒绝"转向"的他说："如果是信念，那也只好如此。治安维持法并不能取缔人头脑中的思想。只要你不破坏国体。"

　　矢野重也想，我才不上你的当呢！他振作精神，回答说："怎么说呢，因为在精神领域很难下结论。"

　　他直言不讳地说："我要建立新的共产党，但党的名字还没有决定。"

　　那时，检察官脸上闪过的惊异没有逃过他的眼睛。他之所以这样说，是想不管你怎样判决，我也要在审讯记录中留下自己真实的想法。但出乎意料的是，检察官并没有怒不可遏地敲桌子威胁，只是脸上现出惊讶的神色。

　　在运动失败的现在，他才想到，也许当时审问他的检察官早就预见到他出狱后组建日本共产党劳动者派会是什么结果。对于这些官僚来说，圆满地完成交给他们的任务，是最重要的。根据情况，如何做最有效果，是他们工作的唯一原则，至于这个任务是否正确，不在他们考虑的范围之内。想到这些，矢野重也悔之不迭。他组建的党与日共激烈争斗，两败俱伤，消耗力量，官僚们抱着胳膊，看鹬蚌相争，坐收渔利。在政治世界，理论的正确与否无所谓，正如木下半治所说，重要的是现实的效果。由此看来，见风使舵，即使自食其言，只要对自己有利，也会心安理得的德山助一之流才更适合搞政治。但是，今后无论如何，再也不能与他们为伍。

　　矢野重也忘不了在发表退党声明至保释之前，在监狱中受到的同志们的侮辱和歧视。在高墙内狭窄的院子里，运动时与同志们迎头相遇，他们或怀着敌意扭身而过，或向他吐唾沫。他们认为矢野重也是反党分子、落伍者，擦肩而过时故意撞他，或低声而有力地咒骂：帮凶、叛徒、混蛋。

　　因为是瞬间的事，矢野重也不能辩解、说明。德山助一等人从矢野重也的单身牢房前经过时，像自言自语似的大声说："被捉住时吓哭了，连个普通党员都不如，吓得尿裤子，可怜虫。"看守让他注意，他就与看守在矢野重也面前争吵。

　　矢野重也从养父母家回到本家以后，就没受过明目张胆的侮辱。连受到爱自己的人的斥责时，也要出鼻血，跑回养母多笞家。他幼年时，就用行动抗议，迫使母亲改变态度。从来没受过委屈的他，现在满肚子不痛快：自己刚刚提出了正确主张，就被捕入狱、受到拷问，这到底是怎么回事呢？因此，只要保释出狱，为了证明自己正确，必须马上组建新的党开始活动。

　　矢野重也根据在中国的经验，首先开始批判共产国际起草的"一九二七年纲领"，并制定行动纲领。关于天皇制，他认为与俄国帝政时代的沙皇制有本质不同，其存废问题可以留待将来讨论。运动方针是：首先在几个工厂成立日本共产党劳动者派组织，之后在各地区成立劳动者恳谈会，最后成立"劳动工会统一协议会"。

当他知道，有他非常熟悉的，原来的党的干部三十个人响应他的号召，集合在一起，他想，有这些人就行了。

在讨论中，分歧最大的是党的名字。什么真正的日本共产党、日本革命党、劳农维新党、劳动者农民党等等五花八门，就像一个喜欢讨论的团体，提案一大堆。但维新党等名字，有人反对，说是容易被认为是右翼团体，最后集中到日本共产党劳动者派上来，但也不是全体赞成。

然而，他们的活动一开始就遭到日本共产党的猛烈攻击。

矢野重也曾经当过总编辑的《赤旗报》，每期都有批判咒骂"劳动者派"的特辑。被残酷镇压，主要干部被逮捕，几乎无法活动的机关报，却不断出版以攻击矢野重也等人为主要内容的报纸。那时，党的负责人田中清玄、风间丈吉等人，走马灯似的换来换去，但对日本共产党劳动者派的批判却更加猛烈。

什么"叛徒"、"反动"、"分裂主义者"等等说法在全国工人团体中广泛流传，共产党"要杀矢野重也"、"正在准备袭击劳动者派"等等谣言四起，以矢野重也为中心的干部为避开日共的攻击，在成立不到一年时就决定把组织"分为合法部队和潜入地下的非法指挥部两部分"。

在劳动者派内部也产生了很大混乱：有人说发表个声明如何，说"现在的行动是为了出狱的方便，有机会还是想与残存的日本共产党会合"；有人说"请求莫斯科共产国际仲裁，叫他们裁判谁的主张符合国际共产主义运动的方针"。

到底是矢野重也，他怒气冲冲地说："想一想为什么成立劳动者派？我们是为了改变日本共产党的素质，脱离共产国际的机械指挥。虽然艰苦，但我们必须死守这一基本原则。"

这种七嘴八舌和混乱的情况，与日本共产党相比，固然可以证明党内是有自由的，但也容易走漏风声，运动也因负责人思想的不同而各行其是。

矢野重也知道，在如此混乱的情况下，把组织分为地下指挥部和合法部队两部分，会分散力量，但是对第二次、第三次共产党事件公开审判已经开始，他必须出庭，所以不能搞运动。如果不成立地下指挥部，不仅无法与日本共产党战斗，也无法指挥组织。

身为日本共产党劳动者派的领导人，必须躲避共产党和警察的两方面的攻击。为蓄积力量，决定潜入地下之后，矢野重也必须整理好以前的译稿，交到出版社，疲惫不堪的他，开始整理莫泊桑的作品。当时他内心已经慢慢地，而且是痛切地意识到自己开展的活动和建立的组织已经失败了，受到良心的谴责。这时候，听到了对政治运动不感兴趣、有精英意识、不参加党组织的木下半治的劝告。与共产党保持距离的木下半治的批判，对矢野重也是很大的震动。

"输了！"矢野重也又大吼一声。

"怎么了？刚才你好像就喊了一声。"奈保子悄悄拉开门探着头问。

"这本书弄完后交给出版社。我要离开家一段时间。"

矢野重也认为痛苦又难以启齿的事不如趁早说，于是突然宣布说。

"是吗？"奈保子极为平静地说，"可我什么也没有准备。"

"生活费由出版社直接送来。"

"可是，你不在，房子这么大，我害怕。"

矢野重也第一次听奈保子说这种话，不由得心里一惊。他想，已经有了长女蔺沙，身为母亲，对分别格外慎重。

"你说得对。我走之前，先找一座小一点的房子。最好靠海近一些。但最重要的是，附近要有能帮忙的朋友，这样才放心。"

他这次想起的也是浅野晃。浅野肋膜炎复发，在鹄沼海滨附近的家中疗养。他盘算，在那里对年幼的蔺沙成长有好处。在莫泊桑短篇小说集翻译完那天，矢野重也决定与奈保子、蔺沙一起回一次佐仓老家，因为母亲聪子想看看孙女。同时，自己要潜入地下一段时间，也顺便委婉地与母亲告别。

矢野重也选择了伊豆的下田为地下潜伏场所。那里离海近，听说登上最高的山，隔着骏河湾，晴天时能看到故乡的御前灯塔。幸运的是，理解并支持矢野重也的大学法学部教授田弘太郎的朋友住在下田，由田弘太郎教授介绍，借给他一幢空闲的别墅。

矢野重也预感到，他潜入地下后，运动就会停止。很多人退出了日本共产党劳动者派，有人又回到了原来的共产党组织，不仅劳动者派组织四分五裂，矢野重也本人也失去了热情。

为了安排躲藏期间奈保子的生活，矢野重也见了浅野晃。

"你要安心休养，恢复健康。从目前的情况看，等待时机需要几年时间，所以不要勉强。要尽量减少牺牲。形势好转时，我会主动与你联系。在这期间还得麻烦你，请你照顾奈保子。"

矢野重也说这番话时，感慨万千，好几次停顿下来，说不下去。

这就好像城池陷落。此刻，矢野重也的心中再次出现，三泽矢野家的祖先们在高天神城陷落的夜晚，趁着天黑，从城里的断崖垂下绳索，抓着绳索逃命时的心情。

矢野重也想起了历史传说：长兄是城主，主帅，两个弟弟是副帅，但武田大军切断了高天神城的水源，城里没有水喝，只好弃城而去。那天夜里，一个人去了下总，一个人去了远方的奥州的陆中盛冈，最没有名气的老三隐姓埋名去了远州的佐仓。

他们虽然知道失散之后，此生再也不能相见，但三兄弟的手紧紧叠在一起，约定再见。

在去下田的火车上，矢野重也想起了与不知以后何时能见面的浅野晃紧紧握手时的情景，也想起了祖母讲得活灵活现的祖先分别时的场面。

矢野重也隐居的别墅耸立在山冈上，往下看是离下田很近的莲台寺温泉。

矢野重也住进莲台寺温泉山冈上的别墅以后，开始尽量客观地清理入党后被派往中国，回国后不久被捕入狱以及退党的经过。日本政府不知道如何处理自己策划的满洲事变，而是煽动民众，从而陷入更加困难的境地。他认为应该把长期以来在险恶的环境中走过的道路认真地总结一下。

他着手整理的是狱中写的呈报书。他老老实实地写道，关东大地震与地震后发生的白色恐怖是促使自己参加革命党的最主要的原因。

——大地震时被虐杀的南葛饰地区的"战斗的无产阶级精神"，如今成为

"南葛魂"依然在人们心中灿烂闪光。这一地区出身的领导人渡边政之辅在大地震时因第一次共产党事件被逮捕入狱而幸免于难，但在他从监狱出来知道了事实真相之后义愤填膺，断然发誓"以死复仇"（这是在上海时我听渡边同志亲口对我说的）。一言以蔽之，就是资产阶级陶醉在胜利的美酒中，没有注意到已经为自己掘好了坟墓。

矢野重也交给敌人的呈报书直率得过分。

负责矢野重也的检察官在读到这份呈报书时，他的最初印象是，这哪里是什么转向陈述，分明是正面批判国家的宣言。

检察官打电话与负责矢野重也的刑警联系，问道："矢野重也的出国路线，已经查明，但他是怎样偷渡回国的，有什么情况吗?"

当时，他们偷渡去莫斯科的方法已经查清楚，但回国的路线尚未掌握，从而成为搜查的巨大障碍。

"关于这一点尚不清楚。拷问一下，他供出来就好了。"

从刑警的口气可以感觉到，他认为如果拷打逼供，叫矢野重也说出实话，那可是巨大收获。他想象着那种场面，一副跃跃欲试的架势。

负责审问矢野重也的检察官对刑警拷问的提案稍稍想了一下说："恐怕不行。对付这个家伙很难。他很高傲，搞不好死了就麻烦了。以后再联系吧。"

刑警失望地说"我明白了"，挂上了电话。

在下一次审讯时，检察官对矢野重也详细地说明了共产党内部的混乱，数名干部用党的资金嫖娼等事实，还给他看了照片，逼问道："他们说的和做的大相径庭，可你为什么还不放弃共产主义?"

矢野重也抬起头说："我首先声明，不管你怎么说，怎么拷问，我决不放弃共产主义。我想尽早回到党内，在党内斗争改变这种可耻的状况。"

这时，这个在官僚中罕见的机动灵活的检察官，头脑中制订了一个计划：让矢野重也保释出去，回到党内，激化党内的斗争如何? 但是，有一个问题必须明确。

"我明白你的意见。既然这样，只好由你去干。对天皇制你怎么看，共产国际是否定君主制的。"

检察官追问道，但他心里希望矢野重也的回答与他的想法一致。他对与自己儿子年龄相近的矢野重也有好感，同时也想立功。

"共产国际把俄国的沙皇与日本的天皇相提并论是最大的错误。"

矢野重也的回答正是检察官所期待的，他在内心点头赞许。矢野重也开始谈国民与天皇的关系，天皇的历史与俄国沙皇如何不同等等。但检察官几乎没听，心里决定在下次搜查会议上，提出让他自由活动的方案，所以有关天皇的理论听不听无所谓。他看了看表说："我明白了。今天审问到此结束。送给你的食品，吃的时候要小心。"

这个老练的思想检察官暗示日本共产党可能暗算他，没有忘记在矢野重也与党越来越恶劣的关系中埋一颗地雷。

在搜查会议上，对矢野重也的呈报书评价极为糟糕。

"这哪里是什么转向声明，分明是在宣传共产主义。"

"在反省的时候还如此傲慢，简直是在批判我们。"以上这类意见占主流。

"正因为如此才有价值。"负责矢野重也的检察官听到这些议论后坚持说，"不管是谁，都希望自己的领导人是优秀杰出的。比如说，符合我们口味的人，但如果党员们对他反感、轻蔑，就起不到捣乱共产党的作用。"

他顽固地坚持自己的意见，在会议结束时，最高检察厅厅长按照昨天在电话中商量好的方案拍板说："大家的发言都很有道理。这份呈报书还是通过吧。但是，这是头一份，暂不对外发表。"

检察厅长转过头对那个负责矢野重也的检察官意味深长地提醒说："这个矢野重也搞得好，将来也许对国家有用。保释的事，不要着急。"

从那以后，又过了半年，4月10日，矢野重也与其他数名在转向声明上盖章的同志一起被保释。他被捕后在狱中度过了两年零一个月。

从发表退党声明至交上"入党前后至三一五期间思想的变迁"的呈报书的一年里，他受到狱内外党组织蛮横的非难和攻击，可以说这反而更坚定了他成立日本共产党劳动者派的决心。

殊死搏斗两年之后，听好友木下半治的忠告，住进了法学部田弘太郎介绍的别墅。他带来了几种辞典和几本英文、法文、德文文学书。他很痛苦，因为说是潜入地下，但只是体面地结束组织活动的借口而已。

矢野重也在组织崩溃，政府镇压越来越残酷，几乎不能开展运动时，想尽量学习，提高理论修养，为将来有机会复出时蓄积力量。在他带到下田的书籍中，混杂在翻译用的法国小说集中的德语版的马克思的《资本论》，就是这种想法的明证。

伊豆半岛南端的下田，只是平原比他的家乡佐仓村少些。但登上山头，可以看到深入海湾的下田港。海湾内的鱼鹰岛、犬走岛等小岛像一排堡垒。远处的大岛、利岛等伊豆七岛远近高低大小不同。在附近的山中，有稻生泽川等几个溪流。对于爱好钓鱼的矢野重也来说，他的隐居处是个绝佳的垂钓之地。

从田弘教授介绍的这个别墅，到有名的莲台寺庄旅馆，步行只要几分钟。

来到这里以后，矢野重也想，自己在监狱中蹲了两年多，是否变了？

以前，如果不能每天与近内金光、木下半治、浅野晃等朋友见面，就会觉得寂寞难耐，但出狱以后，他已经能够忍受。他认为这是非法的党的活动对自己性格产生的影响，但似乎又不全是这样。

不管矢野重也怎么劝，近内金光就是不参加日本共产党劳动者派，他固执地说，我虽不是党员，但会按照组织原则要求自己，最后搬出《论语》说："君不君，臣不臣。对于共产主义者来说，君就是党。"

争论以后，本来与矢部俊结婚、已是远亲的近内金光，与矢野重也的关系反而疏远了。他第一次体会到思想立场会损害友谊，虽然他不愿承认。

另外，坦率地说分裂活动只能使敌人高兴的木下半治，矢野重也也曾多次劝他入党，但他不入。木下半治只强调一点："我是国立大学的一员，不能加入。"平素思想、感觉都很平和的木下半治，在这一点上却顽固不化。矢野重也内心认为他是害怕当局的镇压，但他没有说，因为一旦说出来，他们之间的友情就完了。细想起来，是思想立场改变了友情的性质。

这些使矢野重也懂得，人与人之间的关系是脆弱的，很容易受到思想、利益、环境的破坏。他扪心自问，我可以承认这一点吗？如果承认这一点，那就是承认，即使自己从这个世界消失了，近内金光、木下半治依然会按照自己的方式生活。他发现，整个社会不以个人的主观愿望为转移，按照自身的规律运转，归根到底，人是孤独的。

但考虑起来，矢野重也本人的一些举止行为也告诉别人"人是孤独的"。虽然他以前心里一直把建立一个人人轻松愉快的社会作为党员行动的目标，但在党内就有他无论如何也不能推心置腹的人。在党内，这种令人厌恶的人似乎比学校、工厂还多。其中有一个人知道他退党后，在《赤旗报》上写文章，就像他亲眼看到了一样，活灵活现地造谣说：矢野重也脸色发青，饭也不吃。从他牢房前经过时，总能看到冷饭放在门口。他是混进党内的卑鄙的胆小鬼，我凭直感就知道他是个危险分子。

他就是矢野重也一开始就讨厌的德山助一。这个德山宛若看过矢野重也的呈报书似的继续写道：他很快摇尾乞怜，堕落成为敌人的特务，发誓为捣碎共产党组织不遗余力。矢野重也最近肯定出狱……

他那言之凿凿的腔调，仿佛捏造这些谎言，可以证明自己是多么正确。然而，不管矢野重也多么讨厌，多么生气，但不能不承认一个事实，那就是德山助一勇敢地与官府战斗，不屈不挠。

什么是勇敢呢？它与思想的深刻和心灵的丰富不同，是另外一种东西吗？矢野重也疑惑起来。

当他听到背后响起牢门关闭的响声时，他确实想完了，失败了。他不相信自己，甚至刺自己的手掌证明这不是梦幻而是现实。在他的情感中，有与乐观对立的因素——悲观。

在矢野重也的心目中，认为自己是为社会而战，是正义事业，苍天不会对这种人残酷无情，因此一直乐观。但铁门关闭的声响，打碎了他的天真。这与从小就受歧视、挨打、被人们用石头轰出故乡的德山助一听到的铁门关闭声，是完全不一样的。

在疑惑中，矢野重也进而又想，共产主义者不能认为这是失败。他记得有一句话说：只要建立了科学的社会主义历史观，失败也是胜利的里程碑。可是，如果不承认失败，怎么可能从自己阵营的问题入手找到失败的原因呢？不是不承认失败，而是不知道这是失败，那不就是认为自己一贯正确吗？这样的"铁人"，至少在我的好朋友中间一个也没有。

同是工人出身的党员干部，像南条源太郎这样充满人格魅力的人有很多。矢野重也想，这与思想水平的高低、人生经历无关，而是性格问题。

出狱以后，他第一次体验到由于自己的责任而导致的惨败，于是思考别人怎样看自己的性格。

自以为是、天真、根本不适合搞政治？来到下田以后，一个人独自生活，他发现自己从中学时代开始，就把当领导者作为理所当然的前提来考虑一切问题。

没有人推选，但却自命不凡，以为自己是天生的领袖。

"不能宽恕！"

矢野重也觉得自己可恶至极，大喊一声。想起自己一直被称为"村子的骄傲"、"天下才子"，有最高学历，所以领导别人是天经地义的傲慢嘴脸，按照他的脾气，应该痛打这个"矢野重也"一顿。

"不能宽恕！"

在他又一次自言自语时，明亮的拉门无声地打开了。

"你怎么了，这么大声……"田弘太郎教授的妹妹佐智子走进来说。

"我哥哥说，不知矢野君怎么样，大概很寂寞，你去看看。"

她昨天来到下田，问候一下。

"对不起。不但为我找房子，还叫你们费心。"

"矢野先生，别外道。"

田弘佐智子的声音像表姐矢部俊一样清脆响亮，使矢野重也倾倒。

年轻的田弘教授去留学时，她与哥哥一起去了美国，在波士顿两年，她一边上学，一边照顾哥哥。这些事是矢野重也在东京帝国大学法律系读书时听教授们说的，但那时他没见过她，这是初次见面。在学生时代，田弘教授把他叫到研究室，跟他说过自己的妹妹，在闲聊中问过他的年龄。当田弘教授知道矢野重也比他妹妹小六岁时，脸上有点失望的神色。

当时那个场面，他至今记忆犹新。可能田弘教授想介绍他与自己的妹妹结婚。

佐智子讲话直来直去，活泼大方，像个老大姐一样，这使在女人面前羞涩脑腆手足无措的矢野重也，头一次感到轻松。

"矢野先生，今天我想去'唐人阿吉'的墓去看一看。我不愿一个人去，你和我一起去吧。"

矢野重也高兴地接受了邀请，本来他也没去过。唐人阿吉，本名叫斋藤吉，她的坟墓在古老的宝福寺。那里似乎已经成为观光名胜，佐智子一问寺里的住持，马上就领他们去了。住持感叹说，最近可能因为反对美国的空气越发浓重，观光的人少了。他指着古梅旁边，一个字迹模糊的圆状天然石小墓说，这个就是。矢野重也早就听说过这个悲惨的故事。阿吉本来有个情人鹤松，本名叫川井又五郎，是个造船工，但由于幕府官员挑拨离间，把她送给第一任美国领事哈里斯当小妾。她获得自由之后，结婚成家，但不幸丈夫川井又五郎突然死去，她无法忍受世人的白眼，嗜酒成癖，最后在离这里不远的稻生泽川的一个深潭投水自杀。

"我出生的时候，阿吉死还不到三年。"佐智子说，"而且我又去美国留学，所以想来看看。"

矢野重也看佐智子心里郁闷，想叫她高兴些："我正在翻译莫泊桑的《我们的心》，这里面没有这类描写，但他的短篇小说《羊脂球》，就是描写为了保卫和平，城里的大人物把这个原本是娼妓的主人公献给了普鲁士的占领军。甚至可以说，她是主动献身。但在她终于回到城里以后，以为人们会感谢她，却遭到白眼，人们用看垃圾的目光看着她。"

"是的。我不久前读了山本有三的《女人哀词》，心想我一定要来一次。"佐智子说出了自己的动机，逐渐快活起来。

烧香凭吊之后，佐智子说："太好了。托您的福，我了了一份心愿。我一个人不愿来，不知为什么，总有一种愧疚之感。"

今天对她的印象，与以往不同，她讲话很谦逊。矢野重也感到惊奇，看着她的眼睛问道："为什么？"

"承蒙恩泽的我，虽然今天终于来凭吊了，但今后如何还是不知道。如果说到这里来，只是为了满足好奇心，我也无话可说。"

她的话，说明她也在反思。矢野重也觉得一下子缩短了心理距离，有感同身受之感，不由得想去拉她的手。但他抑制住自己的冲动，停下脚步说："在严酷的环境中待得久了，不知不觉中，情感就会麻木，不懂得情感的阴影之类的东西。我已经意识到这种危险，所以看到田弘女士对唐人阿吉满怀温情，我也很高兴。"

"总不见人不行。我至今还清楚地记得，我哥说矢野先生有些地方像体育界人士。我呀，有个请求，以后你能叫我教名吗？"

他们面对面，自然而然地拉起手来。发觉有人来了，他们松开了手，慢慢向可以俯视港口的山冈走去。

路上，她回答矢野重也的询问说，从美国大学毕业以后回到了日本，因为英语好，由哥哥介绍，到国际联盟的劳动机构帝国事务所工作，虽然只去了几个月，但至今仍然属于那里。

矢野重也吃了一惊，问道："就是那个在芝协调会馆大楼里的机关吗？"他不等佐智子回答，又说："如果是那里，我也在那儿工作过，但时间很短。"

"这么说，我们是同一机构的同事了。"

他们回忆往事，热烈交谈。

矢野重也在帝国事务所工作半年，那时正好田弘太郎教授被派往瑞士人权国际机构两年，妹妹佐智子与他在美国留学时一样，停职后与他一起去了日内瓦，所以他们没有见过面。田弘教授与最小的妹妹是精神伴侣，如果长期逗留海外，就要带她一起去。她敬重哥哥，与哥哥在一起，她感到骄傲。

"我这个哥哥，一个人什么也不会干。"

她用这种方式表示她的自豪。

田弘佐智子与矢野重也聊天时，似乎想甩开对哥哥这种尊敬，又夹杂着爱情，矛盾而又复杂的感情，她说："那个国际机构的职能，是监视日本无视人权和压迫工人的情况，如果没有有力的介绍人是进不去的。"

矢野重也把不太想对别人说的农商务省的逢坂俊造的名字告诉了她。他在学生时代，不叫家里寄学费以后，生活困难，由田弘太郎推荐，通过逢坂俊造，为农商务省翻译资料筹措学费。也是逢坂俊造介绍他到国际联盟劳动机构日本事务所工作。他在那里上班期间，佐智子跟哥哥在国外，她回国时，他已经辞职投身于工人运动。

矢野重也和佐智子都认为，没有机会见面，是命运的捉弄。

然而，在矢野重也运动失败，心灰意冷时，在佐智子对自己像妻子一样照顾哥哥有点厌倦时，两个人终于见面了。

矢野重也到下田来时，带来了几本原作，修改过去翻译之后一直放在那里没有润色的小说，准备出版。其中有一本阿纳托尔·法朗士的《苔依丝》。小说中的主人公修道士巴福尼斯苦苦思索"命运的戏弄"。在这部小说的开头，有一段暗示这个故事情节发展的描写，一头有魅力的小金狼进入了封闭的修道士的房间。田弘佐智子拉开矢野重也隐匿处的明亮的拉门，出现在他的眼前时，使他受到强烈冲击，仿佛《苔依丝》的世界变成了现实。

矢野重也想，说田弘佐智子的出现，使自己想到了小说《苔依丝》的场面，会不会伤害她的感情？她年龄比矢野大六岁，是从矢野学生时代开始，就一直关照他的伟大教授的妹妹，而苔依丝是在人前袒胸露臂的舞女。

对矢野重也来说，田弘教授和他的妹妹，是生活在海面上梦幻般的大轮船，西餐的香味，西洋古典音乐，雄伟的基督教教堂中的人，而自己是地主阶级出身，从静冈御前崎灯塔附近的农村出来，奋斗失败的青年。

矢野重也生长的周围，是柔道、剑道等武道，供奉当地守护神的古老神社，村子里的打铁铺，祭祀，而这个世界的深处，是京都狭窄的小巷，佐久岛充满荫翳的偏僻山村。田弘佐智子爽朗的深处，是明亮的现代世界。

田弘佐智子在下田住了五天就回去了。

对于矢野重也来说，与田弘佐智子的分别，是与吸引他，但同时又有些抵触的光明的现代的离别。在下田最后那天，矢野重也为了表示感谢，带她到海里钓鱼。与田弘佐智子一起时，隐居的矢野重也自称是"住在哥哥的朋友家写论文的大学助教"。虽然矢野重也在地下生活，但与她在一起，就像一个有"公民权"的人一样到处走动。

日本式钓船的船头，打着白色的遮阳伞。佐智子饶有兴趣地看着一会儿在船尾垂钓，一会儿帮助船夫做饭的矢野重也，身体完全暴露在灼热的阳光下。

昨天，还有今天，矢野重也一直在讲自己童年时的事情和现在思想上的迷惑。开始那两三天还有顾虑，但现在有一种强烈的倾诉欲望。他发觉自己已经好久没有与人好好说话了。随着谈话的深入，他的心恢复了活力。他发现，佐智子不是修道士眼前出现的金狼，而是年轻有魅力的女性。与她说话，只要不出现共产党、社会主义这些字眼，即使当着别人的面，也什么都可以谈。

"海外我只去过中国。那是个庞然大国，有很多民族。我觉得深不可测，根本不是日本军人想象的那个样子。"

说这话时，矢野重也想了武汉时与他关系密切的女同志林佩瑶，也不知她现在怎么样了，心里有点难过。有一天，她突然在武汉消失了，可能根据党的指示去了重庆。

佐智子说："是这样，在这个世界上，恐怕没有人比日本人的想法更简单的了。"她突然大声喊："快拉，你的鱼竿。"

船夫替正在说话的矢野重也拉起了鱼竿，钓上一条很大的鲭鱼。

"我们好像用说话的方法钓鱼。"美智子说完，又问道，"最近我跟你说了为什么和哥哥一起出国回国，其实还有别的理由，你知道吗？

"因为你们关系好吧？"

"哈、哈、哈，当然有这个因素。一个人在外面，一不留神，就有回不来的危险。哥哥知道我有这种危险。有一次，哥哥回国后，我因上学，在美国波士顿待了一年零三个月。那时候我就意识到了这一点。从整体来说，我也觉得美国没什么意思，但去欧洲很危险。"

"在中国时，我也有这种感觉，所以回到日本之后松了一口气。"

"因为你是男的。"佐智子立马断言说。

"也有这个原因吧。"矢野重也含含糊糊地回答说。他不懂她的意思。

"哎，鸟，大鸟，不知是什么鸟？"

佐智子又喊起来。矢野重也想，她可能是心情舒畅，才这样大喊大叫吧。回头一看，一只灰色中混杂着青色的大水鸟贴着水面飞翔。

"这是苍鸹。"

船夫告诉他们说。收起钓竿，开始准备做饭。

"这回我来帮忙。矢野先生，到这边来。"佐智子小心地移到船尾，熟练地打开篮子，把咸菜、摊鸡蛋捡到盘子里，打开锅盖，开始做饭。

佐智子做饭，肯定是与年龄相差很大的哥哥一起在国外生活时学会的。这时，矢野重也突然想起了在佐仓本家的奈保子。母亲聪子喜欢她，想必她不会有什么为难之处。接着，他又想起了目前没有联系的浅野晃，还有南条源太郎。

佐智子回东京的第二天，矢野重也对管理房子的人说："我想换一下心情，出去三四天，如果时间延长，我会与你联系。"

他带着洗漱用品、文具、几本原文书和稿纸、辞典，出了莲台寺温泉，走三四十分钟，到了下田的河岸街。他很早以前就在一家杂货铺的二楼找到了一处房子，以备田弘教授朋友的房子突然不能使用时，有个栖身之所。

田弘佐智子来了五天，生活中飘荡着她的气息和活力，她走以后，矢野重也再也无法独自寂寞地关在屋子里。回想起来，她的确是出现在并非修道士巴福尼斯的矢野重也眼前的金狼。在河岸街的房子里，坐在桌子前面，邻居家晾晒竹笑鱼、沙钻鱼的腥臭味迎面而来。到了夜里，从远洋回来的船，或从进港的船上下来的船员、渔民三五成群，吵吵嚷嚷地从这里走过。

从这个房间出来走五六分钟，有一个巷子，里面有二十几家妓院。在道路的中央，有一条黑黢黢的污水沟，两岸栽着遮掩妓院二层小楼的柳树。

金狼回东京以后，矢野重也特别想女人。搬到这里的那天傍晚，他悄悄出来，走进那条巷子。穿着红色贴身衬衣、露着大腿的女人们，面对路口斜着身子坐着，抽着烟袋。有拉皮条的过来说："先生，这里有漂亮妞。不管怎么说，这里也是唐人阿吉出生的地方。"

那天晚上，矢野重也进了巷子里的一家妓院，很晚才回来。回到房间，他忍不住痛哭一场。他想，毫无疑问，我是输了。

每天晚上，他一边与巷子里的诱惑搏斗，一边在河岸街工作。过了不久，与他一起转入地下的南条源太郎突然出现在眼前，吓了他一跳。

"怎么了，有什么事吗？"他不由得小声问。

"不，现在没有什么大的变化，而这正是问题所在。"他好像一直没有洗澡，一边咔吱咔吱地挠着毛茸茸的大腿，一边说，"不光是我们，原来的党也气息奄奄，机关报也出不来了。"

他又言之凿凿地说："佐野学和锅山贞观发表了转向声明。他们好像真的转向了。我们这方面，如果这样继续下去，也会自然消亡。"

南条源太郎平时讲话总是用一针见血的方式提出问题，吸引伙伴，但他今天却慎重地选择词句，讲了自己思考的结果：形势已经非常恶劣，即使日本共产党劳动者派搞一些活动，也不会有任何效果，只能激起共产党内部的仇恨，结果是当局高兴。

"所以我认为应该解散劳动者派。以前我曾经反对解散党，但为了避免党内的斗争，我们的小组织只好解散。虽然令人生气，但应该考虑这个问题了。矢野，这个组织是你提议建立的，所以结论也必须由你来说。"

南条源太郎这样说，身为潜入地下无所作为的不称职的领导人无话可说。

"那么，你有什么打算？"矢野重也毫不掩饰自己的失望，有气无力地问。

"我原来开过一个制造厂。搞制造业吧，虽然规模小，但有意义。目前这种状况，只能走这条路，虽然遗憾。"

他们沉默无语。从窗口望去，在闪亮的屋瓦前面，是下田港的海。

"嗨，干得真好。这样阴干的东西好吃。"

一个声音低沉的女人回答说。对他们来说，巷子里人们的说话声仿佛来自另一个世界。

他们相对默默地坐了好一会儿，矢野重也的目光终于回到室内。

"南条，"矢野重也直呼其名，"如果你搞工厂，我一定协助。"

南条源太郎吃惊地看着矢野重也。他本来担心矢野重也批判他"丧失原则、解散党组织、失败主义"。假如矢野重也采取这种原则态度，那就与他诀别。一想到这些，他心里就非常难过。然而矢野重也完全出乎他的意料，反而说："明白了。你是来跟我说这些吗？明白了。"

矢野重也说这句话时，声音激烈颤抖，两眼凝视着南条源太郎。自称蛤蟆的南条歪着脸，膝盖上紧握的拳头哆嗦着，拼命忍住眼泪。

在被捕之前，矢野重也出于使命感，在非法的地下活动中，也斗志昂扬。但在他参加了中国共产党所发动的波澜壮阔的革命运动之后，不知为什么，对于日本的活动不再热衷。他认为这是自己任性的性格使然，虽然知道不对，但他是喜欢热闹的人，难以忍受非法活动的孤独。

矢野重也的另一个弱点是脾气火爆，遇事缺乏冷静。他擅长翻译，也曾试着进行过一两次创作，但效果不佳，因为他对构成小说的材料，不能冷静地处理。对于素材中必须涉及的事件、登场的人物，他总是直接表达自己的爱憎。

翻译时，因有原作的框架，矢野重也把奔放不羁的表现欲，塞入作品之中。对作品感情的深浅浓淡，决定他翻译速度的快慢，而且他有个毛病，一直改不了，就是认为故事的流畅，比忠实于原文更重要，因而错误的意译不少。出版社经常提意见，他只好一边挠脑袋一边翻辞典进行修改。

他虽然觉得这样做可耻、不负责任，但在他下决心叫日本共产党劳动者派自然消亡时，心情反而轻松了。

他已经一年半没与佐仓老家联系了，于是写了封信，同时附上了给奈保子的信。与浅野晃也取得了联系。他没有用自然消亡、停止活动这些字眼，只是说绝对不要搞不合适的斗争。

矢野重也出狱后，组建日本共产党劳动者派时，与他一起活动的同志有三十余名。其中当然有浅野晃、南条源太郎，还有开桃太郎面馆时帮助他的河合悦三、村山藤次郎等老朋友。矢野重也想，我应该对他们负责。在他为如何履行责任而苦恼时，南条源太郎说"重操旧业经营工厂"，给他很大启发。

在深秋10月的月底，浅野晃来到下田。他带来了已经出版发行的、矢野重也译的莫泊桑的《我们的心》和奈保子的信。在中断联系的半年中，浅野晃没有被捕，一直在做矢野交给他的工作。

"组建工会的工作，搞得不好。"浅野晃不停地眨着眼说，"由于田中清玄他们的极左冒险主义的影响，一听说共产党，人们就反感。"

浅野晃说，三个党员袭击东京大森银行的事件发生后，共产党完全孤立了，不管你怎么说我们与他们不同，不是一个组织，也没有人听。再次偷渡到上海与共产国际联系的渡边政之辅，在偷偷回国的途中，被台湾当局发现，用手枪自杀。清廉、人格高尚、有威望的市川正一，遭到严刑拷打，牙齿全部脱落，病倒在床。

这一系列事实证明当局的残暴，谁想干扰战争，就将他消灭。在炼狱般的数年间，矢野重也想起了"正确的东西未必胜利"这句残酷的历史教训。

"我认为，解散劳动者派为好。"

矢野重也平静地对浅野晃说出了心里话。

虽然这里有回忆和留恋，但矢野重也在那一年离开了下田，搬到了浅野晃为他在逗子找的房子。

奈保子带着蔺沙来到了这个只有一房一厨的家。已经两年没见面，蔺沙已经三岁，与矢野重也很亲，总是缠着他叫"爸爸，爸爸"。

"这是怎么回事？她一直认生，见到生人就哭。"奈保子说。

"那是理所当然的。不知为什么，反正她知道我是爸爸。"矢野重也回答说，不由得眼睛突然湿润了。

用女斗士、德国共产党总书记罗莎·卢森堡的名字为女儿命名，这是他对革命家时代的纪念。而如今，对革命已经失去热情的自己，正映现在他膝上玩耍微笑的蔺沙的瞳孔中。女儿继承了他们两个人的优点，五官端正，棱角分明，很可爱。

"是吗？是吗？"不知不觉中，他一边自言自语，一边不断把女儿抱起来，对奈保子说，"名字也影响长相。"

"什么，你说什么？"奈保子莫名其妙。

"整天蔺沙蔺沙地叫，我觉得她长得越来越像白人了。"他随口说道。

对矢野重也来说，经过偷渡、回国、坐牢、脱党声明、潜伏地下等炼狱般的岁月之后，与分别已久的妻子女儿重逢，既高兴，也悲哀。

过去，他的时间几乎全部投入了革命运动，现在闲下来，他想应该重新安排生活。他违反保释时检察厅的规定，长期隐藏，现在完全恢复正常的生活，不知是否允许？而且他想找一处与奈保子一起生活的房子，重新好好学习一下革命理论，靠翻译赚取生活费的同时，尽可能地照顾以前一起战斗的同志。在与奈保子相见的那天晚上，矢野重也在睡觉时想，这些都是自己应尽的义务。

多年没睡过这样的好觉了。早晨起来，矢野重也决定：对照原文，重读马克思的《资本论》；为了增加收入，应该扩大翻译范围，翻译梅里美、都德、司汤达的作品；如果出版社约稿，有关历史、时事问题方面的书也可以翻译。他甚至还想干不用任何本钱的算命买卖，打听一下在马路占卜需要办理什么手续。

他有这个想法，是因为两年前，在运动一筹莫展时，为了解闷，他买了一本以姓名占卜吉凶的书，为自己算过命。最后卦象显示，他的前程不是大盗，也不是赌棍，而是可能成为成功人士。他有这个经验，所以在田弘佐智子来到他隐藏的地方时，为了款待她，为她算过命。但是算出的结果很复杂。他算了好几次，都是在学问上会大有长进，婚姻上不顺。矢野重也不好说，只好敷衍她："啊，卦上说，婚姻必须冷静慎重地选择，不试是不知道的。是这样吗?"当时，矢野重也还把她看成是神或恶魔放在晨光中的金狼。

矢野重也有这个经验，所以在紧要关头，就像在开桃太郎面馆时发挥他天生的行动力一样，他比较认真地考虑过，当个算命先生也行。

不久，他在东京玉川瀬田附近找到一处合适的房屋。这时候，他听到一个消息，一个在保释期中，与矢野重也一起潜入地下的同志，觉得逮捕就逮捕，豁出去了，到检察厅去自首，结果只是审问了一番，就把他放了。

"他们好像对我们没有什么兴趣。"浅野晃盘腿坐在矢野新家的草席上，歪着头说。

"好，那我也去试试。"矢野重也说着站起来。

审问矢野重也的检察官只是例行公事地问了一番，最后问他说："你想不想去满洲?"

矢野重也以翻译工作为借口婉言谢绝后，问他到满洲去干什么。

检察官满不在乎地说："在满洲建立和平的乌托邦。五族协和，王道乐土，社会主义也包含这些内容。至少在说服当地人这方面，社会主义者会干得更好。你的不少伙伴都去了满洲。把社会主义，换成共和主义、王道乐土就行了。"

矢野重也闭上眼睛，竭力忍住内心的愤怒。

很显然，他这是蔑视"思想"。从伪思想出发，即使冠上王道乐土的名字，也不可能有和平的美丽社会。他想起了烦恼的林佩瑶，想起了总是微笑着的俞龙植，忍住怒火。

在公审开始之前，矢野重也出席了在青山会馆召开的消费工会集会。公审之后，也许还要蹲几年监狱，所以他想亲眼看一看，这几年工人运动的发展和患了左派幼稚病、时运不济的日本共产党之间到底有多大差距。在那里，矢野重也看到的是，没有任何政治势力可以反映他们的不安和愤懑的人们，无处倾泻的热情。

他觉得自己脚下的大地张开了一个大口子。没有强有力的思想领导，人们也许会被建设王道乐土的口号蒙骗。这是可怕的。矢野重也并没有忘记对俞龙植许下的反战的诺言，但很显然，他目前的处境，无能为力。在焦躁不安中，矢野重也的耳边响起热烈的掌声。

站在讲坛上的人，为了维持生活，提议反对米等食品涨价。矢野重也想，这是市民的集会。他在狱中这几年，已经出现了新的动向。

几天后开始公审。矢野重也觉得这次判决过于简单。他本来准备在被问及你为什么组建日本共产党劳动者派时，回答必须批判现在的党，但没有问他这个问题。他被判刑五年，缓期执行三年。

第七章 ◆ 彷徨的早晨

　　矢野重也和奈保子带着蔺沙和一岁的琉璃从船桥租借的房子搬到杉并区大宫前，是昭和十一年年底，当时矢野重也三十七岁。

　　在日本共产党劳动者派自然灭亡之后，矢野重也为了维持家庭生活，聚精会神地搞翻译。他因参加革命被判刑五年，缓期执行。虽然日本共产党的主要领导人已经被捕，但对矢野重也的攻击却更加强烈。一些无所不知的老油条为了赚稿费，写许多文章，说"矢野重也是假装转向，骨子里还是共产主义者"，他依然处于流言蜚语的风口浪尖。

　　大宫前的新家，是他用翻译梅里美的几本作品集的版税建起来的。这些作品大部分由他译出草稿，再请法国文学权威铃木信太郎、辰野隆润色、监修而出版，销售甚好。

　　在矢野重也的译作中，这是些没有任何政治思想、变革社会主张的作品。其中醉心于吉卜赛女郎的龙骑兵唐霍塞堕落为杀人犯的《卡门》，发行量是他以前所译作品的三十倍，所以他才有了自己的家。

　　矢野重也说明建房的原委时，对好朋友们笑着说："所以你这个家，别名应该叫'卡门宅'。"但是，除了走过同样道路的文人浅野晃、林房雄之外，谁都不能体味到这笑声中的苦涩。

这座"卡门宅"是在五日市街道的旁边，买了三百坪（一坪约三点三平方米）土地，建起的木板房。周围是高耸的柏树围墙，在院子的南面挖了个小水池。

风大的时候，这座建在野外的房子发出很大的吱吱声，但它毕竟是矢野重也和奈保子第一个自己的家。已是两个孩子母亲的奈保子感到满足。丈夫的性格不会安分守己地过日子，今后可能还会有波澜，他不可能安安静静地呆在家里。倘若如此，自己就守在这里，好好教育两个孩子。这样想的奈保子看起来与卡门的性格正好相反。

矢野重也之所以喜欢杉并区大宫前这一带，是因为放眼远望，周围都是田地，远处的大宫神社宽阔的院子里郁郁葱葱的树林，宛若守护神社的卫士，使他想起故乡的池宫神社。这里茶园很少，种旱稻和麦子，以蔬菜为主，完全是东京郊外的农村。问题是距铁道省经营的电车西荻洼车站较远，但正因为交通不便，土地便宜，他才能用稿费买得起。

写门牌时，他颇费踌躇。开始时他想写矢野重也，但他知道，目前他还有可能遭到暴力的袭击。这一年的2月26日，东京的皇道派陆军部队发动政变，袭击内阁重臣，杀死冈田启介首相的内弟，内务大臣斋藤实，大藏大臣高桥是清等。

有时因为与出版社商谈或出来校对搞到很晚，回不了家，矢野重也就在东京帝国大学附近找了一家旅馆，经常在那里投宿。他在旅馆中听到这一消息时，大吃一惊。这个消息是南条源太郎告诉他的。他们约好上午在旅馆见面。

南条源太郎说，今天乘市营电车到我工厂上班的员工一个都没来，正担心是不是我过去搞的自发罢工？这时来了一个人，面色惊慌地报告说："好像出了大事。皇宫周围禁止通行。挎着刀拿着枪的军队把樱田门、和田仓门围得水泄不通。"

南条源太郎说："我从神田到最近的平川门去看了看，不得了，那里都是兵。这么大的雪，他们点着篝火，两眼放光。四周鸦雀无声，我看是政变。"

这时浅野晃也跑进来。他与出版社商量事来到东京，今天也住这家旅馆。

"喂，朝日新闻也遭殃了。"浅野晃说。

他们三个人沉默无语。街上的气氛告诉他们，日本共产党没有发动群众的能力和理论，再加上矢野重也一伙的分裂活动，形势完全被当局控制，在这种情况下，变革现状的只能是右翼势力。

浅野晃为了打破越来越沉闷的气氛说："洼川稻子在《妇人公论》上开始连载《红色》，小说写得很好，因而就更令人难过。所以我硬着头皮读了。这篇小说与中野重治去年发表的《农村的家》属于同一倾向的作品。"

浅野晃讲了自己知道的一些作家的动向。他没有说已经到嘴边的"转向小说"这句话。他觉得如果说出这句话，自己就太愚钝了，矢野重也听了会反感。

又过了一个小时，木下半治冒着越来越大的雪来了。两年前，木下当了文化学院的教授，他与读卖新闻的一个朋友联系，知道了许多详细情况。他说政变的兵力约两千，打死了内务大臣、大藏大臣等人，目前陆军是加入政变一方，还是与他们进行谈判，或者把他们当成敌人，与他们战斗，态度暧昧。

"这可是大事。"矢野重也吼道，"真正的法西斯开始了。如果政变的势力掌握了政权，我们也就不能在这里待了。"

"这是末日？"

"对，日本的末日。"

"不，也许不是这样。"浅野晃听南条与木下这样说，放下抱着的胳膊，大声说，"他们想推翻腐败的财阀、政党的干部，动机是正确的。"

"你胡说什么，浅野？"木下半治厉声斥责。

"有什么办法平息右翼政变吗？"南条源太郎的公鸭嗓拦住了大家信口开河的话头，瞪眼看着他们三个人问道。

"没有。"矢野重也冲着南条源太郎，歪着嘴说，"不过，可能，只有一个办法。"

他的语气中现出了难得一见的踌躇。他低着头，好像在寻找适当的词语。他把双手放在膝盖上，看着大家说："平息右翼政变，只有一个方法，但共产主义者不会赞成。"

南条源太郎气势汹汹地质问："你说什么？叫我们干吗？"

"不，我们无能为力。虽然遗憾，但不可能。"矢野重也讲到这里，断然说，

"那，就是天皇。只有天皇反对叛乱，才有可能。"

矢野重也看不断眨眼的浅野晃点了点头，而南条源太郎与浅野相反，瞪圆了眼睛。

"不可能。天皇杀了我弟弟。也杀了小林多喜二，市川正一，渡边政之辅。"

南条源太郎一副凶相，瞪着矢野重也。矢野重也闭着眼、仰着头说："南条，你说得对。但正因为如此，才有可能。"

南条源太郎的眼睛骨碌骨碌转，没有说话。

"可是，天皇是否有材料对这一事件做出判断呢？他被一群腐朽的重臣和政界的长老们包围着。"

木下半治平静地提出了他的疑问。

矢野重也对他说："什么理由都行。比如说不能饶恕杀害他身边的重臣，这种情绪性的动机也可以。只要反对就行。这是目前唯一的方法。"

南条源太郎怒气冲天，眼睛瞪得溜圆，梗着脖子。屋子里笼罩着比刚才更加深沉的静默。外面沙沙的下雪声听起来像溪涧的流水。

"就说中国共产党吧，"当矢野重也一心想说服对手的时候，总是稍稍提高点声音。他看着南条源太郎说，"国民党的蒋介石本来是他们的敌人，但他们为了实现抵抗日本军队侵略这一目标，与蒋介石合作。"

"侵略中国的，不正是天皇的军队吗？"南条源太郎顽固地反驳说。

矢野重也亲切地看着一直与自己唱反调的南条源太郎说："那是另一个问题。当前，只能依靠天皇的力量平息叛乱。问题是以后怎么办。"

木下半治缓缓地摇动着巨大的身躯说："在莫斯科的野坂参三两个星期前，与山本悬藏联名发表了《致日本共产主义者的信》，倡议建立反法西斯主义统一战线。看来莫斯科也认为日本要大举进攻中国了。"

到底是木下半治，前不久才说要开始研究日本的法西斯主义，现在已经收集了不少材料。他解释说："天皇的重臣们阻止当前的极端右倾化，向内外表示他们中立，但很可能采取逐渐进入法西斯主义的方法。从平安时代开始，公卿们就用这种日本传统的统治方法。"

他们四个人对日本要扩大侵略战争这一点看法一致。

"虽然明白，但却无可奈何，真是难受。"

不知不觉中，中午已过，今天又下大雪，于是决定在这里住下来喝酒，矢野重也感叹道："尽管如此，可也不能只埋头于文学吧？"

"文学本来就是一个人独立干的事。矢野，你觉得苦吗？"

浅野晃坦率地说出了自己的看法。

"我一直是一个人干。"木下半治说。

"你确实不参加任何集体行动。可又不是冷酷无情，真是个怪人。"矢野重也说。

喝起酒来，刚才沮丧的气氛有所缓解，有了些许活力。南条源太郎也终于舒畅些："我除了工作，就是叫女人高兴。人口的一半是妇女，使她们高兴，就是社会主义。"他开始胡说八道。不过，其他三个人发觉，确实好久没有听到南条的黄色笑话了。

叛乱的年轻军官控制首都中心不到三天。他们以为，他们主张的纯粹的天皇制会得到支持，但期望落空，被定性为发动政变的叛军。

戒严司令官香椎浩平中将发表劝降公告说："现在还不晚，放下武器回到原来部队。"叛乱部队随之解散。

事件的发展正如矢野重也预料的那样。据说少壮派军官赞成北一辉的思想。他们的失败和被处决，是继共产主义之后又一个理想主义的破灭。

矢野重也等人虽然坚决反对他们的行动并且有一种危机感，但他们的失败使矢野重也等人在内心感到沮丧的是理想主义的破灭。这个事件造成的直接后果，就是目前可以预料的、沿着眼前"经济合理性"的思路，发动侵略中国大陆战争这条唯一的路。

春天终于来到了位于东京郊外田野中的大宫前的家。奈保子为了使自己的家住着舒服些，整天忙里忙外。为了挡窗口的风，她买来了棉布，手工做窗帘。她拿起不太会用的锤子，自己做棚架。有时不小心打在手上，伤了手指也不灰心。丈夫老家佐仓用来寄蜜柑、茶叶的箱子，她也舍不得扔，精心保存起来，贴上彩色手工纸，装盆子、盘等厨房用品。她不仅收拾家里，一到3月，不知跟谁学的，在院子里种上了春萝卜和菠菜。她还从荻洼站前的市场买来了玉米、西红柿、黄瓜、茄子苗。

这样一来，矢野重也也不能袖手旁观。他买来锄和锹帮助种地。玉米长得高，种在北侧和西侧的边上，接下来用木棍搭起黄瓜架，中间种蔬菜。奈保子说，东西越来越贵，要自给自足，过些日子还想养鸡。

"这种生活，对蔺沙、琉璃的教育也一定有好处。"奈保子因为干活，脸红红的，对矢野重也强调说。

有一天，矢野重也坐在书桌前，准备把收到岩波书库的《诸神渴了》再最后校对一遍时，抬眼看到了田地里的黄色水仙和三色堇。昨天还没有，肯定是昨天下午他不在家住在本乡旅馆时栽的。

花栽到什么地方，才能叫坐在桌前的矢野重也看到，奈保子肯定动了一番心思，叫长女蔺沙站在田地里测量过。

矢野重也对着来送茶的奈保子，指着花说："谢谢。很漂亮。"奈保子在他身后，两手扶着他的肩膀，似乎想看一看效果如何，把脸放在与他相同的高度，看着院子。两个人的脸贴在一起。矢野重也扭过头，在奈保子的脸上轻轻吻了一下。

在奈保子轻轻地走了以后，矢野重也看着院子，沉思起来。现在，他知道，像自己这样的男人，再做一个有铁一样纪律的组织的成员，已经不可能。但因此自己就可以心安理得地过这种平静的生活吗？看来，在中国大陆的战争已经没有人能阻止。矢野重也从上海到武汉待了半年，他曾对一直陪着他的俞龙植说，我回到日本，要竭尽全力搞反战运动。如今，他并没有忘记当时的许诺。对情人林佩瑶的记忆，虽已遥远，但诺言还留在心中。

怎么办呢？这个问题一直没有答案。矢野重也觉得，这个世界再没有人相信自己。

矢野重也想起这些，心情忧郁。奈保子怕打扰矢野重也工作，悄悄走到院子里，在窗口看不到的西边栽蚕豆苗。那里栽了一排前几天买来的洋苏草。不久会看到梦幻般的蚕豆花和如火燃烧的红花吧。这种花，开在她童年时代遥远的记忆深处。

最近奈保子常常想起泽田的姨妈说过的话："奈保子，你的身上流着名门刀匠的血脉，所以绝对不能自卑。管他什么养父母家、染房，要是那个游手好闲的儿子说什么，你千万别答应。"

搬到大宫前以前，她没有工夫深想自己的出身，但最近一段时间，她常常想起幼年时代的生活。

奈保子一边栽洋苏草，一边想，自己为什么对这种还没开放的花朵的形状、色彩一清二楚？真是不可思议。在她记忆深处有一幅图画：在强烈的南国阳光的照射下，有一个草顶的小库房，后面是一排高大的向日葵，洋苏草火红的花像柏树一样在空中开放。

户籍上的父亲野川马吉的家，应该是在郁郁葱葱的森林中的小屋，这种图景应该是外祖父中田市太郎的家。

奈保子停下手中的翻土的铁锹，喘口气，沉浸在回忆中。她想和丈夫一起去高知的家，如果可能，也想到深山中野川马吉的家去看看。她想亲眼确认对照一下记忆中的图景。父亲野川马吉身体好吗？还健在吗？好像没人知道。

在她化解了以前心里的紧张，思想在过去自由飞翔时，矢野重也的心情却越来越沉重。

他在重译法朗士的《诸神渴了》时，心情更加阴郁。小说的主人公加墨兰本来是一个心地善良的画家，偶然被卷入巴黎公社，因为他诚实，所以被推举为革命政府的法官，变成了一个冷酷无情的杀人的魔鬼，最后自己也被送上了断头台。法国大革命是人民解放的典范，但从这部小说来看，在革命进行的过程中，并没有人情味和光明。

正在这时候，南条源太郎来到大宫前的家，带来一个新话题。他想回收用过的废纸，制造再生纸，问矢野重也是否愿意和他一起干。

"我在狱中就想过，如果能活着出去，我只干叫人高兴的事。我原来在龟户开一家工厂，制造造纸用的橡胶滚筒。对于溶化纸浆，用纤维造纸的流程一清二楚。把旧报纸变成再生纸，关键问题是怎样全部去掉报纸上的油墨。这个很难。因此，如果发明了这个技术，就能做成很大的产业。这样，就能帮助过去的二三十个同志解决生活困难。"

南条源太郎最后这句话"能帮助过去的同志"说到了矢野重也的心坎上。革命运动失败以后自己退到了幕后，帮助那些因斗争而生活陷入困境的同志，是一个好主意。

矢野重也说："南条，你干的时候，只要需要我帮忙，我一定去。"

在大宫前的房子建成两年时，矢野重也不再搞革命运动，在杉并的田野中盖了小屋，用野川重也的名字隐居等等消息在出版社和编辑中间广泛流传。这些在编辑中流传的信息，给他带来了机遇：创元社出版《亚洲问题讲座》丛书，请他当策划委员，纪伊国屋的社长田边茂一出版《文学者》杂志，请他当同人；河盛好藏推荐他翻译安德烈·莫洛亚的《英国史》，并把原书借给他。河盛好藏是从介绍他搞翻译的铃木信太郎等人那里听说他的为人的。

矢野重也在加入《文学者》以后，又参加了以尾崎士郎为首的同人杂志《文艺日本》。他野心勃勃，不仅要搞翻译，也要写一部宏大的长篇小说，给大家一个惊喜。他以在上海和武汉的生活为素材，构思一部以蒋介石为主人公的小说。在他看来，蒋介石想把中国建成一个名实相符的独立国家，为此采取了与共产党联合的高超技巧，但在不知不觉中走向了反面，变成了一个悲剧人物。

不知为什么，矢野重也对成功的人物没有兴趣和好感。

但是，他却想见一见蒋介石。这个想法源于日本政府说"蒋介石不是对手"。矢野重也直观上认为，这个决定说明了日本政府何等傲慢。当然，他也没有忘记在中国与他一起活动的俞龙植，在武汉见到的毛泽东、周恩来。不要说蒋介石，就是他见到的这些人，任何一个都比现在日本政府的领导人要高明得多。

矢野重也在策划写一部以蒋介石为主人公的现代三国演义的长篇小说的同时，对搬到大宫前以后奈保子生活意识的变化也感到惊奇。

她对丈夫爱情的表达方式，一个女人的沉着镇静等等，矢野重也在每件事上都有新的发现。他认为，文学就是要表现这些日常生活的微妙变化。

他想，奈保子的变化可能与生孩子有重大关系，但他是个男人，根本不懂女人的心情。至于一个失去理想的丈夫，对她的心情有什么影响，他不愿意去深想。

由河盛好藏推荐，矢野重也翻译的安德烈·莫洛亚的《英国史》（上、下），由白水社出版不久，半年没露面的南条源太郎来到大宫前。正好那天浅野晃和原日本共产党劳动者派的一个同志也来玩。

"成了，废纸再生技术终于成功了。这样，造纸的资源就不成问题了。"南条源太郎哐当一声拉开玄关的门大声宣告。

"你说什么？怎么回事？"他的大嗓门把大家吓了一跳，第一个出来的是浅野晃，接着是原来的一个同志和矢野重也。他们三个坐在玄关，听南条源太郎讲解，但他们没有相关的理工知识，反应平淡。

"这样就能造出纸来吗？"

"是造厚纸板，还是手纸？"

他们净提一些牛头不对马嘴的问题。

矢野重也也是满脸疑惑，不得要领地说："是吗，这样就可以办实业吗？"

"我在早稻田理工学部学过技术，你们这些人，不做个实验叫你们看看，你们就不明白！"南条源太郎急了，对着屋里大声喊，"夫人，有小炉子吗？对这些没有科学知识的人，不做个实验叫他们看看，他们就明白不了。有大锅吗？借给我用一下。"

终于在玄关的水泥地上架锅烧水煮起了旧报纸。南条源太郎不断用团扇扇炉子，一边嘟嘟哝哝地说："火力有点弱。"

他把用口袋拎来的米糠放到锅里，旧报纸上的油墨渐渐被米糠吸走。他把变黑的米糠舀出来，锅里煮的纸变成了多少白一些的均匀的糊状物。

原来是这样，他们看懂了，但对这种东西能否造出再生纸来仍是半信半疑。

"问题是成本。米糠吸收的效果有限。如果用化学药品，就会破坏纸浆的纤维，成本也高。"南条源太郎坦率地说，"即使实验成功了，工业化也不一定成功。但是，如果实验不成功，那就无从谈起。最后还有一步。"

是这么回事。这次矢野重也终于明白了南条源太郎的意思。

又过了四个月，在一个下雨天，南条源太郎和矢野重也在街上走，看到水坑中的报纸退了色，找到了用物理方法处理的窍门。

在他们正在筹备建立造纸会社时，矢野重也突然被东京宪兵队逮捕。军方的管制派头目东条英机逮捕原共产党的干部矢野重也，阴谋捏造反东条派的石原莞尔使用共产主义者的事件。但是在军队中，也有理解矢野重也的少壮派军官，他们赞成南条源太郎和矢野重也的计划，帮助他们建工厂。这些军官，有军务局军事科科长岩畔豪雄大佐，秩父宫（雍仁亲王）侍从武官田新太郎中佐等人。这些受石原莞尔熏陶的军人，具有以和平进驻取代战争，建立理想国家的想法。矢野重也对石原莞尔一无所知，也没听说过他根据战斗的日莲宗而提出的世界最终战争论。只知道他是与自己讨厌的东条英机对立的军事将领，反对与中国的战争，认为"时期尚早"，与后藤新平①的"文装武备"思想有相通之处，明白没有当地人的协作无法施实殖民政策等等。

昭和十五年5月，成立了大日本再生纸制造会社，工厂建在北海道苫小牧附近的勇拂平原，占地五万公顷。机械设备大部分从中国广东省运来。这个计划在当地的推进者是北海道长官户冢九一郎，还有与矢野重也他们的理想产生共鸣的朝日新闻社的筱田弘作等人。

在大日本再生纸制造会社的周围，聚集着一些欣赏矢野重也人格的人，如以宫岛清次郎为首的经济界的援助团，朝日新闻社的经济部长丹波秀伯，商工省的椎名悦三郎等等。这些人大多是在实业计划启动后认识的。这个计划不是建立在利害得失的基础之上，而是为了解决国家的困难，矢野重也和南条源太郎谁也不是实业家，但在他们看来，这两个人是可以信任的。

在计划顺利实施以后，矢野重也没想到的是，从此再也无法恢复文人或法国文学翻译家的生活。起初他认为文人的生活与经营者的工作可以并存。他原来想在南条源太郎需要帮助时，只干一届两年董事。

宫岛清次郎为了叫矢野重也、南条源太郎学习经营，把与国策纸浆有关系的某社社长石仓巳吉排在他们前面。宫岛清次郎决定了人事之后，把石仓叫来，对他说明了原委："你的工作是教南条源太郎和矢野重也如何经营。他们是好料，有大气魄，但不懂经营，抱歉，叫你去干这个遭人恨的角色。"

石仓巳吉敬佩宫岛清次郎，觉得这是个奇怪的工作，但又不能不服从。这种担心在视察预定建设工厂的勇拂平原的第一次旅行中，很快变成了现实。

石仓巳吉、南条源太郎、矢野重也三人乘坐青函联运船在函馆登陆，经札幌

---

① 1857—1929，明治、大正时期的政治家。

住进了定山溪温泉，对于第二天怎样视察勇拂，意见不一致。南条源太郎想，先洗温泉，之后再慢慢商量，于是先去了大浴场。等了半天石仓巳吉和矢野重也也不来，莫非有什么事？他回到房间一看，矢野重也骑在石仓巳吉的身上，掐着他的脖子。连见过大世面的南条源太郎也大吃一惊，从后面抓住矢野重也的后脖梗子把两人拉开。不管怎么说，石仓巳吉毕竟是恩人宫岛清次郎派来的社长啊！

南条源太郎大声呵斥矢野重也："不管你有什么理由，都是你不好。"

他不理睬仰着头愤愤看着他的矢野重也，替矢野向石仓道歉。

他觉得只是自己道歉还不够，瞪着矢野重也吼道："矢野，你要道歉。还没有动工，你就动手打架，这怎么行？这里可不是什么搞运动的组织。"

方才就已经不知如何是好的矢野重也，乘着南条源太郎的话头说："是吗，嗨，对不起。"他说着抓起挂在小梳妆台上的毛巾说："我去洗澡。"走了出去。

刚才石仓巳吉说，在乡下人面前，要摆出了不起的架子，否则就会赔钱时，矢野重也一把抓住他的胸口说："你小子就用这种精神办公司吗？"

他把石仓巳吉打倒在地。这的确是矢野重也的习惯做法。被南条源太郎吼了一顿的矢野重也扑通一声跳进浴池，慢慢地舒展四肢，心里想，辞职算了。他发觉有人悄悄走了进来。当他回过神来回头看时，是石仓巳吉、南条源太郎来了。

与矢野重也目光相遇时，石仓巳吉说："呀，我错了。谢谢。"

矢野重也茫然地说："我不适合会社的工作，对吧，南条。"

他寻求南条源太郎的支持，但南条一声不吭，看着别处，佯装没有听到。"按照你们的想法办好了。我说的你们不要介意。"

石仓巳吉说完，从浴池上来，去打肥皂。事情过去以后，矢野重也多次想，那时辞职就好了。过于认真的石仓巳吉，知道矢野重也比听说的还要野蛮，大吃一惊，同时也深刻理解了宫岛清次郎所说的"培养"的真正含义。

具体工作开始以后，资金、材料的调拨，招聘员工等等事，使矢野重也知道，心中所想的与实际工作有很大的距离。每每这时候，他就想，我不适合当实业家。矢野重也最初是想帮南条源太郎一把而参加经营的，一开始实际工作，就连招聘一个员工，与石仓巳吉他们的意见也不一致。

"那个人有点怪，但挺有意思。"矢野重也推荐说，但石仓巳吉的部下却反对说："哎呀，这可危险。工厂里的人必须听话才行。"

浅野晃是矢野重也发泄不满的听众。矢野重也与南条源太郎经常针锋相对。有一天，矢野重也愁眉苦脸地到了浅野晃家。

"我还是得辞职。干够了。我不知道那个家伙这么庸俗。我不能再忍气吞声地和他一起干。他很无聊，跟他真是白白浪费时间。"说着，他从衣袋里拿出给石仓巳吉社长的辞职信，"我交你，给我保存好。什么时候我直接去见宫岛清次郎先生道歉。"

矢野重也一副灰心丧气的样子。浅野晃好言相劝，刚刚把他说通走了，南条源太郎又来了，含着眼泪说："矢野这个家伙不行。他从来不考虑与别人协作，一意孤行，根本没有集体意识。我不愿意和这样傲慢的人共事。今天我就辞职，以后的事拜托了。我想和合得来的人办个小公司，不管他怎么穷。"

对照他们两个说的，浅野晃明白了他们在如何应酬商工省官员的问题上，因为一些鸡毛蒜皮的小事发生了冲突。

可能是这种紧张的人事关系加重了疲劳，矢野重也在昭和十六年冬天开始感到胸痛，连路都走不了了。医生说这是自律神经失调，因为过于劳累引起的心脏机能低下，即所谓疑似狭心症。矢野重也张罗在柳桥的"稻桥"为尾崎士郎开完送行会后不到十天就发病了。

矢野重也病倒后，最着急的是南条源太郎，他没心思工作，哭丧脸，见着谁都拉着手说："矢野也许要死了。他要是死了，一切全完了。"

南条源太郎一大早就去了北海道长官户冢九一郎的家。户冢是制定北海道开发计划，主动把大日本再生纸制造工厂引入北海道的行政长官。

"如果这样拖下去，矢野有生命危险。我可能太顽固了。总之，户冢先生，请您想办法救救矢野。"

这位被称为蛤蟆将军的南条源太郎咧着嘴大声哭起来。户冢九一郎大吃一惊，急忙上车，赶往大宫前的矢野重也家。他看见矢野重也穿着棉睡衣，扶着奈保子的肩膀步履蹒跚地走来，不像南条源太郎说的那样严重。他没刮胡子，但眼睛还很精神。

矢野重也笑着说："让您惦念了，真对不起。大体上可以走了。有人说，这可能是男子更年期。"

户冢九一郎看情况不要紧，于是放了心，告诉矢野重也，南条源太郎快吓死了。

"在我的客厅里，他说你危在旦夕，哇哇地哭起来，所以我急忙跑来看一看。不过，我觉得不要紧。"

矢野重也听了这番话，心里高兴，笑着说："南条是个好人。因为他弟弟被警察杀了，他才卖了工厂参加了共产党。他可能太像我了。"

户冢九一郎推测，他与南条源一郎的冲突可能是发病原因，但看这个样子，今后问题不大，一颗悬着的心落了地。他说："不管是疑似狭心病，还是爱发火，都是因气而得。想改变这种体质，西医不行，最好用针灸。我针灸以后，比以前平和多了。"

他介绍了四谷一家有名的针灸医院。

这是发生在日本与美国、英国开战之前的一个月。这次发病使矢野重也开始重视身体，很快就去了四谷的医院针灸。

针灸效果很好，过了年，能像一般人一样走路了，矢野重也重返工作岗位。南条源太郎不再固执己见。在举国欢呼对美英开战的狂热中，大日本再生纸制造会社在静冈县建立试验工厂，在北海道勇拂工厂的上梁仪式都进展顺利。

在很多人认为日本能取得战争胜利的昭和十七年11月，在成立造纸会社时帮过忙的岩畔豪雄少将邀请矢野重也到新加坡去。他在信中说：听说你们会社已经开始生产，我猜测，尊兄已经不用每天去视事，而我有许多问题想与尊兄商谈，您能否来新加坡一段时间？我在马来战役中很难堪，现在正在搞另一个工作。为完成这一任务，希望借助尊兄的智慧。

马来战役，是掌握实权的东条英机派的陆军，对实战的无知和官僚主义的大暴露，是失败的例证。在马来半岛战线，死了许多官兵。岩畔豪雄少将与总司令官意见相左，自己要求出任印度独立机关长，常驻新加坡。

岩畔豪雄，可以说是大日本再生纸制造会社的恩人。对实际业务感到疲倦的矢野重也得到宫岛清次郎和社长的批准，欣然接受邀请。岩畔豪雄认为，现代战争，必须确立情报、间谍、政治和经济联动的综合战略思维。从这一点来看，他是一个难得的文明开化的军人。矢野重也第一次与他见面，就很投缘。他是非开战论者，曾说服尚未掌握实权的东条英机，去华盛顿斡旋和平，在行动能力上，与矢野重也不相上下。

岩畔豪雄少将认为，为了和平解决陷入泥潭的对华战争，日本支援印度独立，使之成为强国有重要意义，计划支持由钱德拉·鲍斯①领导的印度国民军。他认为有国际视野，能够切实开展工作的人，非企业家矢野重也莫属，所以把矢野请到新加坡来。

岩畔豪雄为矢野重也预备的住宅，坐落在一个可以俯瞰英国植物园的山冈上。在日本占领新加坡以前，这里好像是欧洲某国的领事或公使的官邸，玄关的大厅前有门廊，是座仿英式建筑，有三个女佣管理。

飞机为了加油，中间着陆两次，但因是军用飞机，很快就到了新加坡。矢野重也离开了企业经营的操心事，感到浑身轻松。在一些华侨的领导人、印度的政治家拜访岩畔豪雄少将时，矢野重也以机关长顾问的身份出席，同时也以岩畔豪雄少将代理的名义飞往雅加达、吉隆坡。

各国国内存在的矛盾，想摆脱西欧殖民统治实现独立的欲望，对日本帝国主义的疑虑等错综复杂的形势，矢野重也都能用十五年前在上海、武汉与俞龙植等同志一起使用的方法论进行分析。

岩畔豪雄常常为矢野重也的形势分析拍案叫绝，而且为日本军队上层领导对事物缺乏客观认识的能力而感叹唏嘘。矢野重也认为，不仅是军部，包括天皇周围的重臣们，完全醉心于眼前的国内政治的讨价还价，根本没有世界眼光。

到新加坡以后，矢野重也最大的感受是英国殖民地政策的巧妙。英国殖民者修整城市的上下水道、制订城市计划，给当地人留下英国统治以后生活得到改善的印象。这与日本大举伐木，把朝鲜半岛的山剃成光头有天渊之别。

在他们没有统治的地方，发动鸦片战争，无所不用其极。但在殖民地，他们的一切占领政策都严格地遵守如果没有当地人的协助就不能成功这一铁的法则。

---

① 1872—1945，印度激进的独立运动家、政治和社会活动家，原印度国民大会党左派，印度民族解放运动的领导人之一，也是自由印度临时政府的领导人，印度国民军最高指挥官。

矢野重也虽然坚决反对殖民主义，但他想对怀有好感的岩畔豪雄讲实话。

"岩畔先生，现在如果不从本质上提高以前的占领政策，一旦战况不利，日本将陷入困境。"矢野重也坦率地讲了自己的想法，"这里幸好有岩畔先生，但一想到日本军队在中国大陆占领地都干了些什么，就不寒而栗。"

说这些时，矢野重也听到心里另一个声音责问：既然如此，你为什么到新加坡来？难道没有更好的办法阻止战争扩大吗？他为了打消这些念头，固执地说，我无论如何也不会改变思想，这是我的生活方式。

岩畔少将同意矢野重也对日本占领政策的担忧，坦率地说出把他请到新加坡来的目的："在印度问题上，我打算由始至终，不出兵，而是建立友好关系。因此，矢野先生，我觉得很有必要听一听您的意见。"

"我懂了，可是，现在还来得及吗？"矢野重也说这话时，岩畔豪雄少将凄楚地微笑着，一言不发。他知道东条英机讨厌自己，把自己派到新加坡的意图。同时他也从日本参谋本部得知，日军在新几内亚战线已经失败，并决定从瓜达尔卡那尔岛撤退。

过年之后，他们两个人就这个沉重的话题又多次商谈。在一次宴会上，矢野重也被一个喝醉的中尉缠上了。

"东条阁下是英雄。战则必胜，胜则必进。你不这样看吗？矢野先生。"一个高个子中尉，手搭在矢野重也肩膀上问。矢野重也怒目而视，回答说："我完全不这样看。他是个权欲熏心的官员。"

那个喝醉的中尉两眼发直，怒吼道："什么？你再说一遍！我不允许你用这种语言破坏军队的名誉。"

岩畔豪雄听到吵闹声，慢慢走到怒目而视的两人身边，大喝一声："山田中尉，你要知道这是什么地方。这位是我请来的贵宾。不许无礼。滚出去。"

中尉突然军靴跟一碰立正说："山田中尉失礼了！我走了。"

他从宴会厅消失了。

矢野重也在新加坡逗留期间，战况日益恶化。5月，阿图岛的日本守备队在占绝对优势的美军的登陆进攻中全军覆灭。在这之前不久，日本联合舰队司令官山本五十六乘坐的飞机，在所罗门群岛上空被美国战斗机击落，山本毙命。

矢野重也在新加坡期间曾去吉隆坡、爪哇，与独立运动的领导人会面，但潜入印度，促进日印同盟，从侧面促进中国与日本的和平这一岩畔豪雄机关长的构想，却胎死腹中。昭和十八年夏天，日本已经失去制空权、制海权。

7月时，岩畔豪雄把矢野重也叫来说："正像你说的，印度独立运动已经来不及了。造纸会社方面也担心你的安全。我已经安排五天后飞往日本的航班。但是，必须避开敌人的耳目，不经过台湾上空。"

"没去印度，很遗憾。承您关照，在这期间，我的身体完全恢复。战争不行了。"矢野重也说话时，岩畔豪雄默默地抬起头，看着聂帕棡叶尖上的明月。矢野重也想，这次分手，也许就是永别。他暗自决定，如果自己在战后还活着，一定要写一写这位优秀的军人。

这之后的几天，矢野重也游览了植物园和被军人们称作"南洋姐墓"的日本人墓地。用泽庵石修的"南洋姐墓"，建在可俯瞰海湾、面向日本的山坡上。模糊不清的墓碑上刻着"松野墓、享年十六"、"日代、享年十四"，最不清楚的是刻着安政或天明等江户时代年号的墓，明治以后的墓也很多，但字迹清晰。

矢野重也默默地伫立在烈日之下，四周很静，只有轻轻的海风。墓地中到处是开着鲜红花朵的无叶的火焰树。在闭关锁国的江户时代，一直有拐卖少女的商人，买少女的男人。在寂静中，他好像听到那些专门来人世受苦的姑娘们如泣如诉的呻吟。她们中的大多数人是不是仇恨被商人的花言巧语蒙骗的父母？因而她们的悲哀也更加深重。那天夜里，矢野重也在梦中看到一条身体衰竭横卧着的鲸鱼。黑色闪亮的日本列岛状的鲸鱼很快腐烂发臭。

社长石仓巳吉、南条源太郎正在等着矢野重也回来。因为一切为了军事，整个经济结构和运转极不谐调。失去了制海权以后，依靠船舶运输的原材料急剧减少。砍伐松树，用松树根炼出的油充当航空汽油，飞机根本飞不起来。造纸业由于进口纸浆骤减，虽然有政府用纸配额，但报纸杂志的页码都必须削减。

在这种情况下，大日本再生造纸显露头角，引人注目，但造纸机械的能力下降，磨损的卷纸橡胶滚筒无处可换。这时候，急需与军方交涉，打入主管官厅凭实力搞到资材、原料。南条源太郎自信有这个实力，但要命的是他没有这些人际关系。

康复的矢野重也，内心虽然已经预感到日本将战败，但为了不辜负社长和同事的期待，如猛狮般展开攻势。

奇怪的是，日本将战败的预感并未影响矢野重也的活动能力。他想，败就痛痛快快、堂堂正正地败。他觉得，当把对中国大陆的轻率侵略定为国家的方针时，当知道这是鲁莽之举的势力没有阻止战争时，当政党、政治家们把自己的安全和荣华富贵置于国家命运之上而迎合军方时，就可以预见到国家必然灭亡的命运。他暗想，国家走到这一步，不能克服自身的软弱和素质低下的共产党也有一定的责任。自己也是其中的一员，脱不了干系，是同案犯。组建日本共产党劳动者派及其消亡，是自己的责任。他现在终于明白，自己的行动只能使共产党的力量在内部斗争中消耗。这些都是很久以前的事情了，但是……

在万念俱灰中，他只想以干净利索的方式灭亡而赎罪。然而这种感情，又成为矢野重也在即将战败的日本活动的原动力。

对于在这种心境中走马灯一样日夜奔波的矢野重也来说，去菲律宾前线后音信全无的尾崎士郎突然毫发无损地回来了，无疑是天大的喜讯。

他马上去见了平安归来的尾崎士郎。

"你总算回来了。听说菲律宾也打得很苦。太好了，太好了。"矢野重也一次又一次端详尾崎士郎的脸，把手搭在他肩膀上，滔滔不绝地说，"有点瘦了。对了，我们好歹算是国策公司，粮食优惠，有特殊待遇，你来吃饭吧。我们一起办杂志。"

矢野重也真诚的欢迎，使尾崎士郎有一种回家之感。他问："纸张不是有配给吗？"矢野重也马上回答说："是的，但我是造纸会社的董事。"这是他有生以来第一次以自豪的口气说自己是董事。他们费尽苦心的北海道工厂总算还在生产。

"造纸时，总会出一些不合格的产品，上不了印报纸的高速轮转机。但印刷发行量不大的同人杂志，因为用平版印刷，还是完全可以的。"

矢野重也的说明，对尾崎士郎来说当然是喜讯。

他们多次见面协商，决定首先加强矢野重也三年前就参加的同人杂志《日本文艺》。同人杂志除浅野晃、林房雄之外，还有他们两个都非常熟悉的一些文人，组成了一个相互信任的团体。矢野重也在繁忙的工作之余，见缝插针，开始写漫笔《织田信长》。他用江户时代通俗小说的笔法，写织田信长，批判军部，或记述与文人的愉快交往。

他在随笔中有这样一段：有一天在赤坂见附的坡上，与东条英机不期而遇。警备的摩托车尖叫着飞驰而来。这是谁呢？我想，定睛一看，是我的敌人东条英机傲慢地坐在敞篷汽车里。"这个混蛋"——这样喊还为时尚早，我啐了一口唾沫。

接着他又反思道：我这是怎么了？以前受骗上当，倒大霉，也没有这样憎恨人，为什么对这个男人如此厌恶？

矢野重也对东条英机的批判文章在编辑会上成了问题。"这样写，不要紧吗？"有人担心地说。因为那还是把批判东条英机视为有反国家体制思想的危险人物而逮捕的时代。但《日本文艺》同人的大多数，对于随着战况日益恶化而更加专横跋扈的军部都忍无可忍，所以主编牧野吉晴拍板决定："原文照登，一切后果由我负责。矢野重也——大宫柳轩，过去曾被当做石原莞尔派而被东条英机派逮捕，他是受害者，当然有愤怒的权利。"

他们都把编辑会议看做是打破时代的闭塞，恢复生气的场所。

矢野重也在写漫笔《织田信长》时使用的笔名是大宫柳轩。这个笔名是知道他在柳桥有个情人的尾崎士郎给他起的。当他知道为他取的笔名是大宫柳轩时，挠着头说："哎呀，不好意思。"但并没有生气。他性格直率，不太会隐瞒私生活的秘密，不管什么事都开诚布公，所以他在柳桥有个情人伊吹苑子、艺名叫苑子，很快在同事和文人中传开了。

矢野重也与伊吹苑子成为情人，背后也有宫岛清次郎等前辈的考虑。他们想把矢野培养成为非常时期经济界的新领袖，但他强烈的正义感和不允许歧视的顽强性格又令人担忧。而且他动不动就打架，一旦受到挫折就不知会干出什么事来也令人不安。所以在妻子之外再有一个喜爱的女人，在私生活方面尝点苦头，会使他知道人世间不全都是合乎道理的事情，"矢野君也许会变得圆通些"。

虽然有了这样一个煞费苦心的笔名，但重要的《日本文艺》每期却越来越薄。这不仅因为纸张的产量越来越少，也因为同人有的被征入伍，有的与家属一起疏散到地方，连开个会也很困难了。

在《日本文艺》的同人中，有一个带着生病的家属转移到长野高原，另一个回到故乡福岛，还有两个虽已人到中年，但却再次被征召入伍，留在东京的人，也每天为买粮食而奔波。现在能集在一起的只有尾崎士郎、主编牧野吉晴，浅野晃和矢野重也四人。在尾崎士郎最后也决定疏散到伊东的那天晚上，他们悄悄地在柳桥的伊吹苑子家开了个送别会。

当时的花柳界的客人，逐渐以军人和官员为主，饭店也是这个月关一家，下个月有两家提出停业申请，饭菜也不足，艺妓有家的回家，没家的必须当女子征用工到兵工厂去干活，人数减少了四分之一。

在2月的一个寒冷的夜晚，大家都喝了一点矢野重也带来的酒，话题又转到战争的前途上来。

"眼看着要完了，怎么样才能保住日本文化，使它不灭亡呢？这是我们应该做的。"浅野晃说。

"八千万日本人不会死光，可怕的是精神的毁灭。"牧野吉晴回答说。

"不，有希望。还有希望。"矢野重也说，"战争不行了，但还有政治和外交。中国为了抗日，共产党联合资本家一起干。日本的党软弱无力，应该向中国学习。东条英机辞职，是改变体制的第一步。"

矢野重也深恶痛绝的东条英机因塞班岛失守于去年7月引咎辞职。因灯火管制，全部电灯都罩着黑布，屋子里黑乎乎的，矢野重也的脸，在黑暗中显得苍白忧郁。

"我要写日本的灭亡。"尾崎士郎镇静地说，"可是，伊东和东京，我不知道哪里安全。"

"培里①到下田的戏又要重演了。"

矢野重也说话时，门外响起说话声："伊吹女士，你家的灯光露出来了。"这是由邻居们组成的警防团。

_____

① 1794—1858，美国海军军官，曾为东印度洋舰队司令兼遣日特派大使，于嘉永六年（1853）率舰队驶入日本浦贺，翌年又率舰队驶入江户海湾，缔结《日美亲善条约》，日本被迫对美国开放下田、箱馆两处港口。

美国的侦察机每天来，日本的战斗机已经无力反击，在这种时候，夜里几个人聚集在一起说话就会引起怀疑。美军在占领的塞班岛修造了大型机场，听说最近就要轰炸东京、大阪等大城市。拆毁民房，建立防火带，这些措施从反面证实了传闻的可能性。

以送别的名义在伊吹苑子家最后开了一次似是而非的编委会会议。在下个月的3月10日大空袭中，伊吹苑子家化为焦土，她到亲戚家——歌舞伎演员山村六左卫门的故乡滋贺县坡田乡去避难。

矢野重也住在大日本再生纸制造会社本社的大楼里，每周回大宫前的家一次，看看奈保子和两个女儿，送些粮食。在这种时候，以前在非法时代当党员的经验有了用处，矢野重也和奈保子并没感到疲惫不堪。

这时候，在北海道勇拂再生纸工厂的南条源太郎用尽浑身解数指挥生产，但7月14日，遭到美军舰载飞机的空袭。第二次，即15日早晨受到美国格鲁曼飞机的轰炸，十几发炸弹、燃烧弹打中纸浆仓库。南条源太郎虽然手被烧伤，但他一直顶着防火门。结果几乎全部纸浆报废，机器也泡在水中，工厂停产。造纸用的滚筒浓烟滚滚。南条源太郎站在燃烧的纸浆、橡胶的烟雾中，流着眼泪骂道："畜牲，野蛮！"

两天前，听说敌人舰队已经靠近时，南条源太郎对财务科长说，拿出现金，如果有空袭，叫全体员工把一个月的工资带在身上躲到防空壕避难。

在工厂烧毁的早晨，南条源太郎与科长商量后，当即决定重整旗鼓，笼络人心。他高声吼道："好，提前发工资。从今天开始，修复工厂。"

冲绳已于6月23日陷落。8月6日原子弹在广岛爆炸。

8月15日，日本向同盟国军投降。

中午播放天皇停战昭书时，很多人哭了，矢野重也不停地眨着眼，心想这样的话，总要想个办法。

8月末，矢野重也去伊东看望因营养失调而卧床不起的尾崎士郎。他想把从15日日本投降以来自己的思考及对国家未来的看法与他谈一谈，听听他的意见，同时也想趁机总结一下自己的思想。

"听15号的广播时，我很震惊。"矢野重也在尾崎士郎枕边刚一坐下就马上说，"日本人在同一时间、同一时刻，举国上下恸哭，这还是有史以来的第一次。我想，这回可以干了。以前不合理的事情太多，到处是歧视和不平等。是东条、军阀不好。"

"美国会来，日本将变为殖民地。"

"战争失败了，日本是战败国。但是日本语不会消失。只要保留天皇，清除军阀，日本的荫翳文化就会回来。"

尾崎士郎皱着眉头，觉得很意外，小声反驳说："不会那样好吧？日本将成为被天照大神打败的大国主命，我认为不仅浪漫会消失，连精神世界也会变成殖民地。"

说着，他不慌不忙地坐在被子上。矢野重也微微一笑说："也许会这样，所以我们以后要创造浪漫。"

"嗯。"尾崎士郎暧昧地应了一声。他心里想，矢野重也这厮怎么像孩子一样天真，他好像有什么话要说，而且满怀热情。

他想到这里，改变话题说："前些日子浅野晃来了。他很憔悴，如果不管他，很可能会自杀。浅野退党之后，把他的全部热情用来讴歌战争。"

浅野晃确实是日本文学报国会的成员，热烈的日本式的浪漫主义倡导者。矢野重也知道他因战败而思想苦闷之后，心里忐忑不安。他对战争的热情令人讨厌，所以在尾崎士郎的送别会上见面之后，再没见面，从此关系疏淡。

"不行，不能这样。诗人都是一根筋。"矢野重也嘟嘟哝哝地说，目光在屋子里游移，"反正你要尽快康复。营养失调，只要慢慢地吃东西就能好。东西我给你送过来。请向夫人问好。"

矢野重也给去买粮食没在家的尾崎夫人留下话，轻轻拍了拍尾崎士郎的肩膀，像风一样走了。

矢野重也虽然对尾崎士郎说"我们来创造浪漫"，但他并没有明确的计划，只是觉得像自己这样比较冷静对待战败的人总应该做点什么。军部没有了，是否可以用非"二二六事件"的方式组建天皇亲政的政府？而那时就需要政治家。总要举行美国式的选举吧，那么现在就应该开始准备。他与为了重建勇拂工厂从北海道辛辛苦苦回到东京的南条源太郎商量。工厂在7月美军空袭中被炸毁，至今仍在停业。南条源太郎听他讲完，高声问道："可是，国策纸浆怎么办？"

矢野重也一心想着国家复兴的问题，南条冷不防这样一问，他说："这个，南条，你来干。我本来……"

还没等他说完，南条源太郎就用他以前熟悉的声音大声说："不行。"

他们两个创建的大日本再生纸制造会社在战败的前一年的5月，与国策纸浆合并，矢野重也任常务董事，南条源太郎任董事、勇拂工厂厂长。在合并的时候，矢野重也想，如果自己不参加，就没人保护南条源太郎，出于这种强烈的责任感，他没有推辞新会社——国策纸浆常务董事这个头衔。

在伊吹苑子的房屋没在空袭中烧毁前，矢野一直与她住在一起。日本宣布无条件投降后不久，她就从疏散地背着大行李回到了东京。

在就任国策纸浆常务董事的前一天，矢野重也问她的意见。她当即回答说："你还是干吧。在这种时候没有职业，就没法糊口。"

对于总是热衷于思考天下大事的矢野重也来说，伊吹苑子对于世俗事物的见解是有益的。一起生活以后，他渐渐重视她有而自己没有的判断能力，虽然有时对她吹的耳边风有点烦。

南条源太郎反对他从政，给他泼了一盆冷水，正在这时候，许久不见的木下半治来了。性格稳健，不管对什么事都很慎重的木下半治，忍受着专制时代的熬煎，从文化学院转入读卖新闻调查部，继续默默地、孜孜不倦地研究右翼团体、军阀的构造、行动方式。用木下半治自己的话来说，战败"烧毁了一切，但终于可以自由地在街上走了"。

浅野晃和木下半治在军国主义结束的时代，采取了完全相反的生活方式。木下半治一年没来了，矢野重也很高兴，马上问他说："我想搞政治，你看怎么样？"

在矢野重也满脑子革命运动时，觉得木下缺乏热情，没有干劲，但对他的见解又总觉得比自己高明。木下半治没有马上回答他提的任何问题，只是说："调查一下看看再说。政治形势如何发展，目前还不知道。但不管怎么说，GHQ（同盟国军总司令部）的意向都是决定性的。现在能清楚的是，很快就会有言论、思想表现的完全自由。治安维持法将废除。大概要严厉追查特高警察们的责任。"

矢野重也听了很高兴，但同时心中又掠过靠自己的力量一事无成的遗憾。尽管如此，他却喜笑颜开地说："太好了，真叫人高兴。"

矢野重也认为，日本战败后肯定会发生变化，但不会像浅野晃说的那样，日本灭亡。

"但是，共产党的德山助一、志贺义雄会出来，他们会说这是他们的胜利。"

"那是撒谎。但很可能是这样。"

矢野重也说这话时，声音低了。他想起在狱中发表退党声明后受到的谩骂攻击。

木下半治好像知道他的心思似的说："他们会猛烈攻击退党者。他们一定会认为，这样才能证明自己正确。"

在这种斗争的物力论中，人的情感、荫翳的文化，就好像放在臼里的谷物一样被捣碎。矢野重也一边忍住心头的悲凉，一边在沉郁中考虑再版过去翻译的阿纳托尔·法朗士的《诸神渴了》。他想今后日本人都要学习历史。过去只是想以身许国就行了，但是……

"问题是有什么政党。肯定会有很多政党出现，但我认为没有适合你性格的党。日本共产党如果以德山助一这样的人为代表，成不了大气候。就你来说，既不是保守派，也不是革新派，所以以难办。与政友会、民政党有关的政治家不会组建思想自由、有民主主义理念的党派。"

"没有革新的保守党吗？"这样一讨论，矢野重也想，如果不认真仔细思考，还真不能轻易地谈什么政治。虽然说是四十岁这代人，但自己毕竟已经年近五十了，再不能草率从事。

"嗯，想起来还挺难。"

矢野重也只好很不情愿地说。

"而且我们日本人完全没有政治经验，今后肯定对美国言听计从。"

矢野重也边听木下半治说话心里边想，应该回佐仓一次，看看故乡的人是怎样对待战败的。在他的脑海中浮现出，在中国武汉见到的中国共产党的年轻干部，培养农村干部的农民运动讲习所的所长毛泽东，还有更年轻的周恩来等人的面容。

不管工作多么忙，新年时他都要回到杉并区大宫前的家里与奈保子、两个女儿住几天。在2月底，他回了一次静冈县佐仓老家。

这三年里，他在新加坡待了半年多，往返于东京、北海道之间，大日本再生纸制造会社与国策纸浆合并，紧接着是战败，一件事接着一件事。佐仓的田野没有了生气，茶田也没有修剪，不少茶树长疯了，春天快来了，但发芽的树很少，可能是伐倒当柴烧了吧。只有柏树墙还很繁茂，但院子里一片寂静。想必很多劳动力都应征入伍打仗去了。妇女们也被国防妇女会召集在一起用竹枪进行军事训练，没有时间下地干活。军阀的恶政和举国上下的愚蠢使农村变得异常荒凉。

矢野重也想起了杜甫的诗：国破山河在，城春草木深。

他也是看到眼前的光景能想起唐诗的那代人。

"回来了。还平安吧。"母亲聪子看到矢野重也从心眼里高兴，"听说你在为国家办什么事业？"

矢野重也告诉母亲，他创建了大日本再生纸制造会社，现在是与国策纸浆合并后的董事，这次回家是想从政等等。

他刚刚说完，聪子就说："别干那个。"

母亲斩钉截铁的阻拦吓了他一跳。

"别干。你搞政治已经失败一次，不能再干第二次。"母亲可能觉得口气太严厉了，接着说，"你的心情我理解。政治必须正确。可是村子里的人对于伟大的人物站在头上已经厌烦。你好不容易为国家办了个企业，应该把它做完。从政的事可以叫老大春雄去干。他是第七代彦次郎。搞政治也需要资金。不知这个世道今后会怎么样。我也要重振家业。"

聪子严肃地正襟危坐，在训诫中对儿子讲了自己的想法。

说起来，母亲的意见很有道理。即使当了国会议员，在人们的思想尚未稳定的选举中，一些不三不四的人肯定说这是沽名钓誉，另立山头。对革新派政治家自己的攻击也会异常猛烈。在思来想去的过程中，他从政的热情急速冷却。

知道矢野重也回来了，村长、村子里的亲戚都来看他。

"什么也没准备。今天晚上大家都来。仓库里还有米吧？"聪子把管家叫来，告诉他邀请什么人，之后回头问矢野重也，"农村土地改革怎么搞？"

母亲的问题，矢野重也毫无准备。这使他意识到，自己是在东京，是在远离农村现实的地方考虑问题。

不仅有言论、思想、政治活动的自由，而且要进行民主改革，这样就很可能使三泽的矢野家解体。也许自己在东京的收入，将代替地主家的收入，养活家族。母亲聪子对这种可能性只字没提，她的话，她的态度，都明确地表现出自己当顶梁柱，应对这种变化的气概。

矢野重也一旦下定决心，头脑反应敏捷："我不搞政治了，叫哥哥春雄来搞吧。如果可以的话，我想在今天晚上聚会时，把我的想法跟大家讲一讲。"

矢野重也提议说。

"好吧。你在讲话中委婉地说一下也许好些。你在东京工作，大家都想听你讲一讲。可是，还没对春雄说呢。"

聪子也马上同意了。

为祝庆矢野重也衣锦还乡，家里做了白米饭，人们想听他讲一讲今后日本的前途，请的人都来了。

在乡亲们面前，他讲了可以预期的日本的改革。在讲话中，他的心情也安定下来。

"失去了军队、殖民地的日本，今后只能靠经济生存。而支撑日本经济的是农业。今后农村也要进行各种改革，所以全村要团结一致，同舟共济。"

在今后三泽的矢野家怎么适应时代潮流这一点上，矢野重也和母亲聪子立场相同。这是他第一次与母亲步调一致。在出生后的第四十八年，母子俩的心情终于一致了。

本来促使矢野重也想对村里人讲一讲自己想法的动机之一，是这一年元旦发表的天皇陛下的人格宣言。他从报纸上知道了这一消息，在读到同盟国军最高司令官麦克阿瑟对天皇的人格宣言的评价谈话时，他感到幻灭，目瞪口呆。他在暗中苦苦思索的重建日本的方法——即建设一个以天皇为中心的、有丰富荫翳文化的国家，由于这人格宣言而轰然倒塌。

他狼狈不堪，给逃到国策纸浆勇拂工厂宿舍的浅野晃打电话。

"喂，今天早晨的报纸看了吗？"矢野重也问浅野晃，"天皇变成人了，这可怎么办？"

"我在8月15日就知道会这样。矢野，你最大的缺点是过于乐观。"清高孤傲的浅野晃阴沉地说，"日本已经完了。"

"可是，怎么办才好呢？"矢野重也反问道。他想起尾崎士郎说过的话，浅野晃说不定会死，于是改变了话题，"就是没办法也得好好活着。工厂宿舍住着舒服吗？"

"谢谢。现在不是说舒服不舒服的时候。对于你我真是感恩不尽。我这个人任性，请你原谅。"在电话中，浅野晃带着哭腔。

围绕着天皇的人格宣言问题，他急忙与浅野晃通了电话之后，心中的绝望也渐渐扩展开来。但是他的性格像风一样一刻也不能平静，因此前面必须有目标、希望。而且这一时期，他没有搞文学，搞的是经济。他认为自己有责任帮助那些在过去的革命运动中守卫后方阵地而失败的人。那时候，这些人在革命运动中受到挫折，如今又受到了战败的伤害。

矢野重也从故乡回到东京后，有一天，一个名叫乡司浩平的人来找他。他是日产协这个经济人组织的干事，切身感觉到工人运动正在兴起。

在国策纸浆的会客室里，乡司浩平与矢野重也相对而坐，突然说："工人运动自由了。甚至可以说占领军鼓励工人运动。这是对以前的反动，我们必须与借民主化名义的左翼倾向战斗。因此正在商量成立一个由被开除公职可能性较小的年轻常务董事级的经营者的组织。矢野先生，您参加吗？"

"你的想法我明白了。我认为，根据时间、地点，左翼倾向也并不是坏事。"

矢野重也看着乡司浩平脸色阴沉地说。乡司个子不矮，但脖子短，所以看着不高，但更显得热情洋溢，精明强干。

"我不喜欢参加组织的集体活动。在共产党时代我就觉得讨厌。"

矢野对自己的经历直言不讳。"这也正是您的魅力所在。您有参加共产党的经验，同时又是法国文学学者。今后的经济界，只懂经济理论不行，需要广博的学识。"

乡司浩平话说到一半时，矢野重也的脸色就变了。他刚一说完，矢野就大声说："我拒绝。如果想利用我参加革命运动的经验来对付工会，拉我入伙，我的回答是NO。"

"不，不是这个意思。"

乡司浩平与矢野重也的第一次会谈没有成功。他的不快表现在左右摇晃肩膀，两脚急促地迈着碎步，匆匆而去。他走后，矢野重也反省自己有些过于简单。他们不一定想利用我的经验而拉我参加，我这是过敏反应。

乡司浩平在电车中抓着吊环想，自己心中确实有暂且利用一下他的形象的念头。他是法国文学专家，又是财界人士，对于缓和社会对财界人士的反感，有好处。他可能对这一点反感，所以才一口回绝。乡司在心里决定，找机会再好好谈一次。矢野重也看了乡司浩平留下的《经济同友会》宗旨。其中对这个组织的性质有如下说明：是一个为促进日本经济的民主化以及为建设和平国家作贡献的经济界同志的结合体。

看样子好像是在战败后的形势下，为抵抗蓬勃兴起的工人运动，把标榜修正资本主义的人集结起来而建立的团体。矢野重也想，这不也是一种理想主义吗？他在退出日本共产党以后，建立了"日本共产党劳动者派"，结果一败涂地，心中留下了创伤，对理想主义心存疑虑，所以他想，像水往低处流一样，当一个平凡的现实主义者算了。

他突然产生了市俗的兴趣，想知道有哪些人参加了经济同友的创立，于是翻开了名单，上面列着诸井贯一、青木均一、大冢万丈、藤井丙午、堀田庄三、野田信夫、永野重雄、川北祯一、铃木治雄、阵内信、乡司浩平、帆足计等人的名字。

开始时，他以为自己谁也不认识，但却在名单中看到了永野重雄。难道他是自己在一高柔道部当领队，远征冈山时，亲切照顾自己的六高柔道部的主将？还有，川北祯一是日本银行的人，造纸公司合并时见过几次。阵内信这个人，肯定在见岩畔豪雄将军时一起见过。

一看经济同友会的发起人名单，矢野重也渐渐想起来其中有些认识的人。里面有想念的朋友，也有可能被开除公职、情况随时都可能发生变化的人。自己也是国策纸浆会社的董事，如果共产党去GHQ活动，很可能被开除公职。

当时一切都处于变化之中，GHQ每天发布新的政策指令。最近，在第一次土地改革令发布之后，又发布了第二次土地改革令，同时还发布了以解散财阀为目标的"股份会社整顿委员会令"。

不仅是GHQ发布政策指令。监督GHQ的同盟国远东委员会，要求最高司令官麦克阿瑟，对工人运动进一步发展予以鼓励。麦克阿瑟要求新上台的首相币原喜重郎，进行解放妇女、奖励成立工会、学校教育民主化等五大改革。

听到这些报道时，他就想起了天皇的人格宣言：然则（中略）朕与尔等国民之纽带，为始终相互信赖、敬爱之结合，非生于单纯之神话与传说。以天皇为现世神，且视日本国民优越于其他民族，负统治世界之命运，乃基于架空之观念……

矢野重也并不反对这样讲，尤其是"民族优越"的思想，很早以前他就对此反感。他感到难过的是，天皇必须在元旦时发表这个声明。这种想法，源于他的一种屈辱感。那是去年的9月27日，他看到了一张照片：麦克阿瑟叉着腰，悠然自得，而天皇垂手直立在旁边。

他赞成GHQ发布的有关现代化、民主化的指令，但又感到不安，因为他担忧这些措施可能会使令人迷恋的荫翳的日本文化从世界上消失。

在困惑中，矢野重也对GHQ不断发布的改革指令，完全抛开个人的感觉、利害，仔细研究，采取慎重的态度，只对理解的部分表示赞成。

日本刚刚战败后的领导人，还没有全面把握占领政策及其在时代潮流中的变化，观察国际社会各种势力关系的演变及东西方的对立，从而做出预测的方法和知识。很多经营者只是探听政府、军队的动向，并以此来决定自己的姿态、工作，还没有自己收集情报做出独立判断的能力。因此，像矢野重也这样，曾站在反权力的立场上，依靠自己的分析能力豁出性命搞运动的人，有很多机会发挥作用。他自己也暗中认为，应该发挥自己在艰苦斗争经受过磨炼的能力。在经济同友会多次劝说之后，他回答乡司浩平说："那就让我当发起人，但我不担任任何领导职务，这是参加的前提条件。"

在这期间，日本经济不断下跌，情况越来越严重。昭和二十二年5月成立的日本政治史上的首届社会党内阁，发表了根本没有坚定信心的"经济紧急对策"。

矢野重也参加了以提倡修正资本主义的大冢万丈为会长的经济调查会，因此与许久不见的宫岛清次郎的高足、日清纺的樱田武在一起。兴业银行的宫田善次，住友的堀田庄三、经济学家木内信胤等人也参加了调查会，这些人后来成为他的好朋友。还有银行家工藤昭四郎，也是这个调查会的成员。他公然批评美国提出的《经济安定九原则》，说："一方面要求增加生产，一方面又控制扩大信贷。"

经济同友会的全体成员都赞成工藤昭四郎的意见。这个《经济安定九原则》，是原美国底特律地方银行行长、现为麦克阿瑟的经济顾问、驻日公使道奇想当然提出的一系列紧缩通货的政策。

日本银行总裁一万田尚登，也借助经济同友会批判的东风，骨碌骨碌地转动着大眼珠子，瞪着聚集在一起的新闻记者，直言不讳："如果施行这个紧缩通货政策，日本企业就会灭亡。我承认有抑制通货膨胀的必要，但重要的是时期和方法。采取这个政策，充其量也只是反通货膨胀政策而已。"

日本银行总裁的反通货膨胀论，麦克阿瑟元帅的经济顾问道奇公使以危及汇兑行市为由加以拒绝。日本经济由一个不懂产业实际情况的经济学家左右，经过一二年后，开始走向崩溃之路。矢野重也与远征六高柔道部时的老朋友永野重雄重温旧谊，他们都是经济同友会的代表干事。他们一边加强与工藤昭四郎的团结，一边执拗地要求GHQ改变经济政策。道奇很恼火，放风说如果经济同友会固执己见，就把它解散。

永野重雄、工藤昭四郎、矢野重也三人下定决心，即使牺牲自己，也要拯救濒于崩溃的日本经济。矢野重也半开玩笑半认真地说："我有坐牢的经验。到时候，我教你在狱中如何生活的方法。"

几天以后的昭和二十五年6月25日，朝鲜民主主义共和国（北朝鲜）的军队越过南北分治的三八线，进入南方，朝鲜战争爆发。日本必须当美军的补给基地。那天一大早，永野重雄就给住在伊吹苑子家的矢野重也打电话。

"喂，神风来了。朝鲜战争开始了。"永野重雄对着话筒大声说。矢野重也莫名其妙，他解释说，北朝鲜的军队大规模越境，像是真正的战争。

"日本成为美国的兵站基地，会有军需景气。铁、机械会好卖。经济九原则的时代结束了，我们也不会因为违反占领政策而被捕了。"

永野重雄天真地笑了，矢野重也随声附和说："是吗？这样我就不用二进宫了？"

永野重雄说："是啊，可以说这是天助。"

他说完这句话，放下了电话。

矢野重也确实有松了一口气的感觉，但同时心情又沉重起来。经济界人士说什么神风、天助，可以理解，但朝鲜半岛在日本殖民地时代，饱尝生灵涂炭之苦。那里的人卷入战争却拯救了日本，这算什么事呢？

放下电话之后，矢野重也还想睡一会儿，又回到被窝，但却兴奋得睡不着。他想，在自己知道的文人中，听到朝鲜战争爆发的消息，可能没有一个人说好。尾崎士郎可能会说："是那里人民的不幸。"尾崎一雄可能担心只在大邱的丘陵地带才有的昆虫——美丽的斑蝥会灭绝。浅野晃可能会说："所以我讨厌社会主义国家。"

矢野重也不能不承认，经济界人士和文学家之间，终究有互不相容的矛盾，或者生活在不同环境的事实。抛弃哪一方？不，或者被哪一方抛弃？他边翻身边思索。看来问题简单，但对他却是两难。翻译工作，他现在正慢慢地重译安德烈·莫洛亚的《英国史》，想以此做个了结。但一想到这里，心里就有一种无可名状的悲伤。

不仅翻译，他正想将来以大宫柳轩的笔名多写长篇随笔、小说。从这个笔名，他又联想起与伊吹苑子生的那个男孩。那是四年前，日本战败的第二年的7月。他犹豫了很久，最后还是下决心告诉了奈保子真相。

奈保子脸上的肌肉一动不动，面无表情，像雕像一样，听着丈夫自白。

"对不起，没想要孩子。不知怎么搞的，突然怀上了。"

"你这样讲对不起伊吹女士。生下的孩子也可怜。这不像你这个反对歧视的人说的话。"奈保子批评矢野重也说。说起来，她的话是对的。

"对不起。"矢野重也说。他现在说的对不起，与刚才说的含义不同。他边说边想，奈保子了不起，因此这句"对不起"中，包含着高兴的成分。奈保子听了矢野重也的坦白之后，心里既有愤懑，又有松了口气的感觉，连她自己都觉得不可思议。

　　其实，在战争结束之前，奈保子就知道伊吹苑子的事。在丈夫的朋友中，有人粗心大意，三次把寄到苑子家的明信片寄到了奈保子住的杉并区大宫前的家。奈保子默不作声，在明信片上加上签条，转寄到苑子柳桥的家。苑子的地址，是从矢野重也因为什么事放在桌子上的记录纸上知道的。苑子可能见过奈保子，只是矢野重也佯装不知而已。

　　矢野重也本来是个透明的人，什么事也隐瞒不了。战后，奈保子常常为他是那么高的非法的党的干部而感到震惊。他遇到困难时颇为天真。如今看到他在自己面前低头认错，觉得自己不会永远憎恨他。

　　奈保子看着丈夫不知何时头发已经稀疏的头顶，想起了在思想警察随时都可能闯进来的紧张中度过的日日夜夜。至少可以说，那种玩命的日子只属于我们两个。奈保子在不知不觉中，想起了很久以前的事。

　　年轻时，矢野重也抱着自己的大手，觉得就是那没见过面的父亲的手。可是她不知道那是户口本上的父亲野川马吉，还是母亲家素豁出身家性命爱恋的那个在东京学医的大学生？

　　奈保子想，什么时候，在什么地方，丈夫变成了一个无聊的市俗的男人了呢？她眼前浮现出丈夫的同事南条源太郎、石仓巳若，丈夫尊敬而自己只见过一次的宫岛清次郎，丈夫认为比自己更胜一筹的新闻记者丹波秀伯。在这些人面前，他也像在我面前那样，如同一个大孩子吗？不会是这样。肯定是一本正经地开口闭口日本的将来、经济的发展。奈保子突然怒火中烧，不管他讲得多么漂亮，全是谎言。她想大吼一声，于是闭上了眼睛。必须稍稍调整一下呼吸。怒火一旦过去，自己就能忍耐。她想，至少现在我还有两个人一起度过的最辉煌的时光。

　　奈保子担心的是，知道丈夫有了情人后，十五岁的长女蔺沙会不会顶撞父亲，情绪消沉？这个姑娘和自己一样耿直稳重。不能叫她因此而不再信任男性，悲观厌世。一想到蔺沙，奈保子眼里充满了热泪。她不知道，是女儿可怜，还是自己可怜，抑或是两个人都可怜？

　　“对不起。”矢野重也不断地道歉。

为了不影响年轻女儿的心情，我只好平静地接受这一现实，但也正因为如此，对这个男人的轻蔑更加深入骨髓。奈保子瞪着矢野重也心里想。忍耐，我在儿童时代就已经习以为常了。奈保子劝说自己，不由得眼泪就要流下来了，但她竭力忍住。幸好他在坦白之后，确实感到尴尬，一副忐忑不安的样子。

"今天晚上有两个约会。"

矢野重也找了个借口，站了起来。他过去从来不这样。奈保子端坐不动，置之不理。

奈保子思前想后，决定不告诉蔺沙。她一直到上大学都是在基督教学校，与住在商业街的伊吹苑子碰上的可能性很小。只要注意丈夫那些粗心大意的朋友，不要露出马脚就行了。

幸好蔺沙什么也不知道，一天天长大，出落为美丽的大姑娘。由兴业银行行长介绍，与将来肯定当行长、现在为年轻的副行长的宫田善次的弟弟订了婚。宫田善次比他弟弟年龄大很多。在经济同友会与GHQ经济九原则政策激烈对抗时，宫田善次是与矢野重也、工藤昭四郎等一起战斗的同志。宫田善次潇洒机敏，弟弟与他相反，是个文静的理工系副教授，专业是地球物理。

从相亲时开始，两个人就互有好感，所以进展很快。当时还是鲜有女子上大学的时代，谈婚论嫁，依然照老规矩进行。矢野重也可能因为与伊吹苑子生了个男孩，所以对女儿的婚事格外尽心。

宫田善次的弟弟正三郎与矢野蔺沙的婚礼定于半年后的11月10日举行。矢野重也、奈保子及周围的人都认为，认真温和、是非曲直泾渭分明的宫田正三郎，与继承了母亲秉性、性情稳重的蔺沙是天作之合。

这桩婚事，有矢野重也与新郎的哥哥宫田善次是密友的背景。新郎的哥哥是个才子，年轻轻的四十三岁，就被选拔为兴业银行的副行长。虽然是在日本战败不久，年长者多被开除公职，但如此年轻就担任这样重要的职务也非同寻常。矢野重也与他第一次见面，就被他那与一般银行职员不同的谈笑风生的性格打动。

在婚事顺利筹备的6月23日，发生了兴业银行的重要客户昭和电工的日野原节三社长贿赂政治家而被逮捕的事件。警方搜查波及到主要关系银行的负责人。宫田善次是责任人。如果是矢野重也自己的事情，他会主张"家属亲戚卷入事件，逮捕不逮捕，与本人的价值没有任何关系"，态度不变。但这件事放在不谙世事的蔺沙身上，他担心女儿会为此而烦恼。

连日来，报纸连篇累牍大肆报道这个大疑案，正义的呼声响成一片，什么"金融资本与大企业、政界勾结的丑闻"，"只有今天才能纠正弊端"等等。身为父亲，矢野重也也担心物理学者宫田正三郎能否在这种环境下，继续保持发展与蔺沙的感情。宫田善次托人捎话说，从道理上来讲，婚事应该由他们自己决定，但我不想为你们添麻烦，所以即使解除婚约，我也没有异议。听到这些消息的伊吹苑子开始活动。

她头脑灵活，喜欢听流言蜚语，自己也编造假话，现在正是散播的时候。

"这可不好办。既然这样，还是断了好。不然的话，你会被看做同伙。"

伊吹苑子严肃地劝告说。矢野重也不知道伊吹苑子说了些什么，也不知道她的真实意图，在他眼里，她只是一个孩子的母亲。

在共产党不合法的时代，他身为党的干部，也曾经遭到报纸的攻击。先是说要打他，用他的血进行祭祀。如果他的部下中有女党员，就写"风闻是情妇"。他爱喝酒，就写"有撒酒疯的毛病，一喝酒就胡闹，没有威望"。这些报道都来自"当事人"。但没有一家报纸杂志对这些"当事人"的捕风捉影说"等一等"，重新分析一下。如果采取保留的态度就会落后于别的报纸，所以重要的是要快，而且要煽情。

矢野重也觉得，昭和电工事件，可能有政治斗争的背景。虽然他没见过日野原节三社长，但他确信洒脱而机敏的宫田善次根本不可能，也不会参与贿赂事件。最近关系开始密切的小林中，在当富国征兵保险公司的董事时，也卷入了帝人事件①疑案，三年间，受到拷问，甚至到了要写遗书的地步，在狱中吃尽了苦头，经受了考验，最后宣布无罪。据说这个事件的背景，是旧财阀和新财阀、政友会与民政党之争。但有关材料没有公布，社会对此渐渐失去了兴趣。

与小林中比起来，宫田善次纯洁而开朗。他一直在自己选择的道路上走到今

---

① 昭和初期，围绕帝国人造丝股票买卖的贿赂事件。昭和九年（1934）受贿嫌疑涉及内阁，斋藤内阁总辞职。该案被谴责为平沼骐一郎等人的倒阁阴谋。

天，也许还没有尝过比死还痛苦的折磨。矢野重也担心，如果警察像战败前一样凶狠地拷问，他会不会受不了，信口胡说？

"你很重友情，但可怜的是蕗沙。"

伊吹苑子说。矢野重也听着听着，渐渐来了气。也许是胡猜乱想，自从两年前她生下男孩诚也之后，似乎腰杆硬多了。但她一说到蕗沙可怜，矢野重也也犹豫起来。如果伊吹苑子不说下面这句话，他也许会继续犹豫下去。但伊吹苑子看矢野重也烦恼的样子，又说了一句：

"而且，这样一来，宫田先生也当不了行长了。"

刚才她讲得很有道理，但为什么还要故意火上浇油呢？伊吹苑子这句话使矢野重也明白了她心里在想什么。

"你说什么？"矢野重也的声音高起来，斥责道，"你认为对方的哥哥当不当银行行长是决定女儿结不结婚的条件吗？这是谁教你的？好了，今后有什么大事你不要多嘴。出去，你给我出去！"

伊吹苑子没想到他会这样，心想我的话击中了要害，使他发火吧？她翻着眼珠看着矢野重也说："对不起，你心情不好。我是为你着想才说的。"

她嘟嘟哝哝地反抗道。

"什么，你再说一遍试试！"伊吹苑子看他真动了肝火，忙说："我明白了，我明白了。是我不好，以后不说了。"

正巧这时，里边房子里的诚也可能听到了父母的争吵声哭了起来。伊吹苑子没有起身，倒退着出了屋。

矢野重也悲从中来。他对自己找的女人如此庸俗势利，感到惊讶。年轻时认识她时，她可不是这样的人。虽然如此，但来找矢野重也的客人，特别是与事业有关的客人，如果没有伊吹苑子，就不会有那样无微不至的招待。

她办事周到，有眼力见，连等待的汽车司机，都会发给烟钱。她对做饭，兴趣不大，但对于用人，轻重缓急，使用有方。她知道用人们心里想什么。因此，客人来了，即使矢野重也不在家，也会很高兴，叫着"伊吹女士""伊吹女士"，把她当成了宝贝。客人们或者开始商量事情，或者叫伊吹苑子拿出围棋，对弈取乐。

奈保子与伊吹苑子不同。正如蕗沙的未婚夫宫田正三郎说的那样"你母亲真了不起"，学者、编辑们都喜欢奈保子。但在经济界人士的眼中，她不会像伊吹苑子那样受欢迎。

矢野重也为自己的发现而不知所措。他听到一个不知从什么地方传来的声音说：把两个女人相比，这叫什么事呢？可是，挥之不去的印象是，这两个女人的存在，映衬出他自己的双重性格。

这一年的5月，矢野重也出任国策纸浆的专务董事，负责经营计划。他最初的工作是把被占领军指定为限制公司的北海道勇拂工厂的设备拆出。因为工厂的设备是从中国广东省拿来的，所以占领军命令还给如今的战胜国中国。

矢野重也鼓励沮丧、不断流泪的南条源太郎，说必须计划再建一个新工厂。建新厂需要资金，于是开始筹措资金，与各方面联系交涉。与宫田善次成为朋友，也是因为这件事。

宫田善次到苑子家来过几次，苑子说："这是个好人，他真心对你好，你们对脾气。"

可是她却因为宫田善次当不了行长而要解除婚约。矢野重也想，她的这种想法也许很正常。自己对喜欢的人从来不计较利害得失，有伊吹苑子这种世事洞明的人辅助也有必要。

然而，即便如此，违反人性的意见，纵然说是为我考虑，那也不行，绝对不行！矢野重也又生起气来。

矢野重也发觉时，已经上了山手线。他在下意识中，不知不觉上了车，在涩谷换上井之头线，去大宫前的家。可是，这时候不能到奈保子那里去。与伊吹苑子吵架而到奈保子那里去太无聊了。而且在诚也出生以后，与奈保子也不能无话不谈了。他有一种无家可归流落街头的感觉。

矢野重也知道，涉及到昭和电工事件的蔺沙的婚事，对自己考虑今后的人生道路有重要意义，所以要深思熟虑，不能有闪失。蔺沙是自己革命家时代唯一的成果，她的终身大事应该与母亲聪子商量一下。在母亲的眼里，蔺沙是她钟爱的孙女。这时，一个奇妙的想法浮上心头：把自己的烦恼告诉母亲，听完母亲的意见后再下决心，自己与奈保子结婚时根本没有与母亲商量，所以可以借这个机会向母亲表示些歉意。柳桥的伊吹苑子，他从来没有对母亲说过，也不想说，苑子主张退婚的意见更不能讲，只能把她的想法用自己的口气告诉母亲。

矢野重也决定之后，下了电车，等待开往相反方向的电车。他看见站台的椅子上坐着的一个人很像浅野晃，不由得想起逃到勇拂工厂宿舍后一直没见面的浅野，不知他现在怎么样？有一次，他听说浅野得了极严重的肋膜炎，生命垂危，非常担心，但后来总算抢救过来了。

仔细想起来，矢野重也觉得他是一个生活方式极其单纯的人。因为单纯，所以直线冲进新的理想。放弃革命之后，他只剩下一个理想：五族共和。他的这个所谓理想只是为了扩大日本版图掠夺殖民地而已，但浅野晃紧紧跟随这种思想，成为最热心的赞美战争的诗人。

日本战败以后，舆论界对浅野晃的批判比任何人都激烈，之所以如比，不仅因为他的言论明目张胆，还因为他在私生活方面没有任何辫子可抓。他洁身自好，白璧无瑕，反而更激起了人们对他的憎恨。矢野重也想，和他比较起来，自己怎么样呢？矢野重也闭上了眼睛，在他的视野中出现了摇晃着满头蓬乱的头发，在勇拂的荒野中彷徨的浅野晃。他所支持的日本共产党、大日本帝国都一败涂地。矢野重也想，人们可以指摘他的愚蠢，但谁也没有资格嘲笑他的真诚。

三泽的矢野家，在日本战后的土地改革中失去了土地。剩下的茶园和自家用地勉强可以维持自耕农的生活。在艰难中，聪子和长子春雄同心协力，搞茶叶加工、批发和农业协会，摆脱了困境，赢得了村民的尊敬。聪子已经七十四岁。

幸好被烧毁的房子建好了，至今还在，庭院依然保持着从前的样子。

矢野重也首先向母亲报告了蕙沙的婚事："可是，常言说好事多磨。本应该当新郎的宫田正三郎的哥哥，因为受昭和电工事件牵连被逮捕。有亲戚说，善次被关起来了，这时候还是别谈婚事。我是为了听母亲的意见才回来的。"他讲了回乡的目的。

"蕙沙的未婚夫被抓起来了吗？"聪子问。

"没有。他是物理学者，跟这件事没有关系。"矢野重也回答说。

聪子马上说："既然这样，有什么好商量的？"她的眼神在问矢野重也，你到底要商量什么？她听了儿子的一阵说明后训诫道："你最近变成了凡夫俗子。这样虽然叫我放心，但想起从前，你不会因为这种事犹豫不决。"她又补充说："你的曾外公丸尾文六说过，革新离不开监狱。"

"啊，对不起。"矢野重也低头道歉时，扪心自问，是啊，有什么可犹豫的？连自己都觉得可笑。他哈哈大笑。笑声如决堤的洪水，一发而不可收拾。

"哈哈哈，哎呀，对不起。是我的问题呀，哈哈哈。"

矢野重也发觉母亲脸上现出惊讶的神色，终于止住笑说："对不起。没想到会犹豫起来，连我都觉得自己变成了庸俗的市侩，所以觉得可笑。"他道完歉后，一口气说："结婚典礼打算定在秋天11月10日。不管昭和电工疑案情况如何，也要按期举行。届时务请母亲出席。"

经过这些波折，婚礼如期举行，矢野重也感到高兴的是，新郎的哥哥宫田善次保释后也出席了。只是应该由宫田善次代表亲戚家族致词一事，考虑到当时的社会气氛，由矢野重也来代替。

会场很静。矢野重也独自走到麦克风前，开始讲话："本来应该由宫田善次君代表新郎宫田家向大家表示感谢。但他因种种原因有所不便，所以由我来代替向大家表示感谢。"

矢野重也之后夸赞了新郎的性格，说他与蕗沙是一对天作之合的夫妻，还讲了奈保子的优点。他说这有点津津乐道家事之嫌，就比打住，引起一阵笑声。讲完话时，他用德国共产党领导人罗莎·卢森堡的名字为女儿命名时的心情，突然像穿透厚厚云层的一抹阳光，在他的心中闪耀。

那是在三一五事件中被逮捕，在狱中退出共产党，组建日本共产党劳动者派不到一年的最困难的时期。矢野重也与奈保子从上落合搬到了大森的马迁。奈保子为来的同志们做饭，做酱汤时，同志们就抱着蕗沙去散步。蕗沙就是在这种环境中长大的。如今，蕗沙已经成为一个诚实、稳重、正直的大姑娘。看着身着传统新娘礼服的女儿，矢野重也感到内疚，差点流出眼泪。这种心情，与经历过种种艰辛的奈保子是相通的。

矢野重也一边在莅临的政界、财界的领导人、几位文人面前致谢意，一边想即使在女儿的结婚典礼上，自己也有不能说的记忆和想法。

请来的客人，大多是敬重宫田善次、矢野重也为人的人。他们对于矢野重也出人意料的答谢词说"一旦成为新娘的父亲，矢野也变得心平气和了"这些话既是表扬，也是明显的批评。

藕沙的婚事，使矢野重也在考虑今后的生活方式时，朦胧中受到一点启发。他亲身经历的昭和电工疑案，使他懂得，经济界人士的人生，也是波澜起伏的，想坚持自己的人生宗旨也并非易事，不时也要与社会战斗。围绕着经济安定九原则与GHQ对决时也很紧张，但这次不同，事件就发生在自己身边。

然而，困难却能激发他的勇气，使他觉得，既然这样，自己更应该发挥作用。不追求名利一直是他的人生准则，这反而使他更看清了自己必须发挥的作用。再过三天，他就四十九岁了。

明确了自己身为经营者的生活方式，以前在感情上对待工人运动一直踌躇的态度，如今变得坚决。工会忠实于自己的立场，一切都从保护工人的利益出发，而经营者必须与他们针锋相对。新的经济必然在力量与力量的对决中诞生。

一个普通人的生活方式，与一个经营者的生活方式产生矛盾时，实际上是当恶鬼，还是放弃经营的选择，二者必居其一。女儿的婚事，应该按照一般人的道理选择。如果想通过女儿的婚事，巩固自己经营者的地位，那是卑鄙。

昭和二十四年春天，在讨论加强日经联执行部力量时，与人们的意料相反，矢野重也就任理事。与此同时，社会上对他的批判越发激烈。通称"日经联"的日本经营者团体联盟这个组织，是在日本战败后，直接面对工人运动的攻击，丧失自信的经营者们，按照不同产业组织起来，与工人针锋相对，以确立经营权为目标的团体。

当煤炭矿业联盟出身的专务理事说矢野重也就任理事的消息时，碰巧该组织的地方部副议长樱田武，宣传、特别委员长永野重雄在日经联大楼谈话室，他们相互看着乐不可支："是吗，矢野参加了吗？太好了，这很有意义。"

以前他们总觉得矢野重也不愿意站在工人运动的对立面。他曾经是共产党员，这样会伤害他的自尊，所以心怀畏惧。但樱田武和永野重雄听说他就任理事，认为他已经不再踌躇。

那时候，矢野重也发现，一个新的趋势越来越清晰明朗。

在中国大陆，出现了新的动向。日本投降后，国民党蒋介石和共产党之间终于爆发了战争。

关于哪方占优势的问题，到了昭和二十三年的春天，大体上已经明朗。日本新闻报道说，华北、东北等共产党控制的地区，与国民党统治的地区相比，几乎没有天灾，麦子、杂粮丰收在望。另一方面，在上海等地区爆发了恶性通货膨胀，蒋介石派他的儿子蒋经国去上海取缔黑市。

矢野重也认为，在保留租界的上海，如果能取缔黑市经济，那简直是奇迹。

矢野重也想起了在武汉时见到的年轻的毛泽东和周恩来。他从报纸的报道中知道，毛泽东与周恩来已经是中国共产党的重要领导人。自己在中国待半年多这件事，他对谁也没有明确地说过，所以只能自己独思默想。

在这期间，在日军曾经占领的徐州，国共两军展开大战，国民党军队惨败的消息也传到了日本。

到了12月，不仅徐州，连天津、南京，共产党军队占领也只是时间问题。矢野重也没有与任何人商量，命令最信任的秘书四宫喜一郎调查了解中国的形势。他关心的是，在以美国为首的西方阵营与以苏联为首的社会主义阵营的关系急剧恶化的过程中，如果中国的革命成功了，对日本会产生什么影响。

矢野重也在批判道奇公使经济安定九原则，与GHQ对立时，就一直在思考，倘若中国革命成功，麦克阿瑟的对日政策是更加严厉，还是把日本作为自己的伙伴而有所缓和。当然自己对这些问题也并不完全清楚，只是因为自己有大家都没有学过的胡乱的知识，喜欢胡思乱想而已。在经济同友会、日经联的活动中成为好朋友的小林中、永野重雄、樱田武等人，关心的只是在一月的选举中，吉田茂所率领的民自党占绝对优势，反对党日本共产党只有三十五名当选。他们烦恼的是与GHQ对立的经济政策的争论如何收拾。

这一点，从永野重雄知道朝鲜战争爆发的消息时的兴高采烈，说什么"这是神风，这是天助"就可以看得十分清楚。

矢野重也猛然想到，中国革命将乘胜向南方发展，如果美国、苏联阵营参战，那么鹿死谁手还很难说。唯一清楚的是，日本将陷入更加悲惨的境地，所以必须尽快加强基本政策。他接受电气事业重组审议会委员这一职务，就是出于对中国革命胜利后日本命运的担心，许多事情必须现在决定的危机感。

GHQ指示成立这个审议会，但吉田茂在经济界朋友很少，感到为难，于是请原三井财阀的当家人池田成彬来选人。最后选了松永安左江门任会长，庆应义塾大学法学部部长小池隆一，复兴金融金库理事长硬汉工藤昭四郎、日本制铁的三鬼隆、矢野重也为委员，总共有五个人。

对池田成彬提出的电气事业重组审议会人选名单进行酝酿时，由吉田茂、松永安左江门，还有吉田茂诸事都与他商量的白洲次郎、商工省出身的椎名悦三郎等四人研究。他们选择的标准是，淡泊名利地位，有骨气，不怕美国威胁。

白洲次郎从年轻时就熟悉高中与大学时代在英国度过、在大使馆当过外交官的吉田茂。他常常与矢野重也去银座的寿司店，也听过店里的老头说矢野重也会几国外语，是个与众不同的文人，胆子大，没架子，所以对矢野有了好感。白洲次郎从心里厌恶那些政治家和经济界的暴发户，所以知道矢野重也在经济界的活动中很认真，就竭力向吉田茂推荐。

吉田茂征求椎名悦三郎对矢野重也的意见时，他表示赞成："嗯，他的确是个有胆量的汉子。为人爽快，对付美国人，他可能合适。"在大日本再生纸制造会社成立时，椎名悦三郎任商工省总务局长，接待过南条源太郎与矢野重也，听过他们的议论。

开始时，矢野重也认为，电力事业，不管怎么说，是公益事业，还是由国家管理好。但在长达十七次的审议中，他逐渐同意了松永安左江门的"有秩序竞争"的观点。

最后，矢野重也完全赞成九电力案。在审议期间，他还主动代替松永安左江门游说大藏大臣兼通产大臣池田勇人，法学家小池隆一，复兴金融金库的工藤昭四郎，钢铁界的三鬼隆等人。

矢野重也在这次活动中，找到了在什么地方、怎样调合公共、正义、竞争这一难题的答案。

矢野重也虽然支持松永的提案，但在对人的好恶上，他依然坚持以前的标准。

通过这个审议会，矢野重也与白洲次郎、池田勇成为密友。

第八章 ◆ 光与漂流

他们边喝酒边说话时，突然暗下来的电灯开始一闪一闪的。从战败到现在，已经快六年了。这种状况是在长期的盲目的战争中，如何忽视基础建设投资，军阀们如何蛮横，不懂经济的明证。

"电气事业重组审议会的诸位，通过了九电力方案，令人欣慰。辛苦了。"

在吉田茂第三次内阁中，继泉山三六任大藏大臣的池田勇人，抬头担心地看着闪烁的电灯，对曾任电力重组审议委员会委员的矢野重也表示慰问。

矢野重也坦率地讲了自己的思想如何逐渐转向竞争原理的经过，他赞叹说："那位松永老人很不简单，他的思想很坚定。"

"我以为还是竞争好。小林一三先生一直是这个观点。"

小林中说话时，来晚的白洲次郎到了。这个二黑会，最初是由生于明治三十二年己亥年的池田勇人、小林中、矢野重也和同年级的永野重雄，在己亥年生的女老板福岛富士开的《龟清楼》成立的。为了能了解更多的情况，他们把年龄放宽四岁，准备发展准会员，这中间，一万田尚登、白洲次郎也参加进来。

"可是，麦克阿瑟被解除职务，我感到惊讶。如果在日本，有战功的人被奉为神灵，谁也不会将他革职。"

永野重雄说，对于正在想方设法讨好麦克阿瑟元帅，希望取消开除公职令的老派经济界领导人来说，这个消息是令人目瞪口呆的完全出乎意料的变故。连报纸都无法掩饰不知道如何报道这一消息的狼狈，最后报道写成了近乎日本人无法理解美国的民主主义的感叹。

"战争刚一结束，英国人就不选丘吉尔，而选工党了。"白洲次郎介绍了第二次世界大战后英国的情况。矢野重也想，不知毛泽东在中国的情况如何？

他们围绕着电力重组、向基础产业倾斜的生产方式等必须讨论的问题交换完意见之后，大家轻松起来。这时池田勇人说："吉田先生太累心。在占领军中，有混蛋，也有心术不正的家伙，他希望有空儿放松一下。"

他对师傅健康的关心溢于言表。矢野重也想，如果他去自己住的伊吹苑子的家，没人知道，可以轻松些。但同时又想起蔺沙婚事时曾经责骂过她，所以没有开口。矢野重也虽然是国策纸浆的人，但常常以民间企业代表的身份参加制定国家的经济政策。这是个与管理公司不同的紧张工作，但他却常常觉得，也许这个工作更适合自己。

"有时我想，我这个人可能不太适合经营公司。"有一次，他在与小林中、樱田武、永野重雄一起吃饭时说，"与个人利害有关的事，我就觉得难办。如果为了国家，我想总能找到办法。"

"我那里有宫岛会长撑着，我只管好公司的事就行了。但最近不行了。"
樱田武坦率地说。

"矢野那里应该有个带头人。明确地叫他分担一些工作，这样就能提高工作效率。"

永野重雄讲了他一贯的主张。

"国策纸浆，有南条源太郎在那里顶着。"矢野重也说。

小林中用他一贯的盖棺论定的口气说："这样很好。从目前国策纸浆的规模来看，没有什么问题。"

二黑会成立这一年的6月，矢野重也被任命为经济安定本部的常任委员。主要任务是为经济自立制订五年计划。纯粹军人的麦克阿瑟把产业政策和财政，委托给道奇公使，把税制改革委托给肖普博士。

从二黑会回来的路上，矢野重也想起了永井美那这个女子。在这次集会上，池田勇人担心吉田茂的身体，引起了矢野重也的注意，一直在头脑中寻找多少懂些健康知识的女人。池田勇人的意思，是找一个可以避开新闻记者的耳目、可以轻松一下的地方。

永井美那是在日本快投降的时候，到国策纸浆秘书科工作的。她的继父和母亲在战败那一年的3月10日东京大空袭中死亡。永井美那前几天突然来到国策纸浆，说与她有关系的一个人在赤坂开了一家饭店，叫她去当内掌拒，如果国策纸浆举行宴会的话，希望到她那里去。她说饭店名叫"鹤川"，留下后面印着交通图的名片后就走了。她的出现，使矢野重也感到惊讶。他想，这个店名可能与出资人有关。日本战败以后，一个单身女人独自生活很困难。

矢野重也想起了他们在空袭中幸存的国策纸浆的七楼，一起眺望城市燃烧坍塌的情景。那天晚上也响起了空袭警报，但美国飞机飞向了横滨，东京很平静。深夜时，永井美那悄然来到矢野重也的房间。那时候，与战争没有直接关系的人，在地方有亲友的，半强制性地疏散到各地，伊吹苑子去了滋贺县坂田郡。在大宫前的家，挖了防空洞，开了菜园，奈保子和两个女儿住在那里，矢野重也平时住在会社，在会社休息的星期六晚上和星期日回家。

"对不起，我害怕。不，不是怕空袭，而是一个人待着害怕。我到这里来行吗？如果不方便，我就走。"

听她这样讲，按照矢野重也的性格，是不会赶她走的。

"不，很欢迎。没有电灯，没法看书。我无事可做，正想睡觉呢。战争败到这个地步，只好恢复原始生活，日出而作，日落而息。"

矢野重也很少在闯进来的人面前袒露心中的郁闷。他想起来有热水，于是说："对了，暖壶里有热水，咱们喝杯茶吧。"

永井美那灵巧地把茶叶放在茶壶的茶漏里，把暖壶的水注入茶壶中，倒了两碗茶，把一杯放在矢野重也的身边。他坐在床铺的褥子上，宛若坐在被围困的城堡里。永井美那小声问："战争，不要紧吧？"

矢野重也默默地摇了摇头。

"这么说，大家都得死？"刚才远方响起雷鸣般的爆炸声，不知是煤气罐、石油罐，还是弹药库爆炸。亮光闪过之后，隔一会儿才传来爆炸声。

"我还没谈过恋爱，还有憧憬……"她说着两手插进矢野重也的被子里，仰着头看着他。

"你在危急时刻有地方去吗？"

"在北海道我有个叔父，住在苫小牧町。是这位叔父介绍我到总社当女子挺进队队员的。母亲带着我改嫁，继父和母亲在最近的空袭中死了。"

矢野重也想，战争中也会发生各种各样的事，他想起了中国内战时在上海和武汉的生活。甚至可以说，因为战争局势的恶化，人们被扭曲的念头欲望也会油然而生。

又是一声爆炸的巨响。永井美那抱住矢野重也。她的身体在颤抖。矢野重也想，她现在是为自己想干的事而害怕。

他把手移到永井美那的肩上，抱了一会儿就松开了。

"不管怎么样，人都要挺着腰板活下去。即使战争失败了也会有生路，要去寻找才是。"矢野重也想到了一个主意。以前他曾考虑过，在万不得已时，叫浅野晃夫妇去勇拂。从目前的战争情况来看，不知日本会怎么样。也许会在全国展开游击战。到那时，关东平野很难抵御美国先进的武装力量，所以打算叫浅野晃到北海道建个据点，叫他顺便把这个姑娘带去如何？

在黑暗中抱住矢野重也、身体战栗的永井美那看样子机灵能干。如果让她留在东京，自己能抵御住她的诱惑吗？

矢野重也深切地感到，一种风气，正在社会蔓延：判断一切事物的准则，都已经溶化在迫在眉睫的死亡意识之中，正如过去关东大地震之后产生的绝望，在什么地方制造一个小小的敌人，来证明自己的存在，两眼血红，证明自己的正确。因此，在这种时候，能够保持冷静的人要格外努力、谨慎。在这种时候，自己不能拥抱这个姑娘，因为她寻找的是早已死去的父亲和没有体验过的爱情。

窗边突然一亮，矢野重也站起来，眺望东京湾、横滨方向。听到一阵玻璃破碎般的爆炸声。他回头看着永井美那说："川崎重工业地带被炸了。现在爆炸的可能是日本钢管的燃料库。"

永井美那慢慢站起来，走到窗边。

一朵巨大的，上面闪着白光下面喷着红色烈火的云，在夜空中升腾。这朵云的下面，不断有黑色的云升起来。从山崎到横滨，在白昼一样明亮的夜空，机翼闪着银光的轰炸机群编队蜂拥而来，狂轰滥炸。不时看到飞机闪光爆炸燃烧坠毁。那可能是日本的战斗机，在燃烧中向巨大的轰炸机撞去。这说明，虽然力量相差悬殊，但还没有放弃战斗。

又响起两三声爆炸声。永井美那又抱住了矢野重也。她进屋的时候，就解开了衣服带子。矢野透过扎腿式的脏兮兮的劳动服，能感到她身体的颤动。矢野轻轻地离开了她的身体说："看看吧，这就是日本的毁灭。"

过了一会儿，他用命令的口气说："你回北海道吧。我叫浅野送你回去。"

他的声音颤抖。

矢野重也看到举止神态安详的永井美那，想起了六年前，日本陷入绝境的夜晚。

浅野晃在激烈的空袭中打算去北海道时，日本的交通网已经瘫痪。日本失去了制海权，连青森与北海道函馆之间的青函渡轮也很危险。关键的勇拂工厂多次遭到美军舰载飞机的轰炸，尽管南条源太郎拼命抢救，但主要部分已成废墟，不可能再生产。

最后，浅野晃带着家属和永井美那到达北海道已经是战败那一年的10月初。从那以后六年过去了，矢野重也对她的印象已经模糊。浅野晃与他常有联系。音信全无只是在浅野的老病肋膜炎恶化，生命垂危那半年。但是，在浅野晃的信中一次也没提过永井美那。矢野重也只是善意地猜测，可能他们为了维特生活而奔波操劳，身体和心情都没有闲暇的缘故。

"后来的情况如何？突然断了联系，不知你是不是还活着，是不是结婚了？"

永井美那回答说："实在对不起。我连谢也没谢一声。我想您会生气，说这个姑娘太不像话。我是个懦弱的人……"

她说在函馆与浅野晃一家分手后，去苫小牧之前，在余市遇到了一个喜欢的人，结婚两年后离婚，到札幌一家农机公司工作。这次在赤坂当女掌柜的那家饭店，是她后来有缘认识的一家证券会社的社长开的，自己是被雇佣的。

"我虽然不能满不在乎地来见您，但确实很想念……"她结结巴巴地说。

如果六年前她十九岁，那么她现在已经超过二十五岁了，但她身上并没有饱尝忧患的憔悴。矢野重也感到高兴，因为她身上看不到经历过战败前后那段艰苦岁月的阴影。

矢野重也看着眼前两手规规矩矩地放在膝盖上，更有女人魅力的永井美那，有点目眩。

"幸好解除了美军对勇拂工厂的限制令，半年前用最新的技术和设备开始生产。这座永乐町的楼刚建成不久，你就来了。今天是个好日子，把不好的东西全部忘掉吧。你有什么事，不要客气，随时联系。有什么话带给浅野君吗？"

永井美那低着头，好像在寻找词语，最后抬起头说："请对他说，永井美那得到他很大帮助，很感激。"

矢野重也听说，浅野晃刚到北海道时，多次想自杀。勇拂工厂的干部反映说，浅野晃在相当长的一段时间里鬼迷心窍，一直想是否应该与日本同命运共灭亡？那是浅野式的痛苦，他似乎在告诉那些对战败无动于衷的人好自为之。矢野重也想，对于年轻、想充分享受生活的永井美那来说，把浅野晃看成一个阴沉忧郁的人，也是理所当然的。然而，这不正是亡国之兆吗？不是什么国家、理想的问题，人们以自我满足为中心的本身，不就是国家衰败的标志吗？一想到这些，矢野重也就觉得必须十分清楚自己目前所处的环境。他不由得想见一见浅野晃、尾崎士郎、尾崎一雄等人。因为自己搞经济，整天忙于工作，眼下连好好会一会朋友们的时间都没有。

好像心有灵犀，正在这时候，他收到了浅野晃的信。信寄到了大宫前的家里，奈保子把信转到了国策纸浆董事室。浅野晃在信的开头写道：我渐渐恢复了元气。昭和二十三年出版的诗集《不死的风》，是我的生命在人世终止的标志。下一个诗集可能名为《在光中行走》。

日本彻底失败以后，浅野晃被称为战犯诗人，受到严厉追究。不仅如此，他还当过日本共产党的干部，所以日夜沉浸在自责之中，我到底在什么地方错了？

在天寒地动的勇拂，他在破烂不堪、烧多少劈柴温度也达不到零度以上的公司宿舍里呻吟，痛不欲生。走到外面，从太平洋方向吹来的风呼啸着吹打着。他披头散发，自言自语，摇摇晃晃，宛如幽灵，在旷野徘徊。

他是个认真的人，所以苦恼深切，错误严重。但是没有人想了解他内心深处热情赞美战争的动机。朋友也只剩下矢野重也、南条源太郎、林房雄等几个人。

那时，矢野重也担心好友在彷徨懊恼中不能自拔，多次给勇拂的厂长打电话恳求，要劝说浅野，别叫他死心眼，在一条道上走到黑。

在战争末期，矢野重也与热情歌颂战争的浅野晃合不来，但为了拯救他却不遗余力。他心里认为，浅野晃比自己纯粹得多。

从这封信中知道，浅野晃随着身体的恢复已经走出精神危机。矢野重也反复看了这封信，研究文字后面是否隐藏着深切的绝望，幸好他已经恢复了过去悠然自得的行文风格。

终于放心的矢野重也收起了来信，抬头看着黄昏中的街道。电子新闻屏上正在显示美国特使杜勒斯来日本商讨签订和约，在占领军司令部出现重新估价被解除职务的麦克阿瑟武断的政治决定的动向。同时，日本众议院和参议院通过感谢麦克阿瑟的决议案。

矢野重也看着这些消息，不能不把在暴风雪中彷徨的浅野晃，与那些为了营造对自己有利的环境、拼命讨好美国的政治家们加以比较。政治家们肯定在商议，向美国表示，日本是讲究礼仪的儒教国家。

矢野重也呆呆地看着窗外的夜景，不由得想起了前年秋天也使自己感慨万千的一条电子新闻屏上的消息。虽然不是同一座建筑物，但也是从国策纸浆董事室看到的。电子新闻屏上反复打出的消息是：10月1日，北京共产党政权建立。路透社消息：中国共产党毛泽东主席于10月1日三时在北京宣告中华人民共和国成立。

看着这条消息，矢野重也深深地感到，自己最终也没有履行对俞龙植同志的许诺——回国后发起反战运动，中国革命的成功，意味着自己彻底的背叛。对一个领导人来说，没有履行与没能履行是一样的。自己在决定解散日本共产党劳动者派时已经不是领导人了。突然，他想起了林佩瑶，不知她现在怎么样了？他觉得，在革命运动蓬勃发展的今天，她意气风发的可能性不大。那时候，他们心里就明白，他们之间的关系不可能长期持久，但他们是真心相爱。二十多年前，自己是闪光的，但也有相应的烦恼。他一边看着中国革命胜利的消息，一边回忆往事。

浅野晃的来信使他知道，浅野已经彻底走出失败男人的死亡的深渊，回归时代。在矢野重也眼前，浮现出三种不同的嘴脸：从彷徨的旷野中回来的浅野晃；想方设法讨好美国，而又选错了对象，通过给麦克阿瑟感谢案的国会议员们；还有不像浪漫的浅野晃那样纯粹，也不像通过感谢决议案的议员们那样卑鄙，然而在根本的问题上却暧昧不清的自己。

矢野重也还记得，在中国时多次考虑鼓动进攻中国的日本士兵停战。但这一考虑没有变成实际行动。当时他属于日本共产党，党命令他回国。

从表面来看，确实如此，但如今他清楚地意识到自己在精神上对日本的依恋。然而，日本的什么东西牵系着他的心呢？是对故乡的思念？是妻子奈保子？还是那几个知心的好朋友？

实际上，使他离不开日本的并没有具体的内容。因此，如果林佩瑶留他在中国，他也可能留下。但他没有留在中国，那么，只能说包括奈保子、故乡、好友这一切在内的，日本独有的某种东西吸引着他，而且在这某种东西的后面潜藏着荫翳。

它的象征是天皇，然后战败后，天皇变成了人。因此担心日本的荫翳文化，在光明和平且灿烂的阳光照射下晒干枯萎。

矢野重也担心，自己会渐渐失去精神家园。这种担忧，对谁也不能讲。即使说了，也不会有人理解，他的担心很快变了孤独。如果不下定决心，制定将来建设一个什么样国家的战略计划，真可能因战败而亡国……

矢野重也就这样展开思索。

随着参加经济团体和制定国家政策的工作的增多，矢野重也渐渐离开了文学。他没有翻译小说，取而代之的是阿兰①的《教育论》，继而开始重译安德烈·莫洛亚的《英国史》。他不想失去回到家里，走进书房，一边翻阅辞典，一边在稿纸上写字的生活。他几乎天天住在四谷的新家。

---

① 1868—1951，法国哲学、伦理学家。

这是为伊吹苑子和儿子诚也建的家，同时与经济界、政界人物来往也方便。几乎每天家里都有客人。有的只是来商量事，但大多数人来商量事情的同时，也打麻将下围棋。伊吹苑子对这些客人招待得很周到，不时说一些道听途说的街谈巷议，使他们乐不思蜀。

昭和二十四年出版的阿兰《教育论》，非常畅销。这本书的畅销，是对以前教育的否定，同时也反映出人们认为美式教育不符合日本国情，在寻求新的教育思想。大宫前的家，是用翻译梅里美《卡门》的稿费建的，所以被戏称"卡门宅"，而四谷的家也可称之为"教育宅"。矢野重也觉得这种巧合对自己是一个讽刺。

昭和二十四年9月，国策纸浆的股票上市，矢野重也被任命为副社长。他没有反对这次晋升。在对日和约签订以后，日本经济界与不了解日本经济的实际情况，仅从理论出发制定经济政策的美国的对立依然如故，在这种形势下，日本经济界需要懂得政治斗争力学的领导人，他也知道这一点，所以不好反对。同时，他也知道，自己的处境是危险的。

股票上市那一年的7月，发生了无人电车失控狂奔的三鹰事件，国铁总裁下落不明，第二天早晨发现被轧死。在签订和约以后，再没有发生这类事件。但传说在这些事件背后的美国谍报机关被活跃在东京舞台的各国间谍所取代。特别是在西方阵营与以苏联为首的东方阵营的对立越发严重之后，日本的治安警察也暗中加强对亲东方阵营人士的监视。

矢野重也生来心直口快，对于过去的同志，不管是转向的，还是仍然坚持信仰的，只要有好感，到他家里来，他都欢迎。一高、东京帝国大学时代的朋友，不管是共产党员，还是反共分子，只要到他家里来，都像过去一样，留下吃饭。其中也有人住在他家里。

日本战败后，为组织农民协会而到处奔波，担任日本农民统一派中央常任委员的河合悦三就是其中之一。

矢野重也一直主张立场不同，但友情不变。他与河合悦三的关系，正符合这句话。一天晚上，许久不来的河合悦三来到他大宫前的家，吃鸡肉火锅，去买酒的奈保子回来时突然在厨房附近大声喊："谁，在那里？"听到奈保子惊恐的叫声，矢野重也和河合悦三放下筷子飞跑过去。

他们兵分两路，矢野重也向南院跑，河合悦三向厨房屋奔去。这时，一个手拿麦克风的中年男子正好从南边的檐廊下笨拙地爬出来。矢野重也一把抓住了他后脖领子。对手也受过训练，来了一个转身法。矢野重也使用多年前学习的柔道的技巧，用支撑体重的腿，从外侧下绊子，把这个中年男子摔倒在草地上。

那个人被重重摔倒时，手里的话筒扔了出去，他爬过来捡话筒，矢野重也趁机从前面一把抓住了他的衬衣领子，把他拉起来，摆出随时都可以把他甩出去的姿势。

矢野重也抓住他的脖子，用力勒紧。

"够了，别再干这种蠢事！"矢野重也咬着牙说，手稍稍松了点，轻轻一笑，提醒他说，"算了，赶快跑吧。明白了快走。警察来了可就麻烦了。"

对手目瞪口呆，拿起沉重的录音机和话筒越墙而去，消失在黑暗中。他们好像有两个人，奈保子在厨房门看到的那个，是个望风的年轻人。河合悦三、矢野重也都知道他们是治安警察，但谁也没说破。河合悦三故意说："最近治安不好。"

矢野重也对进屋的奈保子说："琉璃也长大了，养一只大狗吧。"

他们相对无语。看来暂时不能以这种方式见面了。在上海见面时也是这样。过去他们也曾经怀着从此一别再也见不着了的紧张心情，秘密见过几次。

从河合悦三目前的情况来看，去战败前最早转向、现在是财界领导人的矢野重也家里密谈，是非常不合时宜的。从依然要求保持非法时代警惕性的共产党或革新势力的立场来看，不与矢野接触，也许是理所当然的。对矢野重也来说，有人嫉妒他作为财界领导人急速崛起，在经济界的暗流中有人说他不是正统派的领导人，他在家里悄悄会见左派领导人，肯定对他不利。

矢野重也想，看来只要是个好汉就可以交往的道理行不通。自己与河合悦三之间已经不是个人关系，中间横着一道看不见的墙。

远在可疑男子拿着录音机偷偷潜入矢野重也大宫前的家之前的一个多月，经济四团体的一个首领对与他关系密切的记者说："不知道矢野君是真转向，还是假转向？怎么办呢，有没有办法调查一下。"

这话也传到了矢野重也的耳朵里。如果他对那个不放心的首领说："我根本就没想转向。只是讨厌德山助一这样的人掌握实权的党。"

肯定大多数人不知道应该如何理解他的话，有人会认为他是愚弄人，从而对他更加怀疑。矢野重也本来就有不怕树敌等若干毛病。当知道对手是个卑鄙的人时，怎么也控制不住自己，非与他干到底不可，暴躁的脾气，尤其难以克服。

矢野重也翻译的阿兰《教育论》销售火爆，他也出了名。成为名人之后不久，某私立大学的理事长来找他。这个人对他说，如果能为该大学集中捐一笔钱，可以授予他名誉教授头衔，并请他出任重建校舍募捐委员会委员长。

"这么说你是来告诉我，可以用募捐换一个名誉教授？"矢野重也追问时，他头上的青筋暴了起来。

幸好对方发觉情况不妙，急忙退却说："不，不是换，我只是假设。"

"我不干，坚决不干。"矢野重也暴跳如雷，"我已经过了五十岁，最讨厌的就是名誉欲。利用人想出名的欲望募集资金的大学，肯定培养不出像样的学生。我拒绝，绝对不干。你给我出去！"

那个理事长仓皇逃走，从此再没有在矢野重也面前出现。

在那个私立大学理事长走了之后，一个矢野重也信任的报纸政治部记者石川来玩。矢野重也关心共产党和工人党情报局对日本共产党的批判在党内产生的影响以及后来的情况。

共产党和工人党情报局与过去的第三国际一样，是共产主义国际情报联络机关，实质上是实施苏联世界战略的组织。这个组织批判八坂良三的"爱党"的路线，背离了马列主义原则。那时，矢野重也想起了日本共产党理论代表福本和夫在莫斯科挨批的事。

矢野重也在日本投降后不久，见过一次刚从中国回来的八坂良三。这次会面是八坂良三提出的。他曾在八坂良三任所长的产业劳动调查所工作过，可以说是老交情。在中国时，他们也没有见面的机会。

八坂良三在饭店的房间里迎接矢野重也，一见面就说："日本现在正处于生死存亡的边缘。"

他极力强调，战争虽然失败了，但国家不会随之灭亡。同盟国的管理，是不稳定的，日本将成为各帝国主义与社会主义对立的舞台，有遭受蹂躏的危险。为了拯救日本，国内的各种势力，应该为国家的完全独立组成统一战线。他还说："我是社会主义者。矢野先生，我完全没有叫你成为一个社会主义者的意思。你能以一个了解世界动态的民族资本的经营者的身份参加统一战线就很好。"

八坂良三的声音依然像以前一样低沉，但决不缺乏动人的说服力。他最后说："关于天皇的问题，我的态度是温和的。应该把天皇制和天皇分开考虑，不能因为天皇问题而破坏统一战线。"

听他这样讲，矢野重也突然悲哀起来。他说："八坂先生，尽管您这样说，但天皇已经是人，不是现世神。来不及了。"

八坂良三不理解矢野重也对于天皇问题的悲哀，他停下来，不再说话，好像在思索矢野重也说了些什么，想要说什么。八坂良三作为政治家，一心想组织统一战线，没有时间深入了解矢野重也的悲哀。

矢野重也关心在八坂良三被共产党和工人党情报局批判以后，共产党如何行动，并设身处地地想，如果自已是党的领导人应该怎么办？然而，在9月签订对日和约以后，被占领时代的政令已经失去效力，但日本共产党却提出了武装斗争的方针。

"这是怎么回事？现在日本共产党的领导人是谁？"

矢野重也不知道共产党在考虑什么，问来介绍情况的记者石川。

"德山、八坂良三等人。"

"可是，他们不是反对日本共产党和工人党情报局的批判吗？"

矢野重也反驳说。他们发表了主要内容为日本共产党和工人党情报局不了解日本实际情况的"所感"，给矢野重也的印象是，噢，日本共产党终于有了独立自主的路线。

"是的。可是苏联和中国施加了很大压力，最后他们改变了主张。"

"德山这个人善变。"矢野重也想起在共产国际批判福本主义时，本来一直支持福本和夫学说的德山突然变脸，否定福本理论，说什么我本来就觉得奇怪，弄得党内的同志目瞪口呆。

他还想起了在武汉会见毛泽东时的情况。当时还年轻的毛泽东对于日本革命的可能性提出了几个问题后说："有建立根据地的可能性吗？这是开展游击战的基本条件。"

矢野重也不知所云，反问说："游击战，是军事上的游击战吗？"

然而，日本与中国、俄国在地理条件、社会结构上完全不同。如果强行按照俄国、中国的办法去做，将是一个大悲剧。

听记者石川说，日本共产党内部一片混乱，矢野重也说："这么说，日本的革命势力不会风起云涌，用不着担心。"

这是他的真心话，也不是真心话。用不着担心，这是他作为一个对日本共产党的素质、工人运动了如指掌的财界领导人的看法。但在他说这话时，心中想起了搞革命时的艰苦斗争，还有在革命运动中牺牲的几个好朋友的面容。如果日本共产党在大多数人历经艰辛刚刚尝到和平喜悦的今天，发动武装斗争，只能引起人们的憎恨。

矢野重也的脑海中浮现出德山助一的样子。他爱说我们的党有信心，爱摆权威和家长的架子，对矢野重也的攻击也最猖獗。如今他还是老样子，没有变化。在这背后，是他对大地主家庭出身，名校毕业的知识分子一种本能的厌恶。至少矢野重也有这种感觉。矢野重也想，这也是无可奈何的事。

然而，如果德山助一沉醉在空想中极力煽动暴力革命会如何呢？听眼前的记者石川说，德山助一曾经在没有任何根据的情况下，鼓吹九月革命，一般的人，一笑置之，而那些相信德山助一的党员、赞成他主张的人，不少人卖掉了房子，为党的斗争筹措资金。

身为财界的一方重镇，对共产党内部的混乱有一种安全感，但一想起自己的革命经历，心里又难过。

矢野重也内心的矛盾对谁都不能说。

如果非要找一个倾诉对象，那只有妻子奈保子。但最近一个时期，几乎没有充裕的时间与她说话。自从他坦白与伊吹苑子生下儿子以后，性格豪放豁达的他也感到，奈保子倾听丈夫吐露心声的土壤已经干涸。虽然奈保子对偶然回家的他依然微笑、亲切。

不仅与妻子奈保子的关系陷入了窘境，自从公安机关的人到大宫前的家里窃听他们谈话的事件发生以后，他不再敢把朋友叫到家里来。对他来说，如果没有情投意合的朋友到家里来喝酒聊天，就不舒服。

与大宫前的家不同，他与伊吹苑子住的四谷的家，客人总是络绎不绝。这些都是公安机关、警察们放心的人。唯一的困难，是已经上幼儿园的诚也的教育问题。伊吹苑子没有教育能力，但这也许是件好事，反正客人一来，她忙着招待，根本没有时间管诚也的预习与复习。

正在矢野重也考虑如何教育诚也这个本不应该由他考虑的问题时，民法权威田弘太郎去世了。田弘太郎曾给他介绍翻译工作，在他保释后潜入地下时，为他在下田找隐居处，可以说是他的恩人。

这是个令人悲伤的消息。他一直在想何时报答自己在年轻时受到的恩惠，但还没报答，恩人就去世了。

葬礼的第二天，田弘太郎教授的妹妹佐智子来到新国策纸浆董事室表示感谢时，矢野重也想到了一个报恩的主意。他问佐智子，今后有什么打算？她从美国大学毕业，讲一口流利的英语，在田弘太郎到外国大学当交换教授时，一待几年，她一直当助手跟在身边。因此她辞去了在国际联盟劳动机构事务所的工作，也没结婚，如今大概已经五十多岁了。

在葬礼时，她代替病弱的田弘夫人张罗，指挥家属对参加葬礼的人表示感谢。矢野重也担心，在这些事全办完后，她失去了生活的中心——哥哥，失去了精神支柱，是否会陷入无依无靠的孤独之中？他还记得住在教授为他在下田找的房子里时，走投无路，佐智子来看他照顾他。那时她大概三十岁左右，充满魅力。

在第二次共产党事件中，矢野重也被捕坐牢，写了退党声明，保释出狱，重新开始地下生活。他隐藏在下田时，翻译了几本法国小说，同时也重译了阿纳托尔·法朗士的小说《苔依丝》。革命运动失败以后，他每天埋头翻译，田弘佐智子的出现，就像《苔依丝》的主人公巴福尼斯眼前跳出的闪着朝阳金色光辉的狼。矢野重也本不是修道士，只是个在长期的地下生活中，渴望女人的男人而已。

田弘佐智子在下田住了五天，那时，他竭力抑制自己的欲望。现在，当他看到身着丧服的田弘佐智子坐在自己面前时，不由得怀念起当年的情景。

矢野重也在新建的四谷的家里，为年幼的诚也在主屋的旁边，另建了一栋配房。他家每天晚上，客人进进出出，络绎不绝，为了不影响诚也，使他能专心学习，养成沉稳的性格，特意建了这栋房屋。现在，矢野重也正在寻找一位能教育、辅导他的老师。

根据自己幼年时的经验，用人们有雇佣思想，总是奉承孩子，连并非用人的剑师清水忠八也是这样。自己对这些大人反感，但不知年幼的诚也怎么想，所以心有疑虑。正在考虑这些问题时，田弘佐智子来了。

她回答矢野重也说："我还什么也没想。哥哥的孩子都工作了，说他们自己照顾母亲。现在只剩我一个人了。"她依然平静地说："想起来，我的生活，是以我哥哥为中心的。我觉得帮助哥哥传播新的法学思想，是我最有意义的生活方式，但哥哥却早早地逝世了……"

"田弘先生多大年纪？"矢野重也问。

田弘佐智子马上回答说："六十三岁。"

这说明佐智子在田弘太郎死后，多次计算过哥哥的年龄。佐智子的回答，果然不出他的所料。

"我现在也没有忘记，在我最痛苦的时候，先生对我的帮助。在这'先生'之中，当然也包括你。"矢野重也开了个头。接着他又向前探了探身子说，"其实，我刚刚搬到四谷车站附近的新家。与苑子和五岁的长子三个人生活。我是个经营者，生活方式像流氓一样，每天晚上都有客人，闹哄哄的。但我希望我的孩子能过上学者式的平静日子。家里房间的配置、设计都可以改。不知你能不能到那里去住，想听听你的意见。"

田弘佐智子对他唐突的提议莫名其妙，脸上现出奇怪的表情，问道："这，是怎么回事？""我想报答先生的恩情，把我家另建的一栋房子送给你。"

田弘佐智子吃了一惊，沉吟半天说："这个……可我今天是来对您参加葬礼表示感谢的……"说完她就走了。

矢野重也回到国策纸浆自己的房间不久，想起了在下田的痛苦生活。佐智子回东京以后，矢野重也离开了教授为他在莲台寺温泉找的房子，搬到了河边一家杂货铺的二楼。从这座房子出来走几分钟，就有二十几家妓院。在搬来的那天晚上，他去了一家妓院。那时候，他好像被什么东西驱赶着，身不由己。如果硬要说的话，这也许是与自己的过去告别。为什么要抛弃正直、有强烈的正义感、具有高学历的革命家的身份呢？矢野重也现在才认识到，那时是自己与理想诀别。也许佐智子就是来告诉他你不是圣徒的金狼。

在那条街道的中间有一条黑黢黢的污水沟，两侧的老柳树掩映着妓院的屋檐。夜里，掩藏在柳树间的红色、绿色灯笼引诱着男人。矢野重也多次在那里待到黎明，怕在光天化日下丢人现眼才回到了隐藏处。

回想起二十多年前的心情和光景，觉得那里有一种可以称之为荫翳的颓唐气氛。这种气氛与幕府末期一样，产生了唐人阿吉。想到这里，他又想起同情阿吉，但又自省说"我有资格在她墓前双手合十吗"的田弘佐智子。如此冷静地审视自己的佐智子会接受我的邀请吗？他想，我现在在企业界很活跃，她对我的评价，可能与新闻记者们的评价不同吧？失去了哥哥这一精神支柱之后，为哥哥的得意门生教育子女，不也顺理成章吗？

就算是那样，为什么会想起下田妓院那荫翳的小巷呢？年轻时，对他来说，所谓荫翳，是京都古老的街市、佐久岛逃兵村小巷的一种文化的形态，与妓院街的醉生梦死不可同日而语。然而如今想起来，确实觉得下田那里也有一种荫翳的氛围。

矢野重也自问自答：那是因为怀念，把很久以前的老照片涂染为褐色的缘故吗？不，大概不是。那是因为自己不再相信理想，已经无法区分阳光与荫翳了吗？

但是，这不仅仅是自己的堕落。在日本投降战败的同时，荫翳已经从日本消失。

矢野重也清楚地记得，他曾被称为阪急电铁株式会社创始人的小林一三邀请去熊野。那是作为经济同友会干部开始活动的时候，任命他为电气事业重组审议会委员以前，小林一三为什么请他，他自己也不清楚。可能因为小林一三爱好戏剧，而他是《卡门》译者的缘故吧？

小林一三在日本战败前成功地重建了东京电力的前身东京电灯会社，对能源政策极为关心。他认为日本战后复兴应该从电力开始，所以计划在以水量丰沛而著称的熊野川建设水库和水力发电厂。为了实现这个计划，他确实考虑应该向东京财界说明情况。

那时，矢野重也和小林一三一起乘电车到和歌山，再乘公司来接的汽车，在白浜温泉住了一夜，第二天穿过中边路到新宫，第三天溯熊野川而上。在旅途中，小林一直给他讲经营者的思想方法和经验。小林一三侃侃而谈：在被称为蚯蚓电车的箕面有马电气轨道车兴起的时代，在重建东京电灯会社的时代，与前途无量的地道官僚岸信介次官斗争的经验，对今后电力产业应该如何发展……矢野重也洗耳恭听。

姑且不说门第，矢也重也觉得小林一三是个纯粹的大阪商人，而这是自己没有的素质。他参考自己在大阪、神户生活时开办大众面馆的经验，从小林一三的讲话中学习经营者应该怎样思考问题。

小林一三的经验可以概括为：经营者要有理想，要为实现理想制订妥善的计划，要忍耐、矢志不渝、大胆且小心，要发挥精神的指导力量。

从他的口气可以感觉到他想培养晚辈矢野重也的好心，但矢野重也却觉得自己无论如何也做不到。与前辈小林一三比较起来，自己的幻想太多，连自己都觉得想得太美。

小林一三认为不到五十岁的矢野重也很有意思，较之事业，他更喜欢政治。在目前的混乱期，需要这样的人，但局势一旦稳定，他是否还能稳稳坐在经营者的位子上，令人担心。小林一三对矢野重也说："我年轻时也是浪漫主义者，写了一些现在看都觉得不好意思的小说、戏曲。当了企业家之后，封笔了。"

这句话，对矢野重也刺激很大。

矢野重也觉得这次与小林一三一起旅行，印象深刻。但他觉得与小林分手后，探访熊野古道，更有巨大意义。

参拜完本宫之后，送走回大阪的小林一三，矢野重也决定去看层峦叠嶂、宛若从太古时代汹涌而来的历史波涛般的果无山脉，探访被称为熊野之路的古道。

新绿的时节刚刚开始。古道途中有几个叫王子的休息处，在这里可以从不同角度眺望山脉。一个从军队复员回来学习地方史的青年说，后白河法皇曾三十三次从京都到熊野巡幸，在休息处举行和歌比赛，在去熊野的途中举行这种比赛，意味深长。

矢野重也听他这样讲,有一种渐入异境的感觉。以前他就预感到,在京都、佐久岛,还有他度过青年时代的土地上感觉到的荫翳,其本源,可能就在神隐居的、被称为隐国的熊野。

这种预感在狱中读《古事记》时就相当明晰。坐牢时,最初只许读古代历史书。矢野重也渴望读书,但他想神话骗不了我,于是开始读《古事记》、《万叶集》。

他在学生时代思想上就拒绝这些典籍,但读起来却饶有兴趣。虽是国家的起源,但接受了马克思主义洗礼之后再读,他觉得日本的国家起源从一开始就有很大的矛盾。

神话以大和朝廷与以大国主命为代表的出云势力的斗争为主线,用现今的观点来解读,大和朝廷胜利,但那只是表面的胜利。如果从深层次上讲,也可以说是大国主命一方的胜利。

因为那里有日本最古老的文化。不管过多少时间,出云文化都紧紧扼住大和朝廷的脖子。换言之,决定事物的不是军事力量,而是文化价值观的长期威胁。这种影响总是通过梦幻中的"根之国"的价值观,以荫翳的形式处处显示大国主命的影响。

矢野重也站在可以俯瞰果无山脉的王子上,心想以前为什么没有发现这一点呢?

如果懂得日本文化的结构,武力对文化的力学知识,与其说以战争中的东条英机之流的思想歪曲了神话,不如说他们理解不了神话的愚蠢头脑,改变了神话的性质。正是这种伪现代主义毁掉了日本。

他们竟然若无其事地宣布,治安维持法第一条"改变国体或政体,以否定私有财产制度为目的组织的结社及知情而参加者,处以十年以下刑罚或监禁"这种与我国固有文化相悖的法律。与这种伪现代思想相比,美国英国远比当时的日本军国主义先进得多。

矢野重也一碰到这样的问题,头脑就会飞快地运转起来。他踏着枯叶,在交织成拱状的新绿中漫步,任凭思想自由驰骋。走到近露王子岔路口的尽头,看到了很小的骑着牛马的牛马童子石像。童子形象稚拙可爱,好像在思考什么。这似乎是无限的永远的象征。而且在看到这石像时，矢野重也有一种超越现实世界的心情。

矢野重也走着走着进入了梦境，他把想象交给踏着枯枝碎叶的脚步声，在古道上默默地走着。看见牛马童子时，他听到了轻轻的说话声。

这像是人的声音，又像潜藏在这隐国之中生命的声息。或许是既非人类也非野兽的生物的脚步声。或许是由牛马童子引路，巨大的神灵在熊野的山中悠然漫步的声音。矢野重也的想象迷乱。他想仔细听一听这声音而停下了脚步，但声音随即停止，古道死一般沉寂。

突然，一只鸟扬起巨大的翅膀从树丛中飞起来。这是只山鸟。矢野重也在行进中觉得有什么东西进入了自己的身体。

他想，所谓旅行就是这样，不是为了到达某个地方，而是行动的本身。就像风，不是为了到达什么地方，而是吹的本身。

自己不时接触、感觉到的荫翳，在日本历史的深处，也许就像没有目的地的旅行而产生的旅情。那么走在通往纪之国、"根之国"、出云的路上的人，都会有这种模模糊糊的感觉。

矢野重也在古道的远方看到几名围坐在一起的男人。他们不是在地上，也不是飘浮在空中。凝神一看，其中有一个像尾崎士郎。看清了他，别的人也都一个个认出来了。旁边的是林房雄，之后是尾崎一雄，正面坐着的似乎是浅野晃。他们都是从市俗世界逃出来的亡命者，所以彼此之间十分亲切。

啊，是呀。矢野重也想，自己在不知不觉间，已经进入与他们截然不同的领域。他现在意识到，接受小林一三的邀请到熊野旅行，就是想证明自己发生变化的原因。

在此以前，翻译对矢野重也来说，近乎于创作。但在他翻译的《英国史》、《教育论》成为畅销书后，他却远离了文学。在这种情况下，再考虑以后翻译什么时，莫泊桑、菲力浦①、阿纳托尔·法朗士的作品已经不能打动他的心。他觉得

---

① 1874—1908，法国小说家，如实描绘贫苦人的生活，著有《蒙帕那斯的浦浦》、《母与子》、《鹬鸪老爹》等。

不满足，寻找补充的东西，但他自己也不知道要寻找什么。

这是为什么？矢野重也想。

经营者小林一三的严厉态度，迫使矢野重也做出一个决断。

"我开始搞企业时，就封笔了。"小林一三对矢野重也说，"经营中如果有浪漫，固然好。但经营只能建筑在现实之上，需要的是忍耐和专心致志。"

矢野重也点着头，默默地聆听前辈的教导。进入熊野古道时，他听到了非人非兽也非神的脚步声，幻觉中看到几个不可思议的男人围坐在一起。

与小林一三的熊野之行已经过去快四年了。矢野重也去年去看了重建的、日本首家全部用阔叶树生产纸浆的北海道勇拂工厂。当他看到使用与战败前完全不同的新设备的工厂有条不紊地运转时，觉得这里也有浪漫。

本来勇拂工厂是从出狱的南条源太郎的浪漫开始的。后来因为美军空袭而停产，继而占领军又命令解散，现在终于解除了命令，可以恢复生产，于是安装了新设备。这是忍耐和专心致志的成果。看完工厂，他像以前一样，住进了定山溪旅馆。洗澡的时候，他一直在想，自己与以前有什么不同？

第一，用不着为维持生活而伏案写作了。几个公司董事的工资可以维持大宫前的家与四谷新建的家的生活。

第二，四谷的伊吹苑子生了个男孩，田弘佐智子住在配房教育他。这一点也与以前不同。

这种生活，不是出什么理论、思想，而是不违背对友情、对女人的爱情，对周围人的亲切之情，忠实于自己的感觉的结果。这一切都源于对日本共产党的绝望。最近，他不时在内心深处想，我没有放弃共产主义信仰，而是与日共决裂。矢野重也作为工薪族快要退休了。

在签订和约后的第一个五一节爆发了大规模骚乱，烧了好几辆高级轿车，浓烟冲天，逮捕了很多人时，美国在埃尼维托克环礁进行水下核实验时，征询他的意见，他隐藏了真正的自己，以财界领导人的身份发表了意见。基调是在东西阵营严峻对立的形势下，必须站在美国一边，支持美国，基本否定群众运动。他感到，财界人士的"常识"如绳索捆住了自己。

这不是违背了最初的信条——忠实于自己的感觉吗？他想同职员一样，一到五十五岁就退休的原因，是希望得到自由。

矢野重也一想到从经营的位置引退，来了精神，马上从定山溪旅馆给已经恢复健康的尾崎士郎打电话说："这回咱们得好好谈谈。找几个合得来的朋友出本杂志如何？我想说的就是这件事。"

尾崎士郎对矢野重也出版同人杂志的提议不太起劲，他说："当然可以，但很不好办。即使是季刊，也不能小看。我刚认识你的时候，出了月刊《望楼》，那才八页到十二页，就没少费心。"

矢野重也觉得必须先说服尾崎士郎，所以回到东京后就准备两个人推心置腹地谈一谈。出版新杂志的重要意义和改变怕麻烦的毛病这两条对于说服他很有力。

矢野重也在四谷的家与佐久岛的渔夫松本半九郎联系，请他在尾崎士郎来那天，送一海碗海参肠和海参、一海碗冰镇长枪乌贼、沙丁鱼，还有对岸吉良町的有名的糕点。吉良町是尾崎士郎的故乡，在他《人生剧场》中登场的侠客吉良野仁吉就是他的同乡。

矢野重也对松本半九郎说："我为了谋生到处走，没有时间去你那里。你能来东京吗？我热情招待。在我搞经营买卖时，你来了不好招待。今年还行。"

矢野重也听到松本半九郎的声音，想起了往事。在关东大地震后，矢野重也和奈保子去佐久岛住了半年多，那时松本半九郎与他们一样年轻。松本半九郎说："你一定会干一番大事业。我这种没有欲望的人看人不会错。你有了名，我去串门，别吃闭门羹。"

矢野重也回答说："我不是那样的人。那时候你来，我一定款待。"

在约定的那天晚上，尾崎士郎一到四谷的家，矢野重也就说，当今的文学，囿于"纯文学"的框框里，脱离社会。他认为战后应该提倡国民文学论。然而，最近日本的作家忘记了日本的审美意识，不能深入现实。社会在不断发生变化，文学却抱残守缺，跟不上时代的脚步。尾崎士郎不反对矢野重也的观点。

他们喝着酒，谈了三个多小时，以前的亲密感情，又回到他们中间。

"办杂志的事我明白了。如果在你那里编辑，我没有坚决反对的理由。但有一个条件。"尾崎士郎说。

矢野重也感到意外，看着老友的脸说："嘿，这可新鲜。"

尾崎士郎沉吟了一下说："这个条件是你每期必须写稿。如果可能，最好是小说。但是，形式不拘，写什么都行，只要读者认为是作品就可以。"

"这可糟了！"矢野重也像每回一样，用五根手指在头上乱抓说，"几年前与小林一三去熊野旅行。那时他暗示我说，企业经营者必须封笔。对此我也理解。"。

"你不是马上就要退休了吗？"尾崎士郎追问说。

"是这样。但是还要过一段时间。明年我五十五岁，到时候我就退休写作。"

"我明白了。既然这样，那就明年创刊吧。在此以前，正好可以好好想一想杂志的性质，拉同人参加。这也需要一段时间。"

他们一边喝酒一边商量，喝着说着，都觉得杂志如何无关紧要，最重要的是与对心思的朋友以办杂志为佳肴而喝酒。

尾崎士郎走了之后，矢野重也想在书房里考虑一下办杂志的事，但头脑中浮现的却是战争期间与尾崎他们开始交往的情景，还有去年去勇拂工厂时看到的浅野晃。

国策纸浆勇拂工厂，像在旷野上突然拔地而起的一座雄壮的城堡。厂区宽阔，必须乘车才行。蒸解锅、氧气漂白塔、两个望不到顶的大烟囱，屹立在悠悠白云之下。还有从Y1至Y5造纸的高大厂房。无论怎么看，都可以说是一座城堡。登上管理塔一看，4月末的勇拂原野刚刚有一点绿色。

"我在这里生活了五年。那时这里只是烧毁的废墟。看到恢复成今天这个样子，我目瞪口呆。那时候很冷，我多次想死。是你救了我。这个工厂简直可以说是我的救命恩人。"

与朝日新闻记者筱田弘作从东京一起来到勇拂的浅野晃，迎着太平洋吹过来的风断断续续地说。如果他不这样，也许会激动得说不出话来。

矢野重也一边频频点头，一边想，是我拉他加入了共产党。在南条源太郎与他商量用他发明的废纸造纸法生产纸张时，他确实想过要救济过去的同志。

这种暗中的打算到底实现了多少，他不知道，但他有时想，帮助别人，不过是自以为是的傲慢而已，觉得无聊。他一直坚持来者不拒，但这其中就有一个自称在旧满铁（南满铁道株式会社）调查部工作过的人想从矢野重也这里搞钱。

矢野重也不知在什么时候，养成了一个习惯，当有人进入国策纸浆会客室时，他从对方身上散发的气味，就马上判断他是什么货色。

"我被委任可以使用巨额反共资金。不管怎么说，培养优良企业，发展产业，虽然不是直接的，但却是防范共产主义最切实有效的方法。希望像您这样看透了共产党本质的企业家使用这笔资金。"

他巧舌如簧，还带着一个著名政治家的介绍信。

"我想您对资金的来源会有疑问。您是财界的领导人，所以对您不保密。在日本被占领时，有个麦克特少将想把日本变成亚洲防止共产主义的堤坝，有一笔秘密基金。朝鲜停战协定已经签字，形势发生了变化，所以这笔资金可以为民生使用。"

这个戴着无边眼镜、有点发胖的中年人信心十足，侃侃而谈。

矢野重也越听越不高兴，认为这个人是探听了自己与共产党的关系之后，灵机一动，编造了反共资金的弥天大谎。觉得他讲的话，他说的反共资金，都令人生疑。但矢野重也不动声色，问道："有什么具体条件吗?"

他凭直感，已经认定这是个骗子，但想恶心他一下。对方可能以为他已经动心，不慌不忙地说："金额在十亿以上，利率为百分之五，期限为五年。但十亿中的百分之一，要给自由党，百分之一由您自由支配。"

矢野重也觉得你也太小看我了，怒不可遏地说："我这个人不要钱。你别说了，再说也没用。你走吧。"说完，他站了起来。

对方似乎以为他在讨价还价，说："对了，条件变动一点也没关系。"

"我说叫你回去，你没听见吗?"矢野重也大声吼起来。

可能隔着门听见了吼叫声，秘书四宫喜一郎急匆匆走进来。矢野重也指着那个发胖的男人对他说："喂，你把他给我撵出去。"

"您太失礼了。"对方站了起来。

矢野重也对他说："对你这样的东西用不着礼貌。"

这个人可能久经沙场，嘴里嘟囔着走了出去。

人走了，但矢野重也还在生气。

"怎么回事，那个人？他是带着一位有名的国会议员的介绍信来的……"

四宫喜一郎送客回来后问矢野重也。

矢野重也冷静了一些，看着四宫喜一郎平静地说："可能那个议员也不知道。也许议员根本就没见过他。政治家，就是这样一种职业。四宫君，你的父亲是个例外。"

国策纸浆秘书四宫喜一郎的父亲是有实力的政友会的议员，是当时政界著名的自由主义斗士，与小暮武太夫一起被誉为男人的骄傲，名声显赫。

有一天，四宫议员带着他的儿子喜一郎来到了矢野重也事务所，对他说，身为父亲说这些也许可笑，但他比我聪明，性格好，只是秉性温和，不会吵架。"希望你能叫他在你这里历练一下。我儿子不想当政治家。"

在四宫议员当商工省政务次官时，矢野重也为了恢复勇拂工厂的生产请他与占领军斡旋。

矢野重也一眼就看中了四宫喜一郎，把他放在身边，精心调教，遇到对他将来当企业家有用的场合，也带他一起去。

他对四宫喜一郎说："这个人肯定是骗子。如果有私心就会上当。看样子可能是惯犯。每个人都有私心，所以对于甜言蜜语要小心。"

"对不起。今后如果方便的话，您会见第一次见面的客人时，我也过来。"

"好吧。"矢野重也看着站在门边的四宫喜一郎说，"如果格斗，我也许比你强。你在思想和身体两方面都要学会战斗。"

他又高兴起来。矢野重也去视察完成重建、开始生产的勇拂工厂时，也带着四宫喜一郎。在管理塔看完工厂全景后，矢野重也在全体职工面前讲了自己的经营理念，列举了在战争最困难时期原厂长南条源太郎的爱社精神，为了用两手撑住倒下来的防火墙，他负了重伤。

"有这些献身的前辈的努力，才创造了今天的国策纸浆。这种创业精神，诸位在最近的地震中充分地表现出来。我对诸位这种创业精神表示感谢。"

在埋藏着许多记忆的北海道，与浅野晃有单独会面的时间，对矢野重也思考今后的人生有重要意义。

"因为有你的关照，我栖身在勇拂工厂的住宅里，天天写诗。"从勇拂乘汽车去札幌时，浅野晃说，"悲伤的时刻迟迟离去，而美好的时光却一闪而过——当我写下这两行时，有一种解脱感。那是暴风雪劲吹，房间的温度在零度以下的白天。"

浅野晃说，在自己最艰难的时期，如果不到北海道勇拂去住，直到死也只是一个爱好文学的原革命家而已。"而且，落户以后觉得北海道真好。那里有东京等地方没有的美丽和快乐。虽然自然条件严酷，但很美好。"

矢野重也一边听浅野晃说话，一边想起了熊野古道。

"我呀，仍在寻找出路。几年前与小林一三去熊野，回来时我独自去了熊野古道。在幻觉中，我看到了你。我觉得摆脱市俗，就要到这种古道上去寻踪觅迹。可是一回到东京，那些想法随即在工作中烟消云散。我打算一到五十五岁就退休。"

"现在的时代，连宪兵队的干部、思想警察的领导人都说他们从来都是民主主义者。"浅野晃扫了一眼矢野重也的侧影说，"不管怎么说，你生来就是当领导的命。不知这是福还是祸，也许是祸吧？这也是没有办法的事。"

矢野重也想起浅野晃在诗集《不死的风》的后记中写的话：我所住的地方，离海岸线极近，太平洋单调的波涛声，昼夜不停。北面是无边的火山灰旷野，占据东边地平线的是日高十胜山脉连绵的雪峰，这一带几乎一棵树也没有。"我那时迷恋树木。树挺立着，在我眼里，是我作为一个人的意象。"浅野晃继续说，"我最近写的东西有了一点反响。三岛由纪夫说我的诗的长处是写了愤怒。"

"对什么愤怒，这是问题所在。但我似乎也能明白。"

矢野重也一边随声附和，一边想，与浅野晃这样的人谈话，自己的思想也会变得深刻起来。使他感到愤怒的，恐怕不是什么权力和政治腐败，甚至也不是歧视和不平等，而是人类本身的愚蠢。他把自己也完全包括在内，那不就是绝望吗？

在矢野重也受到浅野晃的触动而思考时，浅野晃说："你刚才说要辞掉经营工作，我觉得不合适，也没有必要，我反对。"

他的语调变得与平时一样，慢声细语。"那么，我怎么办呢？你是说我不能当文人吗？我这样纠缠实在对不起，但我想搞清楚。"矢野重也追问道。

"对不起，我也不知道怎样回答。即使你当了文人，宿命也不会改变。"矢野重也不能不沉默。他感到浅野晃说出了自己无法理解，但同时也是本质性的大事。

"说点别的，你信任的那个阵内信……"

浅野晃说，但矢野重也拦住了他的话头："在说他之前，我想说，如果文学中存在并承认人的心灵和感性的荫翳的共产主义国家，我现在也赞成。"

浅野晃马上说："没有，不可能有。不仅是共产主义，权力这种东西全都不行。但人类只会制造这样的权力，所以我憎恨人类的存在。"

浅野晃话里，满怀悲哀。

浅野晃当即否定矢野重也的话，这是第二次，第一次是否定福本主义。

"是吗？果然是这样吗？"

矢野重也觉得，坐了几年牢，流窜到勇拂待了五年，又得了一场几乎致命的大病，这使浅野晃成为一个真正的诗人。

这一发现，使矢野重也既高兴又放心。他飒爽的风姿，就是他作为一个诗人挺起了脊梁的明证。

他刚才突然提到了阵内信。

在矢野重也和南条源太郎一起，借助军方力量，为建立国策纸浆前身大日本再生纸制造株式会社而奔波时，阵内信是陆军会计军官，任军需品本厂的监督官。当时只是认识而已。像亲人一样支持矢野重也他们计划的岩畔少将说，阵内信很能干，会社成立时应该用他这样的人。

有一天，矢野重也在日本桥的一家小饭馆请阵内信吃饭，只是觉得受到过他的关照，表示一下感谢。那是矢野重也应岩畔少将邀请，在新加坡住了很长时间，刚回到日本的时候。但那时阵内信已经辞去陆军的职务，内定为制造电波探知机——雷达的日本电子工业的董事，并决定担任董事兼计划管理部长的职务。

阵内信生来就有收集情报的能力，他抓住了日美战斗力决定性的差距在电子工业技术上。中途岛海战的失败，是日军后退的开始。当时美国的雷达能够准确地测出日军军舰所在的位置，而日军只能用望远镜观测，这种技术上的差距，异致日军失败。阵内信进入国策会社，决心缩小这一差距。再者，在战争失败时，他虽为会计军官，但也可能陷入光荣战死的境地。为了避免这种可能，他离开了军队。

战争终于以日本无条件投降而结束，他看到工人运动迅猛发展，认为重建经营阵营是当务之急。在经济同友会的影响下，成立了关东经营者协会，他马上担任了这个组织的工人问题负责人。

从战争时期到战后阵内信的行动来看，很明显，他是能把握时代潮流的人，而且有行动能力。他得到了这样的评价：虽然年轻，但对于工人问题有高明的见解。在日经联负责向国际劳动机关（ILO）推荐雇佣者代表时，把当时担任日本电子工业常务董事的他，选为专务理事。他的目标明确，就是在企业界见多识广，想趁着年轻，到一个能出人头地的地方。矢野重也曾想为自己的企业招人，听说他在战后很活跃，在考虑是否有能干的人做自己的接班人时，把他也列入了候补名单。

因此，浅野晃的口气引起了他的注意，小心地问道："阵内信有什么令人讨厌的地方吗？"

"不，没什么。最近我去演讲会，听另一个人讲演。轮到阵内信时，他只讲自己干了什么，如何忍耐，一味地宣扬自己。我对他不感兴趣。"

浅野晃毫不客气地说。矢野重也感到沮丧。但浅野晃又叮嘱说："你怎样使用阵内信，那是你的事儿。不过，我这个门外汉的话却非常准确。"

"现在还没有什么使用他的考虑。前不久只是夸奖他。不过，我感谢你的忠告。"矢野重也打住了话头。

到饭店吃饭时，矢野重也想起了永井美那，于是说："你到勇拂去时，我请你带去的永井美那，最近来看我。谢谢你。"

"那是我最痛苦的时候。她到了函馆就匆匆忙忙走了。"浅野晃说着，好像又想起了那时的情景，无限感慨地看着眼前的菜肴。但他终于把酒杯举到眼前，摆出干杯的架势说，"总之，勇拂工厂复兴，你又干完了一件事，祝贺你，同时表示感谢。"

第九章 ◆ 疾风怒涛

矢野重也进入企业界，是为了帮助南条源太郎。南条源太郎发明了用废纸制造再生纸的方法，想建一个造纸厂，矢野重也帮他成立了大日本再生纸制造会社。

会社合并后叫国策纸浆，克服了战败等种种困难，终于复兴。在矢野重也视察勇拂工厂时，会见了北海道经济界领导人、知事，完事后，与一起从东京来的老朋友、阔别已久的浅野晃畅谈。

浅野晃被称为"战争诗人"，受到批判，他是个认真的人，从正面理解这一批判，大病一场，几乎丧命，最后获得新生，仍然写诗。

听浅野晃说，他住在勇拂工厂时，当地人问过他，怎么看矢野重也？讲完这件事时，他说："你到哪里都是领袖人物。"浅野晃的这句话，引起了矢野重也的注意。回到东京后，矢野重也一直在想这是为什么。

浅野晃说："这是你的命运。"

矢野重也想，这是因为自己无论到什么地方都感到孤僻的禀性吗？他有生以来第一次觉得命运可怕。心中一直翻腾着满足欲望的渴求，是源于命运吗？对人的眷恋，追求荫翳，是因为性格孤僻吗？

不管是在勇拂当厂长，还是现在到东京当董事，南条源太郎都对浅野晃讲："我最喜欢当厂长，不在现场，总觉得心里不踏实。"

听起来这话是说南条源太郎与矢野重也的不同。

怎么办呢？矢野重也常常想。

他觉得，人一旦长期站在领袖的立场上就会堕落。但这种恐惧他说不出口，只能说想在五十五岁引退。然而，没有人把他这话当回事。永野重雄、小林中都干脆回避说，你喜欢文学，当做一种业余爱好来搞不就行了吗？

矢野重也这次与浅野晃一起到勇拂旅行，明确认识到浅野晃作为诗人已经确立了自我，与自己生活在一个不同的世界。

这使矢野重也觉得有点悲凉。与浅野晃相比，自己还没确定生活方式。他想起与尾崎士郎、尾崎一雄决定办同人杂志的事，当时约好每期都要写东西，为了履行承诺，他已经开始为写以蒋介石为主人公的长篇小说做一些准备。他决定，自己要发奋努力，在好好完成身为经营者所必须履行的职责的同时，依然追求荫翳，一点一点地填补心中的空白。但是，以蒋介石为素材写中国现代史，应该从哪里着手呢？

他想写追求国家的现代化和独立，但又与共产党格格不入，生在富裕家庭，有文化的蒋介石的辛苦烦恼，但写了几页一看，写得不好。他发觉自己对中国人家庭、日常生活根本不了解。他想起不知是志贺直哉，还是岛崎藤村说过的话，首先要在身边找寻题材。他的思路一转，决定写幼年时代的生活，题名为《两个母亲》。他在开头写道：我有两个母亲，一个是生母，另一个是我上小学之前一直养育我的多笥。

写到这里，思绪纷至沓来，他接着写道：为什么送我去当养子？我至今也不明白。

在写完这篇稿子的第二天，乡司浩平到会社来访。在建立经济同友会时，矢野重也与他发生过一次冲突，后来成为经济界的一位挚友。

"上次说的事怎么样了？"

乡司浩平开口就问矢野重也。在此之前，乡司浩平两次逼迫矢野重也担任纸业流通机构千代田纸业的社长。他的逻辑是，你建立了造纸会社，却把产品流通委托别人，就像生了孩子而不培养教育的父亲。

矢野重也看着乡司浩平心想，他的说法总是无法反对。乡司浩平年轻时，读了《马太福音》，想当牧师，到美国上了神学院。他性格热情、真诚，一旦与他交好，感情就会越来越融洽。而且矢野重也也在考虑，国策纸浆的经营，应该形成一条龙。

"我明白了。就按你说的办。既然上了船，只好干到底。"

矢野重也回答说。乡司浩平满面春风。

"我现在正在考虑成立一个提高生产能力的组织。"

乡司浩平开始说。他讷讷而言，说在美国神学院读书时，看到了从华尔街开始的经济大危机，所以认为建立坚实的经济基础是神的教诲。

"就是提高生产率。我认为日本现在正是提出这一问题的时候。"

矢野重也想起最近日本共产党已经知道了这一动态，在《赤旗》报上发表文章批判说，提高生产能力与强化劳动有关，但他没有吭声，他赞成乡司浩平的观点。

乡司浩平最后说："等我想好了再来找你，到时候请你帮忙。"说完就走了。

要想使这个组织发挥作用，关键的问题是怎样才能说服左翼工会。矢野重也想，"请你帮忙"无非是这件事，不由得有些郁闷。

日本生产能力本部终于成立了，矢野重也就任顾问。通过这件事，矢野重也在经济界人士中间建立了信誉。以前矢野重也不时出现的"非财界人"的言行，甚至引起日经联某首脑的怀疑："矢野君是不是真正转向了？"对于人们怎么看他，他从来不放在心上，总是根据自己的直观判断采取行动，这是他招致误解的原因。

在日本生产能力本部正式成立，公布了行动目标和人员名单后不久，阵内信来国策纸浆拜访矢野重也。

"我认为这是一件大好事。"

阵内信赞扬矢野重也参加日本生产能力本部，说自己直到去年一直在日经联担任专务理事，日经联对提高生产能力运动也很关心。

"我在陆军军需品本部时，您帮助成立大日本再生纸制造会社。从那时起，我就认识您。我认为，没有矢野先生这样了解工人心情的人参与是不行的。"阵内信不顾矢野重也表情的变化，自顾自地讲了自己的看法之后，拿出名片说，"因为种种原因，我现在做这个。"

名片上印着：株式会社首都圈广播专务董事阵内信。

"你在搞广播，真没想到。在我的记忆中，你还是威风凛凛的陆军中尉的样子。哎呀，那时候你可帮了大忙。"

矢野重也这时才想起感谢，早已晚了三秋。日本战败后，在经济同友会成立时，或其他各种场合多次遇见，但两个人单独见面，只有战争期间在日本桥小饭馆那一次。

"实际上干这个事就得找广告主。我正在依次拜访陆军时代认识的各公司的领导人。届时请多关照。"阵内信说完就走了。

"这样干营业额肯定能上去。细心周到，谦恭有礼，有魄力，简直不敢相信他原来是军人。现在是武士向商人低头的时代。"

矢野重也对拿着文件让他批阅的四宫喜一郎说了自己的感想。

"广播界的情况，我来调查一下。精明强干的阵内先生，不会仅仅为营业而来。"

矢野重也发觉四宫喜一郎话中有话，讲了自己的直觉："你现在也是个能干的经营者了。可是，阵内这个人不错。"

根据四宫喜一郎的调查，两年前得到营业许可的两个广播局，教养广播因为经营方的三大股东分裂，业绩恶劣，而首都圈广播经营顺利。根据电波法规定，有空置波道时，只要有人申请就必须批准。今后，美军会返还波道，广播局的数量有可能增加。但市场并不大，所以广播事业将进入一个经营能力，尤其是营业能力的竞争时代。

"社会迟早要进入电视时代。那时候广播事业会如何呢？多数人认为可以与电视并存。但有未知数也是事实。关于阵内先生，大多数人认为他现在担任的首都圈广播专务，只是他的一个跳板而已。"

四宫喜一郎的报告总是这样简明扼要。

"原来是这样。从这一点，就能看出社会的变化有多么快。"

矢野重也感慨地说。如果像四宫喜一郎所说，电波时代即将到来，纸的使用方式也肯定会跟着变化，作为造纸会社，也必须密切注意时代的变化，因此应该考虑是否设立一个产业构造和市场调查部。矢野重也站在企业家的立场上思考这个问题。

他虽然说与一般职员一样五十五岁退休，但乡司浩平提出了造纸会社责任论，说父亲不培养孩子不行，使他接受了千代田纸业社长的职务，这样一来，按照年龄制退休就困难了。另外，涩泽先生的话，也很奇怪。他想起刚才四宫喜一郎汇报时补充的话。

四宫喜一郎想了解广播界的情况，拜访了父亲的同仁、朋友、教养广播的涩泽敬三会长。涩泽敬三张开双臂欢迎他，点着头说："你来得正是时候。我正想去到矢野君那里去谈呢。还是矢野君关心广播事业。"

四宫喜一郎急忙解释，说这是我自作主张调查的，不是矢野重也叫我来的。四宫想，也许我太轻率了，对自己的随意造访向涩泽敬三表示歉意。

矢野重也从很早以前就对被称为财界文化人的涩泽敬三怀有好感。当过日本银行总裁、大藏大臣的涩泽敬三，设立了庶民文化研究所，援助许多民俗学者、经济学者。在战争时期，他保护过被当局监视的经济学家土屋乔雄、向坂逸郎，连去世的田弘太郎在谈起他时也满怀敬意。

涩泽敬三为什么这样说，他在考虑什么？矢野重也怎么想也想不出所以然来。他心情一转，算了，别想了，到轻井泽去为《望楼》写稿吧。两年前，他在土地便宜的千泷建了别墅。他喜欢那里的开阔，还有一条水量丰沛哗哗流淌的河，大树很少，阳光明丽，于是马上决定买下来。

"我的老家从前有三眼泉，这里虽然只有一个，但也能使我想起故乡。"

他对伊吹苑子说。伊吹苑子还没去过佐仓村。

过去矢野重也曾劝伊吹苑子到自己的故乡看看，她马上说："不去。我不知道你怎样介绍我。我这样很好。我最讨厌的就是拘束。"

她的强烈反对，使矢野重也望而却步。

在这一点上，伊吹苑子与心直口快、从不撒谎、总是破绽百出的矢野重也不同，她聪明，有时在矢野重也看来，慎重得过分。他对浅野晃等人说："在生活中，苑子是我的老师，在人情世故方面是我的恩师。"

与伊吹苑子一起生活以后，历来对人严厉，遇到品质污浊的人马上暴跳如雷的矢野重也变得相当宽容，也要考虑一下得失，有所收敛。

他的这种变化，是"教育"的成果，正如宫岛清次郎说的那样："叫矢野君吃点女人的苦头好。不这样，他的正义感太强烈，真不知他会飞到哪里去。"

矢野重也很喜欢轻井泽这个新家，但带着上小学的诚也去的第四天，四宫喜一郎来电话问他在不在，紧接着被涩泽敬三的电话叫了回来。

涩泽敬三先道歉说突然打扰对不起，之后说："有件事必须征求你的意见。我去你那里也可以，但你什么时候回东京？"

他说这件事在电话里不好讲。

涩泽敬三的电话刚搁下，四宫喜一郎又来了电话。据四宫说，三天前，在高轮的光轮阁，财界首脑开了个会，是涩泽敬三要求开的。涩泽敬三在会上说："对教养广播不能放着不管。请财界帮助想想办法。"

四宫喜一郎报告说："参加会议的有原安三郎、植村甲午郎、太田垣士郎、小林中，还有樱田先生、今里先生。"

这些都是矢野重也熟悉的人，但为什么没有人与自己联系呢？他有一种不祥的预感。

"这是怎么回事？怎么有点像缺席审判？"

四宫喜一郎对发牢骚的矢野重也说："我问了今里先生。正像您知道的那样，教养广播经营不稳定，结果工会组织的力量越来越大，因此逐渐向左转，节目太生硬，广告减少，一直是赤字。"

"后来呢？"矢野重也迫不及待地问道，声调渐渐变得不快起来。

"今里先生说，打开这种局面，改变工会的状况，非您莫属。"

"这可不好办。我根本不知道。"

"您与涩泽敬三先生怎么说的？"

"明天在光轮阁见面。可是，这样我就必须马上回去。"

在列车到达上野之前，矢野重也一直在考虑怎么办，但是，听说大家都说"非您莫属"，心里不无得意。

在到达松井田站换普通机车以前，一路都是上上下下的陡坡，所以爱伯特式机车走得很慢，不时有清冷的山风从溪谷吹入车窗。

爱伯特式机车翻越碓冰岭时速度缓慢，这使矢野重也想起了带着妻子奈保子从京都养父母家逃出来乘坐夜行慢车时的情景。不知为什么，觉得伤感，但他的思绪马上又回到现实中。

矢野重也预感到，接手教养广播，有深远的重要意义。有关方面将向社会明确宣布，谁接受了财界的要求担此重任。问题不在于这个会社的规模大小，而是将彻底离开东京帝国大学的学生二十四岁时与奈保子想建筑的世界。

但是，他又听到内心的另一种声音：现在的踌躇，是因为自己过去太讲义气，只是感伤而已。完成社会赋予你的使命，才是纯粹的生活方式。他也听到一种斥责声：如果可以挺着胸膛说我不是追求名利地位，那么，有什么可犹豫的！

然而，一到上野车站，矢野重也就叫四宫喜一郎去银座的寿司店，商量拒绝的方法。"也许是我到涩泽先生那里去了解广播界的情况，才使他萌生了这个主意。"

四宫喜一郎不断地检讨自己，同时建议说，以涩泽敬三留任会长为条件，否则不去，估计对方不太可能同意这个要求。

"也许可以把改变股东作为条件。"

矢野重也说。涩泽敬三会长最头痛的是包括宗教团体在内的三大股东太自私。如果把改变股东成分，作为接手的前提条件，那么三家大股东，会把批准时的条件作为挡箭牌顽强反对。

第二天在光轮阁一见到涩泽敬三，矢野重也就提出了大股东的问题。涩泽敬三使劲点了点头说："我认为既然请你来，就必须完善条件，否则就是失礼。股份转让已经私下同意。只等邮政方面的批准了。"

矢野重也没想到他会这样回答，心里着急，既然这样，那就提出涩泽敬三留任会长看看吧。但他回答说，如果你来干，我也留下，而且伸出厚厚的温暖的手，紧紧握住矢野重也的手。

迎接矢野重也到教养广播社的空气，是紧张、期待、沉闷的。因为非法时代的共产党干部，如今财界的领导人，成为职工总数为三百六十人会社的社长。有人说："反正是在财界活动之余抽空来干干。但这个行业的特殊性，不是那么容易理解的，问题是谁来当常务、专务。"

工会的领导人发出了警戒信号："说是要辞掉国策纸浆的职务，专心来干。好像要用总资本的力量压垮工会。就像过去对电影东宝那样，来对付教养广播了。"

教养广播社内谣言四起。

昭和三十一年2月14日，教养广播由财团法人改制为株式会社的同时，宣布矢野重也任社长，由萤雪出版派出专务，雄辩文化社和主力银行派出常务。决定已纳资本金为三亿日元。这在当时是一笔惊人的巨款，所以干部职工听到这一消息欢呼雀跃，而工会的干部在总资本压力面前更加紧张。

但是，为完成宣布的景气目标而进行企业调整时，资金在规定的12月缴纳期限内没有到账，有可能出现失权股的形势，银行出身的常务和雄辩文化社派遣的常务伴田彰脸色都变了。

认真的银行家和伴田彰与律师商量，得到的答复是只要有交纳预约书，公布三亿日元资本金就不算违法，于是决定暂且先这样算了。

可是，当伴田彰与主管财务的常务向矢野重也报告时，他呼的一下子站了起来："伴田君，一开始就这样怎么行？社会、工会都在看着我们，不能姑息！"

"是，您说得对。只是因为现在的市场情况与年末……"

伴田彰开始辩解。矢野重也挥手示意他等一下，对秘书说给我接住友银行行长堀田的电话。矢野重也很早以前与堀田就是好朋友。焦急的伴田彰想拦住矢野重也，可是没用。伴田彰正在与住友银行的支店长交涉，这样越级办事，与官场一样，得罪了支店长，今后不好打交道。

伴田彰暗自祈祷，希望堀田行长不在，但事与愿违，堀田行长马上接了电话。矢野重也单刀直入，说年内给我打入五千万。

"嗯，已经到了一半，你那里，还有后面的两家银行再给我一亿五千万就行了。不，谢谢。如果还不够，我可能还要找你。现在你先给我五千万就行。不，谢谢。届时请关照。"

从他说话的样子来看，似乎对方还追问了一句："仅仅这些就够了吗？"

矢野重也又给两家银行的行长打了电话，仅用五分钟，就把将成为失权股的一亿五千万已纳资本金搞定。伴田彰像就被狐狸精迷住了似的，精神恍惚地走出了矢野重也的房间。

可是，矢野重也的秘书又追上来说叫他回社长室。什么事？他心里想，半路又折了回来。矢野重也一看到伴田彰就说："对不起，刚才我忘记说了。我想从本周开始，三人一组或五人一组分几次与工会干部座谈。对了，地点在我家好了。如果方便，届时你也来吧。听说你一直担当劳务工作。我常常忘记约好的事。"

这件事也叫伴田彰起急。把战斗的工会干部请到家里去，完全出乎他的意料。况且四谷又不是他的本家，就算伊吹苑子平易近人，会招待客人，但这可是一些伺机进攻的人。

"您是说到四谷的家吗？"

"是的。那里离这儿近，太晚了也可以住。"

矢野重也回答完后，发现伴田彰面有难色，问道："怎么，身体不舒服？"

"哎，没什么……"

伴田彰只好含糊不清地说，冒着冷汗走了。几天以后，从会社下了班，六个工会干部一起去了四谷的家。他们神情紧张，正襟危坐，一动不动。

"今天不是团体交涉，而是非正式会谈，所以大家可以好好聊一聊。请大家随便些好不好？"

矢野重也劝道，但他们六个人还是端坐不动。

"我就是新社长矢野重也。"他开始讲话，"经济界的很多朋友听说我要到这里来当社长，都觉得不可思议。说那里的工会，半数以上都是共产党员，是广播工会联合会的据点。"

一口气说到这里，矢野重也心情轻松起来，话语流水般喷涌而出。他一边讲话，一边想，自己青年时也组织过工会，干过这种事。连这些记忆都苏醒了，说明他也紧张了。

"如果我处在你们的位置上，我也要建立与只考虑自己利益的出资者、经营者对抗的工会据点。我认为，你们才是真正关心会社的人。而且……"他向前探了探身子说，"有人说，工会执行部有很多共产党员，应该调查一下。我不同意。调查什么呢？即使是共产党员，也不是见谁打谁的人。现在，共产党是堂堂正正的合法政党。只要按照就业规则工作，就一定是可以依靠的干部。不管加入什么宗教团体，这一点是相同的。所以我不调查。但是，如果把发展党员、传教看得比工作还重要，我看最好不要这样干。我是社长，工作缠身，没有精力管别的事儿。如果想发展党员，提高传教的业绩，我劝你到别的公司去。但这不是命令。"

矢野重也说到这里打住话头，看了看六名工会干部。不知何时，他们开始认真地倾听他的讲话。他点了点头说："我这样讲，你们也许不会马上相信。那也没关系。重要的是，我想请诸位告诉我，什么地方，怎样改革，会社才能有起色？"

在经营中参考工会的意见，绝对不是外交辞令，而是矢野重也的真心话。但是经营组织是纵向结构，上下级关系，下级报喜不报忧，使社长很难掌握真实的情况。尤其是外来的经营者，更是如此。

然而，在道理上虽然都明白，但很少有经营者像矢野重也这样把倾听工会的意见看做是自己的责任。工会干部们在听他讲话的过程中，渐渐感觉到他是真心实意的，坦诚相待的。

矢野重也可能看出大家动了心，谈了一个多小时后，拍手叫伊吹苑子，对她说："这是教养广播工会的诸位。执行委员全都请来了。今天是第一次。"

他先向伊吹苑子介绍工会干部，之后又转向工会干部说："这是我老婆。老实说，我有两个老婆。"

在伴田彰心里"哎呀"一声时，矢野重也的话已经出口。一直局促不安的工会委员长听了矢野重也的话，不由得脱口而出："那是好事。"

听他们这样对话，伴田彰不由得想笑。气氛缓和了。

过了一会儿，矢野重也说："今后我们必须一起共事。重建一个将崩溃的会社不是件容易事，所以请大家推心置腹，把想说的话说出来。我这个人，正像大家看到的那样，毛病很多，请多关照，帮助。"说着，他两手支在桌子上低头施礼。

这天的恳谈会很成功。谈话的情况第二天就在职工中传开了。矢野重也向董事会详细报告了会谈的情况之后说："不管怎么说，重建企业的主力都是董事。为了履行对工会的许诺，董事们必须率先垂范。因此在黑字之前，我想取消董事的奖金。"

他宣布后回头看着伴田彰。伴田彰说："我也参加了这次会谈，完全赞成。工会的领导人决不是洪水猛兽。所以为了得到他们的信任，我提议，不仅不发奖金，而且要果断地削减各种经费。不知大家意见如何？"

伴田彰提完方案，挨个看了一遍董事们。受伴田彰常务的提案触发，董事会开始讨论什么费用应该如何削减。这是教养广播自成立以来董事会第一次这样认真热烈的讨论。

矢野重也一边想，董事会的气氛很快会传遍会社，一边密切注视讨论的进展。最后的结果是，董事们的配车，全部取消，只有去拉广告时，才可以乘出租车。广播计划，不再由外面制订，在社内成立委员会，发挥青年人的聪明才智。为此研究把制作编成部门与营业部门合并为一个体系。

矢野重也最后说，我想请大家同意，如果明年月平均营业额超过八千万，给全体职工发一点红包。

从现在每月平均收入为五千万多一点来看，达到八千万几乎是不可能的。

伴田彰担心达不到，问道："只是广播的收入？还是包括附属事业的收入？"

他想这是非同一般的矢野重也，说不定会有什么灵丹妙药。

"当然只是广播的收入。其他收入加上会更多些。"

矢野重也说。董事们面面相觑，叽叽喳喳地议论起来。他们认为，这是根本不可能的，到底是新社长，对于这个行业的难度、竞争的激烈强度还不了解。

矢野重也再一次宣告："我有信心。如果达不到这个目标，就不能分红。现在我们是股份有限公司，与以前的财团法人不同，如果不能给股东分红，那是经营者无能。我当过股份有限公司董事，这方面我是前辈，请大家相信我，跟我一起干。"

根据这天董事会的决定，矢野重也为了统一指挥一直对立而又相互推诿责任的制作编成局和营业局，成立了直属常务董事会的计划局，并且选拔了两个在工会担任领导职务的年轻人进入工作。这次人事安排证明，矢野重也在四谷家里与工会干部讲的话决不是外交辞令。

矢野重也知道，只要社内对立，工会组织就要干涉经营。克服机构上的缺欠，使经营者的领导能力展现在职工眼前，创造出一派明朗的氛围，全社就会齐心协力，提高业绩。

在整顿改进经营体制的过程中，有一点，矢野重也对谁也没说，由自己掌控。

小林一三教导他，广播是没有听众支持就无法生存的事业，对于其制作内容，甚至评论都不要介入。

从熊野旅行回来以后，矢野重也常常与小林一三在大阪或东京见面，谈一些有关经营的事。

当他知道出任教养广播社长无可避免时，往大阪打电话，请老前辈告诉他经营这种事业的注意事项。

没过多久，小林一三会社的常务董事清水雅来到了国策纸浆。去熊野旅行时，他就是小林一三的秘书，所以矢野重也也认识。清水雅用大阪话说："我对经营一窍不通。只是把小林说的话记了下来。"

一、这项事业要绝对避免组织僵化、官僚化。二、及时了解广大群众的反映，改进工作。三、对于创作的艺术作品、制作计划、内容，企业最高领导人不要干预，只有在作品缺乏群众性时提醒注意。

清水雅读完了分条写成的记录，又补充说："小林先生过去想当剧作家，但到东宝电影公司任职后就封笔了。如果不封笔，职员们会有顾虑。大家竹本义太夫说，在媒体、剧团，这是大忌。"

矢野重也根据这些忠告，任命在雄辩文化社时代、在综合出版计划方面卓有成就的伴田彰常务董事负责计划局工作，自己只听汇报。计划局工作人员的平均年龄仅为二十岁。他对其他部门也同样进行了改革。年轻职员们看到自己的意见被采纳，整个会社动了起来，都争先恐后地努力工作。矢野重也就任教养广播社长之后，就自然地成为所属的首都交响乐团的理事长。在他幼年时的三个梦想中，指挥联合舰队，因日本投降已经不可能，而当交响乐团的第一把手却阴差阳错地实现了。

矢野重也趁二女儿琉璃大学毕业到会社工作的机会，带着妻子女儿去看近来身体明显衰弱的母亲聪子。当然，报告就任教养广播社长之事也是回乡的目的之一。在矢野重也说到担任首都交响乐团理事长时，母亲，还有对什么事情都直言不讳的琉璃也笑了。矢野重也感到意外，回头问奈保子说："怎么，可笑吗？"

"可是，总觉得有点滑稽。不是吗？"

奈保子好像寻求支持似的看着婆婆。矢野重也看到她们婆媳之间感情很深感到高兴。聪子说："别的学科都是优，只有音乐，也不知是怎么回事……"

矢野重也自己也拍着脑袋笑起来。

聪子早早就回屋睡觉去了。矢野重也许久没有与大哥春雄好好地说话了。母亲衰弱之快令人惊讶，但自己又必须在东京，回不来，所以想再次拜托哥哥好好照顾母亲。

"母亲年纪大了。"

矢野重也坦率地说。

"这半年突然一下子就老了。头脑还很清醒。看样子不会长寿。"

长兄似乎也有什么重要的事要与他商量。

"说起来最让母亲操心的是我，应该守候在老人身边，但我又做不到。"矢野重也先向哥哥表示歉意，之后又感谢说，"日本战败时，你出马参选救了我。因为哥哥参选，才避免了我的失败。"

"我这个人，做生意不行。在田地里转转，制造茶叶还可以。哎，我们的分工不是很好吗？"

"是啊。但如果说谁幸福的话，我那里很不安定。嗨，这是自己选择的生活方式，没有办法。"矢野重也回答说。

与大哥枕头挨着枕头说了一会儿话，矢野重也觉得春雄就像在季风中守护家园的柏树墙，而自己却像从远州吹来的干风，心里一阵感慨。

这时大哥说："你最近写的《两个母亲》，妈妈看得很仔细。"又说："妈妈还说，这小子好像还在记恨把他送去当养子。"

矢野重也不由起身坐在被子上，解释说："那才写了一半，后面有对母亲的感谢。"

大哥对他的反应感到奇怪。

"你别在意。用你寄的钱为母亲盖养老屋时，母亲很高兴，说这是重也孝敬的。看了你的文章，她只是随便说说感想而已。"

大哥安慰他说，但他心潮澎湃，难以平静。

矢野重也本来想对大哥说说半年多以前，静冈县知事叫他当伊豆观光开发会社社长的事，但说起了《两个母亲》，又觉得不是说这件事的时候。

静冈县知事半年前突然来到国策纸浆本社说，今后日本将以旅游观光立国。"特别是静冈县，有富士山。我想引进民间资本。当地有东海汽车、远州铁道等优秀企业。静冈县人因为惠于气候风土，缺少竞争性。我想用竞争，激发民间的活力。"

矢野重也马上委托一家关系密切的银行调查部进行市场调查。调查结果是：旅游观光业投入资本大，周转缓慢，不予推荐；特别是没有中心经营人物时，不能赞成。

矢野重也想推掉这件事，两次与知事见面，但对方花言巧语，纠缠不放。而且矢野重也对伊豆、下田也有感情，因为那里是他在最痛苦的时候潜伏的地方。这件事，他对商业界人士谁也没说过。

在下田隐居时，矢野重也就爱慕田弘佐智子。斗转星移，恩人民法学者田弘教授死了，于是请他的妹妹住在四谷家里的配房教育长子。这勉强可以说是报答照顾过自己而撒手人寰的教授的恩情，但对男女之间感情敏感的伊吹苑子，大概早已看透了他的心思。

静冈县知事提出成立以伊豆半岛为主要开发区的观光开发会社时，矢野重也之所以没有一口拒绝，是因为他在下田生活过。他想回故乡时，如果哥哥对这件事有兴趣，他就说说。但听了春雄对工作的想法就没有说伊豆观光会社。

在矢野重也磨磨蹭蹭没有最后答复时，知事又想引进欲称霸全国的私营铁路资本。

当时成立新的电视台已经有可能，阵内信常常来与矢野重也商谈。矢野对他讲了知事的设想，他马上说，从公司的规模和性质来看有三家可以合作，他们是东急、名铁、近铁。

"从地域来看，自然是东急。但名铁也应该试试，看看怎么样。搞得好，近铁也会上钩。"

矢野重也很佩服，夸奖阵内信说："到底是参谋本部出来的人。"又追问道："总之，是把名铁当做试探气球，看看情况。"

"这样讲，好像人有多坏，但如果真心想投资的话，哪家都行。这可以叫不确定战略吧。"阵内信讲得很玄妙。

在阵内信和知事的推动下，矢野重也先会见了名铁社长，继而拜访东急的主帅五岛庆太。五岛庆太抱着胳膊听矢野重也说完，明确地说："明白了。如果你们开发旅游，我来建铁路。"

五岛庆太接着一口气说："在热海和下田之间开观光电车。早晚会与国铁互乘，从东京到下田不用换车就可到达。泡温泉、海水浴、钓鱼，游客会是现在的十倍。怎么样，矢野先生，我们运送人，你们建设吸引游客的设施，我们合作，观光事业的框架就出来了。当地的资本也可以，但他们像封建领主一样，势力范围意识强烈，天下大势，他们不懂。还是不与他们拴在一起为好。"

矢野重也赞成他的意见，心想行业不同，出发点也不一样。

"如果当地资本转而反对，我将非常尴尬。现在毕竟是民选知事时代。"

知事认为这样会危及他的地位。

"当地资本参加也可以，但必须明确主导权，否则不行。经常有这种车闸式参加的例子，每件事都行使否决权，使新会社没法工作。最后的结果是地方资本安然无事。"

"如果这样怎么办呢？"

矢野重也觉得这就像战国时代攻城略地的战争一样，饶有兴趣地听着。

"要根据时间和场合。这种时候如果能将对手一口吞下去最好。社会上污蔑我是攻占之王，但在社会发展的过程中，如果内部有个制动装置，那么你就会慢慢消亡。"

五岛庆太是矢野重也遇到的第一个不装腔作势、直言不讳的企业家。

矢野重也本来就喜欢织田信长，而且一旦接触到未知的世界，会引起他强烈的好奇心。他觉得，这个人才是名副其实的资本家。会面比原来预定的时间要短得多，因为五岛庆太一个形容词都不用，推心置腹，单刀直入。

"怎么样，完全清楚了吧。他也许不是矢野先生喜欢的那类人。"

在回来的汽车里，知事说。

"不，很有意思。我认为他是一个有魅力的男人。"

矢野重也明确地回答说。矢野重也和知事回到四谷的家里商量，决定请东急参加伊豆观光开发会社。

"名铁的会长也是个出色的品格高尚的人，但还没有像五岛庆太这样谈得很具体，如果不想与他合作，还是早些告诉他好。这个星期我想到名古屋去一下。"

矢野重也说。他发现自己不知何时态度已经改变，赞成成立观光开发会社了。他是一个对自己的事从不周密思考的老好人。会社规模要小，尽早寻找合适人选代替自己等等，这些考虑都是马后炮而已。

去了名古屋，向名铁的经营者说明情况表示歉意回来时，他决定回趟佐仓。3月回家时，母亲聪子身体衰弱，他心里惦念。

聪子没想到矢野重也会回来，很高兴，从床上起来了。

"天热吧。这里是你的家，把那紧巴巴的衣服脱了，换上浴衣，喝杯啤酒凉快凉快。"

母亲慰劳他。矢野重也问为什么铺着被褥，嫂子说："昨天白天，突然胃疼，请医生来看，说是一时性胃痉挛，所以为了慎重起见，今天卧床休息。"

"这样我就放心了。今天突然回来，是因为从9月开始我要到外国去三个月，行前看看您，向您告别。"

他告诉母亲日本生产能力本部决定到海外视察旅行。

"噢，那很辛苦。"聪子说，脸色凄凉。她问去哪里，矢野重也想起昭和初年偷渡去中国前，突然回家告别时的情景。

"这次是生产能力本部高层管理人员视察进修团，先到美国，之后是意大利、法国、德国，在北欧转一圈，时间稍长一点，但也不到三个月，有医生同行，近二十个人一个团，不用惦念。"

矢野重也极力用快活的口气说。

聪子听着儿子的说明，不断地说那很辛苦。

"等你回来的时候，不知我还在不在。"聪子面容凄楚，"前一次，你好像是去中国。这回大概没事。问题是我……"

矢野重也从来没听母亲说过这样懦弱的话，急忙说：

"那时候实在对不起。我道歉的话说得太晚了。我是最让您操心的。可是，不要说这种泄气的话。时间总共不到三个月，需要的时候，我两天就能飞回来。11月初，我会给大家带礼品回来。"他竭力用语言安慰母亲，让她放心。

一周后，矢野聪子去世，享年八十二岁。

接到噩耗时，矢野重也后悔莫及，心想不管母亲得的是不是胃痉挛，都应该带她到静冈市的好医院看一看。聪子身边的人，平素都知道她身体硬朗，肯定是大意了。父亲当年显然是被误诊了，但现在医学也在进步。

听到母亲的死讯，矢野重也心里想的是"没有来得及"。

过后他想起这一件事，追问自己，当时到底是什么事、为什么没有来得及呢？

没有来得及，并不是从外国旅行回来，为母亲带礼物尽孝心。而是自己在生活安定之后，没有说"母亲，以前叫您为我操碎了心，从今以后您就放心吧"这句话，叫母亲安心生活。

守夜那天晚上，矢野重也在盖着白布的聪子遗体前，独自落泪哭泣。他想起童年时，钻进停放养母多筒遗体的房间里。悔恨一直让母亲担惊受怕，也包含《两个母亲》这篇随笔，只写了批判聪子的内容，对母亲的感谢还没有写。

矢野重也作为日本生产能力本部派遣的企业高层管理人员视察进修团的一员到海外旅行，没想到母亲突然病故，使这次旅行充满感伤。

他从一开始就没想按照每天制定的日程参加培训学习，而把重点放在亲眼观察各国情况，与各国领导人会晤，为今后发展建立人脉关系。团长乡司浩平同意他不当正式团员，而以培训团顾问的身份开展活动。日本精工的今里广记与他身份一样。

矢野重也与二黑会的同人商量，在访问美国、西欧时，带着吉田茂、池田勇人的介绍信，为发行外债、签订通商条约做前期准备，因而与日本驻各国的大使馆联系频繁。矢野重也以个人身份进行这方面的交涉斡旋倒有可能，而政府出面反而困难。

矢野重也在没有个人日程时才出席培训的研讨会。

当他离开视察团单独行动时，常常想起自己幼年时母亲的面影，想起他以"抢婚"的方式从京都带着奈保子回家，向母亲介绍妻子时，母亲泰然自若、从容冷静的面容。

那次带奈保子回故乡时，很晚才到家，第二天一大早就走了，实际上只是走走形式，但母亲穿好和服，等着他们。奈保子低头向婆婆施礼时，母亲对十八岁的奈保子面色严肃地说："男大当婚，女大当嫁，人人如此。但这是真正的开始。人的价值，不在门第、学历，是由本人的用功和努力决定的。你也要努力学习。要牢牢记住，不管做什么，都要诚实。"

说完这些，她面带微笑说："长途旅行，肯定累了。洗洗早点睡吧。"

然而，人的一生，到底是什么呢？矢野重也想。

母亲的娘家经济拮据，母亲只好放弃到国外学习的计划，嫁到名门三泽矢野家。父亲突然病故，母亲必须承担大地主家庭的生计。

母亲聪子鞭策鼓励性格朴实温和的长子渡过了几次经济难关；遭遇火灾也不气馁，重新兴建；为有病的孩子们求医寻药；三儿子头脑聪慧，但下落不明，是非不断，但她坦然面对，从容不迫；把日本战败后进行的土地改革造成的打击控制在最小限度。她殚精竭虑，守住这个家，完美完成这个使命时，她已经走近生命的尽头。

"等你回来时，不知我还在不在。"说这句话时，刚强的母亲脸上现出从来没有过的凄凉。这是她预感到生命之火即将熄灭的征兆。在这背后，有她已经全部完成自己使命的自负，也有没看到矢野重也功成名就、衣锦还乡的遗憾。

矢野重也想，人在临近死亡时，会想些什么？自己以前多次陷入死境时，心里想的都是如何突破困境。但母亲一死，自己也已经进入家族年龄最大者行列。

他们乘坐的四个螺旋桨的飞机，没有从日本到夏威夷的续航能力，中途必须在大鸟岛降落加油。在太平洋战争中，日本军队在这里战死。矢野重也他们在飞机内向大鸟岛双手合十悼念。在夏威夷，他们参观了日军偷袭的珍珠港。

"这些内容，也加入这次学习如何提高生产力的日程中来了。"

一个地方商工会议所的代表抱怨说。

"这些都是野蛮的战争造成的。"

另一个人说，他以为这只是一般的感想而已。

矢野重也想起自己以失败而告终的反战斗争。所谓感伤旅行，也是回顾自己人生的旅行。视察团的大多数人都是战败后第一次访问欧美，其中也有年轻时曾在这里长住过，暗中打探当年亲密女友的消息。幸好街道的样子没有像日本那样面目全非，令人欣慰。代表团中，洋溢着被选为视察团员的由衷喜悦，他们学习努力，精神振奋，准备在社会上发挥更大作用。

在视察团中，有多次来过美国的乡司浩平、今里广记，还有吉田茂的女婿、深知战败后与美国打交道艰难的麻生太贺吉等人，他们与一般的团员在认识上不一样。这一点，在对待美方友好地制订的培训日程的态度上就自然地表现出来。

美国接待方的姿态，是按照充满好心的启蒙主义精神，把自己优秀的经济运作和企业经营的秘诀，教给落后国家的领导人。矢野重也觉得这些内容在发给的教材中都有了，用不着去听讲，所以在没有会见要人的日程时，他去见一些文化人。这些人都是因教养广播、首都交响乐团的业务关系而认识的。他喜欢在街道漫步，见一些长期住在当地的日本人，听他们介绍该国的生活情况。看当地的书店，也是他调查风土文化的一个方法。这是他在上海、武汉时学会的。看看书店门市上摆的出版物，积压书籍的种类，街上行人的样子，就能推测这个城市的气氛、人民的思想。

矢野重也喜欢把自己在街头漫步得到的情报和在视察团规定的日程中所得到的情报加以对比。

像中国一样，美国各地人的生活习惯、思考问题的方法有很大差别。但他们也与中国人一样，不管住在什么地方人，都是美国人。日本军阀认为，美国种族很多，一旦打起仗来就会四分五裂，不是神之国日本的对手。矢野重也每天都能感觉到，这是他们对外国一无所知的虚妄之言。

他在波士顿认识了一个五十岁左右的日本男人。他原来曾在轮船公司工作。"偶然一点小事，我喜欢上了这里的女人。从那时到现在，已经四十年了。"

当矢野重也与他在波士顿最古老的石子坡道上走时，他说。

对于与第一次见面的人，不知为什么，他总想与人家搭讪说话。矢野重也从学生时代起，就有这种独特的亲和力。看样子这个白发比黑发多、原来在轮船公司干活的人，性格暴躁，如果问话不当，会马上不高兴。

这个住在波士顿的日本人慢悠悠地走着，慢悠悠地说："战争开始时，我被当成敌国国民隔离起来，但附近的邻居都为我说好话。"

他的语调，极为冷静，但并不是竭力想把自己的体验客观化。矢野重也与他并肩走着，不由得想起自己随意命名的小京都——佐久岛的老街鸟町。

波士顿这个地方是石路砖房，从美国发表建国宣言之前算起，已有二百年的历史。与波士顿相比，佐久岛的街巷当然小得多，房屋以平房为主。特点是涂着煤焦油的黑色木栅栏，粗横条的木格子门，连两个人走都困难的弯弯曲曲的小路，而且每家都有鸟笼。

波士顿的全部历史，都原封不动地以物的形态保留着，而佐久岛的鸟町，或者京都的街市，还有并非城市的熊野古道，与其说感受物化的历史形态，不如说只有人身临其境，才能直接地感觉到历史。

日本与波士顿这种时代变迁的不同，矢野重也不知道应该怎样描述。他问这个中年人："历史的变迁，我觉得日本与这里的欧洲城市不同，但我却说不出来，不知为什么？"

"这也是在熟悉这个城市以前吸引我的地方。但我现在也没有完全理解。很可能是在欧洲，权力被打倒之后就消失了，而文化形式却保留下来。可是，在日本，权力更迭后，不知为何还要给予某种名誉。以此为开端，一度消失的文化，稍微改变一下模样又生发出来。进步的概念，只限于抽象的范围之内。我也说不好……"

他对矢野重也讲了自己长期思考的结果。那天晚上，很少写信的矢野重也给妻子奈保子和二女儿琉璃写了信。他在给妻子的信中写道：波士顿具有与美国其他城市不同的历史，很安静，是个好城市。什么时候咱们一起来好了。

写完给妻子的信后，他给女儿琉璃写道：我没听白天的讲课，偷闲到街里转。琉璃新婚旅行如果来美国，我推荐波士顿。一连两天，我都是自己洗裤衩。真不好意思。父。

写到这里，心想也应该给伊吹苑子写封信，如果在华盛顿有时间买礼品，可以先告诉她一声，但从日程上看，要会见许多要人，不一定有时间上街。矢野重也想着想着睡意袭来，于是作罢。

生产能力本部派出的视察团、高层管理人员视察培训队从波士顿乘火车两个小时到达纽约，受到日本领事和刚成立不久的驻美日本商工会议所的欢迎，与美方的经济团体、华尔街金融界的领导人交换了意见，探讨了日本发行国债时，纽约市场将如何评价等问题，之后乘飞机去欧洲。

他们先到英国，在伦敦与纽约一样，逗留四天之后，直接去德国，访问了波恩、法兰克福、波茨坦、柏林。在欧洲访问的重点不是培训如何提高生产效率，而是会见各国经济界领导人，对日本复兴的方法、政策交换意见，因而矢野重也突然忙得不开交。他们决定，与几个城市的经济团体进行定期会商。

在旅行中，欧洲已经过了晚秋，城市已是初冬的景色。星期天，矢野重也常与几名视察团成员去西柏林看各种各样的喷泉。他想起在上静冈中学之前，央求母亲在庭院里建一个向空中喷射的喷泉，遭到母亲的斥责。那是养母多笴暴卒不久，现在想起来，可能是想把思念养母的空虚的心灵，用跳跃着升向空中的水柱充满。可是，那是日俄战争后，日本农村最萧条的时期。

"老百姓正在受苦，不能那样奢侈。懂不懂，重也，站在上面的人必须把人民的疾苦当成自己的疾苦。"

母亲聪子说。那时她还讲了自己敬重的祖父丸尾文六。矢野重也看着眼前名为"戏水"的喷泉，想起了聪子的训诫。

在朝阳下跳跃的水柱后面，是在盟军空袭和火箭的集束炮火攻击下，被烧毁的柏林中心区建筑物的残骸。这些废墟并没有清理，原封不动地摆放着。

视察团的全体同人对德国领导人，包括经济人士，对希特勒的明确否定留下了深刻印象。他们说："那是得病的德国。德国的真正精神是歌德、贝多芬。"

建筑物的残骸不清理，放在那里示众，肯定也出于同一考虑。为了缓和紧张的情绪，需要建筑"戏水"喷泉。同是战败国的成员，视察团的多数经营者心里都期望着对方有一种惺惺相惜、心领神会的表示，但却希望落空。

在波恩会见德国领导人之后，一个团员坦率地发表感想说："我们觉得，过去是过去，不能断然否定。"

"那也许是亚洲式的思想方法。这里是石头文化，形式保存着，但人却不能不换，物是人非。而日本是木头文化，从表皮开始变。"另一个人讲了他有点奇怪的文明论。

每当议论这些话题时，矢野重也总是沉默。关于欧洲与日本在思想上的差异的议论，都与他切身的挫折有关。

在旅途中，矢野重也想，自己有点固执地思考的荫翳，是否有积极的表达方法？但他又听到内心的另一种声音，如果用积极的方式表现，那就不是荫翳了。

视察团一行在美国进行了充分的学习，在英国和德国思考了深刻的问题，今后的行程是法国和意大利，在那里可以轻松一下……他们一路商量着到达了巴黎。但矢野重也一进饭店，就有日本来的两封信和秘书四宫喜一郎的预约电话等着他。

最初的信是报告教养广播在他走后的业务顺利，社内员工干劲十足，请安心轻松视察云云。四宫喜一郎一直认为向社长汇报他不在期间的每一件事是秘书的职责，所以矢野重也每到一个饭店都能收到他一封一封来信。矢野重也把这些信和报告叫做"四宫定期航班"。幸好才子的文件言简意赅。奈保子的来信与四宫的工作报告一样，简明扼要。四谷的苑子没有写信的习惯，取而代之的是田弘佐智子，她住在配房，日子很悠闲，以专心教育诚也为己任，两次来信介绍诚也日益成长的情况。

但是，矢野重也在巴黎收到的第二封快信报告说：教养广播申请的新电视频道，在分配问题上突然节外生枝。

在这之前，电视台已经有三家，分别为NHK、正力松太郎的日本电视、东京放送。看到政府还能批准两个电视台，一年以前京浜地区就有十五家商社竞相申请。政府主管方面想叫他们尽力竞争，在适当的时机把他们合并为两个集团。在这个过程中，排除那些只想获得专利权的申请者需要相当长的时间，矢野重也等人正是基于这种判断，才到国外长期旅行。

但是，经济计划厅在发表的白皮书上所说的"现在已经不是战后"这句话，已经成为时代的潮流，在所谓"神武景气"的激励下，政府将提前批准两个频道。

四宫喜一郎在快信中讲了情况的变化：谁在后面怂恿政府，还不清楚。如果我们提出与理想的竞争者求大同存小异团结合作，也无济于事的话，很可能在我们一无所知的情况下决定两个局的框架，而我们将成为某一方的陪同股东，出现这种莫名其妙的结果。我与永野、小林两位老前辈商量，他们都说，叫你们社长赶快回来。

四宫喜一郎从东京给在巴黎的矢野重也打电话恳求说："对不起。宁可挨骂我也要请您提前回国。鸠山先生是杰出的政治家，但他不是官僚出身，无法控制邮政省。现在与吉田内阁时代不同，大意不得。"

"好吧，这简直就是命令。"

矢野重也说。他在外国已经跑够了，正好趁这个机会回国。决定以后，他马上给同住在一个饭店的今里广记房间打电话说："今天晚上不打麻将了。你没有惋惜太好了。哈、哈、哈，这是开玩笑。东京来电话，有急事请你帮忙。到一楼的酒吧如何？好，我马上下去。"

今里广记在旅行中胖了，他一边努力把变小的衬衫扣子设法扣上，一边走进了酒吧。他歪着头听完了矢野重也的话说："既然四宫君这样说，那你就回去吧。他是你信赖的好人。这期间我在巴黎慢慢转转，去红风车剧场看看节目。"

"你这家伙，随便吧。"

矢野重也说着，拍了拍他的肩膀。战后不久，矢野重也就与乡司浩平开始交往。在这次旅行中，他与今里广记也成为好朋友。今里广记为人热心，自命为财界斡旋人，因此他必须平心静气地倾听别人的倾诉。他的美德，是动不动就发火、任性的矢野重也应该学习的。

今里广记没有理会矢野重也的表情，他说："美国商工会议所副会长说过，电视增加是好事，但根据劣质货驱逐优质货的竞争原理，低俗的节目泛滥成灾。本应是希腊、罗马正统精神继承者的美国，形势却如此严峻。对吧，哎，这种双手挥刀，大杀大砍，是美国的方式。矢野先生，在这次申请电视频道的竞争中，你也可以用这个招。"

"嗯。"矢野重也赞成今里广记的主意。他抱着胳膊，两只眼睛骨碌骨碌转起来。

他年轻时就这样，一旦知道自己的目标有正当充分的理由，斗志就会像烈火一样燃烧起来，开动脑筋，采取行动。

第二天，终于买到了机票，他在飞往香港·东京的飞机上，整理了向审议会陈述的提纲：教养广播出于什么目的提出成立电视局的申请；今后如果需要与多家申请者求同存异团结协作，必须本着什么原则？

到达羽田机场的第二天，矢野重也就会见了担当报道邮政省、财界新闻的记者们，他说，日本生产力本部认为，对日本行政应该如何管理电波事宜有必要进行调查，所以去了美国、欧洲调查电波情况。他这样讲，当然有夸张的成分，但也不完全是谎言。

接着，矢野重也想起了今里广记告诉他的情况，于是说，在美国，低俗恶劣的节目泛滥，正在讨论在商业性电视节目中，怎样恢复教育、教养节目。

"我认为，在电视时代开始的时候，政策的主要内容必须明确。电视使娱乐面向大众，功莫大焉。在这个基础上，今后批准的电视局，必须在知识、文化艺术上也面向大众开放。为此，我希望建立以商业方式运作，但立足于教育的电视台。在这一点上，像伦敦的BBC，公共放送性质的电视局可以参考。比如说，我认为，如果可能，应该尽早制定这种有方向性的电波基本政策，希望大家唤起舆论界的注意。"

"教养广播也提出了申请，他们的想法，是否与矢野先生现在的想法一致？"对于这个有刺的问题，矢野重也用力地点了点头说："因为我昨天才回国，今天在这里与大家见面，还没来得及与社里的干部商量，还没有检查对我社是有利还是不利。当然，我个人希望能对敝社有利。"

他一边狡猾地回答，一边对自己说，在怒涛面前，只能前进，一切过度理性的反省和踌躇都是无用的。

矢野重也在记者招待会上亮出了自己的观点，等待其他竞争者的反应，同时，他一边与教养广播的伴田彰、仍在国策纸浆但与他一起活动的四宫喜一郎商量，一边与首都圈广播的植村甲午郎、阵内信取得了联系。

外面的反应很快就来了。NHK发表了开办教育第二频道的计划。

这样一来，就减轻了新得到许可的商业电视局必须播放教养教育节目的责任。矢野重也有改组教养广播的经验，十分清楚，核算教养教育节目的盈亏极为困难。矢野重也的构想与报纸上发表的提案，是作为经济界领导人的见解。NHK做出了认真的反应，与身为教养广播这一民间会社社长的立场是一致的。

紧接着，反应敏捷迅速的阵内信要求与矢野重也会面。矢野重也在商量这个问题时总是带着四宫喜一郎。他是想叫四宫喜一郎看一看与以精明强干而著称的阵内信如何交涉，让他学习经商的方法。对矢野重也有利的是，大分县出身的硬汉村上勇当了邮政大臣。他作为政治家，是最早赞成矢野重也提出的"国是电波政策"。

阵内信说，必须当面正式向大臣陈情，于是他们一起去了大臣办公室。在那里，矢野重也把会见记者时讲的一番话又复述了一遍。

"那么，怎样解决好呢?"

个头矮小的大臣坐在椅子上，挺了挺身体问他们说。

"经济界用我们的构想来统一认识。"

矢野重也回答说。

"如果这样，问题就是那些只想凭借申请书而想得到专利权的人了。"

大臣看了看矢野重也和阵内信说。

"这个问题只能依靠行政和政治手段解决。迅速果敢地作出决定，是把被害限制到最小程度的唯一捷径。"

到底是阵内信，关键时刻致命一击。

"嗯，被害……"

村上勇像自言自语，微微一笑。

矢野重也、阵内信都觉得大臣的反应有戏。矢野重也从邮政省回到四谷的家，对阵内信说："我第一次当面申诉是在成立造纸会社时。对方是商工省的岸信介。他很精明。那还是在东条英机掌握实权之前。当时我们也没有财界支持，只有我和南条源太郎两个人，打出的旗号是退出共产党的小组。"

矢野重也说着哈哈大笑。他很少讲过去的事情，说这些往事，说明他心情很好，对阵内信有亲切感。伊吹苑子看着他们两个的样子，心里不满地说，我家老公心眼好，信任这个阵内信，但他可是个机灵鬼，对他可要小心。

向邮政大臣当面陈情后不久，矢野重也把因池田勇人与日本银行总裁一万田尚登不合而中断的二黑会又搞了起来。这次由新住友的堀田庄三、东京大学的东畑精一、山一证券的小池厚之助三人代替了一万田尚登、白洲次郎。他们三人都是明治三十二年生的。

在重新开始的二黑会第一次见面会上，矢野重也谈感想时说："我完全是一把赤色的没有护手的短刀。我觉得这个会的成员都有点像。我们这代人就像这种刀。"

"什么是赤色的没有护手的短刀？"

池田勇人问。

"武士应该有大小两把刀，但他没钱，没刀。自命清高是武士的本色。赤色的没有护手的刀是腰刀的一种，可能是用来防身的。我这个人类似侠客的赤色短刀。各位在企业界都是一方英豪，有冲破因袭陋习的精神。"

矢野重也不太明确地解释说。

二黑会原本是在池田勇人第一次出任大藏大臣时成立的，在鸠山内阁时代，矢野重也他们不管怎么说都是非主流，称为赤色的没有护手的短刀也可以理解。

"是吗，我还以为是浪人的意思呢。这么说不适合当社长了。"

小池厚之助说。

东畑精一把赤色短刀解释为："总之，不计利害得失，肝胆相照，性格豪爽。"

池田勇人听了他的讲解说："是这样。我还以为出自矢野之口，是与共产党有关的名字呢。"大家笑了起来，气氛非常融洽。

矢野重也经常出席这种集会，对于他的提案，有关方面自然不会掉以轻心，于是决定把一个频道批给教养广播与首都圈广播联合成立的新电视局，另一个频道批给朝日新闻与旺文社等商社组成的集团。他们的申请当然也极力强调加大对教育教养节目的投入。

邮政省的这个决定自然引起了申请落空者的批判。有关经营的杂志发表了"企图称霸传媒的红色魔手，揭露矢野重也的阴谋"等攻击中伤的报道，但矢野重也佯装不知，不予理睬。

这个新会社命名为樱花电视，矢野重也任社长，但前提是他必须辞去一年前就任的国策纸浆社长。

矢野重也对就任社长一事没有踌躇。阵内信任专务董事，首都圈广播社社长植村甲午郎任会长。

当他决心当一个彻底的企业家时，各种各样的企业纷纷聘请他担任社外董事、外聘董事。其中有一个他没有想到的万朝新闻也来找他。这个报纸的创立者宝田永吉，也曾应小林一三邀请去熊野旅行。矢野重也就是在那次旅行中认识他的。宝田永吉五短身材，但目光锐利。

宝田永吉很早就想把以大阪为中心的万朝新闻打到东京去，同时发行晚报，办成一个名副其实的全国性报纸。为实现这一目标，他计划买下和歌山县的印刷会社，也参加了小林一三组织的熊野旅行。

但是万朝新闻进军东京的计划进展并不顺利，开支增加，原本就很拮据的财务日益恶化，金融机构认为这样下去很危险，提醒他们，为使进军东京成功，需要得到东京财界的支援，如果可能，必须找一位东京的适当的财界人士参加经营。

万朝新闻的创立者宝田永吉听到这些话后，第一个想到的就是曾经一起旅行的矢野重也。

宝田永吉以前就知道，矢野重也不是那种想把会社据为己有，或事业成功为自己添置一份财产的人。现在自己的会社生了病，必须请名医诊断治疗，必要时可以动外科手术，病治好后，自己再经营。基于这些考虑，宝田永吉马上到东京见矢野重也。

矢野重也虽然是教养广播、樱花电视、国策纸浆三个会社的社长，但平时总是在有乐町国策纸浆本社十楼坐镇指挥。

在这里，他纵论天下大事，或为人调解纠纷，或为求他的人介绍财界人士。调解纠纷时，他先搞清矛盾的来龙去脉，再外出活动。如果有人求他介绍财界人士，他先见本人，判断该人如何，再决定介绍或拒绝。如果还有时间，他就为与尾崎士郎等人办的同人杂志《望楼》写短文。如果累了，就躺在办公室的草席上睡午觉，天天如是。

最近宝田永吉听新闻记者说，几个教养广播的年轻人，对矢野重也的工作方式不满，闯到了他四谷的家，当面陈情："社长，您最少也要每周去一次教养广播。知道您很忙，但因为您是社长。如果这样继续下去，董事们也会吊儿郎当的。"

血气方刚的青年中，有一个威胁说："不然的话，我就在你家放火！"。

"那就成了敌人了。我尽可能到社里去，但每周一次也许有点困难。忍一下吧。"

他表示了歉意。

万朝新闻的创始人、饱尝经营艰辛的宝田永吉，对矢野重也在短期内改变了矛盾重重的教养广播的手腕，深为钦佩。他想，与其说是能力，不如说是人格魅力。宝田永吉在听到这件事的同时，还听到了矢野重也的亲信说，他不到教养广播去，是因为他说过："事情一旦上了轨道，我就一点热情也没有了。"

宝田永吉收集情况，越考虑越觉得拯救万朝新闻走出困境的非矢野重也莫属，所以更加热心地百般劝说。

矢野重也周边的人都反对他参与经营报纸行业，认为搞电台、电视就足够了。出任国策纸浆社长之后还没过几年，一旦接受这个职务，为了尽职尽责，肯定还要花费很多时间。四宫喜一郎、今里广记、教养广播的伴田彰，都用不同的方式、说法表示反对。但另一方面，小林中、樱田武、永野重雄等财界人士对媒体不满，认为他们对经济界与保守政治态度冷淡，因而表示赞成："如果矢野君认真的、用自由主义精神办一份能理解经济界的报纸，我们支援万朝新闻。"

对于已经不再犹豫继续当一个经营者的矢野重也来说，财界领导人的意见是利国的大事。

矢野重也身边只有阵内信一个人赞成他经营报纸。他主张说："当传媒之王，还是应该有一份报纸。没有纸媒的帝王，就像没有王冠。"

阵内信看透了矢野重也在事业一旦走上正轨就失去兴趣的性格，这样，自己就可以取而代之，接过来干下去。但阵内对于万朝新闻的创办人宝田永吉"大政奉还"的梦想，根本不予理睬，因为他已经是个事业失败的男人……

矢野重也很少有这种举棋不定的时候。经济界人士出面经营的报纸，有野间清治的报知新闻，根津嘉一郎的国民新闻，武藤山治的时事新闻，但都以失败而告终。

矢野重也认为，失败的理由很简单，就是按照社长的指示办报的结果，办成了说教腔的报纸，办成了业主支持的政党机关报，脱离了读者。他想起自己曾当过共产党的机关报《赤旗报》第一任主编，但现在办报，必须与那时的办报方针反其道而行之。他现在支持池田勇人，但万朝新闻是一般的报纸，即使有大量批判池田勇人的文章，只要确有其事，与事实相符，就可以刊登。也可能不断出现一些批判财界的文章。如果对财界人士及财界活动，没有一个客观的态度，就用不着办报。这也许是自以为是，但他觉得这才是自己。然而，这样一来，经济界也可能认为万朝新闻成了叛徒，因而破坏了相互信赖的关系。

矢野重也想得心烦，与读卖新闻的正力松太郎商量。正力松太郎忠告说，如果只搞电视，提高利润轻而易举，所以不赞成他经营操心费力收入少的报纸业。

在小肚鸡肠的人听来，可能以为这个忠告，是为了阻止竞争对手的出现，但矢野重也却钦佩侃侃而谈的正力松太郎的大度。他依靠自己而成就事业的自豪感溢于言表，这一点使矢野重也想起了五岛庆太。

矢野重也觉得正力松太郎言之有理，但同时心里也在想，这不正是向困难挑战的机会吗？但是，一旦接手万朝新闻，在相当一段时间内，至少要为巩固关东地盘而全力以赴。矢野重也不久就要满六十岁了，不能再像年轻时那样拼命，一边搞翻译，一边从事党的活动。如果重建万朝新闻，就不能再写东西，而且必须把秘书班子等配备齐全。在他犹豫不决时，接到了宫内厅的通知，说皇太子殿下去北海道参加庆典，途中要去视察旭川国策纸浆工厂。

矢野重也打算去旭川迎接皇太子殿下，回来时去勇拂工厂，旅行中考虑决定接不接万朝新闻。

他坐在长沙发上看着庭院，回头对为他准备旅行用品的伊吹苑子说："有人让我去经营万朝新闻，但有人说去，有人说不去，我不知怎么办才好。"他只是随意说说，并不是认真征求意见的口气。

"是啊，可我不懂你们男人工作上的事。"伊吹苑子正在往矢野重也的手提包里装东西，把两件毛衣摆在一起，拿不准是装薄毛衣，还是装体积大的厚毛衣。"不过，说起办报，不知为什么，觉得挺有身份。这事你去问问田弘阿姨吧。今年琉璃也要结婚了。"

矢野重也对自己不怀好意地问伊吹苑子有点后悔。以前也有过类似的事。他回想起自己与苑子之间的隔阂。那是十年前，在膳沙结婚时，她讲了一些无聊的话。

矢野重也在勇拂工厂时作出了决定。他在春夏时总要去一次勇拂平原。在向阳背风的地方，玫瑰的红色花朵已经开放。他想起了浅野晃说过的话："冬天过去，在看到这种花时，我想我还活着。"

在他荣获著名的文学奖、作为一个诗人受到重新评价之前，他一直在"战犯诗人"的阴影下苦苦挣扎。矢野重也暗中打算在工厂的空地内为纪念他得奖和复活建一座诗碑，这次到勇拂来的一个目的，就是决定立碑的场所。在林房雄、尾崎士郎、中谷孝雄等老朋友欢聚一堂，为浅野晃得奖开庆祝会那天晚上，他明白了舆论的封杀，与过去官宪的禁止发表、禁止写作是同样货色。

站在勇拂工厂的空地上，矢野重也想起了这件事，心想我经营的报纸，一定要打破这种披着民主主义外衣的言论限制。

回到东京后，矢野重也马上告诉四宫喜一郎自己已经决定接手万朝新闻，并与该报的创办人、社长宝田永吉通了电话。

"谢谢。这回得救了，我感谢您的恩情。"

宝田永吉激动地说。

"我这个人喜欢独出心裁，也许干些你不喜欢的事，那时请你谅解。总之，在经营搞好之后，我就完成了任务，大政奉还。有五年时间足够了。"

矢野重也说。

"谢谢，我没有任何要求，谢谢。"

宝田永吉不断表示感谢。

不久前，四宫喜一郎与今里广记成为无所不谈的忘年交。他给今里打电话说，晚上请您为话一出口决不后退的矢野重也出出主意，看看建立怎样的经营体制为好。

"是谁在诱导他？"

今里广记询问是谁在后面活动，促使矢野重也决定接手万朝新闻。

"我觉得没有。在札幌会见了知事，在苫小牧会见了市长，当了苫小牧港开发会社的外聘董事。那时没有新闻、电视界人士参加。"

"没有阵内君吗？"

"哎，他最可疑。也许事前暗中活动过。"

"好，今天晚上好好谈一谈。"

今里广记说完放下了电话。自从与矢野重也一起到外国旅行以来，他与矢野重也成为肝胆相照的挚友。今里广记中学毕业那一年，继承家业今里造酒的二哥夭折，父亲恳求说："不能让已经持续七代的家业毁掉，广记，你来继承家业。"

今里广记放弃了升学的愿望，继承家业，在最后把造酒会社让给从银行辞职回家的大哥之前，积累了经营中小企业的丰富经验。他后来兴办九州煤矿，直到来东京前，一直艰苦奋斗，阅人无数，世事洞明，人情练达。他认为矢野重也是个心胸开阔有魅力的汉子，与矢野重也形影相随的四宫喜一郎是个有良好教养、品德高尚的真诚的人，所以他想我必须保护他们。

"如果矢野老爷子下定决心，那我们只好沿着这条路走下去，帮助他搞好。"

今里广记像一半说给自己一半说给四宫喜一郎似的，看着四宫喜一郎。

"我觉得办报很难。"四宫喜一郎用筷子优雅地夹起一个寿司送到嘴里，发牢骚说，"我的父亲是政治家，我看到了他遭到敌对方报纸恶毒攻击时的惨状。"

"那倒不要紧。"今里广记安慰他说。

"不能让万朝新闻当工具。矢野老爷子千万不能以正义的新闻人自居。因为那很麻烦。"

今里广记对四宫喜一郎说："你应该决心与老爷子共存亡。"

他对四宫喜一郎讲了跟着单骑出战的织田信长的忠臣。

矢野重也虽然下决心接管万朝新闻，但他不知道这个决心是对是错。他很少有这种时候。他想听一听资助永井美那在赤坂开饭店的西村亮的意见。永井美那原来在国策纸浆秘书科工作，日本投降后不久逃回北海道。伊吹苑子听说，她开的饭店是由证券会社的社长西村亮资助的。

伊吹苑子生来爱打探街谈巷议，她从自己的情报网得到了这个消息后马上告诉了矢野重也。从那以后，矢野重也常常在永井美那经营的赤坂鹤川饭店会客，与资助人西村亮也成了熟人。西村亮有些地方很像矢野重也，对朋友毫不隐讳永井美那是他情人。

就像当年矢野重也与伊吹苑子在柳桥那样，以赤坂鹤川饭店为舞台，在永井美那与西村亮周围，也形成了一个企业管理人员的俱乐部。政治家们也到这里来，有一种经营者沙龙的味道。因此这里也成为住在大宫前的奈保子、女儿蔺沙等年轻人批判的目标。

矢野重也一到鹤川，俨然老板娘模样的永井美那到玄关迎接，拍着手说："矢野先生，您来得真是太巧了。正好有一位不得了的算命先生在这里。您也叫她看一下吧。"

她的话引起了矢野重也的好奇，因为在他陷入困境时也曾想过在路边摆卦摊。矢野重也走进鹤川饭店唯一的欧式房间——客厅，心想这位高明的算卦先生肯定是白须如银一把年纪的老头，但没想到是个三十出头、身上得体地穿着大岛绸和服的女人。矢野重也以为走错了门，转身往回走时，女老板把他拉了回来。

"这位是矢野重也社长。这位是橿原易社的佐田月子女士。月子女士，您给这位矢野先生算算命。"她说完，可能忙着安排夜里的宴会，匆匆忙忙向内宅的客厅走去。女佣上了茶后，房间里只剩他们两个人。

矢野重也战战兢兢地抬起头。佐田月子不知为什么微笑着。矢野重也觉得她的长相像年轻时的奈保子。

"请您写下姓名和出生年月日。"

月子说着，从和服的腰带里拿出笔和纸。矢野写完后递给她，她神色凝重起来。她有点斜视，而且脸上有一种蛊惑的神情。她表情瞬间的变化，矢野重也全看在眼里。

月子终于抬起头说："您的命运很好，但今后要发生种种变化。不过，我倒觉得应该请您给我好好算一次命。"

矢野重也没想到她会这样说。

"我年轻时，有一个时期，曾想当算命先生，学过一点儿。"

"果然如此。不过，我知道，请您算命，是理所当然的。"

"是吗？我也许是个骗子。"

矢野重也稍稍加强了语气，促使她注意。对于矢野重也既是开玩笑也是威胁的话，佐田月子欣然接受说："是的。"

直到这时，矢野重也才想起来，很早以前在杂志上看到一篇介绍她的文章，标题为"天才的女性算命先生"。这个女人在少女时代就很有名。

矢野重也重新打量这个女人。她脸小，个子也比较矮。矢野重也的目光与佐田月子相遇，但她却毫不回避。矢野重也闭上了眼睛，觉得自己不是与她注目而视的对手。过了一会儿，他看了看佐田月子的名片，她的事务所就在万朝新闻本社的附近。

这时，证券会社的社长西村亮来了。

"哎呀，叫您久等了。对不起，对不起。我正要出门的时候，客人把我给截住了。"他大声道歉，急急忙忙跑进来。他们两个走进和式客厅。

西村亮回答矢野重也的问题说，目前在社会上有很大影响的产业但尚未形成合理、系统经营模式的有三家，它们是大学、医院、报纸。如果矢野重也出面经营报纸，正好可以使传媒产业登上商业的舞台。

"这是一种新型产业的诞生。"

他的见解具有一个活跃的证券业领导人的前瞻性。

在吃饭的时候，西村亮提到了佐田月子："股票商们向她问卜吉凶。她可不得了。这与用八卦占卜不同。她的预测是根据统计和概率弄出来的。"

在他旁边坐着的老板娘说："矢野先生，我问问您。他说一个人如果不一辈子风流，好运就会离他而去。月子可没说过这种话。他这是冲我说的。真讨厌。"

"哎呀呀，哈、哈、哈。"西村亮张开天棚掉下来都能接住的大嘴巴放声大笑。矢野重也也渐渐高兴起来。这时，两个年轻的经营者来找西村亮，席间更热闹了。

矢野重也与西村亮在鹤川吃饭时，心想如果在战败前后与永井美那的关系发展下去，自己也可能与她发生亲密关系。看到川崎重工业地带在美军空袭中变成一片火海时，永井美那抱住了他，那颤抖的温暖的身体，至今记忆犹新。但那时矢野重也是国策纸浆的常务董事，只要永井美那在秘书科工作，他就不能与她发展这种关系。是这种顾虑制止了他。但他现在觉得，连对这种界限都产生可笑动摇的，恰恰是那个战败的时代。在颓废与灭亡的旋涡中，他竭力使自己不要迷失方向。

那时候，她是如何从战败后的困苦中挣扎出来，认识了证券会社的西村亮，成为鹤川的老板娘，矢野重也并不知道，只是听她自己说，店名叫鹤川，是因为她在北海道钏路沼泽地看到飞舞的鹤，深为感动，决心从今以后自由自在地生活，于是想到了这个名字。西村亮性格爽朗，不管男人女人都喜欢他，对这个饭店的成功，作出了贡献。

矢野重也一边断断续续地想着这些，一边不放心那个算卦先生。从表面上看，她的态度、动作都很平静，但他却觉得她的内心有一种走投无路的惶惑。同时也想知道她"矢野重也"命运的判断，但他从直感上认为，佐田月子对于初次见面的自己并没有说实话。

过去在下田的时候，他曾用自己记得的占卜方法为田弘佐智子算过命，但从卦象上看，她在恋爱、结婚方面总是没有好运，他又不好明说。幸好田弘佐智子根本不信这一套，才救了他。他从佐田月子的样子看，觉得她的困惑和自己当年一样。

又过了两天，矢野重也从国策纸浆社长室给佐田月子打了电话。不知为什么，佐田月子的事，他不想叫伊吹苑子知道。

那天傍晚，矢野重也把社里配给他的专车发回去，独自去了佐田月子的事务所。

他刚要进屋时，头顶上突然响起一声奇妙的问候："您好，欢迎。"他吓了一跳，不由得一愣。抬头一看，在门里放鞋的石板上方，挂着一个鸟笼，里面有一只黑色八哥。矢野重也不由得想起了自己暗自为它命名的佐久岛的鸟町。

"对不起，吓您一跳吧？"

佐田月子急匆匆走出来。他们刚刚对面坐下，佐田月子就说："虽然困难重重，但您必须在这条路上走下去。男人们大多数是这样。我不是占卜师，只是能看得透彻，与问卜者一起考虑如何解决，这才是我的工作。"

矢野重也想起自己在加入共产党时也是这样想的，于是点头说："我现在即将开始的新闻管理工作怎么样？可以干吗？"

他在第一次见面时说明的基础上进一步问道。

"您已经决定干了。问题是怎么干。"

矢野重也对她的话似懂非懂，嘟嘟囔囔地说："怎么办好呢？我觉得自己有相当强的预测能力，但事情一到自己的头上就不行了。"

"矢野重也先生是正直的人。我是女人，有些事即使明白也不好意思说出口。我希望能与您常常见面。"

她的话越发使人难以捉摸。矢野重也觉得她比第一次见面时更有魅力，高兴地接受了她的要求。

"有什么我能做的事，不要客气。"矢野重也说。

"请您费心。我已经看到了我将去的地方。"她马上回答说。

矢野重也回到四谷的家里以后，一直想佐田月子说的话，她究竟有什么事呢？她说矢野重也接手万朝新闻是命中注定的事。既然如此，就按照自己的想法去干吧。困难重重，会更加激起自己的勇气。但他不明白希望常常见面的佐田月子，为什么说看到了自己将要去的地方。她的话中有令人心惊肉跳的含意。

在矢野重也就任万朝新闻社长不久，次女琉璃结婚。女婿是被称为四大天王之一的财界领导人的儿子，但这位财界领袖与矢野重也他们不在一个系统。喜爱说长道短的经济杂志说，这是为了成就媒体霸主地位的联姻。矢野重也对杂志这种卑劣的胡言乱语从来不当回事。

这桩婚事，从相亲到结婚，都是伊吹苑子一手精心策划的。琉璃虽然不是她的亲生女儿，但她视如己出，关心照顾，为了使婚姻顺利发展，巧妙地邀他们一起去看戏。矢野重也看在眼里喜在心上。她的举止言行，虽然有告诉世人，我是矢野家发号施令的女主人的得意，但矢野重也从来都把贬损他人的猜测当做耳旁风。

大宫前的奈保子说："我不会这样热心，也不善于在大人物中间周旋。"

对于从来没有注意到伊吹苑子机灵的矢野重也来说，这是难得的。

对此，鹤川饭店的资助者西村亮说："矢野君了不起。使两个女人和睦相处，相安无事，是男人的榜样。"

在琉璃结婚宴会顺利结束，送走新婚夫妇去夏威夷度蜜月之后，奈保子对难得回一次大宫前的家的矢野重也说："托您的福，琉璃与一个很优秀的青年结了婚，蔺沙的生活也很幸福。我已经没有什么惦念的事了，觉得很满足。您不用为我分心，一心做事吧。"

奈保子郑重其事的感谢使矢野重也觉得无地自容，他也郑重地说："不，是我不好。你把一切都料理得井井有条，使我没有后顾之忧。与年轻时一样，我心怀感激。"

在他们两个又将拘谨起来无话可说时，矢野重也讲了佐田月子："最近我认识一个有趣的算命姑娘。不知应该叫她妖精还是巫婆？她算得极准。什么时候你也见一见，或许能知道她是怎样一个人。"

矢野重也对奈保子讲完佐田月子，才想起这件事一直对伊吹苑子保密。他觉得如果对伊吹苑子说了会惹麻烦，同时也明白了自己对奈保子多么信任。自己对这两个女人的感情的性质，不知何时发生了变化。这个发现，迫使矢野重也反省，他感到自己太随便了，没脸见人，抬不起头。

一直默默听他讲佐田月子的妻子奈保子，眼睛微微一笑。她的表情是说，你这一见钟情的毛病永远也改不了。矢野重也看出来了，急忙补充了一句多余的话："没别的，仅此而已。"

随着与佐田月子的关系越来越密切，他发现她与一般人不同。她总说一些鬼迷心窍的话："紧紧抓住我。我知道奇怪的东西正在靠近。不过，只要你在这里就能躲开。我看见矢野先生遇到的是另一种困难，但只要我们两个在一起，就不要紧。"

这种时候，佐田月子眼睛里闪着让他忘记年龄相差三十岁的诱惑的光。想起这些，他毛骨悚然，想到可怕，但一说到佐田月子，他又觉得应该帮助她。也许他心里也对佐田月子的话有感应。佐田月子在他身上看到了父亲的影子。他感觉到了这一点，觉得这个年轻女性还残留着幼儿般的恋父情结。

在与她交往大约半年左右的一天早晨，佐田月子往他家打电话说："我已经在你家附近。在靠近四谷站市谷的出口处。我要马上见到你。这样任性实在抱歉。"

矢野重也从她那急迫的口气中感到异常，为了不叫厨房的伊吹苑子发觉，他故意客气地说："我明白了。"

"喂，我去买包香烟。"他对伊吹苑子说。

"香烟不是有吗？光牌的。"

当伊吹苑子从厨房出来时，矢野重也已经走了。佐田月子一看到矢野重也，就跑过来恳求说："对不起。请你把我藏起来。"从检票口走过的人，都惊奇地回头看着一个头发蓬乱、身着便装、光着脚穿木屐、五十岁左右的矢野重也，和身着亮丽的深蓝色连衣裙、年轻小个的女人，神色慌张地站着说话。

"反正，别这么站着说了。"

矢野重也带她走进车站出口处的一家饮食店。据佐田月子说，她这个星期很危险，无论如何必须离开东京。

"去伊豆行吗？"

矢野重也说。他想起了自己挂名社长的观光开发会社。

"只要是与你有关系的地方就行。预约叫我算命的顾客全部都要往后推迟一个星期。"

矢野重也说："伊东前面有个叫今井浜的地方。那里温泉好，菜也好。今天用我的名字预订旅馆。你什么时候能去？"

"谢谢。那么，我明天十点钟乘电车去。你也来吧。"

佐田月子说着，盯着矢野重也。我不是这双眼睛的对手！矢野重也心想。他看了看记事本，确认明天是星期六之后，诚恳地说："我尽量去。今天要到社里去，早的话明天，最迟是后天，我们会合。不过，在自己当社长的会社旅馆一起住不方便。明天你先住一晚，我找一下会面的旅馆，之后与今井浜联系。"

矢野重也从饮食店出来，挥手与佐田月子告别，正要回家时，突然有人喊："矢野先生，大人……"

他条件反射地想"不好"，回头一看，原来是绰号叫葛兰克的桶谷芳山。不知从何时起，这个怪人成为四谷家里的常客。他虽然是建筑会社的社长，但他公开说原来是搞黑市买卖的，毫不隐讳自己的出身。

事实正像他自己标榜的那样，不要说食品之类的东西，凡是稀缺的物品，他都有本事找来。矢野重也字写得好，常有人求墨宝，与他讲了中国墨的事，十天后，桶谷芳山就送来了北京荣宝斋的墨。尾崎士郎曾以他为原型写了篇短篇小说。

桶谷芳山对常到四谷来的尾崎士郎说，葛兰克这个诨名发音就给人一个丑恶的印象。

尾崎士郎解释说："这是我从苏联共产党的干部、对日秘密工作首领的名字想到的。不过，那可是个了不起的汉子。"

"那就更坏了。我可是个爱国者。"

桶谷芳山再次抗议说，大家哄堂大笑。虽然是抗议，但他脸上却挂着微笑，大家对他非但不讨厌，甚至可以说喜欢。他年纪在五十岁左右。

矢野重也灵机一动，与桶谷芳山一起回到家。

"哎哟，是葛兰克先生。你怎么来了？"

伊吹苑子走出来。桶谷芳山随机应变，道歉说："对不起，一大早就把大人叫走了。"

"怎么，没有卖烟的吗？"

伊吹苑子的矛头转向矢野重也。他想起从家里走时说是去买香烟。

"啊，不，不，我是在想别的事，忘了怀里有香烟。"

"我买的烟还有呢。"伊吹苑子说着，把十盒光牌香烟堆在矢野重也面前。

桶谷芳山发觉情况异常，急忙转变话题说："夫人，您对翡翠感兴趣吗？"

"怎么，建设会社的社长卖起宝石来了？"

伊吹苑子依然对矢野重也和葛兰克一唱一和耿耿于怀。

"我们会社在香港有业务，最近我出差时想起了平时对我关照的矢野大人……"

"葛兰克先生，我以前就对你说过，不要叫我大人。"

矢野重也故意表示异议说。他总觉得大人这个称呼有封建色彩，所以不让他叫。

佐田月子第二天一大早为准备旅行去了自己在有乐町的事务所，在那里被可能是前一天夜里潜入的人刺杀身亡。早晨，最早来上班的女收发员发现时，佐田月子倒在被血染红的地毯上。马上送往医院，但已经来不及了。

从万朝新闻知道佐田月子暴死的消息后，矢野重也一直在想"糟了、晚了"。为什么没有叫她昨天就去伊豆？心里悔之不迭。

矢野重也那天去万朝新闻比每天都晚，他告诉四宫喜一郎，如果佐田月子的葬礼需要帮忙的话，你去关照一下。他想到佐田月子那里看看，但听说遗体已经交给警方，只好忍住。各家晚报都大量报道了这个事件，说她性格开朗，漂亮，有许多粉丝，与经济界西村亮等很多领导人物来往，其中也列举了矢野重也的名字。

只有万朝新闻的报道，做了一些深入调查：佐田月子与美籍日裔第二代生的男孩（十八岁）最近回国，警察认为其子可能知道些情况，正在调查他的去向。

对于这篇比别的报纸深入的报道，社长应该表扬。矢野重也把社会部长叫来，知道在几个月之前，他们就开始收集有关佐田月子的情况。他第一次与佐田月子共度良宵，是在皇太子殿下结婚典礼之前，过后不久，万朝新闻就开始关注佐田月子。最初是根据副社长阵内信的指示开始调查的。

听到这些，矢野重也感到厌烦。但是，他是个不会保密的人，当他身边出现了个新女人佐田月子时，不仅万朝新闻，连阵内信的根据地首都圈广播，甚至连他重组的教养广播的员工，就都知道了。

矢野重也听到由秘书升为常务董事的四宫喜一郎的直言不讳的报告，就像受到什么看不见的东西狠狠一击。占据他头脑的是，自己已经没有了个人的自由。更令人惊讶的是，矢野重也与佐田月子的事也传到了宣布引退的宫岛清次郎那里。樱田武说，宫岛老爷子也担心这个恋爱事件。

"你，听到这话是什么时候？"矢野重也不由得变成了质问的口气。"不，是刚刚听说的。樱田武先生知道了这个事件后来电话说'矢野君的命运真好'。"

四宫喜一郎报告说，经济界的好朋友暗地里都担心他与佐田月子的恋爱，这对他又是一个沉重打击。

虽然经受了这次恋爱的挫折，但他还是不承认，自己只有企业家的自由而没有别的自由的现实。

过去，沉醉在理想主义中时，矢野重也热衷于文学。为了筹集生活费，为了获得组织活动的资金而进行翻译，但这只是表面的理由，其实他是为了恢复心理的平衡才搞这暧昧的文学的。矢野重也这种心态与以文学为业的牧野正晴、中谷孝雄、两位尾崎是完全不同的。他们从一开始就与理想保持距离，甚至可以说他们是为了审视自己内心人性的负面才执笔写作的。

一想到文学必须自省内观，矢野重也不能不承认自己距文学很遥远。对于矢野重也来说，计划写长篇小说《蒋介石》，是他最后的挣扎，但过了许久最终没有写成。为《望楼》写杂文，只是在形式上尽自己的责任而已，一想到这些，他暗中感到沮丧。

以前对人生感到迷惘时，会听到母亲的明确的意见，但母亲已经于昭和三十二年病故。矢野重也想在老家附近的矢野家墓地为母亲立一块碑。

碑建好之后，矢野重也为了出席落成仪式回到了阔别已久的故乡，他想，自己已经年过六十，类似人生标志性的事，必须有板有眼地做好。

自己不仅远离了文学，作为经济人士，必须站在公共的立场上，因而也丧失了个人的自由。那么，怎样表现自己竭力奋斗的人生呢？

这种心灵的困惑，源于放弃文学、丧失自由这双重打击。他隐约感到，知道他这种心情的是两个女性。在反对安保条约斗争最激烈的时候，死了人，那天夜里，矢野重也说服政府，不能动用自卫队，奈保子对他说："今天晚上，我看到了很久以前的你，觉得很亲切。"

另一个是住在四谷家里配房的田弘佐智子。在一个女学生去国会游行而死亡的第二天早晨，两位法文教授到四谷矢野家拜访，住在配房的田弘佐智子出来接待。

辰野隆和渡边一夫在学生时代虽然学的不是法律，但敬重民法学家田弘太郎，他们对田弘佐智子说："矢野君救了民主主义，因此无论如何要向他表示感谢。"

他们分别留话，叫她转告矢野重也。

对安保问题毫不关心的伊吹苑子，在矢野重也从大宫前的家回来时，对到四谷来的南条源太郎挖苦说："他这个人，从过去就这样，一有骚动就坐不住了，不知道跑到哪里去了。"

当各种各样的人来找矢野时，她必须告诉人家杉并大宫前家的电话号码，所以感到尴尬。

因为安保条约问题造成混乱，岸信介引咎辞职，由矢野重也他们的二黑会支

持的池田勇人担任首相。当年夏天，矢野重也就任近畿新闻和现代工业新闻社
长。这两家报纸都是宝田永吉经营的，按理说，矢野重也既然担任了万朝新闻的
社长，就必须接管。当然，如果他执意拒绝，也是可以的。

但是，矢野重也并没有拒绝。虽然他对贴在他头上的"财界派往传媒的干
将"的标签反感，但他对于自己应尽的义务，都决心干下去，不管受到怎样的攻
击、非难，都义无反顾，勇往直前。

这时候，在矢野重也周围形成了一个小圈子。有人介绍想认识他的人，有人
斡旋受托之事，借以显示自己存在的价值。这些机灵鬼巧妙地利用矢野重也的领
袖气质，编造一些使脆弱的、重感情的矢野重也动心的话接近他。在这里面，伊
吹苑子是个风云人物。

她本来就热心好事，头脑活泛。如果得到她的好感，凭她的机智，你等待机
会就行了。不管你是想接近矢野重也，还是想利用他在经济界的影响，都能如愿
以偿。

外面的人对于这些围着他的跟屁虫们嗤之以鼻，但大多数人认为不能否认这
是对矢野重也个人的仰慕。在这些人中，有诨名为葛兰克的桶谷芳山，有最近常
到伊吹苑子那里去的法国菜馆的年轻主人纳·乔治桑原，有原共产党的领导人、
矢野重也兄长辈的福本和夫的侄子福本传造等人。这几个男人性格年龄各不相
同。伊吹苑子给福本传造起的绰号是斗鸡。矢野重也的秘书如果处理不好这些人
与矢野的关系就会倒大霉，所以如履薄冰，战战兢兢，不即不离。

而且，最叫秘书们们挠头的是矢野重也与万朝新闻、樱花集团的第二号人物
阵内信的关系。

在确立矢野重也、阵内信体制四年之后，矢野重也与前经营者宝田永吉签订
了用宝田永吉名义的近畿新闻的股票换万朝新闻·樱花集团的股票。那时，阵内
信为调查外国电视产业、有线广播的发展而去了美国。

阵内信回国后知道了这件事，与矢野重也发生了激烈冲突。他认为宝田永吉
已经是僵尸，为什么现在要他用他的股票来换已经取得优秀业绩的万朝新闻·樱
花集团的股票？况且交换比例是二对一，在价格上对宝田永吉极为有利。

"矢野先生，人好也要有个限度。"阵内信喋喋不休，不依不饶。

"关西人得寸进尺，以后与宝田交涉的事全部交给我吧。"

矢野重也听他这样说，气得满脸血红，站了起来，勃然大怒："不许胡说八道。我不允许搞地域歧视。你给我滚出去!"

从那一天起，阵内信再没来上班。

过了一个月，四宫喜一郎请永野重雄出面说和，双方承认因误会而说了过头话，言归于好。然而池田内阁收入倍增的计划取得了成效，在产业界，提高实际业绩比转换经营思路更为重要，矢野重也与阵内信在思想上的分歧不断扩大。

乔治桑原到四谷的家里来，是在矢野重也与阵内信的关系还没搞僵的昭和三十七年的夏天。

有一天，乔治桑原在饭店的预约名单中发现了矢野重也家属的名字，于是走到身着雪白晚礼服的伊吹苑子和诚也面前。

吃饭时，他对伊吹苑子他们说，他是美籍日裔第二代，在美国吃了不少苦，攒了一笔钱，因为向往祖父的故乡，所以来到日本。他那忠厚的面相，还有那蹩脚的日本语帮了他大忙。

伊吹苑子对他的苦难深为同情，由于她不断推荐，初秋时，矢野重也一家三口，还有田弘佐智子、四宫喜一郎等五人去了桑原的饭店吃饭。

在此以前，桑原对矢野重也、伊吹苑子和诚也学校的情况进行过调查。他说，父亲母亲不爱自己，自己是半工半读的苦学生。父亲是美籍日裔第一代，母亲是典型的美国女性，自己生在种族歧视意识强烈的美国南部，因此不知吃了多少苦。

"尽管如此，但你性格开朗，真不容易。"

伊吹苑子说。

"也许头脑不太精明反倒是好事。"

乔治桑原回答说。

吃饭时，他的服务和讲的话打动了矢野重也。矢野想，正在装修的万朝新闻食堂让乔治桑原来搞如何？这是内部食堂，比较好办，于是半开玩笑地说，万朝新闻大楼的食堂，你来搞怎么样？

乔治桑原马上说："那怎么行! 我只是商业街食堂的新手，能见到矢野先生这样的大人物就心满意足了。"

他弯着巨大的身躯，摆出一副诚惶诚恐的样子。在交谈中，矢野重也完全信任了他。

听他们两个说话的伊吹苑子说："我也想在大楼里开一家店。搞一个站着吃的荞面铺如何？越简单越能赚钱。"

矢野重也的脸色马上变了。

"不行。不能公私不分。真不像话。"

他大声斥责伊吹苑子。

"看看，生气了。"伊吹苑子说，斜眼看着他，但马上转变了话题，"那就算了。可诚也上高中的事怎么办？"

虽然有一些小波澜，但当时矢野重也正处于人生的顶峰，他在财界的领导地位不可动摇。他担任副会长的"纪念皇太子殿下结婚建立大喷泉计划"，已经顺利完成。在纪念庆典上，他与原首相吉田茂一起坐在阶梯式坐席上，看着不断变化的水柱忽而飞上天空，忽而落在池面。在上午稍斜的阳光下，喷泉形成了道道彩虹。矢野重也一边看着那水幕中忽上忽下的彩虹，心里想不管飞得多高的水花，最终也要落在地上，渗入土地中。河水匆匆流淌，未必对前途有什么希望。有时流淌是它唯一的生活方式。我也许就是这样。坐在吉田茂旁边，他心里想着。回想起来，当时产生这种奇怪的想法，可能因为对仪式、典礼感到拘谨讨厌的缘故。

然而阵内信没有看出矢野重也内心的疲惫，依然认为他是个马不停蹄、痴迷于不断扩大事业的欲望之中。阵内信认为这是危险的，提高了警惕。

乔治桑原突然出现在阵内信眼前，是在阵内信开始思考如何阻止矢野重也行动的时候。头脑灵敏的乔治桑原考虑，如果想深入万朝新闻集团，就必须得到第二号人物阵内信的信任。

"最近我去了一次大阪。"他刚一坐下就说，"我转了不少地方，见了些人，发觉相当多的经济界人士认为当地的万朝新闻被东京抢去了。"

阵内信一边听乔治桑原报告到大阪出差的情况，一边想起了万朝新闻增印十万份、股票分六分红利的计划在关西地区进展不顺，目前处于停滞状态。

大阪人对东京的隔阂充分体现在贩卖代理店上。读卖新闻抓住万朝新闻主导权转移到东京的机会制订了覆盖大阪的计划。最近连朝日新闻也开始说大阪是它的发祥地。"嗯，也许应该想想办法了。"

阵内信引诱这个年轻人继续说下去。他的主意可能与我的想法有相同之处。阵内信对乔治桑原的想法了如指掌。

"我想到一个办法。买一个大型游船放在大阪湾。说是'万朝号'回来了。把那些贩卖店的老头们请到船上来。"乔治桑原宛若想起了忘记的雄辩术，高屋建瓴，侃侃而谈，说美国总统在高峰会谈时都要在船上搞，日本也应该尽早仿效这个习惯，这样也会给人留下先进的印象云云。

他热情地说："问题是船的养护、运航，这件事如果交给我来办，我认识许多喜欢开船的驾驶员。我在美国工作时，与很多日本来的船员交了朋友。如果叫他们开船，他们会自带饭盒来尽义务的。"

阵内信边听边想，如果矢野重也社长喜欢坐船游览就好了，这也许是一件合适的玩具。

阵内信担心最近四谷的伊吹苑子和诨名叫葛兰克的桶谷芳山游说在滋贺县建立大滑雪场的计划。因为这正好迎合了社长想与东京的读卖游乐场抗衡的意愿。虽然说万朝新闻不负担资金，但实际情况到底如何令人担忧，所以他打算用小事化解大事，决定同意他的建议。

他鼓励乔治桑原说："你去与矢野老爷子谈谈看。他曾经梦想指挥联合舰队，会同意的。"

那天，阵内信与乔治桑原谈完话回到家里时，收到了乔治桑原寄来的一公斤牛里脊肉，卡片抬头写着阵内与夫人的名字，还有附言：今天您为我花费了宝贵时间，不胜感谢。偶然发现神户的好牛肉，现呈上以示敬意。

大型游船"万朝号"在第二年夏天，出现在大阪湾。扬起帆时，甚为壮观，但实际上是条老朽船，根本不能出海，发动机也很陈旧，凑合着在内海航行就已经力不从心了。

秋天，万朝号回到东京湾那天，矢野重也兴高采烈，把他喜欢的年轻企业家，柳桥、赤坂的艺妓们请到船上开酒会。女客的总管是伊吹苑子。

这一年的10月30日，矢野重也应邀参加了皇宫的游园会。皇宫里的宫殿要开始扩建，所以今年庭园里的游园会是最后一次。

一年半以前，矢野重也参加喷泉落成典礼时讨厌穿礼服，但这一天他自己很快穿好礼服，在神龛前拍手后去了皇宫。

当天皇对他表示慰问时，他心里明白这是指为纪念皇太子殿下大婚建喷泉的事。但同时他心里翻腾着年轻时在狱中的生活，很多死去的同志，日本军队在中国的暴行……他默默地低下头，咬着牙从天皇前面走过。

那天多云，觉得很冷。矢野重也刚走出帐篷，就遇到了樱田武、永野重雄。

"今天没下雨，太好了。"

樱田武搭话说。矢野重也觉得这是市俗的声音。他想，以前没见天皇也许是好事。如果不见天皇，他朦胧中感觉、追求的荫翳文化也许会更深沉浓郁。

"是啊，我大概是个心情愉快的男人。"过了好一会儿，矢野重也有点文不对题地说。这时拜谒完毕的小林中也走了过来。

永野重雄、樱田武、小林中、矢野重也四个人聚集在一起。永野重雄提议说："二黑会好久没活动了，聚一次怎么样？"

矢野重也想起来，这一段时间，因为忙于万朝新闻经营改革、佐田月子事件，没怎么参加二黑会的活动。第二次池田内阁成立以后，日本必将成为自由贸易国。但自己国家限制进口，而日本商品却大量销往外国，欧美肯定不会置之不理。去年在箱根召开的"日美贸易经济合同委员会"就出现了这种苗头。

"好吧，但要换几个成员。"

矢野重也回答说。这两年，池田勇人与一万田尚登对立，二黑会很难开。

矢野重也乘车从皇宫出来，突然想到同人杂志《望楼》也该寿终正寝了。中心人物尾崎士郎身体大不如以前，尾崎一雄生来文人气质，对于成为财界大亨的矢野重也敬而远之，杂志无法继续出版发行了。

不知为什么，矢野重也在考虑这些事时，突然觉得已经转过了正午的手表的时针，却慢慢地向相反的方向转去。

刚一进四谷的家门，就看到职业棒球国铁燕子队和在万朝新闻业务上帮忙的政界头面人物在等他。矢野重也为了扩大万朝新闻的读者，暗中仿效读卖新闻，希望有自己的棒球队。开始时，对万朝新闻搞棒球队，樱田武反对，永野重雄赞成，两个人的意见有分歧。但如果说这是为了协助国铁经营合理化，那就有了大义名分。有了这个充分的理由，樱田武也改变了态度，表示赞成。樱田武在十多年前就是明治神宫崇敬会的理事，在他的积极活动下，与有关方面达成一个协议，如果万朝新闻建一个新球场，捐赠给明治神宫，那么可以租借给有关棒球队比赛和六个大学的棒球队。

"明年4月，球场就能完工。"

政界的头面人物对刚从皇宫回来的矢野重也报告说。矢野重也对明治神宫球场建成指日可待感到高兴，同时觉得与自己有关的事业都在以加速度前进，欲罢不能了。

国铁燕子队转为万朝燕子队以后，出版发行了万朝体育报，同时修建万朝游乐园的计划也已经定了下来。而且在旅行代理店成立两个月之后，银座的万朝大厦也竣工了。

在矢野重也被选为九州太宰府广播董事的第二个月，又担任了制造不锈钢厨具、煤气灶会社的社长、行政管理厅审议委员。他与民间商社的关系，都是他周围的人葛兰克、乔治桑原、福本和夫的侄子请他干的。

矢野重也有一个弱点，一旦他对某个男人有好感，并信任他以后，就不会拒绝他的要求。

在这些事业中，最叫他的朋友们担心的是万朝谷人工滑雪场的计划。开始时，这只是一个小小的传送带会社社长的构想。这个计划之糟糕，连矢野重也这样的人物都被搞得焦头烂额。在会社内，以阵内信为首的几个董事反对。银行出身、负责财务的董事强调说："最近以来，投资项目增加，我认为今后再增加投资应该暂缓考虑。有必要制定一个为保持财务收支平衡、不致崩溃的投资预算指标。"

这些数字显然对阵内信等人的意见有利。矢野重也气得两眼冒火，形势对他不利。他寻找支持者，征求了葛兰克即桶谷芳山和乔治桑原的意见，他们两个都积极赞成。特别是葛兰克说："我有一个小型的土木建筑会社。S建设的预算十亿太离谱了，我那里二亿就能干。"

他的话对矢野重也来说是一针兴奋剂。在社内讨论时，目前万朝新闻还有投资二亿金额的能力。矢野重也马上把S建设担任这个项目的部长叫来，虽然是长期合作的公司，但他怒吼道："我不允许牟取暴利。今后不许你再到这里来。"

矢野重也把建筑合同转给了葛兰克——桶谷的会社。他把桶谷芳山和乔治桑原这种人当做支援万朝谷计划的合作伙伴，使他越来越孤立，连永野重雄都质问："赞成那个计划的第二代后裔能行吗?"

将滋贺县蓬莱山的原生林劈开，建成滑雪场，把运送人的索道传送带通过的山脊炸平，填到山谷，桶谷芳山的会社，根本没有这个技术能力和资金。

"对不起，责任在我。"

葛兰克丢下这句话，就不见了踪影。矢野重也陷入了困境，但又不能再去找S建设。他终于知道最初的十亿预算，是个合理的数字，但这笔资金只能由万朝新闻出，没有别的融资渠道。而且滑雪有季节性，工程不能停。矢野重也寻找能在现场指挥，又懂技术、财务，能制订资金计划的人。他任命在建设旭川国策纸浆工厂时立下汗马功劳的造纸工程师丹生谷负责，叫他必须把已经晚了三个多月工期的工程按原计划完成。

作为经营者已处于守势的矢野重也，为万朝谷的融资亲自出马跑银行。但如果没有万朝新闻担保就借不到钱。如果发行公司债券，只能是私募债券，依靠亲朋好友购卖。开了十几次会讨论，最后决定由万朝新闻筹措资金。副社长知道情况后提出辞职，理由是为挽救万朝集团的危机，增加收入，充实樱花电视的经营力量，矢野重也批准了他的辞呈。在这一时期，矢野重也并不怀疑樱花电视收益增加后会援助万朝新闻。

正当首脑变动刚刚结束时，万朝谷现场指挥丹生谷自杀。他是个责任感极强的人，当他发现无论如何努力也无法按预定日期完工时，自己了断了生命。这个消息对矢野重也是沉重打击。他为自己决断的失误害死了自己最信任的部下而深深自责。这种自责与社内外必须停止万朝谷计划的呼声交织在一起，使他无地自容。

自昭和三十三年10月，矢野重也就任万朝新闻社长以来，五年间，报纸发行量虽然增长比较缓慢，但确实在增长，而且广告收入的增长速度惊人。这是因为矢野重也不干涉编辑，专心致志拉广告搞发行的结果。

到了第四年，即昭和三十七年10月，每年可分六分红利，矢野重也认为实现了当初就任时许下的诺言。今后是为达到分红一成的目标而努力。

矢野重也不以职业取人的作风，使那些在车间干活、很少受到尊重的工人受宠若惊。在印刷厂、运输部门的工人中间，以讲述英雄传说的口气，说他年轻时如何热血沸腾参加工人运动。但是，矢野重也这种作风，也引起了被社会尊重的一些从业人员的不满。因为他们从矢野重也的态度中感到自己受到轻视，没有得到应有的尊重。

运输部门的一个人说："在大阪车站的地下通道里，我看见一个弯着腰与擦皮鞋的老太太说话的人面熟，走近一看，原来是咱们的社长。"

但同时董事、部长们的不满也在社内流传："我们的社长确实能干，但希望他能稍微尊重一点人。不问青红皂白，就劈头盖脸一顿臭骂，真没办法。"

矢野重也认为，对于那些担负重要责任的人，要求应该更严格，这是理所当然的。这种思想在他的领导工作中一直根深蒂固。

他这种作风，自然会与阵内信产生矛盾。阵内信把首都圈广播看做是自己的领地，并以此为基础，以盟友的身份参加万朝新闻、樱花电视的管理经营。他觉得自己与那些工薪族董事不同。他在现实的力学中工于心计，不露声色，觊觎机会。阵内信无法想象矢野重也嘴上不说但一直追求葫蘙文化的内心渴望。与自己比较起来，他确实没有私欲。但阵内却认为这是矢野与生俱来的傲慢，而且认为矢野随心所欲地参加什么同人杂志是不务正业。

对于一直伺机掌握万朝新闻实权的阵内信来说，陷入前途渺茫的万朝谷之中是个威胁。这样继续下去，会鸡飞蛋打。当一个债务累累的企业接班人也很难受，所以第一步是从万朝新闻领导人的位置上退下来，免得将来会有人说"你也有责任"。先回到樱花电视，伺机夺取万朝新闻的控制权。

阵内信考虑再三，重新审读了营业报告等文件，把原来在首都圈广播、现为樱花电视的财务主管叫来，摸清了万朝新闻的资金流动的实际情况。他知道，在法律上，邮政省掌握电视会社的生杀予夺大权，而自己固守樱花电视必须得到矢野重也同意，否则危险。他完全明白，与矢野重也为敌，自己现在还不是对手。

　　有一天，阵内信下定决心，去了有乐町矢野重也事务所。

　　"今天来有一事相求，我想辞掉万朝新闻社副社长的职务。"阵内信开门见山，一口气说明了来见矢野重也的目的。这种开场白是他准备进攻时的惯用伎俩。矢野重也本以为他是来发牢骚的，做好了精神准备，默不作声地凝视着他。

　　"在您聚精会神竭尽全力搞万朝谷的时候，我在这里是一种干扰。如果您批准，我想回樱花电视，提高收益，加强万朝谷的后盾。您那个计划举步维艰，我想只是开始的几年，只要经营得好，会很有意思。"

　　阵内信这样一说，矢野重也的脸上有了光彩，因为有了一个万朝谷的有力支持者。而且是这个讨厌的家伙本人提出要回樱花电视的。

　　"是吗？可是，不辞新闻社的职务不也行吗？"

　　矢野重也首先表示挽留。"谢谢您的美意。但职员们认为应该有个专职社长。我回去，对他们是一种激励，可以提高效率。"

　　"噢，也许是这样。"

　　矢野重也没看阵内信的脸色，应声说道。与矢野重也的谈话很快有了结果，阵内信穿过走廊，低着头回到自己的房间。

　　很明显，矢野重也是个不计较自己利害得失的男人。阵内信，这样不是很好吗？但阵内信觉得他看不起自己。这种感觉与现实又恰恰相反。

　　伴随着周围人的反对、现场负责人自杀、阵内信副社长辞职等等一个又一个波澜，万朝谷工程于比原计划晚两个月的2月22日完工，这是由敬仰矢野重也的年轻企业家率领北野建设举全社之力协助的结果。万朝新闻以大阪为中心展开宣传攻势，效果显著，开幕那天早晨，观众人山人海。在人群前面，沿着蓬莱山的山脊耸立的巨大索道车开动时，响起了一片欢呼声。矢野重也激动得热泪盈眶。

　　已经错过了正月的营业黄金期，收入将损失三分之二，但只要人工降雪机运转良好，挽回损失的可能仍然很大。生来乐观的矢野重也心里又燃起了新的希望。阵内信觉得开幕式那天与社长矢野重也站在一起尴尬，于是以当天工作忙为借口，没有出席，两天后的傍晚来到现场。

那天早晨，天气晴朗，过了中午后，冬天很少见的乌云从若狭湾方向飘来，遮蔽了琵琶湖的天空。阵内信要上索道车时，响起了雷声，周围一片黑暗。

"北海道冬天听不到雷声，但在北陆下大雪时常常打雷。"阵内信的话音未落，大雪呼啸而降，闪电划破黑暗。雪与雷像海啸一样袭击蓬莱山。伴着一声巨响，变电站腾起一条火柱，一阵悲鸣旋即被雷声淹没，一个支撑索道的铁塔如残骸一样倒塌。变电站燃起大火，在火光的映照下，雪花如红色的绉绸。这是城池陷落的悲惨景象。呆若木鸡的阵内信毛骨悚然。刹那间，他以为这是上天来惩罚自己。没有必要害怕，因为自己没干过什么坏事。

他生在北海道钏路市附近的一家照相馆。这是一家西洋风格的照相馆，收入不高，家境贫寒。父亲把照相馆交给母亲经营，自己为通过国家考试取得会计师资格到东京学习。阵内信看到在闪电中支撑索道车的铁塔，想起了自己幼年时帮助母亲拍纪念照时打的镁光灯。眼前的电闪雷鸣，宛如一个巨大的镁光灯在爆炸。

阵内家族来到北海道，是因为身为津轻藩重臣的祖父在明治维新的动乱中被怀疑谋反，为躲避追杀而与家族一起渡过津轻海峡安家落户。由于经历过这种命运变化和遭遇，阵内的父亲总是训诫年幼的信，必须尽快掌握社会的动向，绝对不可逆潮流而动，时刻要了解情况。

又是一声惊天动地的巨响，阵内信屋子里的灯灭了。又一座铁塔被雷击倒。闪电划过飞舞的雪，染红了山坡、天空。阵内信的身体战栗起来，但他决不想向神灵谢罪。因为他确信，这是忠实地履行父亲的训示，没有任何害怕的理由。如果神灵果真是冲着自己来的，那就是告诉他，神灵已经确信他阵内信与矢野重也是不同的人。

尾声 ◆ 寒风

　　矢野重也在万朝谷开始营业那年年底，私下决定把新闻社社长的位置让给好朋友—— 一个经济学家。新社长是位优秀的学者，但并没有经营的经验。改换社长表面上的理由是矢野重也要集中精力全力经营万朝谷。从矢野重也的性格来说，他确实对已办成的事业没有兴趣，而喜欢面对危机热情拼搏。但这次突然换社长，明显有矢野重也对万朝谷的失败引咎自责的因素，而且矢野重也已经六十六岁。

　　与他一起生活的苑子，结婚的女儿们，愿与他生死与共的四宫喜一郎等人，都希望他有一个安静平和的晚年，只做自己喜欢做的事，但这种境地可能不会有了。

　　小林中、樱田武这些朋友为了矢野重也的健康，不想再叫他操心费神，把万朝新闻的财务负责人、董事叫来说：“万朝新闻不要紧吧？把万朝谷廉价甩卖，找一个专业公司处理后事如何？”

　　奈保子从今里广记那里听说了丈夫的困境，只说了一句话：“让他安度余生晚年，还不成问题吧？”

　　把奈保子送出宴会厅后，今里广记对同席的四宫喜一郎说：“住在杉并的夫人很坚强，无依无靠，与伊吹正好相反。矢野君也难办。"

四宫极为平庸地回答说："是很奇妙。老爷子正好夹在她们中间。"

矢野重也正在苦斗时，故乡的长兄死了。矢野重也只在去看望母亲聪子时，与他好好聊过，算起来那是九年前了。他参加守夜和第二天的葬礼后，直接从仪式现场去了车站。在列车中，矢野重也想，如今自己已经是三泽矢野家年纪最大的人了。不由得想起了自己整天东奔西跑，早已忘记的幼年时代，养母多笥等等。

接着养母，他又想了第一次带自己到海滨的保姆户代，给他讲各种故事的祖母，上中学时，使他窥视成人世界的森本佳代，在她家里第一亲密接触的女性由美。

回到东京，一位稀客正等着他。客人是上一高时晚他一年、几乎与他同时参加了当时的非法政党共产党，被捕后不屈服坚持信仰的志贺义雄。

"好久不见了，身体好吗?"

矢野重也亲切地问。志贺是一直痛骂矢野重也的日本共产党的干部。

"可不是，好久不见了。"志贺上身轻轻地前后摇摆着说，"我终于与代代木决裂了。"矢野重也又问了一遍，他说："代代木的党，忘记了国际，刚愎自用。我认为必须改变这种路线，所以组织了'日本之声'集团。"

听了他的说明，矢野重也想起了自己年轻时脱党后组织的"日本共产党劳动者派"，现在的共产主义者们与那时的自己干着同样的事。志贺说，现在的总书记宫本在中国的广州、海南岛长期休养，批判莫斯科。

他的说明，使矢野重也想起了在中国长达半年的生活。

"中国好哇。共产国际不行。他们根本不懂日本。我年轻时去过中国。"矢野重也开始说，"毛泽东、周恩来很优秀。但不知现在怎么样?"

志贺义雄听他这样说，惊讶地"啊"了一声。

他的脸上明显地现出失望的表情。志贺过去就冒失，简单地认为矢野重也反对佐佐木，希望他能协助"日本之声"。分别多年，他来见矢野重也，是想对佐佐木的党大加挞伐。矢野重也发觉自己的话对志贺是个打击，觉得过意不去。"可是，志贺君，我已经不想与任何政治发生关系。对于你个人的支援，那另当别论。"

志贺义雄说:"是啊,从现在你的立场出发,这是理所当然的。一见面,我就知道你与众不同。"志贺只说了感想,没提任何具体要求就告辞了。

矢野重也在故乡佐仓村见到了外甥外甥女,想起了自己的过去,回京后会见老同志,使他想起"有为的转变"这句话。走过漫长的曲折的道路,如今已经上了年纪,但依然在苦斗中挣扎。

回想往事,使矢野重也感到高兴的是,前不久老朋友浅野晃由年轻的三岛田纪夫推荐获得了读卖新闻文学奖。从那次庆祝酒会开始,矢野重也为了消磨万朝谷工作之余的空闲,常与浅野晃、中谷孝雄、今日出海等人喝酒。但在这些集会中,没有尾崎士郎。当他醺醺欲醉时,就会感到上了年纪,能谈得来的朋友越来越少了。在熊野古道时幻觉中出现的男人们团团围坐的情景浮现在眼前。不知他们是在地下,还是在茂密阴暗的树下,围坐在一起说着。这些伙伴,一会儿少一个,一会儿少一个。

矢野重也第一次想到,早死的家伙是幸运的。他想起在巴黎,与从日本追来的艺人一起殉情自杀的近藤柏次郎。近藤是资本家的儿子,一高时的同班同学,钢琴弹得好,常弹肖邦的曲子。

他开始想这些,是在万朝谷计划受挫,不断有各种各样的人背叛之后。银行突然不贷款了,在万朝新闻,矢野重也说的事难以通过,带头反对矢野重也的是据守在樱花电视的阵内信。

当时包括矢野重也在内的财界四大天王中的三位,永野重雄、小林中、樱田武,最近见面时,也只是对他忠告。

这个世界到底怎么了,不再赏识理想、创造了吗? 矢野重也感到愤慨。失眠的夜晚越来越多,于是深夜打电话,与心地善良的今里广记、四宫喜一郎长时间交谈。酒量增加,睡前喝酒已成习惯,方瓶威士忌三天一瓶。这时,二黑会的中心人物池田勇人退出政界,这对矢野重也是个打击。

对万朝谷,市中银行①不给贷款,万朝新闻负责财务的常务董事转而联系信用金库、农协系统的金融机构。当财务负责人要去与万朝新闻关系密切的日本兴

---

① 民营银行或在大城市有总行的大银行。

业银行时，矢野重也叫住了他，指示说："你告诉他们，由我矢野重也担保，给我贷款。"

出面接待的银行人员大吃一惊说："如果为矢野先生，行长也会尽力协助的，但我们也是正规的金融机构。"他像看外星人似的仔细端详万朝新闻的财务负责人。

矢野重也忽视了时代的变化。总之，为复兴经济，看到有干劲和斗志的经营者兴办企业，就会有贷款资金的时代，已经在十年前结束了。收入倍增计划正在一步步奏效，经济秩序已经建立，一切事物遵守规则的时代已经到来。

财务负责人回来说银行方面讲："以前的贷款审查，是以融资为前提的，但从今年开始，是无前提的空白审查，所以请允许不客气地提问。这种手续上的变化，对矢野先生这样的大人物也许不讲为好。"

矢野重也的亲友们都为他担心，注视着事态的发展，但万朝谷的经营情况越来越不好，万朝新闻的资金筹措也陷入困境。

实务部门计算，包括返还以前的借款在内，年度资金缺口超过十亿。

不知不觉间，万朝新闻融资，需要经营成绩好的樱花电视担保了。这是银行方面提出的要求。万朝新闻与樱花电视的关系发生了逆转。虽然制订了一个方案，从东京银行海外分行借贷购买樱花电视彩色播放设备的资金，而将其中一部分资金转给万朝新闻，但由于阵内信反对而未能实现。

在实务家看来，阵内的理由是合情合理的。筹措资金，投入看不到前途的万朝谷中，就像往污水沟里扔金子，而且这种迂回金融，在法律上也成问题。

万朝新闻的很多董事卷入矢野重也和阵内信的对立之中，处境尴尬。稳健派默默做好自己的工作，坚守岗位，开董事会时，装作低头看文件，一言不发，矢野重也热情洋溢的讲话，枉费口舌，如风吹过。

稳健派希望，樱花电视的阵内信对矢野社长态度温和些，讲点情义，希望深为社长信任的四宫喜一郎劝说矢野重也中止万朝谷计划，如果实在不行，那就推迟，但都没有成功，时间就这样过去了。

矢野重也无法理解，为什么在不到两年的时间里，社内的气氛发生了根本性的逆转。怎么像小官吏的事务所一样，莫名其妙地作梗？他越来越烦躁。

吉田茂死了，举行了国葬，矢野重也对外还保持着权威，但在万朝集团里，他已经处于寸步难行的境地。祸不单行，国铁的棒球队燕子，改成了万朝燕子，但输多赢少。

第二年春意盎然之时，矢野重也参加了经营成绩不佳的伊豆观光会社的董事会后，回到四谷的家里，胃疼了起来。但他坚持说："秘书们在球场等着，今天尖子投手上场，能赢。我不去不好。"

在苑子苦劝下，他同意不去神宫球场，但说："那你替我去吧。"他捂着疼痛的胃部，求苑子代他去看球。

伊吹苑子与附近的法国饭馆的乔治桑原结伴去球场不久，矢野重也把当天吃的东西全吐了出来。马上请医生来看，但原因不明。从没有吐血来看，可能不是胃溃疡。医生认为需要仔细检查，劝他住院。

矢野重也说："医院的东西难吃，感觉像监狱一样，我要求检查完了就回家。"

检查结果是轻度脑溢血，紧靠半规管的地方血管破裂，是引起呕吐的原因。高血压、糖尿病、动脉硬化也在发展。从矢野重也的情况考虑，由于美尼尔氏病引起剧烈内耳性眩晕，需要一段时间疗养。医生鉴于矢野重也从不说假话的性格，把检查结果如实告诉了他。因为矢野重也一再追问痊愈需要多少时间，医生解释说："美尼尔氏病只是症状，不是病名，还没有有效的治疗方法。常常是休养一段时间，体力恢复，自然痊愈。休养一个月后，根据检查的情况，再下结论。"

因为一睁眼睛，就头晕目眩，想呕吐，所以矢野重也必须一直闭着眼。尽管如此，他还是觉得自己躺着的地方是旋涡的中心，天旋地转。在迷迷糊糊中醒来，斑驳的记忆随即浮现。他问身边的苑子："这是什么地方，医院吗？"

矢野重也有一种他落入陌生的、闻所未闻见所未见的洞穴中的恐惧。"这是你家呀。有我，还有住在配房的田弘阿姨。"

伊吹苑子回答说，矢野重也点了点头说："我不愿去医院，死在家里好。"

伊吹苑子大声鼓励、强调说："你说什么呀！你必须活下去。"

他发觉有人进屋时，就反复问："这里是什么地方？"

幻觉中的矢野重也，眼前浮现的不知是梦还是记忆。他有时突然举起右手，用食指指着上空说："我也去。有几个人？村山、木下、河野吗？浅野在干什么？"

"我不回日本，在这里搞反战运动。"

他说一些胡话，但很多话说不清楚，不知什么意思。苑子说："你怎么了？是我呀。"

一晃他的上半身，紧张一下子缓解了。他命令说："噢，董事会吗？你，带上图章，盖一下。"

幻觉症状有时重些，有时轻些，幸运的是一天比一天见好。

医生看他清醒的时间越来越长，6月时指示说："试着练练走路吧。"

终于在背靠着椅子，闭着眼睛的矢野重也身边开了一个关于万朝谷的会。财务部长对决算、预算案做了说明，住友银行的行长堀田、小林中、樱田武以顾问的身份出席。第二次开会时，堀田行长发言说，把万朝谷让给专业观光公司如何？但矢野重也什么也没说。

在这个时期，矢野重也的心腹四宫喜一郎一言不发。一想到矢野重也的心情，他不能对合理的解决方案表示赞成，但冷静地想一想，也不能像以前一样，对矢野重也的意见表示赞成。这可以说是四宫的善良，但也可以说是企业家的致命弱点，缺乏关键时刻必需的勇气。

看矢野重也的病情每天变化剧烈，四宫喜一郎认为，这是对事业的责任感使他苏醒，同样，也是对事业的责任感又使他陷入幻觉。

在这种状态中，矢野重也提出了一个方案，由樱花电视融资给万朝谷五亿日元资金，决心为了舍车保帅，向阵内信低头，派四宫喜一郎与万朝新闻负责财务的董事去樱花电视台。

遵照矢野重也的指示，四宫喜一郎和万朝新闻负责财务的董事来到樱花电视台，阵内信在社长室接待了他们。他抱着胳膊很长时间没有说话，最后终于像睡醒了似的说："矢野先生的想法我接受。你们都是实业家吧？万朝新闻、万朝谷的财务报表都带来了吗？"

他说着，伸出了手，似乎在说，好，拿来吧。他们两个觉得万朝新闻与樱花电视是一家人，所以什么资料都没带。

"呀，这个……"万朝新闻的两个人，面面相觑，暧昧地说。

"这是怎么回事？"阵内信大声说，"你们是没有商业常识？还是看不起我？不拿说明材料就来借贷大笔资金，我无法理解。对了，四宫君，你长年跟着矢野先生，怎么学的？"被这样斥责虽然觉得委屈，但性格温顺的四宫喜一郎只能默默地鞠躬。

从阵内信前退下的财务负责人对四宫发泄不满说："不管怎么说，我们也是代表身体不能动的社长来的，他不应该那样讲。如果他说，想想办法，能给我看看资料吗？这还差不多。您是专务董事，应该跟他把话讲明白。"

"嗯。不过，阵内先生讲得也有道理。现在不是内讧的时候。"四宫喜一郎有气无力地回答，使部下大失所望，但他又说，"住友银行的报告说，只要现在的收支情况继续下去，早晚会资不抵债。这种时候，不管怎么说，只能请阵内信帮助。赶快弄好资料，送到樱花电视。"摆出一副容忍的姿态。

经多次交涉，阵内信提出的条件是，樱花电视只能出要求金额的一半两亿五千万。由于邮政省对电视公司监查严格，所以必须有担保。阵内信对谁有重新估价万朝谷计划的决定权表现出极大的兴趣。

万朝新闻的财务负责人看了阵内信提出的融资条件，不满地说："这不和银行说的一样吗？我们不同意银行的条件才找阵内信的，可他……"

尽管如此，但有关情况也必须向社长报告。四宫喜一郎和财务负责人去了四谷。幸好那天矢野的身体状况不错。他看着他们的脸色，以责问的口气说："好像阵内不听我的，怎么回事？"

"向您报告。阵内他……"财务负责人是个硬汉，声音颤抖地说。温厚的四宫喜一郎怕激起病中的矢野重也的愤怒，想制止他，但被他的气势压倒，只能无意义地摆手，看着就像日本舞蹈的动作。

"他明确地说，万朝谷是社长独断专行搞起来的。不能转嫁给樱花电视。如果非要樱花电视协助不可，那么，首先社长必须为他的独断专行道歉，来恳求。"

这个报告虽有省略和夸张，但阵内信确实说过类似的话。在他还没有说完时，矢野重也就怒不可遏，虽在病中，但却如健康人一样，用低沉有力的声音命令道："苑子，把旁边棚子里面的来复枪拿来！快去。"

"什么？怎么突然说这个？"

"我说叫你拿，你就去拿。我把阵内杀了。我也死。绝对不能饶他。"

矢野重也说着站起来，跟跄着要自己去拿来复枪，咕咚一声倒下来，太阳穴重重地磕在桌角上，两道鲜血顺着脸颊流下来。

四宫喜一郎脸色发青，站了起来，但不知如何是好，又坐在原来的坐垫上。他们两个悲愤填膺，安慰了照顾矢野重也的苑子几句之后，与今里广记取得了联系。

那天下午晚半晌，小林中、今里广记、永野重雄，还有被樱田武叫来的阵内信，都集中在樱田武的房间里。樱田武大喝一声，阵内信低头鞠躬，表示："只要有可能，我尽力来办。"

向老前辈们低头、承诺协助万朝谷的阵内信，似乎早就等待着这个舞台的建成。他早已经算计好了，让财界的首脑们承认这个结果：一可以控制矢野重也的一意孤行；二以我为中心收拾残局，一箭双雕。

十天后，在有乐町十楼矢野重也的事务所，开了一次会，参加人员与上次会议相同，矢野重也也参加了。阵内信制订了一个通过万朝新闻支援万朝谷的计划。根据这个计划，目前马上拿出超过二亿五千万的资金依然有困难，但将来可以继续资助，为万朝谷增资，但要求万朝新闻社为樱花电视开一张欠债的收据。这是一个极不成熟的方案，但到了这个地步再争执起来，矢野重也可能真要动来复枪了。

四宫喜一郎怕出事儿，以罕见的大声表示赞成说："这个计划很好。能坐到同一张桌子前，就很有意义。"他这样讲，毋宁说是为了说服闭着眼睛的矢野重而故作姿态而已。

会议结束后，矢野重也由伊吹苑子搀着去了轻井泽。因为医生劝告说："病情已经基本稳定，能否到气候好的地方疗养康复？"

另一方面，身为国策纸浆的会长，一直在工厂、东京之间跑来跑去的南条源太郎，冷静客观地思考了万朝谷问题，他的看法，与财界首脑们的看法稍有不

同。他觉得，是矢野重也周围的人不好。伊吹苑子浅薄多嘴，四宫喜一郎优柔寡
断，还有乔治桑原、半路不见踪影的葛兰克——桶谷芳山，是不能原谅的骗子。
南条源太郎认为，一个闪耀光彩的浪漫主义者、激情澎湃的斗士、光芒四射的战
略家，他身上某处的一个齿轮疯了。同样担心矢野重也的今里广记，有一天把南
条源太郎叫来说："这次，我想叫矢野先生辞掉一切工作。否则只能伤害他。但
是这件事直接对他讲，又能叫他接受的男子汉，南条先生，非你不可。"

南条深深地点了点头。在接受今里广记"救救矢野"的恳求时，连自己都承
认"蛤蟆将军"浑名的南条源太郎橡子般的眼睛里涌出了大颗的泪珠。

"明白，我来办。只有我来当矢野剖腹自杀时的断头手。谢谢今里先生。"南
条源太郎与今里广记告别时说。

当天夜里，南条源太郎趿拉着木屐，走到位于世田谷的闷热的自家的院子
里，望着天上的银河，嚎啕大哭。

第二天，南条源太郎独自去轻井泽拜访矢野重也。矢野的别墅在千泷。这是
十多年前，矢野喜爱这里能听到溪流声而借钱买的。南条源太郎第一次去轻井泽
别墅看望矢野重也时，矢野重也高兴地对他说："我出生的家，有三个泉，所以
人们都说三泽的矢野家。"

那时矢野重也五十多岁。我也是这个年龄，但矢野身上的霸气和稚气还有很
多。在他等待睡觉的矢野重也起来时，顺着斜坡往下走，听到前面的流水声时，
感慨万千。

扶着苑子的肩膀慢慢走来的矢野重也，亲切地端详着南条源太郎说："欢迎
你来，太好了。"他讲话还不大利落。

"你呀，不好好休养不行。把工作全都辞掉。我今天就是为说这个事来的。"
南条源太郎说。他好像怕自己退缩，自己用鞭子抽打自己。

"哎呀，怎么一来就说这个！"

伊吹苑子刚一开口，南条源太郎就厉声制止她说："夫人，请你不要插嘴。"

"鳗鱼，鳗鱼，与南条一起吃。你带诚也去买。"

矢野重也说。伊吹苑子知道他想与南条单独谈一谈，就顺从地向公共汽车站
走去。

"对于别的家伙想什么，对你说什么，我一概不考虑，只是想叫你多活几天。如果你死了，国策纸浆我也不干了。你必须辞职。是我把你拉到商场里来的，所以我来履行义务。求求你，离开一切事业，养好身体。"

南条源太郎说话中间，改变了坐姿，端端正正地坐着忠告说。

"你，真是、这样、想吗?"

矢野重也像一个词一个词往外挤一样叮问道。

"我是这样想。不这样，没有别的办法叫你恢复健康。不这样，你就得死。"

矢野重也久久地凝视着南条源太郎，低下眼睛说："我懂了。"他两眼流泪，用颤抖的手紧紧握住南条的手。

他们两一句也没讲公司的情况，筹措资金的事。

九月，矢野重也从轻井泽回来，训诫阵内信时的财界首脑们又集中在矢野重也的事务所，这天的主要目的是决定矢野因病辞职后万朝集团的体制。

小林中、樱田武、今里广记等财界首脑说：

"为了你使你能专心疗养，还是先退职好了。"

"虽说退职，但也不是安闲隐居，这不符合矢野君的性格，所以暂时休息一年如何?"

"为了渡过目前的难关，矢野君应该明确指定接班人。"

谈话就这样开始，但都把矢野重也退出第一线为先决条件。今里广记黝黑的脸上充满真诚地说："我很理解你的心情，但缩短矢野先生的生命，就是敌人，所以我也赞成大家的意见。与在美国的永野先生也联系过了，这次还是明确接班人，暂时退出为好。"

"呀，谢谢。我的身体不能胜任工作，很愿意引退。关于接班人，我想让四宫君来干。"

矢野重也断断续续、反反复复、好不容易讲出了自己的意见。矢野重也的话刚刚说完，樱田武就说："等等。他很善良，但对付这样困难的局面，他根本不行。虽有不同意见，但现在还是用阵内信君这类能干的人合适。"

樱田武说完，回头看了看在座的阵内信。从形式上看，是樱田武擅自决定了矢野重也的后任阵内信，但这个意见实际上是前几天小林中、樱田武、今里广记商量的结果。他们三个人得出的结论是：为了度过万朝新闻的危机，必须与樱花电视结为一体，为此目前只能用品质不太好的阵内信来干。

阵内信通过他在各个公司的情报，早就知道了这一动议。

"这真是青天霹雳。既然这样吩咐……"

阵内信两手攥拳拄在膝上点头致意。这是他前一天晚上苦想的台词。周围一片沉寂。矢野重也默默地拄着拐杖站起来，摇摇晃晃地向旁边的屋子走去。樱田武一拍手，等待的伊吹苑子和四宫喜一郎进来扶着矢野重也。

房间里剩下的四个人听矢野重也在门口说："今井浜。"

矢野重也走后，小林中告诫说："阵内君，我们做你的后盾。你要善待矢野君，不要自以为是。"阵内信再次默默施礼。阵内心想，只要当了社长，对财界人的承诺总有办法对付。他生在北海道，中学时代进入陆军士官学校，战争结束后很晚才上私立大学，他没有矢野重也在一高、东京帝大时自然形成的人际关系，因此他总是靠自我奋斗改变命运。

四宫喜一郎是才子，与矢野重也一样走的是精英之路，不善于斗争，一旦在他面前发生激烈争吵，他就惊恐万状，不知道怎么办。因此，他非常紧张，倘若任命我为万朝新闻社的社长，可如何是好？现在这个时候当社长，不仅要和银行激烈争吵，还要与工会艰难交涉。现在不要说加薪，连奖金也发不出来。他没想到矢野重也病倒后会引退，所以不知所措。

当四宫喜一郎知道万朝新闻社社长矢野重也的后任不是自己时，心想这可救了我的命。但在放心之后，又马上想到要在阵内信手下工作，心里厌烦。

在乘电车去今井浜的路上，矢野重也一直发呆。自己的后任居然是自己曾一度想杀了的阵内信，而且提名者居然是自己多年的亲密朋友樱田武，这个世界再也没有什么可以信任的了。

在他住的房间里可以听到波浪声。一到住地，矢野重也就伴着幻觉深深睡去。

不知是什么时候，一个年龄比他大的女子拉着他的手，走在开满鲜花的田间小路上。他对她说："美国很远，去了就回不来了。"

他听到了自己的声音。

"少爷，请站到这里，对，很好。"一个大人的声音。

矢野重也在梦中推测，那个女孩叫桃子，商事会社静冈分店经理的女儿，他们一起去照相馆照相。按照照相馆老板的吩咐，桃子坐在椅子上，他站在桃子后面。拍照时，桃子说："怎么像结婚照？"

矢野重也不由得脸像火烤一样发烧。当他意识到发烧后，越发烧得厉害。

矢野重也翻了个身，生病发烧反而引起了少年时代的回忆。他在半睡半醒中想。

他们牵着手在路上走着，突然，鲜艳的黄色染黄了道路。啊，这是我的初恋。另一个矢野重也想。他告诉重也说，这是油菜花的黄色，身边的女子是奈保子。那里是佐久岛。

奈保子逃离京都养父母的家，第一次和心上人在一起。到这个岛上时是初秋，但现在已经是初春。他们四周的油菜花田是波崎馆旁边的崇运寺崖下的风景，还是穿过被称为小京都、鸟町的小巷，沿着大埔湾去东港那条叫花田之路的风景？矢野重也半睡半醒，难以确定。

鸟町这个名字，是年轻时的矢野重也和奈保子起的。关东大地震时，他们从东京逃出，到了佐久岛，在岛上发现了一条小巷，他们叫它鸟町。这条小巷确实是个很偏僻的山村。矢野重也的眼前，是一片浅黄色的小巷、涂着煤焦油的弯曲的板墙。低矮房屋的玄关旁，种在木箱里的花正在开放。各家挂着的鸟笼里养着各种小鸟。倘若没有欢叫的小鸟在笼中的栖木上飞来飞去，这里宛若京都古老的民居、熊本古道树下荫翳地带的光景。

天气闷热，矢野重也翻了个身。

这时，波浪声突然消失了，他的视野中不断出现，打着旋涡汹涌奔腾的熔岩的洪流。

不知经过了多少时间，他被猛烈的寒风吹醒。在将近黄昏的光线暗淡的房子里，他身上什么也没盖。温度的变化，骤然改变了他的梦，可能还是身体什么地方有毛病。

矢野重也有时陷入深深的幻觉，有时清醒，两种状态没有规律，混杂交织在一起。有关万朝新闻的情况，他一无所知。

由樱田武一句话内定的万朝新闻的下任社长阵内信，马上从樱花电视给万朝新闻拨去了二亿五千万，但他强硬坚持接受万朝新闻的前提条件，寸步不让。他服从老前辈诸公的吩咐，可以接受社长一职，但不要万朝谷和棒球队。即使在万朝新闻的问题上，他也要求在自己就任社长的同时，小林中、樱田武、今里广记三位，要作为兼职董事支持他。他说你们推荐我当了社长，之后逃之夭夭，我没有经营的自信。

阵内信不相信任何友情和帮助，他没有一个可以给予一次无偿援助的朋友。日本战败后，他拼命学习美国经营思想和方法，无论什么事，他都重视最初的契约。

他的主张一清二楚，但他威胁性的要求使老前辈们极为不快也是事实。

永野重雄等人直接表示不满说："哎呀，这小子到底是个什么人？"

小林中提起要挟老前辈之前的阵内信说："他年幼的时候，不是尝过苦头吗？"

今里广记说："这是听他本人讲的，肯定没错。年幼时，家里破产，吃了许多苦。"

四宫喜一郎补充说："这些情况老头子矢野也知道，只是他太偏袒阵内了。"

樱田武瞪了一眼四宫喜一郎说："嗨，阵内君和四宫君两个人各取一半掺和一下就好了。人哪，没有斗志不行。"

硬汉樱田武对于性情温和、遇到大事不能决断的四宫喜一郎，恨铁不成钢，心里着急。

总之，成为万朝新闻沉重包袱的万朝谷和棒球队，还有伊豆观光开发公司，都要想办法处理掉。南条源太郎与很久以前研究小球藻时认识的日本职业棒球队燕子，商谈万朝棒球队的处理事宜，小林中与关系密切的名古屋铁道土川社长谈了万朝谷，永野重雄与东急第二代掌门人五岛升讲了伊豆观光开发公司。虽然大家都对阵内信耿耿于怀，但为了矢野重也，都愿助一臂之力。

进入10月，矢野重也病情稳定，头晕目眩的程度减轻，回到东京，参加了万朝新闻临时董事会。会上决定矢野重也任顾问，阵内信任社长。事先由今里广记和四宫喜一郎征得矢野重也的同意而准备的辞职书，由四宫喜一郎代替说话还不流畅的矢野重也宣读。作为回应，阵内信声音洪亮地读了《致矢野大兄之书简》。其宗旨是：只要对矢野大兄恢复健康有利，吾虽才疏学浅，但愿承此大任云云。言辞极为谦恭礼貌，得到了老前辈们的认可。但在董事会之后，在同业界报纸恳谈会上，阵内信挺着胸膛讲道：“现在由非理性长老统治的时代已经结束，必须由热情的战略经营者指导的时代已经到来。我之所以不顾才疏学浅，就任社长，完全是出于这种对时代的认识。”

阵内信在就职演说中，没有一个字赞扬前任矢野重也。

住友银行行长堀田听到了有关阵内信言行的报告，在阵内就任社长去拜会他时，他说：“噢，是你呀，什么时候当了社长？我到海外巡视，不知道。”

看都不看他一眼。

矢野重也的身体好像等待这个社长交接仪式似的，仪式刚刚结束，病情就开始恶化。11月，他胃部的肿瘤已经长到难以忍受的程度。说是胃溃疡，但实际上是癌。在12月末动了切除手术。

矢野重也带着美尼尔氏病的症状进了集中治疗室，他的耳边不断响着寒风的呼啸。那可能是御前崎那一带的季风吧。

他身体恢复比一般人所需的时间长得多。到了第二年的春天，每月在身体好时能去他过去的“据点”有乐町大楼十楼事务所两三次。

四宫喜一郎很少接到矢野重也电话，但有一天，矢野来电话叫他到四谷的家里来一下。当矢野好不容易把话说清楚后，四宫提心吊胆地走进了他的起居室。善良的四宫想，自己干得不好，没有出息，辜负了矢野的期望，所以矢野怎么骂，都得听着。

“苑子对我照顾得很好。”矢野重也抓着伊吹苑子的肩膀从寝室走出来，等苑子走后，只剩他们两个人时，开始说话。矢野说话困难，一句话要重说好几遍，才能说清楚。四宫喜一郎一直细心观察矢野的病情，知道这是得了美尼尔氏病以后，感情起伏激烈所致。“可是，我很过意不去，什么都没给她。拜托你，这里有二百万，为她买块钻石。”

钻石这个词矢野重也说不出来，一连“钻、钻、钻”地说了好几遍。

四宫强忍住心中的难过问道：“是钻石吧？石头，还是戒指？”

矢野重也点了点头，指着自己的手指说："指、指、指。"

矢野重也从进来时提着的布袋里拿出两捆钱，每捆一百万。四宫看着放在桌子上面的钱，不知应该说什么。矢野可能预感到了自己的死期？一想到这里，四宫不由得悲痛欲绝。但同时，又对矢野重也心里想着伊吹苑子这种少年般的纯情而感动得说不出话来。

终于把自己的意思表达清楚的矢野重也，用手示意四宫快点把钱装起来。四宫明白了矢野的意思，把二百万揣进了上衣里面的口袋。矢野拍了下手，苑子好像正等着似的，随即端茶走进来。

矢野抬头用上眼角看了苑子一眼，对四宫说："叫你受累了，我很感谢。"

"说什么呀，这么郑重。这不是叫四宫先生为难吗？"

伊吹苑子竭力装出开玩笑的样子，回头看着四宫说。

"不，先生的心情，我完全理解。我无能，什么也靠不上，对不起。"

四宫想把淤积在心里的郁闷说出来，既不像对矢野重也，也不像对伊吹苑子说。

阵内信就任社长之后动作很快。为了贯彻合理化原则，他命令不管是营业部还是编辑部、管理部一律裁员十分之三，有怨言者，不管是谁，一律传唤。有传言说，社长在社内各重要部门都安插了耳目，谁也不知真假。但毫无疑问，阵内信完全掌握了人事权，在仅半年的时间里，他把为巩固他的统治体系出力的人提拔上来，排斥那些有能力、但有自己主见的人。结果几个能干的记者离开了万朝新闻。阵内信的领导方法正好与矢野重也相反。矢野对于那些品格低下的人，即使他愿意为自己效忠，有能力，也不提拔。

四宫喜一郎的工作，不知什么时候变成了安抚对阵内体制不满的干部，说服他们留在社里继续工作。

"这是财界长老和老头子矢野决定的人事，新体制，需要大家支持。无论如何，不能分裂。"他苦口婆心地安抚人们。

做了胃部手术之后，矢野重也的病情日渐恶化，谁都能看出来他已经不可能再恢复健康。因此四宫喜一郎等人都希望，不要让矢野感到太凄惨，让他能多活些日子，但打着改革职员意识旗号的阵内信体制，认为这种情绪性的态度正是抽掉改革筋骨的危险倾向，主张一刀切是保证改革成功的必要条件，毫不通融，寸步不让。

矢野重也如今是万朝新闻的顾问，所以万朝新闻发给矢野的工资，也自然减少为原工资的三分之一。

伊吹苑子说："所以我不能跟他说。如果没有这个荞面馆，现在就得喝西北风了。"她心里的一块石头终于落了地。在万朝新闻大楼装修施工时，伊吹苑子想开个荞面馆，但矢野当面呵斥道："绝对不行。绝对不能公私混杂。"

伊吹苑子托开法国菜馆的乔治桑原，以他的名义在本社大楼地下饮食街如愿开了一家荞面馆。苑子和乔治桑原的合作只有矢野一个人不知道。

在这一时期，只有一件事使矢野重也开心，那就是在国策纸浆北海道勇拂工厂内的"牧场游乐园"的一隅建立了浅野晃诗碑。这个游乐园也是根据矢野的主意建起来的。他觉得公司空圈着一块地不好，应该建成一个住在那一区域的居民也能利用的场所。幸运的是，这个工厂在南条源太郎的掌控之下。建立诗碑的计划，是在浅野晃得了读卖文学奖时，由朋友们提议后而决定的。

当年是自己死说活说，硬拉着浅野晃参加了革命运动，他的体质孱弱，无法适应艰苦的地下生活，所以心里感到愧疚，对不起浅野晃，一听到这个计划，就首先表示赞成。

在难得的病情稳定的一天，矢野重也拿起了毛笔，写下了浅野晃诗的一节：

在我们共同
与爱的责任和义务
永诀时

推动建立浅野晃诗碑计划的是法国文学研究者小松清。他与矢野年龄差不多，与矢野学生时代爱慕并起名的"白百合君"生野美津子结婚。美津子的父亲生野纯造，是当时鼓吹民本主义的政治学学者，进步派的领袖。矢野唐突的求婚，被生野教授喝退。

矢野深深感到，命运真是不可思议。这位与"白百合君"结婚的小松清，后来成为自己的亲密朋友。自己为浅野晃带来了麻烦，内心有一种负罪感，但恰恰是小松清带头提议为浅野晃建立诗碑。我必须参与，于是强打精神，挥毫泼墨，留下了得意的墨迹。矢野想，这个诗碑，是对日本战败后，在这里死里逃生的浅野晃的纪念，同时也是自己生命的间接的证明。

揭幕式那天，矢野重也又倒在病床上，但他听了一位发起人报告的立碑的经过："刻在诗碑正面的《天与海》，是浅野晃先生诗的一节，请名闻天下的书法大家矢野重也先生写的。矢野先生身体不好，是在病中写的。本来预定在去年秋天揭幕，延至今天，但终于建立了这块极美的诗碑。"

当天的情况，矢野是听录音知道的。

他泪眼婆娑，看着伊吹苑子说："太好了，总算对浅野尽了情义。"诗碑前面，刻着矢野的字，诗碑后面，刻着南条源太郎书写的小松清的文章。从"浅野晃君来勇拂是昭和二十年秋天"开始，共有七行。由此看来，这座诗碑是在过去的痛苦年代里，为追求一种理想，以二十岁的青年为主而会集在一起的年轻人的集体回忆。

从听揭幕式录音开始，矢野重也就不断想起斗争时代，但在翌年1月底，诗碑落成仅三个月的严冬时节，南条源太郎死了。听到噩耗后，矢野重也像孩子一样哭了一天。

知道南条源太郎死讯几天后，矢野的神志更加混乱不清。忠心耿耿的四宫喜一郎每天向奈保子报告病情。奈保子想起了尾崎士郎死时的情景，感到丈夫与他的多年好友是同呼吸共命运的。身为女人，她无法理解男人的世界。

矢野重也迷乱的神志中，时常出现怒骂部下的情景。他叫不听从他命令的部长写辞职书，第二天，部长恭恭敬敬地来交辞呈，他得到了满足："现在是年底，你辞职后找工作也难。辞职书还是你自己保存吧。"他耳边又响起当年自己的声音。那是为了显示自己的大丈夫气概，但现在想起来，当年是多么傲慢啊。这些往事像沉积在沼泽中的气泡一样渐渐升起来。在他稍微清醒时想，我实在是太任性了，但随即又陷入无边无际的昏迷之中。

胃部手术以后，矢野重也躺在拉着窗帘的房间里，室内光线暗淡。只有吃饭的时候，他才摇摇晃晃地走到饭桌前坐下。自从知道南条源太郎死后，他不愿吃饭，在伊吹苑子督促下，他是为了完成任务才吃几口。

入冬后，咸海参肠上桌那天，矢野重也吃了整整一碗饭，他好久没吃这么多饭了。他回到房间，想起了佐久岛的松本半久郎。他们第一次见面时，松本还要依靠父母生活，学习打鱼。矢野从中国偷渡回来时，松本半久郎已经是佐久岛的优秀领导人。不知他是否觉察到自己是乘中国渔船偷渡回国的？想到这里，矢野重也的记忆中浮现了在武汉逗留三个月时的情人林佩瑶。他想起了她有眯眼远望的习惯，虽个子不高，但手脚修长，还有与她第一次亲密接触之夜以及她的关于中医的医学知识……

她说："遇到你，我得救了。"如果真像她说的那样，那是自己少有的一次对别人有益的恋爱。与她突然分手后，音信渺茫。

当时与中国音讯隔绝，是因为中国在与日本打仗，以后是中国的共产党与国民党打仗。现在，他觉得林佩瑶宛如在历史中牺牲的近代中国。那时自己是真心想学中文，于是又想起了与自己一起阅读鲁迅的《阿Q正传》的俞同志。

这些事，他对谁也没讲过，只能烂在肚子里了。

松本半九郎迎接悄悄登陆的矢野重也，欢迎他，没问一句他以前都干了些什么。矢野发烧躺倒后，松本像亲人一样关心照看。松本在佐久岛生活，身体肯定很好。他的生活方式也许是真正最幸福的。在微明中，矢野睁着眼睛。他还记得，大约十年前，松本半久郎隔了三十多年，来到国策纸浆本社。那天晚上，松本住在大宫前的家里。很晚才回家的矢野和松本、奈保子讲起了往事。

"那时候，我还不到二十岁，什么也不懂，他就把我从京都带出来了。"奈保子说。松本半久郎说："这叫抢婚。"

松本还记得矢野重也的好朋友近内、河合、木下半治他们说过的话。

"不过，真是他救了我。在京都养父母家，我当牛做马。"

到底也没去高知的安艺寻找奈保子的亲人——这样想，到底是现在的矢野重也，还是松本半久郎来访那天晚上的矢野重也？过去与现在，在他的头脑中混为一团。

"松本先生和那时候没有任何变化。"奈保子的心情，好像回到了十八九岁的时候，声音清脆。

"我没变化，不过矢野先生变了。"松本看着矢野说，"你那时候穿着白点花纹和服，罩着无袖外套，现在发达了，坐小车了。"

矢野重也对松本半九郎说："不，我没变。也许变坏了。但没发达。"说着，矢野向松本伸过脸，示意说不信你看看。

矢野又对松本说："你可帮了大忙，真是感恩不尽。"矢野说的是那次偷渡回国，但松本以为是说他给矢野带来了咸海参肠和他爱吃的东西。那天晚上，矢野说："你需要什么就说。现在想不起来，以后说也行。我看你没戴表，给你买了一块。"

矢野送给松本半久郎一块手表。

从那以后，他们再没有机会见面。四五年前，松本半久郎写信给矢野，说自己上了年纪，希望死时在枕边有个贴金屏风。但一直没有听到他的死讯，说不定我会走到他前面。矢野翻了个身，似睡非睡，迷迷糊糊。

矢野的人生曲折多变，形形色色的面孔，对话的片断，不时在他的记忆中浮现消失。出现的人物有男有女，但与友情的厚薄、关系的深浅没有关系。其中混杂着连姓名都已经忘记的中小学时代的朋友。在静冈上中学时照顾自己的丸尾文六的情人森本佳代，像女朋友一样，在梦幻中与矢野交谈。

一天早晨，矢野重也突然从昏迷中醒来，头脑清晰，虽然腿脚走路有点不行，说话也不清楚，但原来的矢野又回来了。这种情况居然持续了一个星期。伊吹苑子发觉他清醒后，与四宫喜一郎联系说，告诉医生，请为他检查一下，然后到有乐町十楼事务所会合。那时，四宫受阵内信排挤，除了与矢野、财界首脑联系，坚守着圣域般的教育广播以外，什么事也没有。

恢复神志的时候，矢野重也知道当年应涩泽敬三之邀最早开始接手的媒体教育广播，如今作为四宫喜一郎的据点而留下来，觉得其中必有什么因缘。因为矢野本人对广播有特殊的感情。

那是很久以前，矢野由一个自称山本的人介绍，到只有五六个职员的东京每日新闻工作。

当时，矢野和奈保子在池袋前面的赤羽住过，在东京帝大龙冈门附近寺院的房子里住过，搬来搬去，不断变换地址。

第一次拿到新闻社工资的那天晚上，他带着奈保子从本乡坂去上野。进入夏季，从池之端到上野站一带有很多夜店。也许那天正好赶上过节。

"这是第一次领到的工资，买点什么做纪念？"矢野回头问奈保子。在关西开桃太郎面馆时，奈保子很辛苦，但作为丈夫，没给她买过一件像样的礼品，矢野心里一直惦记着这件事。

"算了，不用。与你一起逛街，我就很高兴。"奈保子说。但说完没过几分钟，她突然停下脚步，叫矢野看店里卖的鼹鼠。在一个较深的木箱中央，摆着装有叶轮的笼子。箱子里有许多鼹鼠，其中一只拼命跑着，转动叶轮。

奈保子央求说："我要那个，多可爱呀！"

这也是奈保子有生以来第一次央求买东西。矢野听她这样说很高兴。

两个人从关西乘火车时，虽然想要孩子，但却说："目前，还是别要吧。"

鼹鼠很快和他们熟了，矢野刮胡子时，它爬到矢野的肩膀上看镜子，探着头。矢野睡懒觉时，它想从被子跳到矢野的脸上，急得吱吱叫。他们给它起了个名字叫"吱吱"。

有一天，深受宠爱的鼹鼠突然不见了。

矢野重也从新闻社回来，奈保子一边用围裙擦手，一边满脸不安地说："吱吱不见了。"矢野重也说："不会吧？今天早晨不是一起吃饭了吗？"

吃早饭时，像往天一样，鼹鼠在一个铝盘里吃了拌酱汤的米饭。莫非叫猫给吃了？在狭窄的家里到处找，终于在壁橱被子下的垫子底下找到了死鼠。奈保子认为是自己不小心压死的。从那一天起，奈保子整天失魂落魄，像得了忧郁症似的。矢野重也想劝她，与她说话，她含着眼泪只是摇头。

矢野重也是第一次看到奈保子这样，束手无策。正好这时候，矢野在一高时的同学，在关西开桃太郎面馆帮助过他们的河合，拿着个小包来了。那时，他是东京帝大工学部的学生。

"这是我做的收音机，给奈保子吧。这样听。"

河合说着，把自己头上的耳机子摘下来给了奈保子。那时候日本广播协会刚成立，开始试播。

"啊呀，真的，能听到，你看，真能听到声音。"

这是吱吱死了以后，奈保子头一次露出笑脸。

矢野重也看奈保子高兴，也来了兴趣。

"真的？给我试试。"

矢野戴上耳机，听到在华尔兹舞曲中一个男人的声音。

河合装的矿石收音机排解了奈保子的忧郁。

矢野重也倒下以后，偶尔想起那艰辛但却充实的青年时代，其中围绕着矿石收音机的记忆，为他带来了当年青春时代的气息。

就这样，不知为什么，一会儿沉浸在回忆中，一会儿又陷入昏迷，但他大约每个月与樱田武、永野重雄、小林中、今里广记等人见一次面。有时原兴业银行的副行长、现任化学工业会社的社长宫田善次郎，专卖公社的东海林武雄也参加。

为重建万朝新闻颐指气使、董事们望而生畏的阵内信也常在座。他表情谦恭，一反常态，与在社里讲话时截然不同，总是报告说，由于矢野重也的努力，如今逐渐有了一些成果。

矢野重也获得一等瑞宝勋章，是病后第二年的5月。继池田勇人任首相的佐藤荣作，以在位时间长而著称。佐藤首相通知授勋时，正好赶上矢野重也那天状态很好。他坐着拿起了桌子上的话筒寒暄说："托您的福，一点点见好。许久不见了。"

矢野重也听对方讲完后说："啊，那就谢谢了。承蒙您推荐。"

矢野说完就放下了电话。直觉灵敏的伊吹苑子问："是勋章吗？一等？"

矢野点了点头。

"祝贺你。你真是劳苦功高。诚也、田弘女士……"伊吹苑子兴奋地说着，站起来去配房叫诚也他们，"爸爸得勋章了，是一等。"

坐着的矢野重也能听到苑子的喊声。

"太好了，爸爸真棒。"儿子诚也说。

慢慢走进来的田弘佐智子笑着说："矢野先生，祝贺您。"

矢野像过去一样，不好意思地笑着说："我也到了'恶贯满盈'的时候。"

田弘佐智子过去在美国学习，批判授勋制度，受到她的祝贺，矢野重也觉得害羞，有一种我也投降了的感觉。

在矢野重也病倒、病情反反复复的日子里，日本的政治没有太大的变化。保守势力占三分之二，革新势力占可以阻止修改宪法的三分之一，这种均衡的态势可能会长久不变。日本经济持续增长。赶上这种好时候，万朝新闻的经营业绩也迅速改善。万朝谷等项目有人接手了，去掉了绊腿的脚镣，对改善万朝新闻的经营况状，有巨大作用。对经营者阵内信的评价，也随之高涨。

矢野重也获得勋章那年的11月末，三岛由纪夫对日本精神的堕落感到愤怒，闯入自卫队市谷驻地，剖腹自杀。除此以外，再没有人为日本的前途敲响警钟。随着时间的推移，矢野、苑子和周围的人都对矢野的病习以为常。

昭和四十七年（1972）正月，矢野重也回到许久未去的大宫前的家，与蔺沙夫妇、二女儿琉璃夫妇热热闹闹过了一天。

每天在电话里听四宫喜一郎报告丈夫病情的奈保子，这次对四宫说："谢谢关照。他这个人任性，喜欢热闹，让你费心了，请多关照。"

听奈保子的口气，他把矢野重也当成了另一个家庭的人，她已经想通了。而且，在矢野重也发病以后，伊吹苑子完全像在另一个家庭一样发号施令。伊吹苑子和奈保子之间在暗中达成了奇妙的默契。她们之间没有了性的计较，这也是和平相处的重要原因。本来，她们中间曾是争夺精神垄断的激烈战场。伊吹苑子关心的只是眼前的现实，而奈保子认为矢野的精神属于自己。

那年，当春天来临时，矢野重也与季节相反，做了一个在严寒中奔走的梦。一会儿是从东海道线火车站回三泽矢野家；一会儿是从中国悄悄偷渡回国，在佐久岛海滨梦见的黎明；一会儿是在雪中行军。

"在八甲田山遇难的部队，是不是就死在这里？"走在旁边的一个男子问矢野重也。

"胡说。我们是革命的先锋队。与那些不把兵士当人的陆军相比，本身就不对。"

矢野重也不清楚当时是这样回答的，还是想这样说，但因为他是新来的干部而没有出口？

那是在五色温泉偷偷召开日本共产党重建大会时候的事。他们在板谷站集合，在大雪中去宗川旅馆。佐野文夫装扮成社长，福本和夫装扮成经理，渡边政之辅装扮成厂长。对旅馆说，是东京·本所蓄电池制造会社在这里开忘年会。矢野重也至今也没忘记，当时共产党是非法组织，会议内容不能用纸记录，只能用脑袋记。

为什么在那冰天雪地中，出现了涌出的汗水马上就干的酷热？可能是身体调节温度的机能出了故障吧？矢野一边想着，一边又沉入梦幻中。

"我不会忘记你的。我的祖国正在受难，但我从来没想过一个女人的苦难会与祖国的苦难重叠在一起。在遇见你以前，我感到绝望。"

这话肯定是林佩瑶说的，不可能是别人。

可是，这话果真是她讲的吗？他觉得她的声音低沉而圆润。他突然发觉，她的音质与田弘佐智子非常相似。如果奈保子不在日本，矢野重也有可能留在中国，与八坂良三一起号召苦战中的日本士兵反对战争。如果这样，不知道是否会与林佩瑶在一起。很可能根据组织的命令而分开。人的运命不可能不受战争和革命时代的影响。

回到日本之后的转变，虽有自己的懦弱，但更是命运的摆布。继续想下去，他觉得自己虽然如疾风般飞奔，但仍然只能由时代和命运来支配。自己虽然想反抗这种不可抗拒的力量，但真正的自由只有死亡之后才能获得？因为自己不愿服从时代和宿命的安排。

"一个女人的苦难和祖国的苦难重叠在一起。"

矢野重也想，这句话也许是自己的想法与林佩瑶的声音混在了一起。那么，与伊吹苑子这种女人生活在一起也是命运中注定的吗？为了财界人物的活动，需要这样的设备，这是不争的事实，对此他觉得对不起伊吹苑子。然而，他也已经没有继续深入思考的体力。

只要从漫长的昏迷中稍有清醒，矢野重也就努力恢复体力。他好像要用尽最后所有的力气，练习走路。买了步行器，他抓住支撑身体的横木喊着一、二，一、二的口令，练习走几次，一次一百步，或一百五十步。

这一时期常到伊吹苑子住的四谷家来的，除四宫喜一郎外，还有忠诚的村上、高州两个秘书，平凡出版社的岩堀喜之助，原击球天才、现在的棒球评论家丰田泰夫，以及诗人浅野晃。

岩堀喜之助叫矢野重也兴办新兴宗教："我来当事务长，教团名叫'友爱教'。矢野先生过于正直，除了讲佛法，你不要跟信徒讲话。"

对这种玩笑，大家七嘴八舌，随声附和，用这种办法来安慰矢野重也。丰田泰夫还给他讲昨天晚上的棒球赛，他喜欢的相扑。

伊吹苑子想，如果这种状态能保持几年，虽然腿脚不能走路，而且有周期性的幻觉，但也可以说是矢野式的晚年了。但就在那年的早春，矢野出现了黄疸。癌已经扩散到肝脏，但这件事没有告诉矢野。医生坚决主张住院，但矢野仍然坚持住在家里。医生理解他的心情，因为他蹲过监狱，一到狭窄的地方就心烦，于是勉强同意在家治疗，但提出了要求。

在不得已的时候，终于说服了矢野，在3月底住进了山王医院，但这时候，矢野已经站不起来了。

5月4日，新绿时节，初夏的风很大，矢野重也病故。

进入5月以来，根据医嘱，奈保子一直在身边看着。最后一次见面时，矢野重也还有意识。他说："谢谢你对我的照顾。我要死了，比你先走一步……"

矢野骨瘦如柴，伸出了针眼斑斑的手臂。奈保子默默地点了点头，双手用力紧紧握住丈夫冰冷的毫无生气的手。这时，儿子诚也走了进来。他看见"杉并夫人"与垂危的父亲在一起，一下子惊呆了。

诚也怯生生地向躺在幽暗的房间中央的父亲走去。那里有一团毫无生气的被子，有一点好像表示生存艰难的不规则的微弱的呼吸声。床边默默地站着一个与母亲年纪相仿的女人，紧紧握住矢野重也的手。她肯定就是"杉并夫人"。

很久以前，诚也就知道她的存在。但他知道，他不能死乞白赖地问母亲苑子，也不能问田弘阿姨。他没想到如今在濒危的父亲的病床边不期而遇，紧张得全身发抖。

他站在枕边，叫了几声。父亲面颊瘦削、眼窝深陷。他看不清父亲是否睁开了眼，只能看见父亲黑色的眼圈。这就是自己曾经极为反感、宁愿住在配房里，一两个月也不与他说话，顽固而健壮的父亲吗？他已经面目全非，瘦成了一把骨头。

父子之间的纠纷，是从说诚也的生活是否有规律、是否应该练习柔道等问题开始的。但不管什么场合，父子双方心里都有"杉并夫人"的阴影。矢野重也虽然在友人面前毫无顾忌，豪放磊落地说"我有两个老婆"，但在儿子无言的反抗面前，不知为什么，好像变了一个人，怯懦起来，说不出"那又怎么样"。

诚也不知道自己应该怎样对待父亲，一听有人说他了不起就无端地生气。

诚也认为父亲真正的妻子是自己的母亲，所以自己身为"情人之子"并没有任何自卑感。只是强烈地感到，父亲太风流。

杉并夫人正面看着诚也，默默施礼。这是亲切的正面问候。诚也想起了父亲健康时，也用同样的目光看自己。虽不能说冷漠，但总有一定距离感。现在，当他发现杉并夫人用同样的目光注视着自己，内心受到冲击。

诚也大学毕业以后进入广告代理店，常常不知道父亲对自己怎么看。他知道父亲年轻时，出于正义感，投身于工人运动，被捕坐牢，吃过苦。但这些经历矢野重也从来没对儿子讲过。

诚也懂事以后，看到的矢野是受人尊敬的、有很多人奉承的财界人物。到家里来的人不仅夸赞父亲，也夸赞自己。诚也就是在这种环境中长大的。

父亲年轻时追求共产主义理想的经历，只能说是过于幼稚的行动，这是父亲不能碰的一块心病。诚也以他所学的专业销售学来考量，认为那时候父亲他们的行动是错误的。日本还很贫穷，在民众希望富足和繁荣的时候，用富裕的幻影代替民众的要求，高唱"失去的只是锁链"等动人的词句，孤立不是理所当然的吗？诚也被周围的人称为才子，思想敏捷，他推测，如果讨论父亲过去的经历，父亲肯定会被驳倒，所以尽可能避开这些话题，有意不使父亲尴尬。

人们常常说，家族、情人、身边的人本应该知道他的一切，但对他最重要的东西却一无所知。矢野重也、诚也、苑子就是在这种状况中一起生活。

奈保子与情人生的青年打过招呼后，隔着病床一直站着，凝视着矢野重也。她的平静使诚也镇定下来。

"爸爸，疼吗？"诚也问。

矢野重也朝儿子稍稍转了转头。

"嗯。"矢野竭力想笑一笑，费力地喘了一口气，停了一会儿，好像在选择词句似的望着天棚，手下意识地摆动几下，终于用刚刚能听得见的声音说："你没经过锻炼。你要像野草一样活着。"

第二天上午十点钟，矢野重也的呼吸不知什么时候停了。急忙跑过来的护士已经摸不到他的脉搏。伊吹苑子听到了矢野重也临终说的话。在奈保子他们走后，伊吹苑子进病房看他时，他对她说："这么长时间，实在对不起，谢谢大家……"

樱花电视最早报道了矢野逝世的消息。守夜、私葬（不通知亲友）、社葬等法事，均由四宫喜一郎总指挥，一切有条不紊，顺利进行。

奈保子和蘭沙把余下的事委托伊吹苑子和搞经营的能干的次女琉璃的丈夫，回了大宫前的家。她们累了，同时也想静静地回忆一下矢野重也。

"男人们，为什么总喜欢和朋友在一起？"快到家时，蘭沙问母亲。

"不过，宫田先生不这样吧。"

"那倒是。所以他没出息。"

奈保子听了她的话笑道："学者的出息就是有学问，不是别的。"

她们两个走进车站前面的小商店街中的咖啡馆，坐了下来。

"父亲给苑子女士买了钻戒。"

蘭沙轻轻地试探着说。女儿为什么说这件事？奈保子脸上现出责怪的表情。

"父亲是爱母亲的。为什么男人的行为那样矛盾？"

蘭沙提出了一个难以回答的问题。

"不全是这样。因人而异。"

奈保子说完，担心地看着女儿。幸好女儿好像没有为丈夫的事苦恼。

"戒指的事，我知道。我觉得你爸爸做得对。"奈保子看着困惑的女儿说，"因为事实如此。你父亲与伊吹女士是在工作中认识结缘的。我和你爸爸年轻时一直在一起。那时有理想，一起吃苦，我们两个共同度过的时光是任何人都代替不了的。所以，虽然你父亲一直与伊吹女士在一起，但心里总觉得对不起人家。"

奈保子说着说着，产生了把想叫这个女儿明白矢野重也真实心情的想法，变成了说服的口气。当她意识到自己说得兴致勃勃时，打住了话头，有一种如释重负的感觉。她感慨道："你一直与好丈夫幸福地生活在一起，所以不知道男女之间的爱情形式有多种多样，没有这些体验。"

"父亲这样的人，女人是不会放弃的。"蔺沙说着，耸了耸肩。奈保子心想，这个女儿怎么这样像我，不愿意他交际，也不想叫他受苦。与学者宫田正三郎结婚算是结对了。在他们结婚前夕，发生了昭和电工事件，幸好矢野重也做出了正确的判断选择。从此蔺沙对父亲的信赖坚定不移。她们出了咖啡馆，并肩走着。

"你父亲小时候，有一个四处游荡的算卦先生，为他算过命，你听说过吗？"奈保子抑制着莫名其妙的解放感，看着蔺沙说。

"没有。怎么说的？那个时候无非是陆军大将、联合舰队司令官吧？"

蔺沙这个名字，可以说是父母为了光明而战斗时留下的纪念。蔺沙稍稍低着头，好像在猜测。她的侧影，使奈保子想起了站在佐久岛的海角，迎着海风，望着远方说"我喜欢你"的矢野重也。

"对了，算卦先生说，他将来是个骗子或赌棍，搞得好能成为伟大的侠客。"

"哈哈哈，真没想到，哈哈哈。"

蔺沙听了觉得实在好笑。这是她在父亲死后，头一次笑。她终于收住笑声说："怎么搞的，根本不挨边，不过，好像也对。"

这时，一阵风从神社的高大的杉树梢上吹过。

"哎呀，父亲生气跑了。"

蔺沙清脆地说。不知为什么，奈保子突然悲从中来。

2007年11月19日星期一尾声译完

2008年6月24日下午4时10分全文译完

2008年9日10日10点35分全文校完

译
后
记

◆

遥
远
的
辻
井
乔

我麻木迟钝，孤陋寡闻，一直不知道在商场上运筹帷幄，纵横驰骋，建造了庞大的商业王国的堤清二，与在文坛上风流倜傥，独树一帜，构筑了绚丽多彩的文学世界的辻井乔，是一个人。

其实，远在1980年，我随巴金先生访日时，就见过堤清二，当时他是中国作家代表团接待委员会的成员，还在一次招待会上讲过话。后来访日时，在各种场合，也多次见到，但从未想过，他与作家辻井乔有什么关系。记得十年前我去日本当访问学者时，常去住处附近的西友超市买东西，但不知道他就是西友连锁店的创始人。直到他担任日中文化交流协会会长，来往多了，我才知道他的本名叫堤清二，笔名为辻井乔，两个不同领域的风云人物，终于合二为一。

堤清二，1927年生于东京，父亲是日本民政党议员、众议院议长，母亲是短歌歌人。在东京大学经济系学习时，他接触了马克思主义学说，思想和世界观发生了重要变化，由野间宏介绍加入了日本共产党。于是，日本政界的显赫人物、富甲一方的大资本家的儿子，成为学生运动的领袖，与权力搏斗的勇士。但在颠沛流离的学生运动中，他积劳成疾，患肺病咯血，在病榻中得知学生运动遭到警察镇压、发生流血事件，痛不欲生，觉得自己是落伍者，在悲愤、沮丧、绝望中拿起笔写诗，用笔名辻井乔发表。他在短诗《黑暗之中》写道："黑暗／像雨滴一样／是穿透无边黑夜的／脚步声"。二十六岁时，父亲再次当选众议院议长，他担任父亲秘书，翌年继承家业，接手商务。从此，他边写作，边经商，展开了两只翅膀，凌空而起，青云直上，业绩辉煌。

1963年，他创办了西友超市连销店并任社长；1966年，任西武百货店社长，开辟信用卡、饭店、保险等多种业务；1973年，创设西武剧场广场文化，建西武美术馆；1986年，就任财团法人高轮美术馆（现财团法人季节现代美术馆）理事长；创办季节文化财团，任理事长至今。

他经营多家企业，取得了巨大成功，在八十年代日本经济的鼎盛期，仅西武百货店的年度营业额就雄踞世界之首。他理论与实践相结合，边经营边从事经济理论研究，有《流通产业论》、《变革的透视图》、《流通社会论》、《生活产业论》、《消费社会批判》等多部经济学著作，并先后在东京大学、长野信州大学、一桥大学、神户大学、日本福祉大学、埼玉大学等讲授经济理论。

他获得的荣誉与学位有：法国政府骑士荣誉勋章；法国政府一级荣誉勋章；奥地利共和国功劳金质奖章；莫斯科大学名誉博士；日本中央大学经济学博士。

他写诗、小说、散文、评论，仅获奖的作品就有：诗集《异邦人》获第二届室生犀星诗歌奖；小说《总是同样的春》获第十二届平林泰子文学奖；诗集《无用的人》获第五届地球诗歌奖；诗集《群青色·我的暗示》获第二十三届高见顺诗歌奖；小说《彩虹的海角》获第三十届谷崎润一郎文学奖；诗集三部曲《群青色·我的暗示》、《南溟·旅行结束》、《海神·幸福的日子》获第三十八届藤村纪念历程奖；小说《沉落的城》获第一届亲鸾文学奖；小说《余命无几》获第三届加藤郁乎文学奖；小说《风的生涯》获第五十一届艺术选奖文部科学大臣奖……

如今，他已经退出商界，专事写作，同时担任日中文化交流协会会长。

这几年，他常率日本作家团来中国访问。我在宴会上，座谈中，常常走神，悄悄地打量他。那安详的目光，潇洒的绅士风度，文雅的谈吐，看不到一点商场上叱咤风云的影子。我甚至怀疑，他果真是堤清二吗？难道呼风唤雨的商界巨头，都是温文尔雅的学者型人物吗？或者说，商业的最后升华，必然是文化吗？

不得而知。

长篇小说《风的生涯》，是辻井乔先生的一部力作，1998年12月15日开始在日本经济新闻上连载，2000年10月由新潮社出单行本。在翻译的过程中，我发现，这是一部以企业家水野成夫（1899—1972）为原型的纪实小说，其中出现了许多真实的著名人物和历史事件。小说以主人公矢野重也跌宕起伏的人生为主线，在风云变幻的历史波涛中，展现人、人性、人格。

这使我想起2002年，为庆祝中日邦交正常化三十周年，他在中国作家协会与日中文化交流协会联合举办的日本文学报告会上的讲演《日本文学的现状》。这本来是一篇很难做的大文章，需要对日本文学从理论到实践的整体的准确把握，但他以理论家的睿智，高屋建瓴，在世界政治经济文化的大格局中，透析日本文学的流派、思潮、作家、作品，清晰地描绘出日本当代文坛的图谱，令人叹为观止。

小说中多次提到的荫翳美，可能有些读者迷惑不解。日本人审美意识中大致可分为自然美、虚幻美、朦胧美、灭亡美。而荫翳，大概可归朦胧美范畴。这是一种含蓄蕴藉的美。日式建筑，包括酒吧、饭店，甚至饮食起居，都营造一种幽暗荫翳的氛围。日本作家谷崎润一郎有一篇随笔《荫翳礼赞》，洋洋万言，竭力描绘张扬这种荫翳之美。

我在中国作家协会对外联络部工作多年，结识了许多日本著名作家，也写了五六十篇介绍评论其人其作的文章，后结集为《樱花点缀的记忆》出版，但我至今不敢写辻井乔，不是不想写，而是写不了，因为在当代日本，他是个奇迹，一个神话。

这本书译得也很苦，因为我抓不住他的思想、文脉，被牵着鼻子走，只能照葫芦画瓢，而且不知什么地方就有"地雷"，为此花费了不少时间，俨然如朋友所说，是一场"战斗"。

我译过多部日本长篇小说，一般来说，开始有些生涩，但译过一两章后，就会越来越顺，越来越快。但译这本书时，却有一种瞎子摸象的感觉，所以误译、错译肯定不少，敬请指正。幸好这期间东洋大学教授横川伸先生来北京讲学，给我很大帮助。初稿用了七个月，二稿用了两个月，总算弄出个毛坯。

　　成功的翻译，译者会在不知不觉中成为小说中的主人公的知心朋友，知道他在想什么、干什么，但我至今与他依然隔膜，他还是他，我还是我。

　　译完了辻井乔先生的长篇小说《风之生涯》，在我眼中，先生依然是一座遥远的、不可企及的、巍峨屹立且被闪光的云霞笼罩的高山，我还是无法进入他五光十色的精神世界。

2008年9月14日中秋节